O QUE ELA DEIXOU

T.R. RICHMOND

O QUE ELA DEIXOU

Tradução
Alex Mandarino

1ª edição

Rio de Janeiro | 2016

Publicado originalmente em inglês pela Penguin Books Ltd, Londres

Título original: *What She Left*

Capa: Sérgio Campante
Imagem de capa: WIN-Initiative/Neleman/Getty Images

Texto revisado segundo o novo
Acordo Ortográfico da Língua Portuguesa

2016
Impresso no Brasil
Printed in Brazil

CIP-BRASIL. CATALOGAÇÃO NA PUBLICAÇÃO
SINDICATO NACIONAL DOS EDITORES DE LIVROS, RJ

Richmond, T.R.
R393 O que ela deixou / T.R. Richmond; tradução de Alex Mandarino. – 1ª ed. – Rio de Janeiro: Bertrand Brasil, 2016.
23 cm.

Tradução de: What she left
ISBN 978-85-2862-078-8

1. Ficção inglesa. I. Mandarino, Alex. II. Título.

16-35752 CDD: 823
CDU: 821.111-3

EDITORA BERTRAND BRASIL LTDA.
Rua Argentina, 171 – 2º andar – São Cristóvão
20921-380 – Rio de Janeiro – RJ
Tel.: (0xx21) 2585-2000 – Fax: (0xx21) 2585-2084

Atendimento e venda direta ao leitor:
mdireto@record.com.br ou (0xx21) 2585-2002

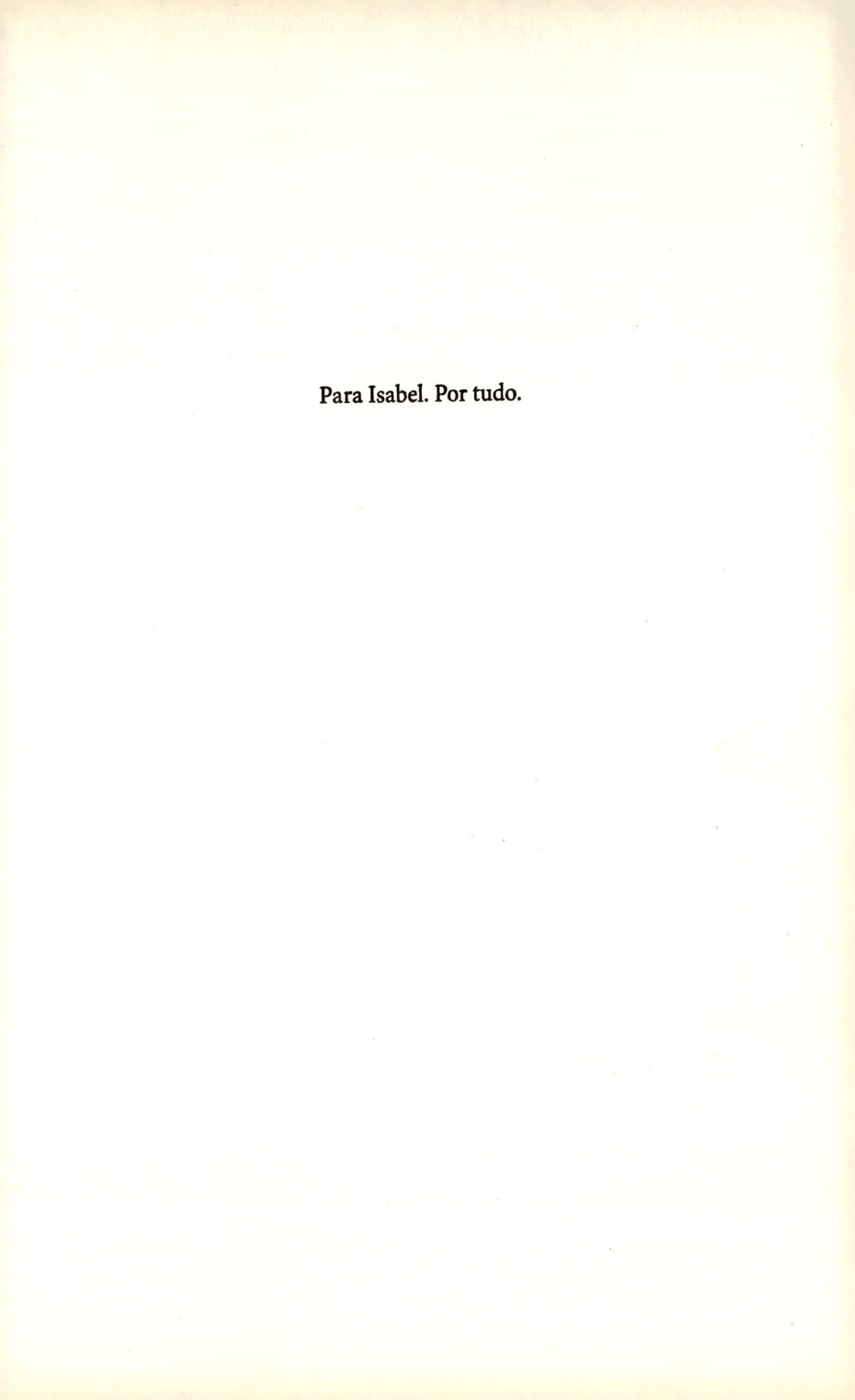

Para Isabel. Por tudo.

O mundo de *O que ela deixou* existe online.
Visite o blog do Professor Jeremy Cooke
em professorcooke.tumblr.com
e comece a sua própria investigação.

Dedicatória em *O que ela deixou*, pelo Professor J. F. H. Cooke, publicado em setembro de 2013

Para Alice Salmon (7 de julho de 1986 — 5 de fevereiro de 2012) e Felicity Cooke (16 de outubro de 1951—).

Sem a primeira, este livro nada seria; sem a última, eu também não.

Prólogo

Artigo da revista *Arts Council*, *A Palavra Principal*, 2001

O que existe em um nome? Foi o que pedimos que adolescentes respondessem em mil palavras para o concurso Novos Talentos deste ano. Aqui está a resposta vencedora, de Alice Salmon, 15 anos.

Meu nome é Alice.

Podia terminar aí. Sei o que quero dizer com essa frase. Eu sou eu, Alice Salmon. Alta, aparência mediana, pés grandes, cabelo que fica ondulado com a simples menção de água, meio preocupada. Grande fã de música, rata de biblioteca; adoro ficar ao ar livre, mas morro só de ver uma aranha.

A maioria das pessoas me chama de Alice, mas às vezes eu sou Al, Aly ou Lissa, sendo que detesto esse último. Quando eu era criança, costumava ter zilhões de apelidos como Ali Baba, Ice e, meu favorito, principalmente quando meu pai me chamava assim, Ace.

Meu tio me chama de Celia, que é um anagrama de Alice, ainda que eu confunda a palavra "anagrama" com "anacronismo". "É isso que eu sou", diz meu pai sempre que alguém fala "anacronismo", apesar de a palavra "dad" (pai) ser, na verdade, um palíndromo. Aprendi isso ontem.

Gosto de saber essas coisas, mesmo que Megan, minha melhor amiga, diga que parece que eu engoli um dicionário. Não é que goste de me mostrar, mas você precisa saber dessas coisas se quiser se formar em Inglês. Se conseguir a média necessária, adoraria ir para Exeter ou Liverpool, qualquer lugar que seja bem longe de Corby; se bem que qualquer lugar que se vá sempre tem pessoas querendo sair de *lá*. Honestamente, mal posso esperar para sair daqui; minha mãe constantemente se mete nas minhas coisas. Diz ela que é porque se preocupa comigo, mas não é justo que eu sofra por ela ser paranoica. Obviamente coloquei essa última frase depois dela ter lido e ela nunca vai ver, porque é claro que não vou ganhar.

Talvez o que exista no meu nome seja as músicas que eu gosto (escutei "Dancing in the Moonlight" umas quatrocentas vezes hoje), ou o que assisto na TV (estamos falando da maior fã de *Dawson* do mundo), ou os meus amigos, ou o diário que mantenho. Talvez sejam os pedaços de tudo que eu lembro, o que não é muito, porque a minha memória é péssima.

Talvez seja a minha família? Minha mãe, meu pai e meu irmão, que costumava me chamar de "a lice", "Mice", ou "Malice" como se fosse a piada mais engraçada da história do mundo.[1] Talvez venham a ser os meus filhos; não que eu vá ter algum, não, obrigada: toda aquela nojeira e vômito e cocô. Nem tenho namorado, se bem que, se o sr. DiCaprio estiver lendo isso, estou livre na sexta...

"Você vai mudar de ideia", diz minha mãe sobre os bebês. Mas ela disse isso sobre aspargos e eu não mudei.

Talvez sejam as coisas que planejo fazer, como viajar, ou a melhor coisa que já fiz, que com certeza foi aquele dia como voluntária no lugar dos surdos (dá pra ver a minha auréola brilhando?) ou, talvez, a pior (de jeito nenhum vou confessar qual foi!).

Posso contar qual foi o melhor dia de todos. Essa é difícil, talvez tenha sido quando Meg e eu fomos ver Enrique Iglesias,

---

1 'A lice', 'Mice' e 'Malice': respectivamente, em inglês, 'um piolho', 'ratos', e 'maldade'. (*N. do T.*)

ou quando conheci J.K. Rowling, ou quando meus avós me levaram naquele piquenique surpresa de aniversário, mas o problema disso de "melhor de todos" é que só conta até o agora, e amanhã pode ser melhor. Então acho que é preferível usar "melhor até agora", em vez de "todos".

Mas, às vezes você pode explicar o que é uma coisa fingindo não falar dela (pesquisei isso no Google, chama "apófase"), então talvez o que exista no meu nome sejam as coisas que eu poderia estar fazendo ao invés disso, como o dever de matemática ou levar o sr. Woof para um passeio.

Eu costumava querer que mais pessoas famosas se chamassem Alice. Não, tipo, *mega* famosas, porque aí sempre que alguém dissesse meu nome só se lembraria delas — tipo se você se chamasse Britney ou Cherie —, mas semifamosas. Tem Alice Cooper, mas ele é homem e esse nem é o nome verdadeiro dele. Tem *Alice no País das Maravilhas* também, que sempre costumavam citar pra mim, coisas como ser curiosíssima, mas a minha frase favorita sempre foi aquela sobre ela não ser capaz de se explicar, porque ela não era ela mesma, ainda que eu nunca tenha entendido isso.

Acho que sou o que estou escrevendo aqui também, o que pode ser uma bobagem. Pedi que a minha mãe lesse — só para verificar a ortografia —, e ela disse que estava ótimo, ainda que a primeira e última frase me fizessem soar como uma alcoólatra, mas isso é só a maneira como ela interpretou.

Minha mãe disse que tinha alguns pedaços que eu devia reconsiderar, mas não faz sentido enviar se for mentira. Entretanto, concordei em cortar as abreviações e os palavrões, e tinha mesmo muitos deles no primeiro esboço (esse é o sétimo!). Também uso muitos parênteses e pontos de exclamação, se bem que (de novo) esses eu vou deixar, ou não ficaria com a minha cara.

"Às vezes me assusta o quanto somos parecidas", disse mamãe depois de ler. Bom, ela não é a única. Alguns dias, mesmo que ela tente esconder, se lamenta pela casa como se o mundo estivesse prestes a acabar. (Sim, essa frase entrou depois dela ter aprovado, também — que polícia do pensamento!)

Papai acha que devo ter caído de cabeça quando era bebê, porque eu e ele não temos quase nada em comum, apesar de nós dois amarmos salmão, o que é engraçado, porque com isso você poderia dizer que somos canibais.

Meu nome é Alice Salmon. Cinco palavras das minhas mil. Espero que seja mais do que duzentas vezes essas cinco palavras. Se não agora, espero ser um dia.

Vou terminar isso agora e ficar de pé e me perguntar quem eu sou. Faço muito isso. Vou olhar no espelho. Me tranquilizar, me assustar, gostar de mim, me odiar.

Meu nome é Alice Salmon.

Parte I

ALGO QUE PASSAVA PAROU

Fórum online Southampton StudentNet, 5 de fevereiro de 2012

Tópico: Acidente

Alguém sabe o que tá acontecendo no rio? Tá cheio de policiais e ambulâncias.

Postado por Simon A, 08:07

Verdade. Tá lotado de policiais. Johnny R foi lá remar e viu que a margem inteira tá fechada.

Postado por Ash, 08:41

Espero que não tenha sido um acidente. Aquela barragem sempre foi uma armadilha. A Universidade deveria ter isolado aquilo direito anos atrás. Um cachorro se afogou lá no mês passado mesmo.

Postado por Clare Bear, 08:48

Pode ser uma armadilha, mas você tem que estar fazendo besteira ou ser muito azarado pra cair na água por cima daquela grade.

Postado por Woodsy, 09:20

Parece que foi um mendigo.

Postado por Rebecca a bióloga, 09:54

Diz no Twitter que foi um cara que escalou a ponte por causa de uma aposta. Bateu com a cabeça quando caiu e ficou inconsciente. Eu costumava pescar naquele pedaço do rio... É muito frio no inverno. Poucos segundos ali dentro e você, sem dúvida, fica com hipotermia. As correntezas são malucas. Você é logo arrastado pro fundo se não for um nadador megaforte.

Postado por Graeme, 10:14

Aquela ponte costumava ser ponto de suicidas. Sério.

Postado por 1992, 10:20

Vocês deviam ficar quietos, seu bando de sanguinários — imagina como a família do cara se sentiria lendo essa merda.

Postado por Jacko, 10:40

Bem difícil a família dele estar aqui, né? Só sádicos como você e eu, Jacko, que não tem vida de verdade!

Postado por Mazda Man, 10:51

Meu irmão é bombeiro e acha que foi uma ex-aluna — uma menina chamada Alice Samson.

Postado por Gap Year Globetrotter, 10:58

Foi uma menina que estudou na sala do meu irmão, chamada Alice *Salmon*. Todo mundo a achava uma ótima menina.

Postado por Harriet Stevens, 11:15

Tem um monte de Alice Salmons no Facebook. Só uma parece ter estado aqui na Universidade. Não tem nada novo no mural dela desde ontem à tarde, quando ela escreveu: "Mal posso esperar pela noite de hoje no Flames". Ela ainda estava morando em Southampton, então?

Postado por fãdaKatiePerry, 12:01

Meu Deus. Acabaram de me contar da Alice Salmon. Nem a conhecia e fiquei arrasada. Ela não tinha filhos, tinha? Por favor, alguém diga que isso NÃO É verdade.

Postado por Annie Órfã, 12:49

A polícia literalmente lotou a área agora. Por que tantos? Não foi um acidente?

Postado por Simon A, 13:05

Boa tarde, todo mundo. Se for "a" Alice Salmon, eu estava no mesmo ano que ela. Ela morou em Portswood e, no último ano, se mudou para Polygon. Ela trabalha na mídia em Londres, mas nunca me pareceu ser desse tipo "sou da mídia".

Postado por GarethI, 13:23

Alice, o Peixe, era como a gente a chamava! Não tô crendo que isso é verdade. Que tal uma página de tributo no Facebook?

Postado por Eddie, 13:52

Peixes não deveriam saber nadar?

Postado por Smithy, 13:57

Vai se f*der, Smithy, não é hora disso. B*baca.

Postado por Linz, 13:58

Ela não tava namorando um cara de Soton? Era aquela com sardas, né? Que tinha um monte de chapéus?

Postado por Jane nada comum, 14:09

A universidade emitirá um comunicado oficial sobre esse assunto em breve e, até lá, é inapropriado que este site contenha quaisquer comentários, por isso estou bloqueando este tópico.

Postado por Administrador do Fórum StudentNet, 14:26

Carta enviada pelo Professor Jeremy Cooke, 6 de fevereiro de 2012

Meu caro Larry,

Ouvi por acaso a notícia. *Por acaso*, você acredita, e logo na sala dos professores. Você escuta que um dos seus colegas arranhou o carro novo ou que o Tesco está planejando um novo supermercado no anel viário ou que o seu candidato perdeu a cadeira no Parlamento nas últimas eleições, mas não uma morte.

Foi essa manhã, e eu estava absorto nas palavras cruzadas do *The Times*.

— Nome de batismo para um código, nove letras — murmurei. — Sete para baixo.

Ninguém respondeu. Eu tinha pela frente o purgatório de três horas de palestras para alunos do primeiro ano. Ao meu redor, as conversas simplesmente continuaram.

— E essa ex-aluna morta, hein? — soltou Harris. Silêncio enquanto todos esperavam a próxima frase. O carreiristazinho sempre soube como chamar a atenção. — Passou tudo na TV ontem. Afogada no rio.

Isso tinha fugido à minha atenção. Mas muitas vezes não consigo me fazer assistir ao noticiário; é quase sempre lixo sensacionalista, desinformado e previsível de uma maneira tão deprimente. Achei que a evolução deveria ter nos tornado mais civilizados. Além disso, eu estava mexendo no jardim.

— O *Points South* afirma que ela era ótima nadadora — ressaltou alguém.

— Sim, mas o *Points South* também afirma que o aquecimento global não está acontecendo — respondeu outro.

Nada como uma morte para dar um pouco de vida à conversa da sala dos professores. Perguntei-me se eles reagiriam assim quando eu partisse.

— Eu dava aula para ela — disse uma das professoras de Inglês. — Era aquela menina, Salmon.

Senti minha mão no jornal perder a firmeza. Ah, Deus. Não Alice. Não, não Alice, por favor, qualquer um menos a minha Alice.

— Previsivelmente gostava muito de Plath — acrescentou. — Menina agradável. Brilhante.

Mais vozes. Alguém que passeava com um cachorro a avistou; de início pensou que fosse um saco de lixo. Uma teoria que vem ganhando credibilidade afirma que ela estava em uma despedida de solteira e que algumas garotas aprontavam em um bote.

— A Alice Salmon que saiu em 2007? — perguntei, o mais indiferente que pude.

— Essa mesma — disse Harris.

— Alice, Alice, quem diabos é Alice? — falou, rindo, um dos pós-graduados, claramente fazendo uma piada interna.

Isso não lhe diz respeito, Jeremy, eu disse para mim mesmo. *Não mais. Concentre-se nas palavras cruzadas. Vá e ensine esse rebanho bovino de calouros sobre a diversidade cultural nas relações de parentesco. Vá para a sua consulta no hospital, então siga para casa e prepare aquele robalo.* O problema, Larry, era que uma imagem de Alice tinha se alojado em meu cérebro. Tentei imaginá-la serena e em paz, como Ofélia no quadro de Millais, flutuando com o rosto para cima, seu vestido dançando nos redemoinhos. Só que o rio Dane não é a clara nascente fresca da imaginação de John Everett Millais; é sujo e traiçoeiro e cheio de detritos e ratos. No tempo que levei para não resolver mais três pistas de palavras cruzadas — costumava terminar uma durante uma xícara de café, mas pareço estar perdendo informação hoje em dia —, Alice se tornou uma pessoa diferente da que eu lembrava: agora jogava tênis pelo condado, tinha um temperamento difícil e falava francês como uma nativa. Nada disso era verdade, até onde eu sabia.

— Dizem que ela era bem gostosa — disse um dos novos.

— Pelo amor de Deus — soltei —, enxerguem-se, vocês parecem abutres.

— Não vá ter um ataque cardíaco, meu velho — brincou ele.

Alguém citou aquela piada de como seu cabelo e suas unhas continuam crescendo depois que você morre, mas os telefonemas somem, o que fez a conversa sair pela tangente: o serviço de saúde e Leveson, a última rodada de negociações salariais, a situação na Síria. Lembrei-me da formatura dela. A minha presença não causou nenhum espanto. Por que causaria? Eu era um membro respeitado da faculdade. Parte do estabelecimento, como um dos móveis ou arquivos. Fui apenas desejar *bon voyage* à turma de 2007, vê-los partir com segurança para aquele mundo enorme. Fiquei em silêncio no fundo — seria meu epitáfio, se eu tivesse um — e observei Alice, toda crescida, indo embora. Ela estava maravilhosa de capa e chapéu de formatura. Eu teria adorado encontrar sua mãe lá também, mas ou não a vi ou ela me evitou. Elizabeth. *Pobre* mulher. Como ela escutou a notícia? Presumivelmente da polícia; certamente eles foram até a casa dela em vez de telefonar. Deus sabe o que isso faria a ela; no melhor dos dias, era uma alma frágil. Lembrei-me de como ficava quando chorava. Estou falando da mãe agora, Larry, não da Alice. O peculiar maquinário da sua dor: a forma como o rosto dela mudava de forma, o modo como todo o corpo mudava. Deixei cair o jornal. Senti as lágrimas vindo, e não devo ter chorado durante 25 anos.

— *Endeavour* — disse Harris do outro lado da sala. — Nome de batismo de um código. Endeavour; era o primeiro nome do inventor do código Morse.

Ele estava certo. O espertinho, ele estava certo.

Desculpas por desabafar com você de novo, Larry, mas é a única pessoa com quem posso ser honesto. O mero ato de pegar minha caneta (uma carta escrita à mão, que dinossauros adoráveis nós somos) e começar a escrever minha saudação padrão já me traz muito conforto. Não há necessidade alguma de formalidades, nada a esconder, posso realmente ser eu mesmo. Agradeço o fato de não precisar lhe pedir para se abster de mencionar isso para alguém, pois inevitavelmente haverá repercussões nesse sentido.

Ela não merecia morrer, Larry.

Com carinho,
Jeremy

Biografia do Twitter de Alice Salmon, 8 de novembro de 2011

Tuiteira ocasional, compradora frequente. Opiniões (em sua maioria) bem pessoais. Manuseie com cuidado. Se encontrar, devolva ao remetente. Nesse meio tempo, o meu pode ser um latte desnatado com espuma...

Excerto do diário de Alice Salmon, 6 de agosto de 2004, 18 anos

Queria ter pais normais.

Minha mãe chegou a invadir meu quarto mais cedo e se jogou na cama para me encher.

— Como você está se sentindo? — perguntou ela.

A última coisa de que eu precisava era um sermão. O quarto estava rodando.

— Para de querer controlar tudo — falei a ela.

— Só estou preocupada.

Eu a amo demais, mas, se ela me amasse tanto quanto afirma, me daria um tempo. Ela simplesmente não suporta quando eu me divirto.

— Coisas ruins acontecem quando você fica bêbada desse jeito — disse ela, acariciando minha testa.

Isso era bem dela, presumir que a vida é uma série de desastres à nossa porta. Bom, pode ter sido para ela, mas não vai ser para mim.

— Coisas ruins acontecem quando você está sóbria — respondi enigmaticamente.

— Me escute uma vez na vida, Alice!

Isso ainda por cima era difamatório, porque passei a maior parte da minha vida fazendo isso; eu não tinha escolha.

— Mal posso esperar para me mudar — falei. Estou contando os dias. O final de setembro e, Southampton, lá vou eu. Mamãe era inflexível em achar que eu não deveria ir para lá, repetia que eu deveria ir para Oxford, que eu estava maluca de recusar uma vaga. Isso era tão típico da minha mãe; bem rápida em distribuir conselhos, desde que não tenham um impacto sobre ela. Contanto que eu me transforme na visão de mim que ela tem na cabeça: a esforçada estudante exemplar que consegue um bom marido e 2,4 filhos ou que se torna uma freira abstêmia. Bom, de jeito nenhum vou para Oxford, com aquele monte de gente metida a besta. Ela agora também está insistindo para eu chegar em casa antes da meia-noite na próxima sexta-feira, e ontem, do nada, anunciou que não tinha certeza se gostava muito da ideia de eu ir ao V. — Talvez *você* devesse beber. Pode ser que fique menos chata.

Ela começou a pegar minhas roupas do chão, curvada que nem uma vovozinha, jogando tudo freneticamente no cesto de roupas sujas. Estava atacada.

— Pelo amor de Deus, deixe as minhas coisas! Você está sempre no meu pé.

E aí ela fez aquela coisa de morder o lábio e parecer murcha que nem um balão em fim de festa.

— Bem, sinto muito por estar preocupada com o bem-estar da minha filha. Sinto muito por te amar!

— Eu não quis dizer isso, eu quis dizer...

— O que *exatamente* você quis dizer?

— Você é tão hipócrita — respondi, empregando minha palavra favorita atual. Quando criança, eu costumava incluir uma nova palavra em cada registro do meu diário, de preferência uma com muitas sílabas ou erudita (essa mesma pode ter sido uma), palavras complicadas que impressionariam qualquer um que desse com os meus rabiscos; não que eu deixasse alguém chegar a menos de um quilômetro deles. Todo o material do velho diário se foi (queimado), e essa, caro leitor, é a décima oitava edição! Estas são as partes de mim que as pessoas não veem. Como a caixa preta de um avião. É melhor mesmo escrever tudo, porque por aqui ninguém escuta e eu podia muito bem ser invisível.

Mamãe diz que vai sentir minha falta que nem uma louca quando eu voar do ninho. Isso faz com que eu me imagine como um bebê pássaro, um bem grande e feio como um avestruz ou uma cegonha, não um gracioso e elegante. Lembrar disso enquanto ela estava no meu quarto me fez ter vontade de apagar os últimos minutos.

— Por que você *não* bebe? — perguntei.

— É uma longa história — disse ela. — É complicado.

Mas até isso me irritava. Era eu quem tinha uma vida complicada. Tudo o que ela precisava fazer era ir para o trabalho na cooperativa usando um crachá escrito "Elizabeth Salmon Consultora Hipotecária" e dar dinheiro para as pessoas que não podiam pegá-lo emprestado ou não dar para aquelas que podiam. Ela nunca fala sobre a carreira acadêmica, mas deve ter sido um milhão de vezes mais interessante do que trabalhar em um empreguinho de merda. Lembrei do V de novo, as mensagens de texto da Meg chegando, as fotos da Pink e do Kings of Leon no palco com toda aquela multidão de braços levantados ao sol, e senti uma onda de raiva.

— Você só está com inveja — falei.

— Do que exatamente?

— Do fato de eu ter uma vida. Isso aqui parece um cemitério.

Apaguei que nem uma lâmpada no segundo que ela saiu do quarto.

Um pouco mais tarde, fui até a cozinha, e minha mãe empilhava coisas na lava-louças. Coloquei uma fatia de pão na torradeira.

— Como você está se sentindo agora? — perguntou ela. — A gente pode dar uma caminhada mais tarde, se você quiser. Ar fresco ajuda.

Mordi minha torrada. Não tinha gosto de nada, mas me deixou enjoada mesmo assim.

— Aquilo que você disse, Alice, você não acha mesmo que é o caso, não é?

Naquele instante, eu não conseguia lembrar exatamente o que eu *tinha* dito. Um motor esteve ligado dentro de mim, aquela coisa que me fazia dizer o que eu não devia, fazer o que eu não devia, e agora eu me sentia uma merda. Merda da ressaca, mas merda merda, também; simplesmente má. Coloquei a mão sobre a manga do seu roupão rosa desbotado (papai comprou para ela em um aniversário — eu o ajudei a escolher. OK, eu escolhi *para* ele) e fiquei envergonhada. Ocorreu-me que talvez ela simplesmente não fosse feliz.

Dei um grande abraço nela, chorei um pouco e ela me apoiou.

— Isso, querida — disse ela, esfregando minhas costas. — Coloque tudo pra fora. Não faz mal. Os pais têm que deixar os filhos crescerem, mas também têm que deixá-los partir. Você vai entender isso um dia.

Fiz uma careta.

— Isso é tudo para o futuro — disse ela. — Você tem um monte de coisa pra fazer antes disso. Tem a universidade, para começar. Imagine, meus dois bebês na universidade.

Nós não vemos muito o Robbie agora que ele está em Durham. Ele esteve na Austrália neste verão, aquele sortudo; recebi fotos das praias e mensagens como "Como vai Corby, perdedora?".

— Desculpe por mais cedo — falei. — Sou tão estúpida.

— Você puxou mesmo à sua mãe.

Navegamos um pouco pela Internet depois, lendo o Nacional Union of Students e vários sites de universidades para checar qual eu supostamente deveria escolher (a lista fica maior a cada dia!) e vendo fotos de meninas jogando hóquei ou passeando em duplas e trios por entre prédios de tijolos com livros debaixo do braço ou segurando seus chapéus de formatura no alto; tudo parecia irreal. Logo estarei me mudando.

— Você vai ficar bem, querida — disse minha mãe, lendo minha mente. — Vai ficar perfeitamente bem.

Talvez isso, pensei, sentada à mesa da cozinha, *seja nostalgia*. O *swoosh* da lava-louças, o cheiro do piso de pinho, o clique do boiler; *talvez seja isso que eu vá lembrar, vá sentir saudade*. O Sr. Woof veio e aninhou o focinho no meu colo. É como se até mesmo ele soubesse que vou embora.

— Como você se sente bebendo? — perguntou mamãe.

Quase disse horrível, mas me lembrei da noite anterior. Os Peppers estavam tocando e um dos caras estava dançando em cima da mesa e eu tinha tomado um gole enorme de ponche, provado o abacaxi, e de repente fiquei pensando como a vida seria brilhante se pudesse ficar exatamente assim para sempre.

— Acho que me faz sentir um pouco melhor — respondi. — Não como eu sou, não como Alice.

— Querida — disse ela. — É uma ilusão. Como você se sente quando está cheia de gim não é real.

— Odeio gim — disse eu.

— Queria ter odiado — disse ela, meio sorrindo. — *Isso* é real. A manhã seguinte, o arrependimento, a vergonha, nós discutindo, isso é o pior; mas vamos nos acertar, vamos sempre nos acertar, você e eu. — Ela estava passando a mão pelo meu cabelo como costumava fazer quando eu era pequena. — Olha como você é linda — disse ela.

— Odeio discutir com você — falei.

— Eu também.

— Você é de longe a melhor mãe que eu tenho! — disse eu, rindo, limpando o ranho do nariz.

— E você é de longe a melhor filha que eu tenho.

Carta enviada pelo Professor Jeremy Cooke, 7 de fevereiro de 2012

Larry,

Duas cartas em dois dias; este deve ser um recorde, certamente no que diz respeito à nossa correspondência recente.

É espantoso o modo como a morte desperta o pior nas pessoas. Os alunos têm verdadeiramente se deleitado com esse negócio da Alice, apesar de nenhum da safra atual tê-la conhecido de fato. Como você pode imaginar, o moinho de boatos do campus ligou o modo turbo; o clima do Ártico foi substituído como o principal tema da conversa. Os alunos têm usado seus celulares, laptops e iPads para trocar teorias. Eles balançam a cabeça e gesticulam com entusiasmo na cantina e nas salas de aula e ficam em grupos, pisando com força para tirar a neve dos pés, fofocando no pátio frio do lado de fora do meu escritório. Aqui estou eu de novo, meu velho, chamando aquilo de *pátio*: esse hábito pomposo que cultivei quando fomentava pretensões de Oxbridge; na verdade, é um espaço de concreto pelo qual os alunos se embaralham sem rumo, uma metáfora mais adequada para o futuro deles, se é que ele existe.

Eu tinha pedalado da sala dos professores de volta para o meu escritório na segunda-feira, evitando meus deveres de docência através de uma doença fingida (uma ironia aí), e procurei por Alice na internet. Havia um monte de Alice Salmons, mas logo encontrei a que está em questão. As mídias sociais foram inundadas pela história. Quem diabos disse que não se pode ensinar novos truques a um cachorro velho, hein, Larry? É assim que as notícias funcionam hoje em dia: um gigante e grotesco jogo de telefone sem fio. Pedaços de fofocas, trechos de conversas, nacos de informação reciclada entreouvidos durante uma palavra-cruzada. Mas com tamanha besteira: ela não era uma loira exuberante, não era uma ativista feminista, não era a mais brilhante da mídia. Era tudo tão desgraçadamente reducionista. Eu a vi descrita como despreocupada, perfeita, irresponsável, azarada, estúpida, atlética, gorda, linda, uma em um milhão.

— Não — flagrei-me resmungando. — *Parem.*

Talvez esta seja a forma como os jovens lamentam a morte hoje em dia? Aquela psiquiatra com quem tive um breve flerte muitos anos atrás (logo depois que conheci a mãe de Alice, como você talvez recorde) costumava dizer que a dor tinha que ir para algum lugar.

Li tudo escrito sobre ela e por ela que pude encontrar. "Fique com os anjo", alguém tinha deixado na página dela no Facebook, o que me deu uma pequena pontada de tristeza. Pelo menos acerte a maldita gramática. Copiei e colei tudo na minha área de trabalho e tive uma rara sensação de satisfação, de calma. Bem ali. Eu tinha um pouco dela. Comecei a pensar: se eu tinha descoberto tudo isso após alguns minutos, quanto mais eu poderia aprender se mergulhasse mais profundamente? Gosto de pensar que todos nós somos mais do que a soma das nossas partes. Até eu. Um acadêmico de 64 anos cujo lugar no mundo nunca foi totalmente definido.

Acabei de reler esta carta; fiz isso em voz alta, porque gosto de ter uma noção do ritmo. Há algo terrível na sonoridade das nossas próprias declarações, contudo; é como ouvir outra pessoa. As cansadas, sentimentais vogais da escola pública; nem sequer um vestígio de Edinburgh. Estranho que isso seja eu, a minha voz. *Velho Cookie.* É isso que os alunos têm sido obrigados a escutar todos esses anos, pobres diabos? Estive tentando me lembrar da voz de Alice. Um sotaque difícil de identificar. Pais socialmente móveis. Uma inflexão de aula de gramática. Entrecortada por gargalhadas. Para onde ela foi, a voz que uma vez me disse: "*Por que* você me trata como se eu fosse especial?"?

Mal posso entrar em contato com Elizabeth, mas poderia procurar seus amigos e colegas. Poderia recorrer ao irmão. Encontrei-o no site da sua empresa, junto com uma biografia resumida e uma foto em preto e branco. Robert. Ele não se parece muito com a irmã ou a mãe. Não foi difícil rastrear os amigos dela, tampouco. Eles trabalham em marketing e imóveis e finanças; alguns têm famílias jovens, pequenas Sophies e Georges. Os filhos que Alice nunca chegará a ter. Um por um, eu os contatei. "Nós não nos conhecemos", começavam as minhas comunicações, "mas temos algo em comum...".

Pesquisar, registrar, agrupar; sim, este é o papel do antropólogo. Larry, não traria à família dela algum conforto, mesmo felicidade, se eu reunisse algumas dessas informações? Soprar um pouco de vida novamente sobre ela? Fazê-la dançar mais uma vez, porque ela sempre foi uma dançarina. Deve ter herdado isso da mãe: Elizabeth adorava dançar.

Seria grandioso ouvir sua opinião sobre isso. Apesar das suas credenciais, você sempre foi muito mais pé no chão do que eu, sempre foi considerado (uma frase medonha, admito) um homem do povo, mesmo que eu o tenha enxergado exclusivamente como *meu*. Você tem sido a única pessoa a quem tenho conseguido pedir ajuda. "Inspiração" é uma palavra muito desgastada, mas é o que você tem sido para mim. Você nunca me julgou. Nunca serei capaz de recompensá-lo, embora essa semana eu tenha feito provisões para seus filhos em meu testamento.

Ah, a deliciosa indulgência de escrever a mão. Quando criança, eu costumava me preocupar com o fato da minha letra ficar mudando de estilo: tinha medo de só virar um adulto depois que ela ficasse constante. Aí eu estaria formado. Como as pessoas desenvolvem este autoconhecimento hoje em dia, escrevendo apenas em teclados? Estou determinado a continuar me correspondendo com você desta maneira. É uma das nossas tradições, um dos nossos segredos. Um de nossos muitos.

Você não ficará surpreso em ouvir que esta notícia sobre Alice me derrubou. Não vou fingir que não o fez; por que fingiria? Não importa quem mais tenhamos enganado, nós *nunca* mentimos um para o outro. Esse era o nosso pacto: sem mentiras. Em um mundo onde segredos são onipresentes, nossa honestidade tem sido uma das poucas constantes da vida. Você é como uma bússola para mim.

"Parceiros no crime", brincou você uma vez.

Arrastei todas as informações para a pasta "Salvar Alice". Chamá-la assim me fez sorrir; nomear um trabalho sempre foi uma das minhas partes favoritas. A primeira resposta de um dos amigos dela chegou há 10 minutos.

Esqueça Ophelia, é Alice Salmon quem vou pintar.

Post de blog por Megan Parker,
6 de fevereiro de 2012, 22:01

Comprei um cartão, mas o que dizer? Como um cartão pode oferecer até mesmo um minúsculo grão de conforto? Alice está morta. Minha melhor amiga, Alice, está morta. Nunca conheci ninguém da minha idade que morreu. Tão injusto tão errado tão irreal quanto alguém lhe dizer que tem uma girafa no jardim. Não consigo parar de chorar. Como você pode ter partido? Como pode morrer quando outras pessoas continuam vivendo? Respirando e comendo e andando por aí, assassinos e estupradores e trastes desse tipo? Não há justiça se alguém tão maravilhosa quanto você pode morrer. Você não foi embora por um dia ou uma semana ou um mês ou até um verão inteiro, como da vez em que trabalhou em Center Parcs, mas para sempre. Não estou me permitindo pensar muito sobre como isso me faz sentir ou quanto tempo pode durar.

Não conseguiria ficar sozinha, então vim pra casa ficar com minha mãe e meu pai. Papai acha que deve haver um post-mortem, porque sempre há quando alguém morre inesperadamente.

— Pobre menina, vai ter que passar por isso também — disse ele.

Onde está você? Para onde eles levaram você? Sei de alguns lugares onde você não está. Você não está no topo daquela colina nos Lagos comigo, Chloe e Lauren, com nossas mãos sobre o pilar de triangulação. Você não está naquele restaurante tailandês que sempre costumávamos ir na Clapham High Street (um restaurante, *veja bem*, Alice, não ficamos todas adultas?). Você não está no micro-ônibus naquela turnê do clube de hóquei, cantando "Amarillo" com o resto do pessoal. Haverá tantos lugares onde você não estará agora. Aí está ela novamente, a girafa no jardim: o que você *não* é. Mas, quando olho lá para fora, não há nada, apenas o balanço enferrujado onde eu e você costumávamos brincar, contando segredos uma para a outra e fazendo planos para quando crescêssemos. E você só conseguiu realizar alguns deles, logo quando estava pegando o jeito da vida, sua menina boba e maluquinha, ela se fechou sobre você. Não é justo, mas, quando eu costumava dizer isso para você, você respondia que o mundo não era justo, que era cheio de injustiça, e que se as pessoas simplesmente abrissem os olhos enxergariam isso.

Postei o cartão para sua mãe e seu pai. Um cartão estúpido com uma flor cor-de-rosa na frente e "Com sinceras condolências" embaixo. Parece surreal que é por *você* que temos sinceras condolências. Eles vão sentir tanto a sua falta. Robbie também. Além disso, queria saber o que você gostaria que eu fizesse a respeito de Luke, se devo odiá-lo ou não, porque uma parte de mim estava certa de que vocês ficariam juntos de novo.

Somos amigas desde os 5 anos. Ficamos grudadas durante as situações mais difíceis você — costumava brincar que *nós* éramos as mais difíceis — e durante a escola e os namorados idiotas. Até chegamos a ir pra universidade juntas, e não porque estivéssemos com medo, mas porque Southampton era um lugar enorme e era genial ter você por lá, mesmo que fosse muito mais enturmada com a galera popular do que eu!

Quem é que vai me manter na linha e falar como sou esquisita por ter essa coisa com homens mais velhos? Você brincava que éramos uma dupla sem salvação, lembra? Você passando por aquilo com Luke e eu me guardando pro George Clooney, mas preparada para aceitar o Harrison Ford se necessário.

"Todo mundo que é alguém morre aos 27", você disse depois que Amy Winehouse morreu de overdose, mas só para provocar uma discussão. Você tinha esse costume, e nem chegou aos 27. Morrer — essa é uma palavra horrível, uma palavra detestável. Há todo tipo de teoria circulando por aí, mas por que você estava na beira do rio, afinal? Você odiava água.

Alice, querida, espero que você não se importe de eu colocar essas coisas no blog. Você provavelmente teria feito o mesmo. "Bota pra fora", você costumava dizer. "Cuspa a dor. Devolva tudo pro mundo".

Falei com Chloe e Lauren mais cedo. Não falamos muito, só choramos. Liguei pra os seus pais, mas caiu na secretária postal. Todos nós teremos que ser fortes por eles agora: seu pai adorável com os suéteres malucos e aquele jeito que ele tem de falar Al-ice, fazendo uma pausa entre o "Al" e o "ice" como se fizesse uma pergunta, e sua mãe, sua mãe linda, uma mulher-dínamo, de quem você é uma cópia exata e de quem puxou tantas coisas, mas ninguém vai puxar nada de você mais. Isso parou, uma linha foi desenhada sob você, a última página do seu livro, e há um buraco enorme onde você, aquela risada, aquele gosto HORRÍVEL pra música e aquelas pernas ULTRAJANTES deveriam estar.

Acabei de ligar pro seu celular porque queria ouvir sua voz. *Não estou aqui. Obviamente. Mas adoraria falar com você então por favoooor deixe uma mensagem bonita e vamos conversar em breve...*

Minha mãe entrou e disse que temos que lembrar dos bons tempos, porque é assim que as pessoas continuam vivendo. Olhei por cima do ombro dela para o balanço enferrujado. "Há uma girafa no jardim", eu disse.

Ela deve ter achado que sou maluca.

Uma luz se apagou. Te amo, Alice Palace...

Artigo na *Antropologia à Moda*, Agosto de 2013

"Por que exumei o passado"

O Professor Jeremy Cooke passou de acadêmico desconhecido a nome famoso em doze meses. Neste relato pessoal, ele explica como a descoberta de um corpo motivou sua "pesquisa" e mudou sua vida para sempre.

Não foi um momento Eureka, mas foi possivelmente o mais perto que já cheguei de um.

Estava na biblioteca e tinha visto um aluno rabiscar suas iniciais no parapeito da janela. *RP*. Robert Pearce, acho que era o seu nome, embora isso seja irrelevante. Fiquei paralisado pelas letras e, depois que ele partiu, flagrei-me inserindo um "I" entre elas. Uma das bibliotecárias sorriu sem jeito para mim. *Velho Cookie*, ela provavelmente estava pensando, *este sim é um sujeito estranho*. Sentei-me na cadeira ainda quente desocupada pelo aluno. Ele permaneceu por horas, o RIP, então fiquei ali também. Devo ter cochilado e, quando acordei, ele tinha sumido. RP — RIP — tinha estado ali, então não mais. Foi quando percebi. Como cada um de nós faz isso todos os dias: deixa um rastro, um vestígio, uma marca. A *nossa* marca. Seria possível, ponderei, reconstruir uma vida a partir de tais fragmentos? Remontar uma pessoa, juntar o quebra-cabeças a partir das peças disponíveis? Porque eu tinha a oportunidade perfeita. Uma vida — na verdade, *uma morte* — na minha própria porta. Ali, bem debaixo do meu nariz. Alice Salmon.

Foi definitivamente, para usar a linguagem moderna, "um momento". Vendo aquele geógrafo desenhar suas iniciais no parapeito e sentindo a alegria rápida, desconhecida e aprisionante de uma nova ideia. Fazia alguns dias que Alice, como um relato eufemisticamente colocou, "entrou na água". Tinha sido, concluiu o médico legista mais tarde, entre meia-noite e 2 da manhã de 5 de fevereiro de 2012. Mas foi oito anos antes, no outono de 2004, que ela chegou aqui. Claro que, para o mundo em geral — e de fato para mim, de início —, ela era então apenas mais uma caloura, uma das milhares que vi ao longo das décadas. Lembro de vê-la algumas vezes no início daquele período: alta, cabelo comprido, bonita.

Muito tem se dito recentemente — e inevitavelmente — sobre a nossa "conexão", mas, independentemente disso, ela era perfeita para os meus propósitos sob vários aspectos. Não apenas por causa de como ela morreu, mas principalmente por causa de quando ela viveu. A forma como nos comunicamos mudou mais nos últimos 25 anos — em uma vida — do que nos mil anos anteriores. A Internet reescreveu o livro de regras. A geração dela tem visto essa mudança, tem *sido* essa mudança.

Naturalmente, eu não tinha ideia de aonde isso levaria, mas não daria espaço para a lei das consequências não intencionais. Até onde dependesse de mim, este seria um trabalho direto, esperançosamente iluminador, um que certamente exigiria sensibilidade. Não era tanto o caso de uma tentativa de provar uma tese; eu apenas procurava mapear uma vida. A dela. Sim, por causa da nossa "associação", mas ainda mais porque ela era como o resto de nós: complicada, fascinante, única, humana.

"Isso tudo não é um pouco raso?", perguntaram um ou dois dos meus colegas.

Danem-se eles. Pela primeira vez, decidi com o coração. Queria ver o quanto daquela menina querida e linda havia permanecido, o que ainda restava. Afinal de contas, há até relativamente pouco tempo — vale lembrar que, em termos evolutivos, quase tudo é comparativamente recente —, a menos que você fosse um nobre ou um rei, sua vida e morte passariam sem registro. E, com exceção da sua família e talvez um pequeno grupo de amigos, *despercebida*. Você seria lembrado brevemente por aqueles que o conheceram, mas, depois disso, *nada*.

Não foi exatamente "pesquisa" o que realizei, não no sentido tradicional. Essa é uma descrição muito grandiosa e alude a uma abordagem mais metódica do que fui capaz de — ou estava inclinado a — aplicar. "Obsessão" foi uma palavra que foram rápidos em usar, e talvez houvesse alguma verossimilhança nela. Citando o lema dos escoteiros, fiz o meu melhor.

Minhas "descobertas" estão todas no meu livro. Certa edição leve foi necessária para evitar ambiguidades, mas acredito que o texto final seja representativo, se não inteiramente abrangente. Espero que faça a ela algum tipo de justiça e, mais criticamente, que *traga* justiça. Porque esse é o meu sincero desejo: que os conteúdos sejam tratados como provas.

Ela tinha 25 anos — pobrezinha, tão nova — quando entrou na água.

É perverso como o mundo muitas vezes apenas demonstra interesse por você depois que você se foi, e foi sempre assim.

Irônico que isso tenha me tornado uma pequena celebridade. Todo o meu trabalho em etnolinguística e dialetos sami passou despercebido, exceto entre um pequeno círculo de acadêmicos. E, de repente, eu estava sendo requisitado. A Sky News enviava carros até a minha casa em horas sacrílegas para me raptar até seu estúdio, onde jovens loiras tacavam maquiagem no meu rosto para que as câmeras "me amassem". Suas perguntas frequentemente se referiam a uma "jornada": dela, minha, deles, todo mundo parece estar em uma hoje em dia. Antropólogo. Todos se agarraram a essa palavra. Era como se lhes desse autoridade, autenticidade. *Nós temos um antropólogo: de verdade, ao vivo, aqui no estúdio.* Logo nem era apenas sobre a minha área de especialização que solicitavam que eu falasse; pediam que eu discorresse sobre todo tipo de assunto atual. Afeganistão. Aborto. O novo iPhone. Uma vez, no Canal 5, até sobre nossa obsessão com a programação diurna da TV — uma ironia que claramente passou incólume pelo produtor.

Em face deste valor recém-descoberto, meus patrões estavam em conflito: eu trazia respeito ao seu estabelecimento, mas o caso Alice era uma bênção dúbia, com os repórteres invadindo a faculdade, como faziam com a minha casa.

Hoje em dia é assim que sou apresentado. O antropólogo da Alice Salmon. O homem que revelou a verdade sobre a menina do rio Dane. Certa vez, que Deus nos ajude, o intelectual-que-virou-detetive. Alice e eu nos tornamos o corolário um do outro. Uma nota de rodapé na história um do outro. Teríamos sido isso, de qualquer forma.

Uma prova antecipada do livro está na minha mesa: o rosto de Alice olha para mim na capa. Se decidir lê-lo, no momento em que virar a página final, você saberá a verdade sobre Alice Salmon. Sinto-me desconfortável em considerar toda palavra estritamente verdadeira, porque aqueles cujas vidas ela tocou são inerentemente subjetivos: cheios de amor ou, como vim a descobrir, em alguns casos, ódio.

Em geral, as pessoas foram extremamente solícitas, mesmo quando eu explicava que as suas contribuições poderiam acabar em domínio público. Eu fui claro desde o início: nada de beatificação. Tudo seria abordado, por mais vergonhoso ou chocante que fosse; uma abordagem, aliás, que firmemente aplico a mim mesmo.

Dado o território no qual me encontrava, era inevitável encontrar alguma oposição, mas não imaginei a reação de alguns setores: que tentativas de sabotagem seriam feitas ao meu trabalho, que a minha reputação seria sistematicamente manchada, que a minha esposa seria um alvo. Acusaram-me de sacrílego, rotularam-me de pervertido, acusaram-me de tentar desenterrar os mortos. Mas nós, *Homo sapiens*, temos o dever de fazer isso. Se não o fizéssemos, não saberíamos sobre Tutancâmon ou Machu Picchu. Sem esse senso de curiosidade, sem olhar constantemente sobre os nossos ombros, não saberíamos sobre as pinturas rupestres de Lascaux, não seríamos capazes de admirar aqueles magníficos touros do Paleolítico em disparada, nem nos deleitarmos com o puro *maravilhamento* de observá-los criando vida diante de nós, agora e 17 mil anos atrás. Espero que ainda tenha tempo de vê-los novamente pela última vez. Estou ansioso pelo próximo capítulo da minha vida, mesmo que seja curto.

Temo estar entrando no modo professor, mas o que hoje chamamos de "comunicação" — discurso — na verdade se originou cerca de cem mil anos atrás. Meios não verbais evoluindo para verbais. A escrita foi um passo sísmico: deu-nos a possibilidade de registrar e lembrar. Acelerou a disseminação do conhecimento. Ao mesmo tempo, foi evolução e acelerou a evolução. É o que diferencia os seres humanos do restante, definindo como vivemos e quem somos. Alice era uma comunicadora brilhante. Eu estava determinado a deixá-la falar por si mesma. Como um dos meus ex-colegas colocou com sagacidade incaracterística: *Deixe-a ser sua própria história*.

Gosto de pensar, também, que sou um homem melhor do que era antes de tudo isso começar. Sou definitivamente menos pomposo, apesar de que, talvez, assumir que se é pomposo assinale o auge da pomposidade.

Quando passo o dedo pela capa do livro, resisto à inclinação natural de concluir que, como qualquer livro, ele é inadequado — páginas, tinta aplicada em formas específicas, o branco virando amarelo, o papel ruindo e se desintegrando. Um ciclo de vida próprio. Lembro a mim mesmo do seu poder, do seu potencial. Que a justiça virá. Precisa vir.

Também lembro a mim mesmo de que seres humanos que não conheço — que nem mesmo posso visualizar — abrigarão esta humilde oferta na palma das suas mãos (não sou tecnofóbico, mas sou da geração que imagina o livro como um objeto tangível, corpóreo, ao invés de eletrônico). Que serei ouvido, que falarei para estranhos, e que minhas palavras se conectarão como o tecido musculoso que nos sustenta. Talvez eu esteja procurando absolvição. Expiação. Perdão. É claro que há uma pessoa em toda essa triste saga que eu nunca, jamais perdoarei.

Talvez haja um pouco de verdade naqueles comentários, afinal. Sobre porque escolhi a garota que escolhi, e porque eu queria, precisava, dar forma a ela de novo. Fazê-la viver. Porque isso é o que todos desejamos, não é? Sentir que somos importantes, que somos desejados, que fomos notados. Que fizemos a diferença. Que sentem nossa falta. Que cada um de nós é lembrado. Sentir, como meus colegas do antigo departamento poderiam dizer, que somos *abençoados* nesta terra.

Mais do que isso, porém. Mais e menos do que isso.

Simplesmente, sentir que cada um de nós é *amado*.

Alice Salmon, RIP.

- *O que ela deixou*, escrito pelo Professor Jeremy Cooke, será publicado no mês que vem pela Prion Press, ao preço de £9.99. Os leitores de *Antropologia à Moda* obterão desconto se encomendarem sua edição pelo número na pág. 76.

"Frases favoritas" do perfil de Alice Salmon no Facebook, 3 de novembro de 2011

"Gramática é a diferença entre saber suas merdas e saber, suas merdas."

Anônimo

"Seja a heroína da sua vida, não a vítima."

Nora Ephron

"A verdade dói por pouco tempo, mas mentiras doem para sempre."

Anônimo

"Nós sempre escutamos que um milhão de macacos datilografando em um milhão de máquinas de escrever em algum momento reproduziriam as obras completas de Shakespeare. Agora, graças à Internet, sabemos que isso não é verdade."

Robert Wilensky

"Juventude é um sonho, uma forma de loucura química."

F. Scott Fitzgerald

Notas de Luke Addison em seu notebook, 8 de fevereiro de 2012

Você nem imaginava que eu ia fazer o pedido, não é? Bom, coloque na lista de coisas que nunca te disse. Na noite em que você me perguntou sobre Praga (a noite em que você disse que era melhor a gente dar um tempo), eu tinha uma aliança no bolso. Vinha planejando fazia semanas. Ia lhe dizer para, na manhã seguinte, preparar uma mochila; nós iríamos andando até a estação, seguiríamos para Gatwick, e então Roma. Estava tudo reservado.

— Luke, vou fazer uma pergunta e preciso que você responda honestamente — disse você antes que eu tivesse alguma chance. — Pode me prometer que vai fazer isso?

— Claro — respondi. Estava imaginando a sua expressão: como você me olharia quando eu explicasse que você não teria que ir trabalhar na segunda-feira, que eu já tinha acertado com o seu chefe, que estava tudo combinado. Era maravilhoso: saber que os 18 meses que estávamos juntos era só o começo. Sim, podíamos ser meio jovens (ninguém se compromete antes dos 20 e muitos anos nos dias de hoje), mas por que esperar? Você não era a única que sabia ser impulsiva.

— Naquele fim de semana do rugby que você passou em Praga, você dormiu com alguém?

Senti o ar sair do quarto. Sentei-me na beirada da cama dela e senti a caixa da joalheria no meu bolso, um peso quadrado rígido. Não podia mentir, não para você.

— Al, não foi nada.

— Quem era ela? — perguntou você, com um tom monótono e resignado na voz.

Isso foi sete semanas depois de nos conhecermos. Sabia exatamente a data porque havia decidido que, se continuássemos juntos por menos de dois meses, eu ficaria quieto, se mais, confessaria.

— Não importa quem ela era.

— Importa para mim — atacou você. — Acredite em mim; nesse instante, importa para nós dois.

— Era uma menina em uma despedida de solteira. Eu estava bêbado.

— Por que você não me contou? — Outro tom em sua voz: duro, inflexível.

— Estava com medo de você terminar comigo. — Toquei o anel em meu bolso. Pensei: *devo fazer isso agora?* Esquecer a ideia de esperar até estarmos no restaurante no Campo de Fiori; um que escolhi por ser famoso pelo *prosciutto*, sua comida favorita; a mesa estava reservada, já havia até dado gorjeta ao *maître*. Simplesmente fazer o pedido. Provar o quanto eu te amo, provar que o que aconteceu sete semanas depois de nos conhecermos foi só uma menina cujo nome eu mal conseguia lembrar em um fim de semana do qual eu mal conseguia me lembrar. Mas você começou a chorar e, quando tentei me aproximar, você bateu nas minhas mãos e se encolheu no seu lado da cama, fazendo com que formássemos um ângulo reto. Lampejos de Praga estavam voltando: o bar irlandês, ela e as amigas na mesa ao lado da nossa, uma rua de pedras à meia-luz (eram quase 4 da madrugada), eu virando à esquerda em direção ao meu hotel e ela comigo, aquela garota de Dartford (ou era de Dartmouth?), Jen; não, não Jen, *Gill*. Tudo parecia tão longe da minha vida real.

— Não significou nada — repeti, virando de lado e pegando a sua mão. Vi você chorando, com a árvore de Natal em miniatura piscando na cômoda atrás do seu ombro. Mais da viagem voltava: o cheiro dos paralelepípedos molhados, os sinais em *rohlík* nas janelas das padarias, como aquilo parecia o fim de uma era. Eu sabia que você era a única, Al, mesmo apenas sete semanas depois de a ter conhecido, mas também sabia que você significaria o fim do que eu havia me acostumado a chamar de *eu*: as viagens com os rapazes para o exterior, as bebedeiras terminando às 4 da manhã, os encontros aleatórios pelos bares, e eu não estava arrependido: eu sentiria falta disso tudo, mas agora eu tinha você, e seria melhor assim. Já então eu amava você, Alice, mas era como se eu tivesse que dizer adeus ao antigo *eu* primeiro, me despedir da pessoa que eu era em grande estilo. Uma última, grande explosão.

— Acho que você deve ir agora — disse você.

Visualizei o nosso avião decolando para Roma e as duas poltronas vazias; a sua na janela, porque você amava a vista.

— Você não pode ter as duas coisas, Luke. A vida não é assim.

— Adam filho da puta — falei. — Aquele merdinha.

— Segredos raramente permanecem em segredo. — Você enxugou os olhos. Você tinha adorado os últimos 18 meses, falou. Mas nós estávamos com 20 e poucos anos agora, e relacionamentos eram importantes demais para dar errado. — Temos que descobrir como nos sentimos em relação ao outro.

— Sei como me sinto — afirmei. — Eu te amo. — Não ia deixar isso acontecer, não de novo, não com você. Pensei novamente em tirar o anel do bolso. Dizer: *Viu só?* Mas tudo estava errado; eu tinha deixado tudo errado. Além disso, sua decisão já estava tomada.

— Bem, eu não — disse você. — Nesse momento, não sei se amo você. Ou amo, mas não sei se o bastante.

— Sou a mesma pessoa de sempre — falei.

— Não, não, você não é. — Você estava perto de perder a calma; eu só tinha visto isso acontecer uma vez antes, quando você viu aquele cara no ônibus dando um tapa em um menino.

— Nunca disse que era um anjo.

— Não ouse tentar tornar isso culpa minha, Luke.

— Foi só sete semanas depois de nos conhecermos, pelo amor de Deus! Nós nem nos referíamos a nós mesmos como namorado e namorada naquela época.

— Vá, por favor, apenas vá. Não posso ficar com você por enquanto.

— Nós não estamos terminando, estamos? Não estamos.

— Quero dar um tempo. Sem mensagem, sem e-mail, sem nada.

Em outras circunstâncias, eu teria feito uma piada sobre esse termo; teria rido e dito "'sem nada' é uma dupla negativa, isso significa que eu posso", mas as lágrimas escorriam pelo seu rosto. Faltavam apenas quatorze dias para o Natal.

— Sem contato por dois meses — disse você.

Pareceu-me uma duração estranha, arbitrária, longa demais, porém melhor do que a alternativa: nada *além* de fins de semana em Praga pelo resto da minha vida.

— Agora saia do meu apartamento.

Você costumava ser mordaz sobre as pessoas com vidas amorosas complicadas. É muito simples, dizia, ou você ama alguém, ou não. Mas eu transformei você em uma daquelas pessoas. Esse foi o meu presente para você, e agora você está morta. Você está morta há três dias e é impossível, Al. Dormir. Levantar, comer, tomar banho, fazer a barba, sentar no metrô, atender ao telefone. É sem sentido. Você me disse que uma vez teve essa sensação quando era adolescente, e eu não entendi, mas agora entendo. Finalmente, *finalmente*, agora que é tarde demais, tenho uma noção de como deve ter sido para você, como deve ter sido ser você, Alice Louise Salmon, a garota que conheci em uma sexta-feira, 7 de maio de 2010 (viu, eu me *lembro* do nosso aniversário), em Covent Garden. Você chegou e parou ao meu lado (meu magnetismo animal, brinquei mais tarde). Foi atendida antes de mim, e eu disse: "Aí está uma mulher com presença de bar", e, rápida como um raio, você respondeu: "Aí está um homem que parece estar tentando furar a fila!".

Não podia viver com você viva e nós separados, e agora não posso viver com você morta e nós separados.

Nunca fui de escrever sobre as coisas, mas você disse que, se ninguém fizesse isso, não teríamos como compartilhar, aprender e melhorar, então aqui estou, escrevendo o que sinto, como você costumava fazer; como você dizia que fazia toda a diferença.

Você quer saber a verdade, Al? OK, bem, aí vai a verdade. Eu tive uma briga; *duas* brigas. Você nunca soube da segunda porque foi no domingo passado, um dia depois de você ter morrido, mas você soube da primeira, porque foi com você.

E-mail enviado por Elizabeth Salmon, 3 de março de 2012

De: Elizabeth_salmon101@hotmail.com
Para: jfhcooke@gmail.com
Assunto: Fique Longe

Jeremy,

Não posso acreditar que estou entrando em contato com você depois de todos esses anos. Jurei que não falaria mais com você — parece que seja quem for que determina nosso destino tinha um plano diferente. Vamos pular as gentilezas. O que diabos está acontecendo? Ouvi dizer que você está coletando informações sobre Alice. Só Deus sabe o motivo. Dizem que é para algum tipo de projeto de pesquisa. Sinceramente, não me importo, mas o que quer que seja você precisa parar agora.

Meu filho trabalha para uma firma de advogados e redigiu uma carta para você. Eu disse a ele que tinha postado, mas joguei no lixo. Era cheia de juridiquês, destacando o quanto gostaríamos de privacidade, pedindo que você desistisse imediatamente de qualquer trabalho do tipo e incluindo uma referência velada a uma possível ação legal. Conheço você. Estou alertando.

Dizem que você está compilando um álbum de recortes. Bem, coloque isso no seu álbum. *Tenho orgulho da minha filha.* Não dou a mínima para o que qualquer um diga; tenho orgulho de ela ter agarrado a vida pelo pescoço e vivido. Não importa onde eu esteja, às vezes me pego gritando: *Alice Salmon era minha filha.* Vou até o quarto dela e digo isso para as suas roupas, seus CDs e seu cofre de porquinho cor-de-rosa com bolinhas. Falo boa noite e bom dia e como eu a amo e que ela pode ter feito alguma coisa boba ou estúpida, mas não nos ressentimos disso, é claro que não; só sentimos saudades. Nenhum de nós tem controle sobre os nossos destinos e, quando se trata de bobeira ou estupidez, quem sou eu para falar?

Você sempre foi propenso a interpretar errado as situações, então não tenha dúvida, a única razão para este e-mail é para lhe dizer que desista de qualquer atividade bizarra e macabra na qual você tenha embarcado. Não vou nem entrar no mérito de discutir o e-mail que você me enviou pouco antes de ela morrer. Sentimental, inconveniente e ofensivo.

Dizem que Deus cuida dos bêbados e das criancinhas. Bem, onde estava Deus no dia 5 de fevereiro, Jem? Se você é um homem tão inteligente, me responda. Na verdade, não; nem responda, apenas deixe a mim e o que restou da minha família em paz. Faça isso por mim e, se não, faça por Alice.

Elizabeth

Excerto do diário de Alice Salmon, 25 de novembro de 2005, 19 anos

— Olá, Senhorita Perspectiva — disse o cara da aula de marketing assim que saímos da sala.

Fiquei impressionada por ele ter se lembrado das minhas palavras.

— Sou Ben — disse ele, estendendo a mão. — Gostaria de uma bebida?

Hesitei, não por não ter gostado dele, mas porque não me convidavam para sair com frequência.

— Então? — disse ele. — Que tal se *nós* fôssemos algo que passava e parou?

Foi o que eu disse minutos antes na palestra, quando perguntaram o que permitia uma boa foto.

— Muito engraçado — falei, percebendo que parecia que eu achava que ele estava zombando de mim, mas o que realmente zumbia pela minha cabeça era como eu queria, queria, queria sair para tomar um drinque com ele. E estava bem a fim disso: eu praticamente tinha sido uma freira no primeiro ano.

— Vamos lá — disse ele —, eu pago. Bem, tecnicamente o banco Mamãe e Papai paga, mas dá no mesmo no final.

Seguimos através do estacionamento e pegamos um atalho pelo beco ao longo do rio até a rua principal. Ele era do terceiro ano, daquela galera festeira legal que você via andando pela cidade usando roupas chiques ou segurando cones de trânsito ou levando uns aos outros nas costas. No pub, ele comprou uma garrafa de cidra pra cada um, e também tomou uma vodca com Red Bull.

— Meio demais, não? — perguntei.

Ele ignorou e disse:

— Aquela palestra foi uma merda. Procurei aquele cara no Google, e ele não é nenhum Henri Cartier-Bresson; só faz fotos de casamentos e batizados.

— Não tem nada de errado em tirar fotos de momentos felizes. Imagino que você só fotografe zonas de guerra, então, né? — Eu ainda estava empolgada pelo seminário. Usando palavras como "perspectiva" e "personalidade"; foi pra isso que quis vir pra universidade. Para isso e para conhecer novas pessoas. Eu podia sentir a cidra fazendo efeito, me deixando quente e aconchegante.

— Sem chance dessa porra, não vou me arriscar a levar uns tiros na bunda.

Talvez, pensei, tomando outro gole longo e lento de bebida e o observando fazer o mesmo, um pouco da confiança dele passe para mim.

— É isso que você vai fazer quando se formar? — perguntou ele. — Ser fotógrafa?

— Bem que eu queria, mas sou ruim na parte técnica. Quando eu decido qual é a melhor ISO, já perdi a foto. Eu seria uma péssima paparazza!

— Eu preferiria ser lixeiro a paparazzo. Na verdade, esquece isso; lixeiros têm que acordar cedo. Preferiria ser um traficante de drogas. Pelo menos eles contribuem com algo para a sociedade!

— O *que* você vai fazer, afinal? — perguntei. Ele estava no terceiro ano, e muitos deles já estavam procurando emprego.

— Só Deus sabe, sou inútil pra maioria das coisas. — Havia algo meio infantil nele. — E você?

— Gostaria de fazer jornalismo. Que nem o resto do mundo.

— Me diga que você não vai trabalhar para o *Heat*. Por favor, diga isso.

— Meu Deus, não, vai ser muito mais sofisticado! O *TLS*, no mínimo.

Demos outro gole. Estava descendo muito bem.

— Sempre achei que a mídia deveria confundir os estereótipos, mas tudo o que ela faz é reforçá-los — disse ele.

— Muito profundo — falei, mas estava pensando: é verdade.

— Você já assistiu aos noticiários? — continuou ele. — Quero dizer, realmente sentou e *assistiu*? Faço muito isso por ser congenitamente preguiçoso, e é uma merda completa. Até mesmo os apresentadores são desinteressados.

— Desinteressantes.

— Quê?

— Você quer dizer "desinteressantes", não "desinteressados". Querem dizer coisas diferentes. Eles devem ser desinteressados, porque significaria imparcialidade, mas o que você está insinuando é que eles não são interessantes.

— Por aí — disse ele.

— O *que* você vai fazer, então?

— Provavelmente acabar trabalhando para o meu pai.

A maneira como ele disse "pai", languida e desdenhosamente, me fez concluir que seria uma escolha relutante, mas possivelmente a única opção. Percebi que eu não tinha certeza se gostaria desse cara se de fato chegasse a conhecê-lo, mas me lembrei de que eu não precisava.

— E o que ele faz, seu pai?

— Seguros.

— Trabalha numa central de atendimentos, então?

— Muito engraçado. Na verdade, ele trabalha com seguros de entregas.

— Eu deveria ficar impressionada?

— Como quiser. Deveríamos comemorar.

— Comemorar o quê?

— O que quiser. Vou brindar tardiamente por Charles e Camilla terem conseguido se casar, se você precisa de um motivo.

— Sou republicana.

— Que surpresa! Que tal o fato de eu ter negociado uma extensão para o meu contrato de patente e atribuição de propriedade intelectual? Ter suportado uma palestra de um cara que acha que é Robert Capa? Estar aqui, em Southampton? Eu e você termos nos conhecido; sim, esse é o melhor motivo da lista.

Gostei do jeito que ele estava sentado, meio virado para mim, sentado sobre uma das pernas, dobrada sob o corpo, o braço esquerdo estendido no encosto do sofá atrás de mim. A forma como ele usava as mãos, também; ele era tão animado.

— Estou fodido. Não comi hoje. Aliás, não estou sugerindo que a gente faça isso — acrescentou ele depois de uma pausa: — *Comer*, quero dizer, não foder. Mas você sabe...

— Vai sonhando — falei. Seu comentário tinha movido a nossa conversa para um novo plano, aquele em que um resultado diferente era possível. *Você poderia dormir com esse homem, Alice.* O pensamento passou pela minha cabeça enquanto ele voltava ao bar. — E eu aqui pensando que você ia me trazer um jantar romântico — completei quando ele colocou mais duas cidras e outros dois drinques sobre a mesa.

— Comer é trapacear — disse ele. — Arrisquei: dois gins, duplos. Lembra que eu disse que sou inútil para a maioria das coisas? Bem, sirvo para uma coisa — disse ele, saindo em direção ao banheiro. Quando voltou, estava sorrindo. — Pronto, essa é uma das coisas que sei fazer bem!

— O que, xixi?

— Não, o que eu fiz depois disso. — Ele tocou a ponta do nariz. — Agora, que tal uma pegação? — Ele se inclinou e nos beijamos. *Ele não é o seu tipo*, pensei, quando vi seu antebraço forte cheio de sardas. Percebi que nunca tinha decidido qual era o meu tipo.

— Chega de falar de mim, o que o *seu* pai faz? — perguntou ele.

— Ele tem a própria consultoria de planejamento — respondi, e pensei, foda-se, não preciso da aprovação desse cara. — Quero dizer, tinha, mas não deu muito certo. Meu pai é técnico de aquecedores.

— Sinto muito — disse ele.

— O quê? Que o negócio tenha ido pro espaço ou que ele seja técnico de aquecedores? — Alguma coisa estava me fazendo o provocar; ele gerava em mim uma mistura de desprezo e atração que eu nunca tinha sentido. Mais dois drinques e eu seria capaz de fazer a mesma coisa que ele: falar o que quiser e manter a pose. — Vamos ficar bêbados às custas do magnata das entregas! — exclamei.

Não demorou muito para que ele voltasse ao bar. Alto, uns 8 centímetros a mais do que eu — e tenho 1,75m — e ele claramente malhava, também. Chegou com champanhe.

— Ainda não estou impressionada.

— Não vai querer beber, então! — respondeu, servindo duas taças.

A vida pode surpreender, às vezes; uma tarde de terça e espumante em um pub quase vazio e esse novo sujeito, Ben (sempre gostei desse nome), com olhos incríveis. Fiquei olhando as bolhas, e a palavra "decadente" nadou pela minha cabeça.

— Gostei do que você disse sobre as fotos mais cedo — disse ele. — O que aquele cara tava falando, sobre o seu trabalho ser catalogar em vez de influenciar a história foi uma merda pretensiosa, mas o que você disse foi pra valer.

— Sério, o *que* você vai fazer depois que sair de Southampton? — perguntei, subitamente intimidada pelos rumos daquela conversa.

— O menos possível. Talvez trabalhar num bar. — Nós nos beijamos. — Você... é... incrível.

— Aposto que diz isso para todas as meninas.

— Claro que digo, mas com elas eu não falei a sério. Com você eu falo sério, Senhorita Algo Que Passava e Parou. Não se mexa, volto em duas sacudidas das tetas de uma rã — disse ele, sumindo dentro do banheiro de novo.

Senti uma onda de tontura e decidi que deveria ir embora, que eu estava perto do ponto do qual não haveria mais retorno; não um do qual eu não *pudesse* voltar, mas um cuja maneira como eu voltaria já não dependeria mais de mim. Eu fazia isso periodicamente: era como observar a mim mesma ultrapassando um limite.

— Quer um pouco? — perguntou ele quando voltou.

— Não.

— Vamos lá, aproveite a vida, relaxe.

Ele tocou meu cabelo, e eu me perguntei como cocaína seria, o que eu sentiria, como ela me faria *ser* — apenas mais de mim ou uma pessoa diferente? "Holiday", do Green Day, começou a tocar, e me ocorreu que eu não havia me saído tão mal. Senti certa onda de prazer em ser eu mesma. Havia bolhas no meu nariz, e até senti florescer um carinho por quem eu havia sido: a menina de uniforme escolar cinza e amarelo que gritava "Eu odeio isso tudo" pela porta do quarto com o pôster do Boyzone na parede.

— Sempre achei que você era meio ovelha negra — disse Ben.

— Como assim, *sempre*? Você não me conhece desde sempre.

— Te conheço há pelo menos uma hora. É tempo suficiente.

— Tempo suficiente pra quê?

Ele colocou a mão na minha perna e eu a toquei: quente, carnuda, ossuda. Nós nos beijamos de novo e ele me apertou contra ele. Deslizei para mais perto à medida que seu peso fazia pressão, abaixando um pouco o assento do sofá.

— É bom conhecer você, Senhorita Algo Que Passava e Parou — disse ele.

O cara da palestra tinha perguntado o que uma fotografia realmente *era*, e como ninguém respondeu, ele me perguntou (a menina na fileira da frente, de lenço roxo) e eu fiquei vermelha e soltei: "Um fragmento, um pouco como o tempo congelando". Ele disse: "muito poético" e perguntou se eu gostaria de elaborar. Foi então que eu disse "como algo que passava e parou".

— Vamos pra minha casa? — perguntou Ben.

— Para tomar um café?

— Isso também.

Por um instante, quase fui embora, mas a bondade do champanhe estava gotejando à minha volta e de jeito nenhum eu voltaria para a minha casa. Eu a dividia com mais cinco, o lugar era um lixo e, se as outras tivessem saído, eu ficaria sozinha em casa. E eu tinha estado no *meu* quarto mais cedo e aquilo tinha voltado. *AQUILO*. As coisas ruins. A sensação de tristeza e desgaste, sem dormir, quando um painel velho de cortiça na parede quase pode fazer você chorar. Eu nunca tinha lhe dado a satisfação de um nome. AQUILO estava bom.

Ben colocou a mão na minha coxa. *Alice, isso é não é nem um pouco típico de você*, pensei. Eu *nunca* durmo com homens no primeiro encontro. Vi nós dois refletidos no espelho de corpo inteiro, entrelaçados no sofá marrom com uma fileira de copos vazios sobre a mesa baixa de madeira.

— Podemos ir agora?

— Sim — respondi o mais casualmente que pude, mas soou falso e como o meu antigo eu, mas ele não conheceu meu antigo *eu*, e imaginei que, se tivesse experimentado um pouco da cocaína, não seria mais este *eu*.

— Quero dormir com você — sussurrou ele no meu ouvido quando nos levantamos. Eu me senti a um milhão de quilômetros daquela menina de Corby que imaginava como seria tocar um homem e como ela ficaria depois, se seria ou pareceria diferente, ainda que apenas para as pessoas que a conheciam melhor, mamãe e papai (não Robbie, aquele idiota não notaria se eu desenvolvesse uma terceira perna!). — Tem muito mais bebida lá em casa. Muito mais de tudo — disse ele, tocando o nariz.

— Sou uma boa menina — falei, rindo.

A casa dele era fria e um chiqueiro, e bebemos vinho branco, depois vodca, e ele colocou Eminem para tocar e, quando os vizinhos bateram na parede, bateu de volta. Mais tarde, espalhou cocaína sobre a mesa de centro e fez como fazem nos filmes: cortou e ajeitou com um cartão de crédito. Em seguida, enrolou uma nota e inspirou com força, e observei o pó branco correr para dentro do seu nariz.

— Sua vez — disse ele.

— Pouca coisa — pedi, sentindo-me subitamente mais sóbria, mas então a embriaguez caiu de novo sobre mim.

— Você vai gostar, dá pra ver.

— Estou com medo — falei, enrolando a língua.

Ele me disse para não ser um bebê e depois "não se preocupe, está tudo bem, absolutamente bem", e a forma como ele disse "absolutamente" teve o mesmo jeito lânguido de câmera lenta, só que tudo estava assim agora: o modo como suas mãos se moviam, as sombras das folhas da árvore lá fora criando texturas na parede, até a música estava ligeiramente distorcida.

Eu me inclinei para a frente e pensei: *uma nova versão sua começa hoje, Alice*. Mas eu não devia ser muito apegada à antiga, porque isso não me impediu. Senti uma onda clara e chocante quando cheirei; cheirei tudo, como tinha visto nos filmes, e imediatamente me senti melhor, tudo pareceu melhor.

— Bom? — perguntou.

— Bom.

E um de nós fez uma piada com magnata das entregas e ímãs de geladeira e nós rimos e bebemos vinho tinto, eu nem sabia que estávamos bebendo tinto, e eu pensei que teria que ter cuidado com essa coisa, porque poderia começar a gostar demais dela.

E, essa manhã, quando estávamos deitados em sua cama, ele disse:

— Isso é o que eu chamo de *tempo congelante.*

Tinha nevado e o aquecimento estava com defeito. Imagens da noite passada pulsavam na minha cabeça: ele mordiscando minha orelha, sussurrando que eu era bonita, suas omoplatas: grandes relevos ossudos. Ele fez chá e lemos os jornais e ele anunciou que viajaria no fim de semana — voltaria para Bucks ou Berks, não entendi qual, para o aniversário de 21 anos do irmão. Um trabalho temporário.

— Vai ser uma noite monstro — disse ele.

— O que foi ontem à noite, então?

— Aquilo foi só um prelúdio.

Mas você nunca dorme com as pessoas nos primeiros encontros, Alice, pensei.

Isso não me impediu na noite passada.

Você nunca cheira cocaína.

Idem.

Não sabia se deveria ir embora ou ficar e tentar salvar alguma coisa, encontrar nele algum traço que eu gostasse além do fato dele estar em forma. Todo mundo tem alguma coisa.

— Sério, obrigado pela companhia na noite passada — disse ele.

Pronto, talvez fosse isso, esse comentário; ele realmente quis dizer aquilo. Ele fazia muito isso, eu tinha percebido, de começar as frases com "sério". Pensei: daqui a alguns anos você vai estar de terno em algum escritório luxuoso e não seremos mais alunos. Tentei memorizar aquele quarto. A garrafa de vinho com uma vela em cima, a planta ornamental morta, a placa roubada de "homens trabalhando" apoiada entre o armário e a parede. Eu sabia que poderia muito bem não vê-lo de novo, ou talvez até o visse, mas não *dessa* maneira. Ele se tornou o cara com quem eu saí depois da palestra sobre fotografia, alguém sobre quem as meninas implicariam comigo, o Sr. Homem do Marketing ou o Sr. Algo Que Passava e Parou.

— É isso o que nós vamos ser, então — perguntou ele —, amigos coloridos?

Eu ri quando ouvi essa expressão em um episódio antigo de *Sex and the City*, mas ali ela soou brutal e menor do que aquilo era. Ele estendeu a mão para debaixo da cama e puxou uma bandeja com mais cocaína.

— Hora de recarregar — disse ele.

Comecei a recolher as minhas roupas e me vestir. Fazia mesmo apenas dois anos que eu genuinamente acreditava que dormir com alguém era algo tão importante? Senti um pouco de pena daquela versão antiga. No mínimo eu teria gostado de lembrar se eu mesma havia tirado minhas roupas ou se tinha sido ele.

— Sério, não vá. Vou me sentir sozinho se você for.

Ele cheirou uma carreira, preparou outra e sorriu para mim.

— Tudo bem? — minha mãe perguntou na manhã seguinte à noite em que eu transei pela primeira vez com Josh. Ela sabia que ele ficaria para dormir; ela e papai gostavam dele. Melhor o diabo que você conhece, era a visão da minha mãe. Eles são todos diabos, papai concluiu. Durante os poucos meses em que namoramos, ele e meu pai apertavam as mãos quando se viam; os dois homens na minha vida. Perguntavam um ao outro: Como vão as aulas? Como vai o trabalho? Você viu o jogo do Manchester? *Homens são tão semelhantes e tão diferentes*, pensei, observando-os certo dia. Suas formas incompatíveis — Josh era magro, magro saudável, e papai, mais arredondado. Tinha passado pela minha cabeça que aquilo devia ser a idade adulta: meu primeiro namorado. "Nunca deixe ninguém tratar você como se você não fosse preciosa", dissera meu pai, mas Ben, Ben com sua loção pós-barba enjoativa e sua pele rosada irritada onde ele havia barbeado, estava fazendo exatamente isso.

Sentei-me na beira da cama. Minha cabeça latejava. Lembrei-me do trabalho que já estava atrasado três dias e que eu precisava terminar hoje, e do iluminado e espaçoso silêncio da biblioteca. Olhei para a cocaína, para Ben, depois de volta para a cocaína; talvez ainda estivesse meio alta. Pensei: *mamãe e papai ficariam horrorizados, mas não tem nada de mais e já fiz uma vez* — ultrapassei a barreira ontem à noite, agora seria apenas *um repeteco*. Imaginei qual seria a palavra do meu próximo registro no diário. Escolha fácil: pó.

— Essa é a minha garota — disse Ben quando inclinei a cabeça para baixo.

Foi tão bom que eu quase chorei.

Parte II

NÃO HÁ PALAVRA PARA O QUE SOMOS

Carta enviada pelo Professor Jeremy Cooke, 17 de fevereiro de 2012

Boa tarde, Larry,

Eu costumava pensar que ficaria bem velho. Estava convencido de que seria um daqueles velhinhos que perambulam pela rua principal de boné e casaco, independentemente do tempo. Que perdem a noção da hora e de repente se assustam, olham para o relógio e murmuram. Que, quando tentam andar mais rápido, se assemelham a algum objeto mecânico montado errado. Que não reparam nas bolhas de ranho no nariz, nem na saliva do queixo; têm uma vaga aquosidade nos olhos e que se apoiam em mesas e cadeiras como se suportassem um mundo que gira cada vez mais rápido, um mundo cada vez mais incompreensível. Mas, obviamente, não. É um ponto na minha próstata: um ponto duro, cancerígeno. O médico e eu conversamos sobre as melhores e as piores hipóteses, e enquanto ele articulava palavras com as quais eu não estava familiarizado e certamente jamais associara a mim mesmo — "biópsia" e "metástase" e "Finasterida" —, decidi comprar flores para Fliss a caminho de casa: um enorme buquê com ásteres, íris e mosquitinhos. Talvez cozinhar um assado: carne de porco, que sempre foi a sua favorita. Ela sabe, é claro, mas você deve saber, também. Esta última série de consultas médicas me fez perceber bem quão sortudo eu fui de tê-la ao meu lado por todos esses anos.

Queria passar minha aposentadoria fazendo cerâmica, Larry. Mexendo no jardim com minha colher de pedreiro, visitando as lojas de antiguidades em Winchester, andando pela casa com a minha caneca de café com os dizeres *Homem Mais Resmungão do Mundo.* Gostava da ideia de ignorar temporariamente as preocupações com os combustíveis fósseis e comprar um velho carro esporte, cujo motor eu ficaria mexendo. Compraria uns dois macacões — tenho a impressão de que nunca tive um macacão — e deixaria impressões digitais de graxa na chaleira. Até mesmo, Deus me livre, se eu acabasse em um asilo, enfileirado ao longo de uma parede com os outros internos como se esperasse por um pelotão de fuzilamento, ou sentado em círculos virando cartas sobre carpetes escolhidos para esconder "acidentes" — até mesmo isso, reduzido, infantil e embaraçosamente carregado de ambição sexual, mesmo isso seria melhor do que o que tenho pela frente: o nada.

Acho que eu não deveria reclamar: ainda vou chegar a ver bem mais do que o dobro da vida que Alice viu. Não é uma reviravolta memorável para os livros, Larry? Achava que morrer era algo que acontecia com as outras pessoas, como discutir em público ou pedir falência. Todos esses milhões de anos de evolução e nós nunca consertamos a inevitabilidade desse defeito particular do ser humano, não é?

— Parece que há certa inversão acontecendo aí — disse Fliss em voz baixa quando lhe informei dos meus planos de "catalogar uma ex-aluna falecida".

Isso certamente se revelou uma distração, preencher a lacuna que, de outro modo, seria rapidamente tomada pelo medo. Na verdade, está sendo inundada: o passado de Alice, servido em fotos, e-mails, textos, conversas no Twitter, anedotas e até mesmo algumas teorias malformadas, uma delas sugerindo que ela era usuária de heroína. E pensar que costumávamos ser alguns poucos registros formais, papeladas e objetos: uma certidão de nascimento, carteira de motorista, certidão de casamento, certidão de óbito. Agora estamos em mil lugares: díspares, mas completos; efêmeros, mas permanentes; digitais. mas reais. Esse enorme repositório de informações *por aí.*

Deus, é impossível ter segredos agora. Nunca teríamos conseguido ficar fora do radar se tivéssemos nascido quarenta anos depois, meu velho, isso é certo.

Alguns poucos até mesmo chegaram em pessoa, buscando em suas curtas memórias e bolsos desalinhados, levando-me a tomar instintivamente meu bloco de notas. Capturar esses detalhes está se tornando compulsivo.

— Você é o cara da Alice? — perguntou uma jovem esta manhã, uma alcunha da qual não desgostei. Ela estendeu o celular, suplicante. — É só uma mensagem, mas foi a última que trocamos.

Passando os olhos pelo que já tinha coletado, ponderei: o que *é* isso, realmente? Esta foto tirada por uma amiga de escola mostrando Alice ao lado da sua tenda para o prêmio Duke of Edinburgh. Este retrato dela em uma viagem ao presbitério dos Brontë ("Os pobres moradores de Haworth nem viram o que os atingiu", dizia o e-mail que o acompanhava). Este bilhete de um casal que morava na casa ao lado quando ela era criança e "costumava vê-la saltando para cima e para baixo em sua cama elástica, por cima da cerca".

— Parece um obituário tardio — disse Fliss.

— De fato é — respondi, imaginando a escassez do meu: alguns poucos parágrafos no jornal universitário, algumas curtas colunas em um dos jornais.

Estou morrendo, Larry. Pronto, falei. Demorou um pouco, mas consegui. Não o "estamos todos morrendo" típico de um aluno de filosofia, mas *literalmente*. Nada iminente. Verei o próximo Natal, mais um depois, provavelmente um outro depois disso também. Bem do meu jeito, não é? Não consigo nem morrer dramaticamente.

Pergunto-me como deve ser, de verdade, o momento da partida? Onde acontecerá? O que sentirei? A esposa ao lado da cama, de mãos dadas; ou pode ser que esta seja apenas a versão asséptica da TV. Talvez eu nem perceba que aconteceu. Ou, pior, perceba; mas seja algo ambíguo e confuso, uma transição complicada para... para onde? Outra coisa que nós, chamados cientistas inteligentes, nunca fomos capazes de responder de verdade. Não tenho a menor intenção de partir graciosamente para esta boa noite, Larry. É hora de ser honesto, de acertar as coisas. Sobre Alice, sobre mim, sobre tudo.

Não sei como eles têm sido na sua universidade, mas algumas pessoas do corpo docente aqui são bem abelhudas. "Como está indo o *projeto Salmon*?", perguntou um deles esta manhã, mal escondendo o desdém. Mas danem-se todos. Passei a vida inteira buscando a aprovação dos meus colegas quando o único interesse deles era acompanhar as ideias ou para roubá-las ou para se alegrarem com as deficiências. Deus, como consegui desfrutar da companhia dessas pessoas? São como raposas cheirando os rabos umas das outras.

Duvido que nossas notícias, por mais graves que sejam, ganhem muito destaque no seu canto do globo, mas não é inconcebível que você tenha pegado partes dessa história mesmo assim. A mídia aqui está se refastelando sobre isso, e eles nem sabem da metade. Pelo menos, por enquanto. Perdoe-me se omito fatos no meu relato, mas farei o melhor para ser abrangente e equitativo. Nunca confie em quem conta, confie no conto, é o que disse Lawrence. Bem, você terá que ser paciente comigo porque meu domínio sobre os detalhes já não é o mesmo. Nunca menti para você, não conscientemente, mas imagino que me verei tentado a fazer isso nas próximas semanas e meses. Devo resistir: até mesmo as partes menos nobres e, diabos, há várias delas. Inverdades, infidelidades, obsessões, subterfúgios — por onde começo?

Terei que ser cuidadoso, tendo em vista a última vez que vi Alice, mas preciso fazer isso. Indubitavelmente, como um retrato de Alice, ele não pode ser infinito em seu alcance, mas estou consciente do termo japonês *kintsugi*: a celebração da ruptura, da falha, a versão remendada virando parte da história do objeto. E há cantos de cisnes piores.

Então, esta manhã, essa menina no meu escritório, segurando o celular na mão como se fosse um artefato histórico. Megan era o seu nome: uma coisinha bonita que trabalhava com RP.

— Eu a amava — disse ela.

Eu não conseguia pensar em nada além de como seria ter as mãos dela (com unhas vermelhas), sobre mim, sobre a minha pele pálida como papel.

— Não mais? — perguntei. — Você não a ama *mais*?

Estranho como lidamos com os tempos verbais. Amava. Amo. Sabia, sei. Queria, quero. Amigos nossos — refiro-me a eles como "amigos", mas há muito perdemos o contato — perderam um dos filhos quando ele era adolescente. Uma das perguntas com as quais acharam mais difícil de lidar mais tarde, talvez ainda achem, era uma das mais simples: quantos filhos vocês têm?

— Eu a amo — disse ela.

— Eu sei, querida — falei, pousando a mão sobre seu ombro.

Ela encolheu-se para trás como se não houvesse nada mais repulsivo em todo o mundo do que um velho.

— Como? Como você sabe?

— Porque eu também a amo.

Artigo no site *Nationalgazette.co.uk*, 6 de fevereiro de 2012

"Garota trágica morre perto da ponte que ela lutou para que fosse fechada"

Uma jovem morreu perto de uma ponte pela qual fez campanha para que fosse fechada.

O corpo da repórter de 25 anos, Alice Salmon, foi encontrado em um canal em Southampton no início da manhã de ontem (domingo).

Fontes dizem que Salmon, que estudou em Hampshire e que agora morava em Londres, estava de volta à cidade para uma visita de fim de semana.

A polícia está mantendo sigilo, mas a teoria local mais forte é que a amante de festivais se separou das amigas e seguia pela ponte após um longo dia de celebração.

Em uma cruel reviravolta do destino, no primeiro trabalho para um jornal do resort da costa sul, ela pediu por mais segurança exatamente no local de onde caiu para a morte gelada.

Em um artigo, ela chamou a ponte, que fica 8 metros acima da água e é uma rota muito usada pelos pedestres, de "um acidente esperando para acontecer", e apelou às autoridades que erigissem grades mais altas ao longo dela. "A questão não deveria ser quanto isso vai custar, mas qual será o custo de *não* fazer isso", escreveu a extrovertida Salmon no *Southampton Messenger.*

Ex-colegas se lembram dela como uma destemida militante contra o crime — paixão que desenvolveu com a campanha "Capturem o Assediador Noturno", que levou à condenação de um homem que tinha violentamente agredido uma bisavó de 82 anos.

As redes sociais logo foram inundadas por teorias. Um usuário do Twitter disse que a ponte era "o local ideal para um mergulho bêbado de verão". Outro, que supostamente conhecia a vítima, alegou que ela tinha uma "vida amorosa complicada".

Os pais se recusaram a comentar o ocorrido quando o *National Gazette* entrou em contato, mas um vizinho relatou que eles estavam "literalmente destruídos".

Leia também:

- Jovem fará sua estreia no futebol inglês
- Revolta com os cortes de verbas do governo
- Crise nas montadoras de carros aumenta medo

Notas de Luke Addison em seu notebook, 9 de fevereiro de 2012

Quando disse que estive em uma briga, Al, não foi bem assim, e preciso contar a verdade. Não estive em uma briga, eu *comecei* uma. O pobre sujeito não tinha feito nada de errado, mas lhe dei um soco e depois caímos rolando no chão e ele era enorme — foi por isso que o escolhi — e estava em cima de mim e seu punho esmagava o meu rosto. "Acerta de novo, seu babaca", fiquei gritando, cada soco um lampejo brilhante de dor, momentaneamente esmurrando as 24 horas anteriores para fora da minha cabeça. Assim que ele parou, você correu de volta para o vazio e meu rosto estava um estrago completo, mas ele saiu sem um arranhão — não que eu estivesse tentando machucá-lo; já tem dor demais no mundo para que idiotas como eu espalhem ainda mais, como se jogássemos confete em um casamento.

Foi em algum pub de merda em Waterloo. Eu tinha acabado de voltar de Southampton. Minha cabeça estava a mil. Tinha pegado uma cerveja e estava na área externa quando recebi uma ligação do seu irmão. "Onde você está?", perguntou.

Não contei a ele, claro que não. O que eu diria? Tinha acabado de chegar em Londres depois de ter ido atrás da sua irmã em Southampton. Meramente respondi, o mais casual que pude: "Na rua".

Ele sabia que estávamos dando um tempo. Ele nunca gostou de mim. Nunca chegou a dizer isso, mas era óbvio. "Tenho uma notícia terrível", disse ele, e não parecia ser a primeira vez que anunciava aquilo. Eu mal podia ouvi-lo; a área externa do pub estava lotada. Mas ouvi quando disse o quanto era impossível aceitar, e que detalhes precisos ainda não estavam claros, na noite passada, totalmente irreal, seus pais estavam em pedaços... Fiquei ali parado, puxando a fumaça do baseado o mais fundo que podia, sentindo a onda estonteante, com uma gangue de adolescentes selvagens se juntando à minha volta. Eles não tinham a menor compreensão de como eram incapazes de me ferir, nem eles nem os amigos lá de dentro. Eu já estava morto. "Corre pra casa agora ou vou quebrar esse copo na sua cara", eu disse para um deles. Era uma sensação selvagem, estremecedora: a Stella, a maconha, a necessidade crescente de combater uma dor ardente com outra.

Mais tarde, recebi uma mensagem de texto da sua mãe dizendo: "Venha nos ver". Então, ainda mais tarde, quando eu sufocava sob a culpa, um cara enorme no bar. Pensei: *Ele vai servir.*

Durante os dois meses em que ficamos separados, Al, fiz o que concordamos: esfriei a cabeça e pensei no que eu realmente queria. Não que precisasse, eu já sabia; era *você.* Trabalhei muito, poupei uma boa grana e até visitei alguns apartamentos pra gente. Não fiquei com ninguém, mas e você? Quem é essa merda de Ben com quem andou trocando mensagens no Twitter? Você claramente estava escondendo algo de mim quando discutimos na semana passada. Vale para os dois, Alice. Era o nosso futuro; não apenas o seu, o *nosso.* E agora você está morta e quem quer que ele fosse você não o está vendo mais, não é? Assim como não está me vendo. É isso que o ciúme faz com você, isso é o que acontece quando você está apaixonado. E eu estava apaixonado por você, Al. Praga não foi nada, era uma menina de um lugar que começava com "D", cujo nome eu nem conseguia lembrar, em um quarto de hotel vagabundo. Mal trocamos mais de uma dúzia de palavras, e quando ela estava pegando coisas dela para ir embora, ela disse:

— Você está apaixonado, não é?

— Por que pergunta isso? — perguntei.

— Porque eu não estou e, quando você não está, percebe isso nas outras pessoas.

Meio que fiquei esperando ela vir com alguma citação (você *com certeza* teria feito isso numa situação dessas), explicando exatamente o que ela queria dizer, mas a mulher que não era você simplesmente enxugou uma lágrima ou um pouco de rímel do canto dos olhos e saiu do quarto.

Tudo isso não é por causa dela, é por causa de *mim.* Eu preciso escrever isso.

— Se ninguém nunca escrevesse nada, nós não teríamos Jane Austen, e imagine uma vida sem ela — disse você em um dos nossos primeiros encontros. Eu me esforcei para pensar em uma resposta, mas fiquei calado porque não queria parecer um filisteu. Você logo viu tudo, entretanto.

Vidas são como aquela tentativa de quebrar o recorde mundial de dominó que vi na TV quando era criança: uma coisa fora do lugar muda tudo que vem depois. Se Praga não tivesse acontecido, você poderia não ter ido para Southampton ou, mesmo se tivesse, poderia não ter ficado tão bêbada e poderia não ter caído no rio, e eu certamente não teria ido lá pro fundo com você. Ou talvez você tivesse me mandado uma mensagem durante a noite e eu perceberia que você estava bêbada por causa da pontuação errada e isso seria como um sinal de alerta ao qual eu teria respondido "Amor, tome cuidado" ou "Volte para perto das suas amigas". Normalmente, quando você estava bêbada, eu conseguia fazer com que você me ouvisse, mas, às vezes, era como se você estivesse atrás de um painel de vidro.

Você costumava dizer que eu era um bêbado divertido, engraçado, mas sou um bêbado acabado, assustado e enraivecido, e meu rosto está um estrago completo. Por que não deixar as outras pessoas verem o que eu fiz a mim mesmo e o que você fez comigo, conosco? Costumava imaginar como seriam os nossos filhos, se teriam meu nariz e suas sardas, meu queixo e seu cabelo, minhas orelhas e suas covinhas. Costumava fantasiar o nosso futuro juntos na minha cabeça. Mas você quebrou a fantasia em pedaços. O que fiz em Praga aconteceu quando estávamos juntos havia apenas sete míseras semanas, porra, a gente nem estava namorando.

Estranho como levar socos foi o que me levou, pela primeira vez em quase dois meses, a me sentir remotamente humano. Desde que você disse "quero dar um tempo". Desde que você disse "sem nada".

Estranho também que a polícia não esteja fazendo mais perguntas, que não esteja mais desconfiada. Tudo o que estão fazendo é apelar para as testemunhas, especialmente as que estavam com você no sábado à noite. Acho que uma menina bêbada morrer não é tão incomum. A cada minuto de cada dia alguém está morrendo.

— Pelo que entendi, vocês estavam passando algum tempo separados — disse-me uma policial. — Isso deve ter sido difícil. Você e Alice discutiram?

Eu ri dessa pergunta, ri alto da cara esperta, presunçosa, observadora dela.

Excerto do diário de Alice Salmon, 3 de dezembro de 2006, 20 anos

Paris, estou em Paris!

Não falava com o Ben havia semanas, mas ele ligou nessa quarta-feira e perguntou o que eu achava de passar um fim de semana fora, por conta dele.

— Estou ocupada — falei. — Trabalhando na minha dissertação.

— E se eu disser que você vai precisar do seu passaporte?

Não há palavra para o que somos. Não estamos saindo, mas fazemos coisas juntos. Não somos namorados, mas de forma intermitente agimos como tal. Mais ou menos. Foi assim desde que eu o conheci, naquela palestra sobre fotografia. E aqui estamos nós em Paris.

— É meio pequeno — disse ele, se referindo à *Mona Lisa*.

— Sim, mas veja aqueles olhos. Ela não levaria desaforo pra casa.

Tive que explicar que a *Vênus de Milo* era Afrodite, e seu único comentário foi que era uma pena que não tivessem se dado ao trabalho de terminar. Quando gargalhei, ele disse:

— Viu, falei que dar um tempo nesse lance de teses ia te fazer bem. Como tá indo, a temida "fezes"?

— Terrível. Sinto como se estivesse me afogando. Por quê? Está se oferecendo para ajudar?

— Prefiro grampear os meus próprios testículos!

Estivemos no topo da Torre Eiffel, onde Ben alegremente me informou que, se você deixasse cair uma maçã lá do topo, ela mataria alguém lá embaixo. Depois visitamos a ponte que tem todos aqueles cadeados, a Pont des Arts (viu, sabia que minha qualificação em francês viria a calhar!).

— Os casais prendem eles aqui e jogam a chave no rio para demonstrar seu compromisso — falei. — Dizem que se amantes se beijam aqui, ficam juntos para sempre.

Ele pareceu nervoso.

— Nada de ideias engraçadinhas, Cara de Peixe.

Aquilo me afetou de novo, a sensação insatisfatória em relação ao que eu e esse homem éramos. "Amigos coloridos", ele descreveu nossa relação uma vez. Mas terei 21 anos em breve; ele já tem. Mais ou menos um ano atrás, quando nos conhecemos, tudo bem, mas não vou ficar sendo feita de boba agora.

— Nós poderíamos fazer essas coisas com mais frequência — sugeri. — Tipo, ser um casal de verdade.

— Pra mim funciona do jeito que tá.

Meg acha que ele é um completo idiota, mas ela não (preparem o balde de vômito) vê todo um lado dele que eu vejo. Como quando ele aparece na porta com flores, ou me apresenta para as pessoas como Senhorita Algo Que Passava e Parou.

— Não seria tão terrível, seria, namorar como pessoas normais?

— Pensei que você odiasse coisas normais.

— Não estou defendendo morar junto e comprar uma Caravan. Estou apenas sugerindo que poderíamos nos ver um pouco mais. Pode ser divertido.

— Você me conhece, Peixe, eu não estou atrás de nada pesado. — Ele olhou para a água lá embaixo. — Gosto de ser de vez em quando.

Nosso dia havia sido incrível, mas agora eu sabia que essa conversa ficaria me consumindo. Mesmo se mudássemos de assunto (e é claro que mudamos de assunto), ela estaria lá.

— Você tem permissão para mudar — falei, forçando um sorriso.

— Não estrague o fim de semana — disse ele.

— Não me obrigue, então.

Vá se ferrar, Ben, pensei. Eu valho mais do que de vez em quando. Passei a mão pelos cadeados e me ocorreu que talvez fosse aqui (na Ponte dos Amantes, com as luzes da Torre Eiffel brilhando ao longe, na cidade mais romântica da Europa) que nosso dito relacionamento terminaria.

Esse pensamento já havia passado pela minha cabeça antes.

Eu não deveria ter vindo para Paris.

Foi uma das coisas mais estúpidas que já fiz. Deveria ter ficado em casa e continuado minha dissertação (sem dúvida essa será a palavra registrada neste diário: dissertação!). O Dr. Edwards, meu orientador, diz que eu poderia estar a caminho de um dez; ele acha que eu tenho — abre aspas — uma compreensão extremamente madura da obra de Austen. "Você é uma leitora sensível, Alice", disse ele. "E evidentemente também tem um fraco por heroínas condenadas".

Seu encorajamento não me impede de ficar estressada. Não seria tão ruim se tudo fosse acabar depois que eu entregasse o trabalho, mas então haverá a procura por um emprego (está tudo certo para Ben, porque ninguém precisa de emprego com mamãe e papai bancando tudo). Às vezes parece que simplesmente não sou inteligente o suficiente para manter o ritmo. Quero dizer, consigo responder certo dez ou onze perguntas em sequência no *Mastermind*, mas só acerto umas quatro ou cinco no *University Challenge*. Se eu fosse um aparelho eletrônico, um iPod ou uma máquina de lavar, eles teriam me incluído no recall e eu seria levada de volta para conserto. Mas não se pode fazer isso com humanos, porque nós não viemos de fábricas e, se você olhar para quem me fez (certamente mamãe), verá os mesmos problemas. Entretanto, se pergunto como ela era quando tinha a minha idade, ela fica muda. "Não é uma questão de esperar a tempestade passar", falou uma vez. "É aprender a dançar na chuva".

Eu costumava ter certeza de que manter este diário era uma válvula de escape, mas isso não ajuda mais que expandir o vocabulário, porque você pode ser tão articulada quanto Stephen Fry, mas isso significa apenas que você tem mais formas (uma verdadeira cornucópia de formas!) de descrever como se sente uma merda. Nenhuma das palavras que ele usa no programa de TV pode fazer *AQUILO* ir embora. Tudo o que elas fazem é lhe dar uma nova forma, um novo jeito, um novo som.

Existe uma maneira de fazer o estresse ir embora, claro. No começo eu olhava para o banheiro do quarto do hotel e me lembrava de outro banheiro, anos atrás. Lembrava-me de calmamente abrir o armário de remédios e tirar o conteúdo (os curativos, o colírio, a tesoura de unha, o paracetamol) e colocá-los sobre a lateral da banheira, arrumando-os em uma agradável fileira, como se movesse minha peça em um tabuleiro de Monopoly (eu era sempre o cachorrinho terrier).

Estremeci e peguei meu telefone. Ben supostamente havia saído para comprar cigarros, mas provavelmente estava em um bar. *Volte*, enviei para ele. A noite passada, depois da nossa conversa sobre a ponte, foi como sempre era. Não resolvemos nada. Nada mudou. Liguei para ele freneticamente.

— *Alice* — respondeu ele, como se estivesse esperando outra pessoa.

Tive uma visão dele apoiado sobre a grade de uma ponte, inclinando a cabeça para cima, soprando a fumaça e pensando em mim, e me senti um pouco como um personagem de um livro, mas não consegui decidir como eu seria: imperfeita e trágica ou corajosa e pronta para não levar desaforo pra casa.

— Onde você está?

— Comprando maçãs!

— Estou falando sério. Onde você está?

— Na rua.

Ele estava falando enrolado. Decidi que isso definitivamente não poderia continuar. Estava terminado, e perceber que seria eu a pessoa a acabar em lágrimas me fez odiá-lo um pouco.

— Na verdade, tava comprando um presente pra você — disse ele. — Uma surpresa.

Meia hora mais tarde, uma mensagem de texto: *Aquele presente do qual eu te falei, você vai ter que experimentar quando eu chegar.*

Senti certa animação, ou talvez uma ponta de vergonha.

— Você é a minha Afrodite? — perguntou ele mais tarde enquanto bebíamos o vinho que ele tinha pedido pelo serviço de quarto.

É verdade: eu tenho um fraco pela heroína condenada.

Eu tentava trabalhar na minha tese, mas desisti e fiquei olhando a área rural passar. Mudei o foco para o meu diário.

Quando eu tinha 12, 15 ou 17 anos, não imaginava que seria assim aos 20: no Eurostar, passando um fim de semana em Paris com um homem que não conseguia pronunciar a palavra "namorada".

Ben estava ferrado no sono. Tão confiante, tão vulnerável, com seus cabelos loiros e dentes brancos e perfeitos. Ele provavelmente não se moveria até chegarmos a Waterloo, então acordaria assustado, se espreguiçaria, pegaria sua mochila e iríamos para Southampton, onde sumiria por alguns dias e, de repente, mandaria uma mensagem de texto, alguma bobagem sobre esse fim de semana: Nina Simone naquela brasserie ou a Vênus de Milo ou as maçãs. Sim, ele vai gostar disso, vai se lembrar daquilo: que você pode matar uma pessoa deixando cair uma maçã sobre ela do topo da Torre Eiffel.

Mas não terá resposta.

— Temos que ficar juntos — disse ele uma vez, tomado pelo pânico depois que eu gritei com ele. — Além disso — acrescentou, com a velha confiança voltando —, você não pode terminar comigo porque não estamos realmente namorando!

Depois daquela discussão, houve um intervalo mais longo do que o habitual. Meses em vez de semanas. Mas eu deixei acontecer de novo: o fim de uma noite, o momento em que a banda termina ou que você está ao lado de alguém no bar ou naquele instante durante uma festa na casa de alguém em que há apenas nós dois na cozinha; uma pesada inevitabilidade, eu e ele. Isso é a minha cara, fazer coisas que todos os ossos do meu corpo estão gritando (ossos podem gritar?) para *não fazer*. Ficar endividada. Chamar o meu senhorio de parasita. Ficar bêbada na festa de Natal do departamento de antropologia no primeiro ano. Parte de mim fica aliviada por não conseguir me lembrar de mais coisas dessa noite, mas uma parte maior *precisa* lembrar. Só sei de partes. Canapés de anchova. Uma conversa sobre alguma descoberta na Indonésia, uma coisa meio hobbit. Vinho frio ("Não é horrível", disse o Professor Cooke, mas ele preferia o tinto, e ficou jorrando nomes e variedades de uva que eram como uma língua estrangeira para mim). E depois tentando ler uma placa na parede e as letras nadando para fora de foco. Rindo, e o Velho Cookie dizendo: "Hora de tirarmos você daqui, mocinha".

Ben girou em seu assento e perguntou, sonolento:

— Onde estamos?

Fiquei triste porque não seríamos capazes de trocar reminiscências sobre este fim de semana juntos. Nós nos lembraríamos da mesma coisa, mas com diferentes perspectivas.

O Dr. Edwards está sempre batendo na tecla da perspectiva. "Pelos olhos de quem você está olhando?", pergunta ele. "Quem é o narrador desta história? Quem é o herói?".

Ben voltou a si, bocejou e esfregou o rosto, e por um instante eu vacilei.

Tarde demais, pensei.

— Nós todos somos os heróis de nossas próprias histórias — disse o Dr. Edwards uma vez.

— Ou heroínas — respondi. — Não se esqueça das heroínas. Afinal, durante boa parte da história, o anônimo foi uma mulher.

— É bem verdade. Uma versão bastarda de uma frase de Woolf, acredito.

Aquele tinha sido um momento de iluminação. Na minha história, era eu. Sempre eu.

— Podemos comer alguns bagels — disse Ben, e pensei: *Seu idiota, nós poderíamos ter comido bagels, mas você estragou tudo. Sem segundas chances. Ou melhor, você já teve cerca de seis segundas chances. Nada de sétima segunda chance.*

Ele não fazia ideia do que o esperava. Quase senti pena dele.

E-mail enviado pelo Professor Jeremy Cooke, 4 de março de 2012

De: jfhcooke@gmail.com
Para: Elizabeth_salmon101@hotmail.com
Assunto: Fique Longe

Cara Elizabeth,

Estou imensamente triste a respeito de Alice. Não significará nada informá-la disso, mas estou. Sempre se fala do poder das palavras, mas elas parecem dolorosamente inadequadas em situações como esta. Pensei se deveria enviar um cartão de condolências, mas concluí que seria mais seguro não fazer isso, especialmente depois do meu mal-interpretado e-mail anterior. Peço desculpas se foi insensível da minha parte.

Posso entender por que você é tão protetora para com Alice; qual mãe não seria? Talvez eu deva explicar melhor a minha "pesquisa", porém. Enxergo-a mais como tributo do que obituário; certamente não se trata de expor suas fraquezas, porque todos nós temos várias delas. Você me conhece, Liz: sou interessado em pessoas, em todo o seu genial detalhe tecnicolor. E existe pouca gente tão genial ou tecnicolor quanto Alice.

Empreendimentos quase acadêmicos são como uma vida. Difíceis de julgar quando ainda inconclusos; você precisa ver os resultados finais, mas não poderia tomar como garantia a quantidade de amigos e colegas de Alice que estão se apresentando para ajudar? Você também tem a minha palavra de que sempre tratarei sua memória com nada além de respeito.

Gostaria de salientar que este é um projeto pessoal, não um conduzido sob os auspícios da universidade. Francamente, estou farto da academia, de seu esnobismo e mesquinhez. Claro, eu digo que evito a palavra "pesquisa", mas não posso *não* ser um acadêmico, assim como você não pode *não* trabalhar em uma cooperativa ou seu marido não pode *não* ser um técnico de aquecimento ou seu filho não pode *não* ser um advogado. Veja o que quero dizer sobre os nossos traços, uma breve incursão pela Internet revelou alguns de *vocês*.

Vejo que seu filho tem dois filhos (Deus, Liz; você, uma avó), e uma parceria em uma empresa tão respeitável é uma grande conquista para um homem da idade dele. Eu provavelmente não deveria me referir a ele como "jovem", mas chega uma idade em que praticamente todo mundo parece exatamente isso; exceto os nossos colegas, é claro, que começam a cair de seus poleiros com frequência alarmante. Atualmente, funerais são a única ocasião em que tenho qualquer contato com a maioria de meus contemporâneos. Já fui a dois destes malditos eventos este ano e ainda estamos em março. Sou bem proficiente neles: a caminhada, os apertos de mão, as primeiras frases constrangidas, até mesmo os abraços e, como você sabe, nunca fui de dar abraços. Já sei as orações de cor.

Poderíamos nos encontrar para um café ou algo mais forte? Poderia ser em algum local "neutro" caso este lugar guarde fantasmas para você. Eu poderia compartilhar um pouco das minhas (novamente, perdoe a palavra insensível) "descobertas".

Se quiser saber, meu ponto de vista é que Alice, a verdadeira Alice, aquela que conheci propriamente apenas nestas últimas semanas, era muito diferente da que a maioria das pessoas encontrava. Mais profunda, mais complexa. Extraordinariamente parecida com você.

Como *você* tem passado, Liz? Presumo que ficou em Corby. Sem dúvida, Southampton agora parece que aconteceu há uma vida inteira. Eu nunca escapei; ainda estou no mesmo maldito escritório. Em breve será meu aniversário, um dos grandes: 65. Acho que isso significa que você está com 54. Não estou com boa saúde, mas

Fliss vai me levar para jantar fora: um hotel campestre em New Forest. Eles têm alguns ótimos tintos italianos e a carne de veado é espetacular. Vamos lá todos os anos, sentamos na mesma mesa. Gosto de tradição.

Ninguém me chama de Jem atualmente.

Com carinho,
Jem

Post de blog por Megan Parker, 8 de fevereiro de 2012, 21:30

Isso pode ser um erro enorme, mas às vezes você precisa seguir o seu coração. "Publique e dane-se", é o que Alice costumava dizer.

Ela era uma das jornalistas decentes, que tentava fazer alguma diferença. Não escrevia histórias sobre os Kardashian ou o novo cachorro da Katy Perry nem publicava fotos de celebridades com manchas de suor debaixo do braço ou tropeçando ao sair de boates e estava tão chocada com essa coisa das escutas clandestinas quanto o resto de nós. Mas ela poderia passar semanas indo atrás de alguém que tinha enganado uma senhora em suas economias ou um marceneiro descuidado que tinha feito um beliche curto demais, deixando uma família em apuros. Então vou seguir seu exemplo. Além disso, não é como se eu pudesse piorar a situação.

"Às vezes você recebe uma resposta sem saber qual era a pergunta", disse Alice uma vez. "Você simplesmente precisa divulgá-la."

Encontrei a resposta em uma caixa de objetos que a mãe dela me deu, pois não conseguiria suportar classificar tudo o que continha. Eram coisas ordinárias: edições velhas da *Cosmo*, um maço de notas fiscais da H&M, uma página impressa do JustGiving para uma corrida para levantar fundos que Alice estava planejando, um cartão "RSVP" para um casamento no outono, além de algumas coisas de trabalho. Mas, enterrado no meio de tudo, havia uma folha de papel A4 com um Post-it colado que dizia, na letra de Alice: *Recebido em 21 de dezembro de 2011.*

Fiquei sentada aqui por duas horas pensando se deveria ou não publicar este post.

Publique e dane-se.

LEMBRA DE MIM, SENHORITA PRENDAM OS CRIMINOSOS? SE SENTIU BEM COM AQUILO NÉ? PRENDENDO AS PESSOAS PRA QUE TODO MUNDO POSSA DORMIR À NOITE. CHAMANDO HOMENS DE MONSTROS POR AÍ. BOM MELHOR VOCÊ TER CUIDADO OU VAI GANHAR O SEU PRÓPRIO MONSTRO. QUE TAL ISSO? UM MONSTRO DE NATAL? TEM MEDO DE MONSTROS? QUEM VOCÊ PENSA QUE É SUA PUTA METIDA? VOCÊ E SUA CAMPANHA VOCÊ NÃO SABE NADA SOBRE MIM. VOCÊ NÃO ME ASSUSTA. EU TE ASSUSTO? COMO VOCÊ DORME? CHEGA DE BOM COMPORTAMENTO, TÁ NA HORA DE SER MAU. PREFIRO MULHERES MAIS VELHAS MAS VOCÊ VAI SERVIR. DE UM CIDADÃO LIVRE

Comentário deixado no post de blog acima:

Você é tão PIRANHA quanto a sua amiga. Como VOCÊ dorme à noite Megan Parker?

UM CIDADÃO LIVRE

Entrevista com Alice Salmon na edição de outono de 2005 da revista dos estudantes da Universidade de Southampton, *Voice*

VOICE: Por que você escolheu o seu curso?

Alice Salmon: Um professor me disse uma vez que a escola pode nos fazer amar alguns autores, mas a universidade nos ajuda a entender *por que* estamos em um relacionamento com eles. Eu queria saber como uma quase reclusa como Emily Brontë poderia ter tanto a dizer, tão jovem. Não era como se ela tivesse viajado ou tivesse a Internet. Toda aquela sabedoria, cultivada em um canto minúsculo de uma isolada charneca de Yorkshire. Na verdade, vou ter que lembrar essa frase, meio que gostei dela: *cultivada em um canto minúsculo de uma isolada charneca de Yorkshire*!

V: Você está namorando?

A: Não, mas estou aberta a propostas. Não que eu tenha tempo para homens!

V: Copo meio cheio ou meio vazio?

A: Meio cheio, com certeza. Mas aceito um cheio até a borda se você estiver pagando. Um mojito, por favor.

V: Lugar favorito?

A: Southampton. Especificamente, Flames nas noites de quarta. Fora isso, qualquer lugar que envolva botas de caminhada.

V: Quem a inspira?

A: O povo de New Orleans, por se reconstruírem após o Furacão Katrina. Assisti a um vídeo de uma senhora sendo resgatada de uma casa alagada e tendo que deixar seu cachorro para trás. Ela deixou comida no chão, sabendo que estava abandonando o pobre animal para a morte. Certo, não é uma pessoa, mas me afogou em lágrimas.

V: Política?

A: Muito, mas é em sua maior parte inconsistente e contraditória. Entretanto, empréstimos para alunos são uma droga!

V: O que você vai ser quando crescer?

A: Nunca vou crescer, então não posso responder essa! Sério, gostaria de dizer algo como garantir a paz mundial, abolir a pobreza e curar o câncer, mas provavelmente vou acabar desempregada ou em um estágio permanente. Isso presumindo que eu consiga me formar; agora mesmo estou devendo um trabalho.

V: Descreva a si mesma em três palavras.

A: Atrasada, leal, trabalhadora. (Aliás, deu trabalho chegar a apenas três palavras.)

V: O que você mudaria em si mesma se tivesse uma varinha de condão?

A: Meus pés, meu cabelo, meus ombros... quanto tempo você tem?

V: O que a deixa com raiva?

A: Todas as coisas de sempre. Injustiça. Violência. Egoísmo. Eu mesma. E café frio. Não suporto café frio.

V: Posses mais adoradas?

A: Meu iPod e minha família e amigos. Não necessariamente nessa ordem...

V: Melhor conselho que você já recebeu?

A: Sorte é acreditar que você é sortuda. Alguém famoso disse isso, não lembro quem.

V: Se você ganhasse 1 milhão na loteria, com o quê gastaria?

A: Professores aceitam suborno?

V: Maior realização?

A: Vencer um concurso de redação quando eu tinha 15 anos.

Q: Maior arrependimento?

A: *Je ne regrette rien*. Ou, na verdade, me arrependo, mas se eu contasse teria que te matar...

V: Finalmente, conte-nos um segredo sobre você.

A: Quando eu era criança, costumava fingir para estranhos que era alguém totalmente diferente, inventava nomes novos e construía todo um novo passado e identidade para mim mesma.

Quer aparecer neste espaço? Você não vai ganhar dinheiro algum, mas verá suas palavras aparecerem na mais excitante revista de Southampton e terá seus quinze minutos (bem, quinze perguntas) de fama.

E-mail enviado por Elizabeth Salmon, 18 de março de 2012

De: Elizabeth_salmon101@hotmail.com
Para: jfhcooke@gmail.com
Assunto: Fique Longe

O mesmo velho Jem; você não mudou nem um pouco, não é? O *seu* trabalho, o *seu* aniversário, o *seu* vinho; isto não é sobre *você*. Não me trate como uma das suas alunas. Eu deveria ficar impressionada por você ter nos achado na Internet? Não é revelação alguma que estejamos todos lá, incluindo você. Algumas coisas não mudaram. Os graduandos claramente ainda o consideram desapegado e vaidoso. O grande sucesso da sua pesquisa sobre fonologia obviamente não aconteceu. Idem para o certa-vez-tão-falado título honorífico. Não é bom ver suas imperfeições em preto e branco diante de você, não é? Parece que é a *sua* vida, não a da Alice, que precisa de uma reconstrução. Você está feliz? Como está seu casamento? A ausência de crianças perturba sua mente? Está vendo, ter sua existência examinada sob um microscópio não é agradável, é? Eu normalmente não sonharia em fazer tais perguntas, mas isso é o que você está fazendo com Alice; foi você quem nos colocou nesta situação. Todos nós temos partes de nós mesmos que preferimos manter privadas. Um post-mortem não é o suficiente? Pare com isto agora... por favor... chega de belas explicações ou justificativas eruditas, apenas pare.

Aposto que você nunca teve alguém batendo na sua porta pedindo uma declaração sobre um parente morto, não é? David e eu tivemos. Jornalistas chamam isso de *a batida da morte*. Eles costumavam vir atrás de fotos, mas hoje pegam todas na Internet, então é por declarações que ficam se digladiando. Quando estava há algumas semanas no primeiro emprego, pediram a Alice que fizesse a batida da morte na casa da mãe de um menino que tinha morrido atropelado. Ela se recusou. Você pode imaginar? Recém-saída da faculdade, mal sabia onde ficava a chaleira, discordando de um editor? Ela disse a ele que não tinha feito jornalismo para isso. Não fez com que ela se arrependesse da carreira que havia escolhido, e ela nunca fez uma batida da morte.

Estou tão cansada de ler lixo sobre a minha filha. Corre o risco de ela afundar sob o peso disso tudo. Estamos bem cientes dos fatos. Ela tinha 210mg de álcool na corrente sanguínea. Qual parte da palavra "acidente" estes sanguessugas não entenderam?

Aqui está uma ironia para você. Alice quase não foi para Southampton; tinham oferecido a ela um lugar em Oxford. Merton. Claro que defendi os méritos daquele local (qualquer lugar que não fosse Southampton era melhor, no que me dizia respeito), mas ela preferia algum lugar "real". Fico feliz por ter me afastado da sua cidade. A academia era uma existência horrível, tribal. Um mundo pequeno, também, e eu estava tolida.

Ela não é um daqueles exercícios de juntar os pontinhos, Jem, algum empoeirado artefato arqueológico para você escovar e exibir. Ela não é *sua*. Pessoas demais já se meteram na vida dela. Cace outra pessoa e deixe a nossa Alice em paz. Não faça o que você sempre fez: esticar uma ideia, confundir fatos com ficção, deformar o mundo para caber na *sua* realidade. Não, eu com certeza não vou tomar um drinque com você. Parei há muito tempo, e não consigo imaginar meu marido ficando exatamente encantado com a perspectiva de nós dois nos encontrarmos socialmente. Ele é um homem sensível, então não mencionei nossos e-mails; por favor, tenha a decência de manter este contato confidencial.

Eu ia falar de outro ponto, mas perdi a linha de raciocínio... Não se incomode em responder. A não ser que você tenha descoberto como trazer os mortos de volta à vida. E suponho que mesmo um antropólogo estimado como você não tenha conseguido isso ainda.

Vou pedir educadamente mais uma vez. O que quer que esteja fazendo, pare. Vou implorar, se for preciso. Sinto tanta falta da minha menina, Jem.

Liz

Declaração emitida por advogado agindo por parte de Holly Dickens, Sarah Hopkins e Lauren Nubente, 6 de fevereiro de 2012, 10:00

Alice Salmon era um ser humano gentil, generoso e maravilhosamente caloroso, e é incompreensível que ela tenha sido levada de nós.

Ela era brilhante, linda e popular, e sempre nos consideraremos sortudas por termos estado entre suas muitas amigas. Sentimos imenso pesar, mas nossa tristeza e perda são ofuscadas pelas da sua família. Sequer podemos começar a compreender a dor que devem estar sentindo. Nossos corações estão com eles.

Como tem sido amplamente comentado, nós três passamos o início e o meio da noite de sábado, quatro de fevereiro, com Alice no centro de Southampton. Obviamente, temos colaborado com as autoridades de todas as formas possíveis e continuaremos a fazê-lo. Estamos confiantes (e sinceramente esperamos) que em breve consigam configurar a cadeia trágica de acontecimentos que precederam a morte de Alice. Isso não vai trazê-la de volta, mas pode oferecer um fragmento de conforto à sua família. Infelizmente, somos incapazes de lançar qualquer luz sobre os movimentos ou paradeiro de Alice após as dez horas da noite.

É uma tortura pensar sobre o que nossa amiga pode ter feito ou para onde ela pode ter ido nas poucas horas entre o horário citado e sua morte. Vamos nos arrepender de não termos cuidado melhor dela, de não termos impedido o que veio a seguir, pelo resto das nossas vidas. Por isso, sentimos muitíssimo.

Nós coletivamente achamos que a melhor maneira de mostrar respeito por Alice agora é não alimentar o fogo da especulação. Por esse motivo, optamos por não falar publicamente sobre ela. Na verdade, a polícia recomendou que adotássemos este cuiso de ação. Enquanto isso, gostaríamos de incentivar a todos a respeitar o direito da família Salmon à privacidade.

Carta enviada pelo Professor Jeremy Cooke, 30 de maio de 2012

Passei por certo choque, Larry.

Um sujeitinho esfarrapado invadiu meu escritório esta manhã e proclamou:

— Você é o cara que está trazendo a menina morta de volta à vida, não é?

— Eu não descreveria exatamente dessa forma — respondi.

Ele desceu uma mochila com força sobre a minha mesa, tirou um CD, um par de tênis, uma caneca e um brinco.

— Que diabos...

— Trago presentes — disse ele. — São da Alice.

— Você roubou isso?

— Pode-se dizer que sim. Não que ela desse a mínima para mim, mas eu estava louco por ela e, vendo que não ficaríamos juntos, decidi pelo menos descolar alguns lembretes!

— Se são genuínos, você deveria entregá-los para Liz. Elizabeth Salmon, mãe dela.

— São genuínos, claro.

— Quem é você? Qual o seu nome?

— Isso não é relevante.

— É importante para que tudo fique completo, para os meus registros.

— Coloque-me como um dos interessados — disse. — Sim, muito interessado. Eu conhecia todos eles — disse. — Ela e sua galera. Estava bem no meio.

— Você era um colega estudante?

— Sim, ex-colega de apartamento, também. Nós compartilhamos um moquifo no segundo ano. Sou uma fonte, amigo.

— Então vocês dois eram próximos?

— Bem próximos. — Ele ergueu a mão e cruzou os dedos. — Eu era assim com ela, com seus amigos, suas amigas, todo mundo. O capítulo e o versículo eu posso te dar, por um preço!

Ele tirou uma camiseta branca da mochila e desdobrou-a; dizia na frente: *Se não tiver chocolate no céu, eu não vou.* Ele a segurou diante do nariz, inspirou profunda e delirantemente. — Tenho todo o tipo de coisa. É como um tesouro.

— Isso é dela? Por que está com você?

— Era uma casa grande, com seis pessoas morando juntas. Essas merdas se perdiam. Essas merdas se extraviavam. Infelizmente — disse ele, com um sorriso de lobo —, ela foi uma garota que eu não peguei! Na verdade era fácil, ela sempre perdia coisas nas noites em que tava bêbada. E eu as pegava porque isso me fazia sentir mais perto dela. Não sou estúpido, peguei aos poucos. Você deve ser cuidadoso com o que está fazendo; é como brincar com um tabuleiro Ouija.

— Está bem longe disso.

— Ela vai ganhar uma placa?

— Universidades não são muito interessadas em fazer publicidade de ex-alunos que morreram em circunstâncias questionáveis.

— Eles devem odiar o que você tá fazendo, então, cara; você tá tornando ela famosa. — Ele olhou para o nada distraidamente. — Ela era megagostosa.

Costumava me incomodar pensar nos homens em sua vida. Durante os primeiros meses em que esteve aqui, eu ficava com raiva de todo menino mais novo que via; a perspectiva deles com suas mochilas e bótons e sorrisos cheios de dentes colocando as *mãos* nela. Você vai se lembrar bem das minhas preocupações naquela época, Larry. Um dia a vi saindo de uma das alas. Na verdade, eu tinha perguntado a um inspetor qual era a sala dela (D3, Bates Hall) e esperado por ela. Quase estendi a mão. Teria sido tão terrível, quando eu andava atrás dela, estender a mão e tocar seu ombro ou suas costas? Tomado sua mão, talvez?

— Quer ver um dos meus itens favoritos da coleção? — perguntou ele. Mostrou uma calcinha roxa.

— Seu babaca doente.

— Epa, epa, não precisa ficar assim. Temos muito em comum, você e eu. Além disso, eu devolveria, mas calcinhas não tem muita utilidade onde está agora, tem?

Você mesmo não era alheio aos encantos da mulher mais jovem, não é, Larry? O cheiro de perfume, você disse uma vez com aquela sua sensibilidade poética, era como Handel em seu melhor momento. Às vezes você ficava tonto, confessou certa vez, observando os alunos da *sua* janela do seu escritório, ainda que fizesse tais observações com uma objetividade científica. Gostava de pensar em nós como estetas. Passe tempo suficiente em um campus, também, e até mesmo os homens mais feios e socialmente ineptos (naturalmente estou me referindo a mim, você não é nada disso) são presenteados com certas "oportunidades".

— O que você está planejando fazer com esse material que tá coletando, afinal? — perguntou o rapaz. Ele olhou em volta como se estivesse esperando ver uma caixa com a indicação "SALMON A". — Parece um quebra-cabeça gigante. Imagino como vai ficar quando estiver pronto. Acho que ela mesma fez aquilo. Isso deve ter passado pela sua mente, o velho *harakiri*.

Lembrei do cheiro forte e estéril da sala do meu consultor, de como eu reagira abrasivamente à sua ambiguidade de diagnóstico. "Não estou lhe pagando todo esse dinheiro para dar palpites", ataquei enquanto ele acrescentava anotações ao meu então florescente caso em seu computador.

O menino em meu escritório e eu ficamos sentados em silêncio por alguns segundos, e então, enfurecido por seus modos, falei:

— Você sabe o que essa expressão realmente significa?

— Sim, claro; se matar.

— Não, como é a tradução *literal*?

Ele olhou para mim com o olhar vago.

— É japonês, significa "corte no estômago".

O menino não respondeu. *Como deve ser terrível ser inarticulado*, pensei. *Nunca ser ouvido*. Talvez seja por isso que escrevemos? Por isso que Alice mantinha um diário? Ela se expressou lindamente certa vez: disse que não era uma questão de se levantar e gritar "olhem para mim", mas de ficar de pé em meio à multidão e gritar "nos escutem".

— "Seppuku" é a palavra mais formal para isso — expliquei. — Essa é a forma escrita, mas "harakiri" é comumente usada na fala.

— Tanto faz. Perguntei se sua pequena investigação tava olhando por esse lado.

— Não — respondi, mas a ideia andava rondando a minha mente. Os desesperados e os deslocados sempre foram atraídos para aquele trecho do rio (eu mesmo ocasionalmente sentava lá), mas era bem claro, ao menos para a polícia: ela estava bêbada, escorregou, afogou-se.

— Por que todo mundo é sempre legal em relação às pessoas quando elas tão mortas? Ela era uma doida varrida quando tava viva.

Eu acariciava o peso de papel de pedra sobre a minha mesa. Um presente de Elizabeth, minha única lembrança. Não havia fotos, não havia cartas (nunca nos atrevemos), apenas aquele pequeno e valioso objeto cinzento e denso, menor do que a cabeça de um bebê, menor do que um punho. Todo aquele período da minha vida reduzido a isso: um pedaço de sílex da praia de Chesil e nossas lembranças, vestígios de reações químicas nos sentimentaloides e subjetivos 1,5kg de substância cinzenta gelatinosa que chamamos de nossos cérebros.

Ele se levantou, passeou pelo meu escritório, passou o dedo ao longo das lombadas de alguns livros. *De homem para homem*, do Professor John Winter, *Onde o corpo se torna o cérebro*, de Margaret Monahan, *Pintando o passado*, de Guy Turner.

— Não toque nisso — briguei.

— Quem escreve essas coisas?

— Entre outros, eu. Ao menos já *contribuí* com alguns.

— Sempre a dama de honra, hein? — disse ele, com surpreendente perspicácia.

Um professor se apaixona por uma aluna, que clichê colossal, não é, Larry? Mas naquele dia no qual a segui, meu coração bateu mais rápido, meus dentes ficaram cerrados e meus punhos se fecharam. Era como se eu mesmo fosse um estudante de novo. Ela parecia nervosa, nervosismo de caloura, mas ria muito, e os que riem com facilidade sempre se viram bem. Gostaria de conseguir rir mais. Lembra-se daquele estatístico com propensão por pink gin e os garotos de quem lhe falei, que moravam perto de mim? Certa vez ele me acusou de ser um "velho sem graça". Tomei isso como um elogio: eu estava aperfeiçoando meu comportamento inteligente-demais-para-achar-graça-no-que-o--resto-do-mundo-achava-engraçado e considerava este um atributo necessário para ter os pensamentos originais que eu pretendia engendrar. Fiquei muito bom nisso; uma pena que o mesmo não possa ser dito dos pensamentos originais.

— Pelo amor de Deus, guarda isso — falei, apontando para a roupa de baixo. — De quem quer que seja.

— Ah, são da Alice, sem dúvida. Fique à vontade pra pegar pra você — disse ele. — Pode considerar uma amostra da minha boa vontade, um presente, apesar de que não existe almoço grátis, certo, fessor? — Ele se reclinou na cadeira e colocou a calcinha sobre a lâmpada na mesa ao seu lado. — Amor não correspondido é um saco, né?

Na parede, uma foto de minha esposa. Uma de Milly, um labrador que tivemos na década de 1990. Uma foto minha em preto e branco ao lado da minha mãe. O que ele sabia, aquele menino na foto, sobre as coisas que viria a fazer, sobre o que se tornaria? Ele sorria, mas mesmo naquela época era um sorriso apreensivo. Aposto que nunca cruzou a mente daquele menino que ela poderia chegar ao fim, sua vida; aquela coisa que o acordava pela manhã, que o fazia guardar flores silvestres entre as páginas frágeis da Bíblia do seu avô, que o fazia examinar os mapas e microscópios de olhos arregalados. Como ele poderia ter imaginado o momento de sua partida, a primeira visão real da mortalidade? As palavras de um médico: *Os testes revelaram resultados que precisamos examinar.*

Ele cutucou a pilha de livros sobre a qual a calcinha tinha caído.

— Uau, esses são do mal.

Não sei se já ouviu essa expressão, Larry, mas presumo que signifique "bom". Não tenho certeza, também, se conseguirei visitar sua bela área rural agora. As pessoas na minha condição provavelmente não devem voar; duvido que seja aconselhável que fiquem tão longe de casa e dos seus médicos, comprimidos e tratamentos. É assim, estou aprendendo, que uma doença funciona: excluindo seus componentes, um a um. A capacidade de viajar, o desejo sexual, o senso de propósito. É como retirar números aleatoriamente de uma equação ou desmanchar um modelo molecular até que reste apenas com uma coisa que não funciona, que nem mesmo remotamente se assemelha a você.

— Esses livros, esse escritório, você parece que saiu de um filme. Você é ótimo.

— Vou tomar como um elogio.

— Tome como quiser, mas precisamos falar sobre a carta.

— Que carta?

Notei seus antebraços: completamente cobertos de tatuagens, vermelhas, verdes, azuis e amarelas.

— Imagino que você esteja ciente de que não há nada original no que você fez aí — disse eu, entretido. — Os seres humanos têm marcado seus corpos por milhares de anos. Ötzi já as tinha.

— Quem?

— O Homem do Gelo. O cadáver da Idade da Pedra que nós desenterramos em 1991. Ele tinha mais de cinco mil anos de idade.

— Puta merda — disse ele.

Não havia "nós" nessa descoberta, pensei. Mas, bem, fui um espectador.

— Ele tinha olhos castanhos, tipo sanguíneo O, 45 anos quando morreu; quando foi assassinado. Até mesmo estabelecemos qual foi sua última refeição: cabra-montesa. Especula-se que as tatuagens eram uma tentativa de aliviar a dor; o pobre camarada tinha artrite.

— Você é um, também — disse ele.

— Um o quê?

— Você diz que os seres humanos têm marcado *seus* corpos, mas essa é uma maneira estranha de falar. Você deveria dizer *nossos* corpos, porque você é um, um ser humano. Mas chega dessa porcaria, o que vamos fazer sobre a carta, Sr. Homem do Gelo?

— Que carta?

— Não banque o inocente. *Sua* carta. Você é uma celebridade local, cara, imagine a tempestade de merda que seria se a mídia se voltasse contra você. Eles destruiriam você, você *e* a sua patroa.

Ele remexeu na mochila, tirou um pedaço de papel dobrado com cuidado e o deslizou para o outro lado da mesa, mantendo a mão sobre ele. Reconheci minha caligrafia, e meu coração deu um pequeno salto. "Doce Alice", começava.

— Saia ou vou atirá-lo para fora — falei, a raiva me tomando. Era uma reminiscência de quando eu estava em meus 50 ou talvez 40 anos. Eu realmente *senti* algo. Enquanto acariciava o peso de papel, a pergunta mais peculiar se desdobrou diante de mim: como seria acertar aquilo em sua cabeça? Fazê-lo ir embora, calá-lo, fazê-lo saber como é ser mortal, finito. Esfreguei o rosto, me recompus. — Ela fazia as pessoas se sentirem diferentes em relação a si mesmas — completei. — Ela tocava as pessoas.

— Ela não me tocou. Quem sabe ela tocou em você? Quem sabe você tocou nela? Qual é o problema? Parece que viu um fantasma!

Larry, é tudo tão complicado. Sabemos que é complicado, mas é ainda *mais* complicado do que poderia ter sido.

A teoria desse sujeitinho sobre o suicídio, eu vinha analisando-a, como fazia com todas as outras. Minha tarefa é reunir conhecimento a partir da loucura, moldar a ordem a partir do caos. É um chamado no qual me permiti imergir; daí, aliás, o desgraçadamente longo intervalo desde o meu último contato. Você será tolerante, não? Porque irei me esforçar para pintar todos os detalhes, mas minhas habilidades cognitivas não são o que foram. A cada dia, um novo filtro de detalhes coroa a minha mente, têm precedência, pedaços de passado iluminados no terreno alternadamente fiel e enevoado da memória. Mas farei força para imprimir fidelidade aos fatos, por mais sangrentos e lascivos. Está tudo lá, trancado nas cabeças e nos corações de um punhado de nós, pronto para ser extraído. Meu trabalho é mergulhar nos detalhes, verificar, autenticar, fundamentar, separar o fato da fábula: mentiras, amor, rancores, adultério, traição, assassinato.

Fiquei parado ali, tentando respirar. Tentando trazer vida de volta para mais de um cadáver.

Lá estava, bem visível e incontestável, a carta de amor e as revelações nela contidas: alardeando um amargo coquetel de protecionismo e, bem, algo muito mais impuro.

Jesus, o que foi que eu fiz?

Seu como sempre,
Jeremy

Artigo no website *Southern Eye*, 7 de dezembro de 2012

Primeiro policial no local da morte de Salmon deixa a tropa após chamadas de "além-túmulo"

O primeiro ex-policial a chegar ao local da morte de Alice Salmon falou pela primeira vez sobre a experiência angustiante.

O bravo Mike Barclay contou ao *Southern Eye* como o episódio, que se recusa a deixar as manchetes quase um ano depois, contribuiu para que ele abandonasse a tropa após quase três décadas de serviço.

A investigação oficial continua em andamento, mas o ex-agente da lei disse que sua primeira reação foi pensar que o incidente poderia ter tido "motivações sexuais" porque "sua blusa estava rasgada e puxada para cima".

Ficou imediatamente evidente para o pai de três filhos que ele estava lidando com um cadáver, por isso não fez tentativas de içá-la para fora do rio Dane, preferindo, em vez disso, chamar reforços. "Estava preparado para acompanhá-la caminhando se ela boiasse rio abaixo, mas ela estava emaranhada em alguns ramos", disse ele. "O cara que tinha ligado para o 999 estava sentado no chão em estado de choque, repetindo várias vezes que a havia encontrado daquele jeito."

"Meu sargento chegou e assumiu o comando, e logo todo mundo e seu papagaio estavam lá: CID, CSI, o inspetor operacional, os caras com equipamento de mergulho, toda essa coisa. O vital era isolar a área. A passagem, os degraus, a ponte; basicamente a prioridade era preservar a cena e impedir que o público contaminasse as evidências."

O post-mortem concluiu que a causa da morte foi afogamento, com o legista subsequentemente comunicando que Salmon tinha álcool e cocaína em sua corrente sanguínea. Em um veredicto "em aberto", ele também reportou "escoriações e cortes no rosto, escoriações nos joelhos e um grande hematoma recente no ombro direito."

"Mesmo sob a luz fraca e à distância eu pude ver os ferimentos em seu rosto", declarou Barclay. "Eu teria arriscado um palpite sobre contusão provocada por um golpe; era como se ela tivesse levado um soco."

Ele ficou particularmente angustiado por ouvir o celular de Salmon. "Estava na margem, na lama e não parava de tocar. Quem quer que estivesse ligando estava totalmente no escuro quanto às notícias que logo receberia", disse ele. "Se você completa trinta anos neste trabalho você fica insensível, mas minha filha mais nova está em seus 20 anos, então isso me afetou."

Barclay admitiu ainda ter flashbacks, frequentemente desencadeados pelo ringtone "sonar", emitido no momento pelo celular de Salmon.

Ele concluiu: "Você tem que lidar com todo tipo de coisa no serviço de policial, mas esse caso me afetou de uma forma que os outros não fizeram. Era a festa de aniversário da minha neta no dia seguinte e, quando ela soprou as velas do bolo, eu também fiz um pedido".

Resenha por Alice Salmon na revista de música de Southampton, *Stunt*, 2005

Os Dynamite Men são uma banda na qual devemos ficar de olho.

Eles surgiram no palco da Pump House, cheios de gingado e estilo, e executaram um set de 60 minutos de músicas extremamente divertidas para um local lotado de estudantes.

Sempre um local popular, havia lugares apenas em pé, com um bom público de 200 pessoas reunidas para ver o trio local.

Primeiro uma confissão: essa crítica que vos fala tem um interesse velado. Certa vez, encontrei o vocalista em um bar na East Street e isso fez com que eu me sentisse como uma groupie de 14 anos. Seu nome verdadeiro, STUNT pode revelar, é Jack Symonds e ele tem 19 anos, vem de Hampton e é um Lord Byron moderno, desgrenhado e atraente com seus cachos negros encaracolados, jeans apertados e sombria presença de palco.

Durante uma hora, o mundo desacelerou. Preocupações financeiras, estresse com provas e senhorios fascistas retrocederam enquanto o mundo era reduzido à música que encheu a sala e nossos corações. Eles cantaram sobre relacionamentos, com a nostálgica e profunda "Morning, Morning", que lamenta "acordar com uma mulher estranha. Rolei e vi seu rosto. Ela não estava sorrindo". Em seguida, houve a melancólica "Away", sobre as provações e tribulações de sair de casa; aquele instante quando "vemos o que está sobre nossos ombros como algo menor, mas somos mais altos, por isso nos levantamos com orgulho e caminhamos". Mas as letras não carecem de humor. Exploram como é não ter dinheiro com a hilária e claramente autobiográfica "67p". Outra das minhas favoritas foi "You Kill Me", um hino a um primeiro amor sem nome (garota de sorte!), alguém que "partiu meu coração sem sequer piscar".

Há várias influências ali. The Libertines, Oasis e até um pouco de Amy. Mas eles fundiam todas estas influências em um som único. O som dos Dynamite Men.

Minha música favorita foi "Hit", uma análise escaldante do vício, que mostrou um Jack torturado, sozinho no palco, descrevendo com precisão a sensação iluminadora, calmante e fortalecedora que as drogas podem trazer. "Minha vez no banheiro, minha vez de ter um comprimido, como inspirar pólen ou engolir um peixe brilhante..."

Claro, ele não estava inteiramente sozinho; tinha os companheiros de banda, Callum Jones (19) e Eddy Cox (20). São amigos de escola, disse ele em dado momento, atraídos pelo poder da música de mudar o mundo. "Achamos que tínhamos algo a dizer", gritou ele.

Estamos ouvindo, Jack. Estamos ouvindo mesmo.

Fontes do mundo da música me dizem que esse mercado envolve muita sorte, e agora isso é tudo o que está entre os Dynamite Men e o sucesso. Um estudante de matemática de 19 anos descreveu o show como o melhor que ele já tinha visto e, ainda que eu não necessariamente concorde (Pulp no Apollo, em Manchester, leva esse prêmio no que diz respeito a esta resenhista), chegou perto em segundo lugar.

É fácil ver por que os Dynamite Men já têm um público fiel no circuito universitário. Mais tarde, no bar, Jack bateu papo com a galera que foi ao show (vocês gostarão de saber que sua resenhista ficou com ele até fechar; tudo em nome da pesquisa para a STUNT, claro!).

Senti-me privilegiada por ter visto esta banda. Tive a sensação de assistir à história da música. Mais ou menos como deve ter sido a primeira vez que os Arctics tocaram. O típico momento sobre o qual as pessoas ainda estarão falando nos próximos anos. A noite em que os Dynamite Men tocaram pela primeira vez na Pump House. Eles vão continuar a provocar explosões. Continuarão fazendo barulho. Esta é uma banda destinada a fazer um grande estrondo.

Definitivamente irei a cada um de seus shows a partir de agora (empréstimos para estudantes, que isso?). Trabalhos da universidade podem esperar. Música desse tipo, não. Além do mais, como bem disseram os Babyshambles, *Fuck Forever.*

Post de blog por Megan Parker, 12 de fevereiro de 2012, 21:30

Chequei as mensagens diretas de Alice no Twitter. Fico feliz em ver que você nunca seguiu meu conselho e mudou a senha, Salmonette... Você deve ter usado a mesma para todos os sites em que se registrou! Encontrei essa conversa de 15 de janeiro. Obviamente mencionei isso para a polícia, mas que grande diferença isso fez... Publique e dane-se, né, Alice?

De @CidadãoLivre: Não esqueci de você minha pequena lutadora da liberdade.

De @AliceSalmon1: Quem é você?

De @CidadãoLivre: Paciência paciência pequena Senhorita Prende Criminosos. Tudo a seu tempo.

De @AliceSalmon1: Você não me assusta.

De @CidadãoLivre: O sentimento é mútuo.

De @AliceSalmon1: Quem é você, ou você não tem culhão de dizer?

De @CidadãoLivre: Ah eu tenho culhão o suficiente, quer ver?

De @AliceSalmon1: Você é patético.

De @CidadãoLivre: Você está morta.

De @AliceSalmon1: Pare de mandar mensagens ou vou denunciar você à polícia.

De @CidadãoLivre: Gosto do seu novo chapéu rocho. Queria comer você.

De @AliceSalmon1: Vá pro inferno. E aproveita enquanto estiver lá pra aprender a escrever.

Mensagens de texto trocadas entre Gemma Rayner e Alice Salmon, 14 de dezembro de 2011

GR: Triste de saber de vc e Luke — quer dar uma corrida pra esquecer?

AS: Não posso, tornozelo bichado.

GR: Machucou malhando?

AS: Bebendo!

GR: Quando?

AS: Na Meg outro dia. Eu e a escada nos desentendemos! Culpa do corrimão bambo!

GR: Fraquinha bjs

AS: Vou te ligar, vai ser legal falar. Quero saber da sua busca por apê. De repente dá pra correr de leve no Battersea Park ou algo assim? bjs

---

Carta enviada pelo Professor Jeremy Cooke, 10 de junho de 2012

Meu querido Larry,

Aquele rapaz com as tatuagens voltou hoje. Dei uma passada no meu escritório para entediantemente analisar alguns documentos sobre financiamentos que andava negligenciando e lá estava ele, sentado lá dentro, atrevido, como se prevendo a minha chegada.

— Você — falei.

— Olá, Homem do Gelo — respondeu ele. — Achei que gostaria de ver sua carta de novo.

Ele a tirou da mochila.

— Nem sei por que a guardei. Talvez eu tenha me identificado. Descobrir que mais alguém também tinha essa coisa com Alice foi bem estranho. E despertou essa vontade gigante de fuçar as coisas dela. Um psicólogo teria um bom trabalho com isso, não? Provavelmente diria que passei a fazer coisas mais exageradas só pra superar a competição!

Deveria ter previsto que o documento reapareceria, Larry, mas presumi que ele não tinha sobrevivido; que tivesse se perdido, ficado indecifrável ou reduzido a nada. Era apenas papel, afinal.

— Amo essa cidade, amo estar na universidade; ainda que algum esquisitoide tenha enfiado um bilhete por debaixo da minha porta na semana de trotes professando seu amor por mim —, ela me confidenciou uma vez quando se juntou a mim no meu escritório para uma pitada de álcool após a festa anual do departamento.

— Que inquietante. Mariposas atraídas pela sua luz brilhante? — respondi, fingindo ignorância.

— Parecem mais moscas rodeando a merda — disse ela.

O rapaz em meu escritório disse:

— Você teria que ser bem surtado pra escrever isso.

A curva de um "B". A ponta alta e afiada de um "A" maiúsculo. Meu, tudo meu.

— Ela decidiu que era uma brincadeira, mas posso detectar um psicopata quando vejo um. O que você acha, Homem do Gelo, como é o seu radar pra psicopatas? Brincadeira ou maluco? Aposto meu dinheiro no último, e você? Vamos lá, e o *seu dinheiro*?

Ele estava me provocando.

— Preciso do seu nome — falei.

— Me chamam de Mocksy. — Ele acariciou meu bilhete; não tinha o direito de trazê-lo à tona. Outra palavra que reconheci, um final de linha, a construção de uma frase. Nas mãos certas, linguística é como um miniperfil de DNA, tão confiável quanto qualquer método de identificação. Olhei em volta. Meu diploma de graduação, uma fotografia desbotada de mim com um ministro menor, um recorte de uma revista com a manchete "Cooke se aproxima da descoberta", referindo-se a alguma linha de pesquisa que mais tarde se revelou fútil.

— Em vez de uma assinatura, há um ponto de interrogação. Que trabalho bosta! Um ponto de interrogação e um beijo; é o tipo de coisa que uma criança faria.

Fiquei olhando para o "X". Aquelas duas linhas cruzadas. A vigésima quarta letra do alfabeto, um símbolo de dez, uma variável desconhecida, a primeira letra da palavra grega para Cristo. A representação de um beijo em inglês.

— Fique longe de mim e fique longe da memória de Alice Salmon, escutou?

— Por quê? — perguntou ele. — Você não está ficando.

Nós dois olhamos para aquela folha de papel. Uma parte anterior de mim, tóxica, preciosa. *Doce Alice, não tenha medo*, começava.

— Quinhentas libras — disse ele.

Perdi a conta do número de ocasiões em que desabafei com você, Larry. Mas eu tive — tenho — tão poucos confidentes. Todas aquelas páginas que dedicamos a Descartes e Tomás de Aquino devem ter se tornado insignificantes comparadas ao espaço que preenchi ruminando sobre Alice em 2004 e, antes disso, ainda no início dos anos 1980, sobre minha indiscrição conjugal. Lembra-se de como implorei que me visitasse? Para uma missão de misericórdia, como um pesado São Bernardo trazendo conhaque e sábio conselho? Poderíamos ter ido ao Crown; poderíamos ter ficado no bar dos fundos, e os outros clientes não teriam sido capazes de perceber se éramos completos estranhos ou os mais íntimos dos amigos, e teríamos trocado histórias ao redor de uma pint daquela baba espumosa horrível que chamam de cerveja.

— Quinhentos mangos — repetiu o menino com tatuagens. — Ou o Sr. e a Sra. Salmon verão uma cópia disso.

Ele a guardou de volta, e um fraco sorriso irrompeu nos cantos de sua boca. Vi mais uma palavra, e aquilo me deu uma pitada de melancolia da época em que eu aprendia a soletrar: a sensação de infinitas possibilidades, a primeira ocasião em que entendi o conceito de que a nossa compreensão do mundo (o próprio mundo, portanto) era dependente das palavras que tínhamos para explicá-lo.

Ainda é bem viva a memória de quando esgueirei-me por Bates Hall: suas escadarias frias, corredores cheios de ecos e tapetes desgastados. Aquilo me lembrou de Warwick. O cheiro de comida velha, chili com carne; a seção Proustiana do meu cérebro estava a mil. *Você não é uma acadêmica medíocre e desimportante*, pensei, enquanto caçava o quarto dela. Ela tinha uma daquelas etiquetas com nome na porta, do tipo que crianças têm. Se ela abrisse, quem sabe o que eu teria feito. Dito olá? Indagado como ela estava passando? Entrado? Arrastei-me pelo corredor, o cérebro girando: *Não abra a porta, abra a porta, não abra a porta, abra a porta.* Parecia essencial que aquilo que não ficasse por ser dito, o quanto ela era maravilhosa. O fato de ela não ter absolutamente ideia alguma disso, é claro, apenas a deixava *mais* maravilhosa. Ela era uma cópia da mãe.

Deus, como adoro mulheres. Sempre venerei a forma de seus pescoços, a cor dos seus lábios, o cheiro dos seus cabelos. *Quero comer todas elas, até a última dessas malditas*, lembro-me de ter escrito uma vez para você. Não foi, como você sabe, exclusivamente por *mulheres* que me vi atraído; muitas são as vezes em que relatei meu punhado de encontros com colegas alunos do sexo masculino em Warwick. Por que, Larry, quando me lembro desses encontros rápidos e em grande parte insatisfatórios, é com vergonha? Centenas de espécies de animais têm demonstrado ser homossexuais, mas apenas uma (*nós*) demonstra homofobia. Acho que qualquer um daqueles homens poderia ter me lançado em uma trajetória diferente. Mas eu enterrei aquilo, aquela parte de mim — se *era* mesmo uma parte de mim — a parte que me levara a parques públicos e quartos de estranhos enfeitados com recordações de escolas públicas, a maioria pouco menos irrelevante que eu. Isso não importa agora. Fiz as minhas escolhas.

Eu havia formulado a carta de uma forma que esperava não assustar Alice. Inacreditável como é possível dizer tanto e tão pouco em nove frases. Cogitei, assim como escrevi: *Será que estou tendo um colapso?* Sempre me perguntei como seria esta sensação. Provavelmente não tão dramática quanto se imagina: uma série de pequenos passos imperceptíveis e individualmente invisíveis. Mas não me importei. Eu seria notado, ouvido, sentido. *Eu.* O velho Cookie. Mesmo que ela viesse a público, eles jamais presumiriam que teria sido eu, e, além disso, não era como se a minha carreira estivesse chegando a algum lugar. Pouco antes eu havia sido preterido para a chefia do departamento em favor de um menino do Imperial College. "Não é que não reconheçamos a sua contribuição", fui informado de maneira condescendente. "É que o cargo exige uma habilidade diferente das suas."

Fliss sabia que algo estava errado.

— Você parece preocupado — disse ela na noite em que escrevi minha epístola. Encontrei por acaso um documentário de Attenborough que temporariamente nos satisfez, depois subimos e ela leu um livro sobre a fauna e a flora de South Downs enquanto eu, distraidamente, folheei meu livro sobre os últimos dias dos iroqueses e, dentro de alguns minutos, ela estava roncando. Então fui em silêncio até o meu estúdio e saquei minha caneta-tinteiro.

Fliss achou que o meu caso (desculpe ficar saltando para lá e para cá na cronologia, meu velho, mas é assim que nossas memórias funcionam) nos deixou mais fortes, mas arrancou pedaços de nós. O problema é que faz parte da natureza humana procurar o Número Um. Nós todos precisamos ser convencidos de que somos o ser mais importante da terra; é um pré-requisito da evolução. Este é um prognóstico muito pessimista? Um sintoma, possivelmente, de nunca ter tido filhos, ao contrário de você? Dizem que tê-los ensina você a pensar no outro antes de pensar em si mesmo. Claro, fiz sacrifícios. Deus, ver sua mãe morrer lentamente envolve muitos deles (meu pai e eu cortamos quaisquer relações bem antes daquele maldito velho perverso apagar), mas, se você tivesse dito "A vida dela ou a sua?", como eu teria respondido? Como responderia qualquer um de nós?

Sim, tenho bebido, mas só um pouco, para me aquecer do inverno. O Balvenie puro malte que Fliss e eu tínhamos guardado para uma ocasião especial. O problema é que ela nunca pareceu chegar. Passei minha vida inteira fazendo isso, Larry. *Esperando.*

Será que o dia em que me infiltrei em Bates Hall foi uma ocasião especial? Sentindo-me vivo, vital, como um ser humano, um *homem*. Não me sentia daquele jeito — deste jeito — havia anos. Às vezes somos mais do que mera ciência, não? Mais do que a minha antropologia ou a sua genética. Confundimos a lógica. É quando estamos em nosso melhor estado, o mais belo. O mais perigoso também.

— Você diria que eu sou uma boa pessoa? — perguntei aos rapazes do meu escritório esta manhã; ao que estava sentado à minha frente com tatuagens e ao de olhar apreensivo no retrato na parede.

— Não foi uma boa pessoa que escreveu isso — respondeu um deles. — Agora, cadê a porra das minhas quinhentas libras?

Dez minutos depois, eu estava com ele em um caixa eletrônico.

Seu como sempre,
Jeremy

Excerto do diário de Alice Salmon, 5 de agosto de 2007, 21 anos

Eu mal havia terminado meu cheesecake e papai já estava de pé, dando batidinhas no copo com os dedos.

— Sua atenção, por favor, por apenas alguns momentos. Parece que foi ainda ontem que Lizzie foi levada às pressas para o hospital; e quando eu digo às pressas, falo *sério*. Nossa bela filha quase nasceu na A427!

Meus pais tinham reservado um restaurante fantástico para o meu vigésimo primeiro almoço; um desses lugares que são tão populares que têm lista de espera, daí a celebração atrasada! Éramos dezoito, entre parentes, padrinhos e amigos da família, os que eu costumava chamar de tios e tias, mesmo que não fossem. Escolhi o salmão defumado escocês (minhas tendências canibais!), que estava gostoso, mas teria sido tentada pela lagosta com vieiras e gengibre se não achasse moluscos tão bizarros. Tudo virou uma dupla comemoração porque eu tinha acabado de receber uma oferta de emprego. Sim, saia da frente, Kate Adie, quem está falando é Alice Salmon, repórter júnior do *Southampton Messenger*, começando dia 10 de setembro.

— Estamos todos muito orgulhosos da Alice — disse papai. — Ela até conseguiu ficar entre os primeiros, ainda que tivesse certeza — corta para a piada de universidade favorita dele — de que acabaria servindo cerveja.

Ele alegou depois que foi um discurso de improviso, mas sem essa, amigo; ele estava soltando essas piadas de primeira como se fosse Gordon Brown em seu primeiro discurso como primeiro-ministro tentando me convencer a pagar algum imposto. Estava cheio de historinhas.

— Pelo que entendi, a festança de aniversário verdadeira vai acontecer no fim de semana que vem, em Southampton, em algum lugar chamado Flames — disse papai. Senti uma ponta de tristeza por ele não ter ideia de como era lá (as alcovas e a madeira, a pista de dança brilhante e os cantos escuros... era *o* lugar para ir, disseram pra gente na semana de calouros) enquanto eu já havia tido tantas noites geniais por lá. — Homens de Southampton, cuidado — acrescentou ele, o que a Tia Bev obviamente presumiu que era um código para "piranha", porque veio diretamente até mim logo em seguida e me interrogou sobre a minha vida amorosa (ela é o lado esquadrão de Deus da família).

— Você está linda, Ás — disse papai, deixando-me, sem graça. Então ele disse que não podia conceber outra pessoa no mundo como sua filha ("Não pode *conceber*, é?", gritou Robbie... basta um DVD do Peter Kay e ele já acha que saber fazer comédia *stand-up*) e como eles estavam orgulhosos de mim, o que me fez sentir culpada porque eu, na verdade, não fiz coisa alguma. Então, quando ele disse aquilo de sermos uma família tão próxima, fiquei em pedaços, porque isso me fez pensar, você *quase* me conhece por completo; e tive vontade que compartilhar outras coisas com ele: como nunca me achei boa o bastante, como tudo parecia uma grande farsa, e que isso fazia a bebida ser tão incrível, porque me fazia sentir com o mesmo tamanho dos outros, bebida e algumas carreiras, mas que ia parar com tudo isso agora pra dar atenção ao meu trabalho, ainda que gostaria que papai percebesse que ele só está vendo metade de mim.

— Nem posso acreditar que a pequena bola de fofura gritante que Lizzie deu à luz há quase 21 anos virou isso... essa bola de fofura gritante um pouco maior!

E quando ele citou aquela parte em latim, *tempus fugit*, mamãe se intrometeu e disse:

— Vamos lá, Dave. Eu disse que ligaria um alarme se você passasse da marca dos cinco minutos.

— Obrigado, Alice — disse ele. — Só isso, obrigado.

Eu dei a volta na mesa e dei um abraço nele; imaginei se ele conseguia sentir o cheiro do vinho e da cocaína exalando da minha pele como se meu interior não pudesse mais aguentar, e ele pareceu o mesmo de sempre: grande, sólido, gentil e meu pai.

Depois que conseguimos fazer papai se sentar de novo, banquei a anfitriã, conversando um pouco com todos os meus convidados.

— Você cresceu — disse vovô Mullens quando chegou a vez dele.

— Eu me sinto muito velha.

— Espere até ter a minha idade, aí sim vai se sentir velha. — Uma garçonete lhe trouxe uma caneca de cerveja. — Ser um traste velho tem suas vantagens — disse ele, piscando. Pediu que eu me sentasse ao seu lado, puxou uma cadeira com certo esforço, então falou sobre a minha avó, sobre como ela teria gostado de hoje; fazia três anos, mas ele ainda sentia falta dela todos os dias, e o quanto ela era deslumbrante quando os dois estavam se "cortejando", quando ele a pegava em casa em seu Ford Anglia, arrumada como Elizabeth Taylor, com o cabelo longo e as meias soquete. Ele é assim; tem estes momentos repentinos de lucidez (essa vai ser a minha palavra da vez), quando tudo que o tornava ele mesmo estava no lugar certo, mas depois a coisa se complicava e ele me chamava de "Liz", mamãe de "Alice" e Robbie de "David". — Você e sua mãe conversam? — perguntou de repente. — Não papo furado, mas conversa de verdade?

— Um pouco — disse a ele.

— Segredos sempre aparecem no final, mesmo que demore décadas. Você os vence se fizer com que saiam nos seus próprios termos. — Eu já não estava entendendo nada, o que acontecia com bastante frequência. Costumava me irritar, mas mamãe disse que eu tinha que ser paciente com ele, porque quando você está velho o seu cérebro para de funcionar de forma linear. — Nunca conheci ninguém tão orgulhosa quanto aquela moça, mas converse com ela, escute-a.

Observamos mamãe vagando de mesa em mesa, conversando com amigos.

— Lembra quando você costumava vir para dar uma volta com Chip? — perguntou vovô, e me perguntei se hoje era um daqueles dias em que seu cérebro não funcionava de forma linear.

— Claro que sim, aquele cachorro era demais! — Rob e eu costumávamos ir à casa dele para fazer com que ele se exercitasse um pouco e, quando a gente voltava, vovô estava olhando pela janela, esperando. Chip se enrolava em seus pés e recebia carinho na cabeça, e meu avô dizia: — Bom rapaz, bom rapaz, bom rapaz.

Uma tarde, quando estava no final do ensino médio, ele me deu um envelope marrom. Insistiu para que eu pegasse.

— Divirta-se na universidade, menina — disse, e mais tarde, quando pagava meu aluguel ou comprava livros, dizia a mim mesma que era com o dinheiro do vovô Mullens, mas quando eram bebidas ou cigarros, dizia que era parte do empréstimo estudantil.

Ele adorava ouvir histórias sobre a universidade porque era algo fora da realidade dele; então contei de novo algumas: a noite que virei para terminar a minha dissertação, o cretino do proprietário que fugiu com o nosso depósito de aluguel e o cara estranho cheio de tatuagens com quem nós dividíamos uma casa.

— Preciso que me faça uma promessa em relação à sua mãe — disse ele, saindo por outra tangente. — Que você vai cuidar dela para mim quando eu me for.

— Ela é durona, que nem botas antigas — falei, usando uma das suas expressões.

— Ela não é tão forte quanto finge ser. Você é assim também. Pergunte a ela sobre Southampton, sobre o tempo em que ela morou lá. Pergunte, porque ela precisa que você entenda, mas espere até eu partir, princesa, porque ela me fez jurar segredo!

— O que vocês dois estão cochichando? — perguntou mamãe, chegando perto. — Parece que estão tramando alguma coisa.

— Falando sobre você, não com você — disse vovô, piscando para mim. Então, quando ela se afastou, ele sorriu maliciosamente e soltou uma das nossas piadas internas. — Já te disse que larguei a escola com 15 anos?

Era um dos seus bons dias. Um dia linear.

— Ei, Cara de Peixe.

Seus olhos desfocados me fizeram lembrar de vovô, mas o motivo era diferente: Ben estava doidão.

— O que *você* está fazendo aqui?

— Pensei em fazer uma visita. Não vai me convidar para conhecer a sua família?

— Como você sabia que estávamos aqui?

— Não foi difícil, Lissa. Você falou só disso no Facebook a semana inteira. Quer um trago?

Foi como nos velhos tempos, só que agora tínhamos que ir lá fora para fumar; não estávamos em um refúgio estudantil e só um de nós estava alterado. Tive o cuidado de ficar fora da vista do restaurante porque nunca tinha realmente contado aos meus pais essa propensão para um cigarro ocasional, e explicar Ben para eles não seria fácil, especialmente para o meu pai.

— Você conseguiu um emprego, então.

— Sim, não é exatamente o *New York Times*, mas é um começo. Pelo menos não é um estágio meio merda, também.

— E, além disso, você pode continuar no Hampton — disse Ben.

— O que provavelmente seria um erro. Você não pode fingir que é estudante pra sempre. — Expliquei que seria adeus Polygon, olá Highfield, e que estaria me mudando para um novo apartamento na semana seguinte: sessenta libras a mais por mês, mas com apenas três pessoas. — Sou uma jovem profissional agora, afinal.

— Fico feliz por um de nós ser — afirmou ele. — Isso vai soar estranho, Lissa, mas eu estou... Estou orgulhoso de você, tudo isso parece genial.

Estava convencida de que tinha estragado tudo, porque na entrevista entrei no que mamãe chama de modo tagarela: falando sem parar sobre como eu adoraria abordar grandes temas, como o desaparecimento de Madeleine McCann e o massacre no Virginia Tech, e sobre como gostava de escrever resenhas de música e com certeza estava disposta a fazer reportagem policial, porque havia muitos vermes à solta. Tinha certeza de ter estragado tudo, mas o editor assentiu e disse: "Temos bem mais vermes do que deveríamos nesta cidade".

Fiquei imaginando como ela seria, essa nova eu. A que usaria o cabelo preso, teria uma mesa em uma redação dessas sem divisórias, assistiria a reuniões do conselho e audiências judiciais, rabiscando na taquigrafia que eu prometera aprender até o Natal. Posso não gostar muito da velha Alice (quer dizer, da jovem Alice), mas me acostumei com ela: aquela que muitas vezes só aparecia depois das dez; fazia trabalhos de madrugada, debruçada em discussões online sobre Plath e fazendo anotações nas margens dos livros; que amava mesas de debate em bares de Bedford Place e viagens de fins de semana para os torneios de hóquei; e até mesmo, agora que ele pertencia ao passado, esse cara. Senti uma pontada de tristeza por tudo estar acabado. As manhãs bebendo chá em sofás bagunçados compartilhando fotos da noite anterior, transicionando (talvez essa deva ser a minha palavra para este dia!) para tardes na biblioteca e noites sobre pufes assistindo *Lost* e *Deal or no Deal*, com os dias e semanas se dobrando uns sobre os outros até que, bam, minha tese!

— Não acredito que você veio de penetra no meu almoço. Você não tem vergonha?

— Não — disse Ben. Ele sorriu, e tudo voltou: ele vestido de Super Homem, a noite em que cheiramos pela primeira vez, nós em Paris. Era tudo tão simples, então; nada além de palestras, noitadas e a onda de animação quando ele perguntou se eu queria viajar, sem amarras, mas que eu precisaria de um passaporte. Então me lembrei de como o confrontei na plataforma 6 da estação de Waterloo.

— Você tá me dispensando? — perguntou ele naquele dia, incrédulo.

— Sim.

— Piranha — disse ele, indo embora.

E lembrar que ele me chamou disso causou um espasmo de raiva. Mas isso aconteceu há mais de seis meses, era passado, e eu tinha seguido em frente.

— Descobri qual era o lance com você — falei.

— O quê, o que me torna irresistível?

— Não, o que torna você impossível. — Eu me senti como vovô em um de seus dias lúcidos. As coisas faziam sentido. — É a maneira como você nunca enxerga além do presente. Esta constante busca por gratificação; é como um bebê, como um animal.

— E qual é?

— Qual é o quê?

— Não pode ser as duas coisas. Ou eu sou como um bebê ou como um animal.

— Não seja idiota.

— Que tal se a gente chegar na média? Por exemplo, se eu for um animal bebê? Porra, Lissa, dá um tempo, eu vim até aqui pra te desejar feliz aniversário.

Isso era bem dele: viajar desde Southampton até Corby por um capricho. Podia imaginá-lo empacado naquele buraco que era seu dormitório. O que costumava ser despreocupado logo seria embaraçoso e triste. Em algum momento, depois de ter esgotado todas as suas opções, ele rastejaria de volta para a casa dos pais em Londres: a casa Georgiana com o corredor enorme e candelabros brilhando como centenas de brincos. Era a verdade, mas despejar um ataque de caráter me fez sentir mais velha do que nunca, e não sei se gostei.

— Me lembre por que já andei com você.

— Porque eu sou lindo.

— Por baixo da superfície aposto que você ainda é o mesmo grandessíssimo babaca.

— Eu tenho um grandessíssimo *o quê*?

— Viu, é impossível ter uma conversa adulta com você.

— Foda-se ser adulto, Lissa. Vamos ficar bêbados. Vamos pra algum lugar. Vai ser que nem um *after*!

Lembrei o que vovô tinha dito antes de entrar em todo aquele papo estranho relacionado à mamãe; sobre como eu deveria viver cada dia como se fosse o último. Quando eu começasse a trabalhar, tudo seria só na base da água mineral, idas à academia e noites que acabam cedo. Vi o salão onde havíamos comido, agora vazio, com os pratos sendo retirados, e tentei visualizar quando seria a próxima reunião de família. Vi mamãe ajudando vovô a entrar no carro, levantando as pernas dele e passando-as para o lado de dentro, então lhe entregando sua bengala. Provavelmente seria no seu funeral.

— Por que não? — falei para Ben. — Só se é jovem uma vez.

"Verão de 2011", playlist do Spotify de Alice Salmon
30 de agosto de 2011

Post Break-Up Sex	The Vaccines
Skinny Love	Bon Iver
Tonight's the Kind of Night	Noah and the Whale
Sex on Fire	Kings of Leon
Someone Like You	Adele
That's Not My Name	The Ting Tings
Just for Tonight	One Night Only
Sigh No More	Mumford & Sons
Your Song	Ellie Goulding
Mr Brightside	The Killers
Dog Days are Over	Florence and the Machine
Last Request	Paolo Nutini

Sweet Disposition	The Temper Trap
Just the Way You Are	Bruno Mars
The A Team	Ed Sheeran
The Edge of Glory	Lady Gaga
Sleeping to Dream	Jason Mraz

E-mail enviado pelo Professor Jeremy Cooke, 22 de março de 2012

De: jfhcooke@gmail.com
Para: Elizabeth_salmon101@hotmail.com
Assunto: Fique Longe

Cara Liz,

Você pode achar difícil de acreditar, mas gostei de ler o seu e-mail; achei extremamente estimulante. Veja só, uma frase e já estou parecendo um conferencista marcando um compromisso. Velhos hábitos custam a morrer. Obrigado, também, por considerar-me "realizado"; eu teria preferido "grandioso", mas só ganhamos os elogios que podemos.

Lembra-se dos campos de críquete? Casas agora. A Sala dos Professores, também? A única sala quase decente do campus e se apropriaram dela para uma suíte gerencial; alguns painéis de carvalho e alguns mainéis de pedra evidentemente foram suficientes para encorajar investidores a compartilhar seu dinheiro, de maneira que nós, soldados de base, fomos relegados a um medonho bunker abafado. Você se lembra dessas coisas? Porque, neste momento, lembrar parece muito importante para mim. Estou com alguns problemas na velha próstata, veja você. Típico meu; nem consigo ficar doente em um lugar original.

Tenho tentado determinar quando conversamos propriamente pela última vez. Nos esbarramos uma vez no início dos anos 1990, não foi, quando você estava com Alice? Eu estava em Corby para uma conferência e visitei a sua rua por curiosidade. Tive que esperar um pouco para encontrá-la.

"Alice", você disse, mantendo-se notavelmente composta quando topei com você, "este é um conhecido da mamãe chamado Doutor Cooke. Diga olá para o Doutor Cooke, Alice."

Estendi a mão, e ela a apertou com indiferença. "Fui colega da sua mãe na universidade há muito tempo", informei, como se uma menininha pudesse ter qualquer compreensão do que um colega, uma universidade ou mesmo muito tempo eram. "Você é uma menina grande, não é?", perguntei. Não tinha muita experiência com crianças, de como falar sua língua. Uma linguagem muito própria: um subconjunto da nossa.

"Tenho quase sete", disse ela.

Reconheci você na voz dela.

"Vou ter uma festa de aniversário no domingo e vai ter geleia", disse a criança.

Engraçado como isso grudou em minha mente por todos estes anos. Que havia geleia.

"Você vai na minha festa?"

"O Doutor Cooke estará um pouco ocupado no domingo", interferiu você.

"É maravilhoso ver você, Liz. Como tem passado?"

Você mordeu o lábio e seus olhos ardiam, você descansou a mão no topo da cabeça da sua filha, gentilmente virando-a para o outro lado e sussurrou: "É um pouco tarde para perguntar."

"Mas, mas..."

"Mas nada. Como eu estou tem precisamente nada a ver com você."

Alice captou seu tom, porque ela se contorceu para se livrar da sua mão e deu meia-volta. "Médicos deixam a gente melhor", disse ela.

"O Doutor Cooke é um tipo diferente de médico, querida", você disse a ela. "Ele trabalha com pessoas que viveram muito antes da gente ter nascido."

"Elas não estariam mortas, então?"

"Muito presciente, mocinha", falei.

Um carro começou a subir o caminho para a garagem. "Papai, papai, papai", gritou ela, escapando do seu braço.

"Você tem família?", você perguntou.

"Não. Nunca tivemos filhos. Uma bênção que nos escapou", respondi, empregando a frase que Fliss e eu usávamos como padrão. Poderia ter sido por causa de qualquer um de nós, o que eu não raramente lembrava minha esposa e ao que ela respondia: "Mas não foi qualquer um de nós, fui eu."

"Você tem, pelo que vejo", disse eu.

"Sim", você respondeu. "Temos um menino, também."

"Bom para você", retorqui, me lembrando do lento temor ficando mais profundo, os testes, as teorias, as estatísticas. Eles adoram uma probabilidade, esses médicos.

Fiquei parado na calçada, examinei o homem em sua vida. Robusto. Não era feio. Da sua idade. Lembrei-me daqueles poucos meses que passamos juntos quase dez anos antes. Ele acenou para nós de forma indiferente, como se eu estivesse pedindo informações, e começou a descarregar compras do porta-malas; senti um impulso repentino de caminhar até ele e dizer: sei coisas sobre a sua esposa que você não sabe.

Então Alice recusou Oxford? Bem, nunca teria imaginado. Suponho que isso provocou alguma discussão na sua casa. Eu consegui as notas, mas fui reprovado na entrevista. Eles, obviamente, detectaram em mim, mesmo naquela tenra idade, o que eu estava destinado a me tornar: bom no papel. Como PhD, fui informado de que, para ser verdadeiramente brilhante, acadêmicos precisam de alma.

Não poderia convencê-la a mudar de ideia sobre aquele drinque, Liz? Poderia lhe mostrar as lembranças de Alice que estou recolhendo. Só Deus sabe o que o departamento de "suporte técnico" da universidade suspeita que estou fazendo; meu e-mail não ficava tão movimentado há anos. Minha fotografia favorita até agora é dela subindo na estátua em frente aos laboratórios de biologia. É uma batalha constante manter os alunos fora daquele pedaço medonho de "arte", mas não se pode expulsá-los. Ela está com os braços em volta do pescoço de bronze, mostrando a língua para ele. Um *hurra* para Alice, digo eu, divertindo-se às custas do pobre diabo; era um plagiário de segunda categoria.

Liz, posso fazer uma pergunta? Como ela estava antes da morte? Em seus últimos dias, estava de bom humor? É que — e me perdoe por levantar a questão — muito do que tenho lido alude ao seu estado de espírito.

O que eles dizem sobre jornalismo ser o primeiro rascunho da história? Pergunto-me se é isso o que a nossa correspondência é. O primeiro esboço de algo. Estas palavras, as frases que elas formam, os sentimentos que transmitem. As verdades — ou não — que trocamos. Porque nada é inteiramente objetivo, e fatos são malditas coisinhas escorregadias. Estamos mais bem equipados para nos comunicar do que qualquer organismo que já existiu, mas, talvez, não estejamos muito melhor do que estávamos 40.000 anos atrás, quando os neandertais estenderam o braço e imprimiram a mão suja de tinta nas cavernas de El Castillo. A cada dia falhamos em nos comunicar. Falamos em enigmas ou meias-verdades ou pior. A cada dia deixamos passar aquela maravilhosa e bela oportunidade de alcançar a escuridão e fazer contato. Ainda assim, a única maneira de ver sentido na loucura é através destas pequenas coisas loucas, parvas, mágicas e enlouquecedoras que escolhemos chamar de "palavras". Elas são tudo o que temos.

Teria perguntado sobre como você esteve depois que seguimos nossos caminhos separados, e quase o fiz em tantas ocasiões, mas não tinha ideia de como você reagiria ou se aqueles ao seu redor estavam cientes da situação. Eu estava doente de preocupação.

Naturalmente, tratarei seu e-mail com discrição. Eu, também, posso ter omitido nossa correspondência para Fliss. Segredos, hein; não somos um bom par?

Eu gostaria muito de vê-la, mesmo que seja a nossa coda.

Com carinho,
Jem

Coluna editorial da repórter-chefe do *Southampton Messenger*, Alice Salmon, 14 de setembro de 2008

Os residentes de Southampton podem dormir mais seguros hoje à noite.

Liam Bardsley, o homem que atacou uma bisavó de 82 anos, foi condenado a quatro anos de prisão esta semana.

Este monstro atacou pelo menos quarenta casas em nossa área durante um surto de assaltos que durou mais de um ano.

Ele deixou um rastro de vítimas atrás de si, incluindo a corajosa octogenária Dot Walker, que confrontou o homem de 36 anos quando foi acordada por "movimento" na própria cozinha. Ele a jogou no chão e bateu nela, de acordo com a acusação, "pelo menos cinco vezes no rosto" antes de fugir da cena. Foi descrito no tribunal como "uma criatura desumana que não mostrou misericórdia".

Seu lugar é atrás das grades. Por que, então, todos queremos saber, ele só foi condenado a quatro anos? Levando em conta o chamado "bom comportamento", ele pode estar de volta nas nossas ruas em menos de dois.

Os leitores que responderam à nossa campanha "Capturem o Assediador Noturno" devem se sentir orgulhosos do papel que desempenharam no envio desse animal para a cadeia. Sem vocês bravamente tomando a frente, nunca teríamos sido capazes de compilar tantas evidências contra Bardsley; evidências que a polícia descreveu como "vitais" na montagem do caso.

A foto que publicamos, com a aprovação da família de Dot, após o terrível ataque, provocou uma avalanche de chamadas para a linha de apoio da polícia (muitos de vocês também contataram o *Messenger* diretamente).

A pena de quatro anos que ele recebeu por roubo e lesão corporal grave deveria ter sido muito mais longa. Mesmo duas vezes isso seria um tempo curto demais para um homem disposto a dizer para uma senhora de idade que ele "a estriparia se ela soltasse um pio".

Estamos pedindo ao governo para instigar sentenças mais severas para crimes violentos contra pessoas idosas e estamos trabalhando com os MPs locais, que prometeram levar o assunto ao Parlamento.

A última palavra deve ir para Dot, uma das mulheres mais corajosas que já tivemos o privilégio de conhecer; em muitos aspectos, uma pensionista típica, e em outros, totalmente única.

Ao ouvir sobre o que aconteceu no Tribunal D de Southampton Crown Court esta semana, ela disse: "Eu só espero que mais ninguém tenha que passar pelo que passei".

Quando perguntada sobre sua reação à sentença de seu agressor, ela respondeu com sabedoria, dignidade e compaixão: "Ele terá sua prestação de contas quando estiver diante do seu criador".

- Você tem informações sobre um crime? Ligue para Alice Salmon, sob anonimato, para o número na parte superior da página 7.

Notas de Luke Addison em seu notebook, 14 de Fevereiro de 2012

A casa dos seus pais era o último lugar no mundo onde eu queria estar, mas não podia *não* ir. Isso teria despertado suspeitas.

— Parece que você esteve na guerra — disse sua mãe quando cheguei. Inventei alguma coisa sobre um acidente de mountain bike, mas confessei mais tarde ter sido uma briga.

— Acho que todos nós vamos fazer algumas coisas de que não nos orgulhamos até superar isso — disse ela. — Desculpe sobre todas essas perguntas miseráveis que a polícia está fazendo, mas é o trabalho deles. Todos precisamos da mesma coisa, querido: a verdade. — E a palavra "querido" mexeu comigo porque eu podia imaginá-la chamando você assim e nunca fui próximo da minha mãe.

— Você significou tanto para ela — disse ela. O cabelo dela contra o meu rosto era o mais próximo que eu chegaria de você.

Segredos, Al. Tantos segredos.

— Você sabe que Alice e eu não estávamos juntos, né? — admiti. — Estávamos tendo alguns problemas. — Minha admissão respingou pela cozinha, batendo nas brilhantes superfícies brancas e quicando de volta para mim. Teria parecido estranho não mencionar. Eles se perguntariam o motivo.

— Claro que sei. Somos uma família unida. Nossa filha fala conosco. *Falava*.

— Entenderia se você preferisse que eu não fosse para o funeral — falei, meio esperando que ela aproveitasse a deixa.

— Não, queremos você lá, ou *eu* certamente quero. Estou partindo do princípio de que vocês teriam voltado mais cedo ou mais tarde. David tem uma visão bastante diferente, é claro.

Era estranho estar naquela casa, a casa onde tínhamos estado tantas vezes, a casa a qual eu ficara inicialmente nervoso de visitar. Não precisava ter ficado, seus pais foram fantásticos, oferecendo um monte de cerveja, mesmo que fosse só uma dessas aguadas meio pálidas, terríveis, e salientando que não me considerariam nem um pouco rude se eu me retirasse para a estufa e ficasse lendo os jornais de domingo. A casa onde tomamos conta do cachorro enquanto eles estavam fora, onde tomamos banho juntos, onde você me mostrou o seu velho blazer de escola e eu brinquei sobre você vesti-lo para mim e você me chamou de pervertido e acabamos na sua cama de solteiro às duas da tarde. Você diligentemente virou seu coelho de brinquedo para o outro lado, uma coisa bem a sua cara, e depois ficamos deitados, olhando pela claraboia as nuvens deslizando pelo céu azul.

A casa estava cheia de pessoas que amavam você, seu nome em cada respiração, em cada frase, em cada cômodo. Todos fizeram gestos de surpresa quando me viram. Sua mãe colocou o braço em volta de mim e me levou para o jardim em certo momento; mesmo com todas aquelas pessoas, ela fez questão de passar algum tempo *comigo*, e expliquei o quanto eu me odiava.

— Não se odeie — disse ela. — *Não*.

Poderia ter sido diferente, *melhor*, se tivesse pais como os seus. Senti uma onda de ternura por ela, senti que ela não me desprezaria pelo que eu tinha feito. Mais tarde, encontrei seu pai na garagem, desbastando um pedaço de madeira em sua bancada, e lhe disse:

— Obrigado por me receber.

— Você deve agradecer à minha esposa por isso. Se fosse por mim, eu o teria jogado por essa janela. — Ele olhou para um pequeno quadrado de vidro transparente. — Por que você não manteve seu maldito pinto idiota dentro das calças?

Ele nunca vai me perdoar; não podemos culpá-lo — eu mesmo nunca vou me perdoar. Ele sequer sabe da metade da história. Ninguém sabe.

Ele aplainava a madeira; farpas caíam no chão e formavam montes ao redor dos seus sapatos.

— Vinte e cinco — disse ele. — Isso é idade pra isso? Responda-me, seu desgraçado estúpido. — Ele levantou o punho, e eu pensei: *me bata*. Me bata como fez aquele cara no pub. Pode ser bom para nós dois. Mas seu braço desabou e ele emitiu um som como o de um animal ferido. — Como você pôde fazer isso com o meu bebê?

Não posso acreditar que eles me quisessem no seu funeral. Não era como se fôssemos parentes, nem como se eu fosse seu herdeiro, nem como se nós fôssemos *casados*. Isso é outra coisa que você não sabe, Al. Eu ia te pedir em casamento pela segunda vez. Na manhã em que você foi para Southampton. Na época, nós já estávamos separados havia quase dois meses, o tempo que você insistiu. Nenhum contato, essas eram as regras, suas regras, mas eu queria surpreender você. Pedir desculpas, explicar, fazer você entender. Ficaria atordoada; mas no bom sentido, acho. Durante aqueles dois meses eu tinha percebido que havia uma pessoa especial para cada um, e você era a minha, Alice Louise Salmon. Esqueça a viagem a Roma. Eu faria isso ali mesmo na sua porta. Mas Soph atendeu à porta e disse que você não estava.

— Aonde ela foi?

— Southampton.

Aquilo me encheu de desespero, a possibilidade de uma vida inteira sem que nós soubéssemos onde o outro estava. *Preciso encontrá-la*, pensei. Preciso encontrar minha Alice e a pedir em casamento. Soph me olhou desconfiada. Não sabia o quanto você tinha contado a ela; eu certamente não saí divulgando o que estava acontecendo.

— Posso ir até o quarto dela?

— Não.

— Ela está lá, não é? — perguntei. A possibilidade de você estar com outro homem cresceu dentro de mim. — Com quem ela está lá? — Você tinha sido inflexível ao afirmar que não havia mais ninguém envolvido quando me pediu o tempo, da última vez que estive em seu quarto e você estava chorando e a mini árvore de Natal estava piscando e eu estava sacudindo você; desculpe, não pude evitar. Perdi o controle, de tanto que te amava. Você prometeu que não havia, mas como eu saberia no que acreditar? — Não estou de sacanagem, Soph; com quem ela está?

— Pergunte a ela você mesmo, se está tão desesperado. Ah, não, ela não está falando com você, está?

— Desculpe — falei, tentando de outro jeito. — Sinto falta dela. Você precisa me ajudar. Por favor.

— Você não encontrou ela por pouco — disse Soph, voltando para dentro de casa.

A ideia surgiu na minha cabeça: *vá para Southampton.* Peguei meu telefone. No início você era Alice S, porque Alice Kemp já estava lá. Quando viramos oficialmente namorados, mudei você para Alice e ela para Alice K, então, quando já estávamos juntos havia algum tempo, você virou Al. Mandei uma mensagem para você. *Nossos dois meses estão quase no fim. Não ver você está me matando. Tenho uma coisa importante para dizer.*

Eu teria ficado uma hora na casa dos seus pais, que era o tempo mínimo que eu achava necessário ficar lá antes de conseguir ir embora, mas eu tinha que voltar para isso, para esta mesa e para esta cerveja. Imagens suas continuavam a pipocar na minha mente: você na London Eye, a roda-gigante; você bebendo champanhe às dez da manhã no dia em que Kate e Wills se casaram; você instruindo um homem no metrô a levantar a bunda gorda dele para deixar uma mulher grávida sentar; você dançando na cozinha naquela festa em Peckham; você parecendo um cervo assustado quando me viu perto do rio naquele sábado, sua voz, seu cheiro... você, distante agora, levada por aquela água fria junto com todos os nossos segredos.

Agora a única coisa que estou sentindo é que estou bêbado e chapado, e quando eu terminar essas latas e esse baseado não estarei mais vendo o seu rosto olhando para mim, ferida e aterrorizada da beirada da sua cama ou da mesa na qual nunca nos sentamos no Campo de' Fiori ou daquela água negra; estarei sentado na minha cozinha e até mesmo a raiva terá passado: haverá apenas o zumbido da TV, o latejar idiota das feridas no meu rosto e o eco intermitente de um homem chorando no quarto.

Fiquei uma eternidade do lado de fora do seu apartamento. Soph ficou espiando pela janela para ver se eu tinha ido embora. Você não respondeu à minha mensagem. Fui para a estação de trem. *Você gosta de surpresas*, pensei. *Vou te fazer uma porra de uma surpresa.*

Post de blog por Megan Parker, 20 de março de 2012, 18:35

Estive conversando com um dos palestrantes em Southampton sobre você, Alice.

Não me lembro dele de quando éramos estudantes; seu nome é Professor Cooke, mas parece que ele está lá desde cerca de 1820 e tem a impressão de que vocês dois se cruzaram brevemente. Ele teve essa ideia incrivelmente legal de fazer uma espécie de colagem sobre você. Muitas vezes somos só eu e ele conversando, mas em outras é como uma pesquisa de verdade: entrar em contato com pessoas e checar datas e coisas que você escreveu, disse ou fez. Mamãe acha bom que eu esteja canalizando minha dor de forma positiva, mas você diria que isso é só mais daquela bobagem yin e yang dela.

Me senti um pouco como uma traidora no início, porque é muito pessoal, mas temos que falar mais alto e abafar todos os mal-entendidos, as coisas rancorosas e estúpidas que têm sido ditas sobre você.

— Nós somos os guardiões da memória de Alice, agora que ela não pode mais se defender — disse ele, e não está errado. Você sempre se imaginava em um livro, não é? E é o que isso pode virar: o seu livro.

Ele disse que eu não deveria escrever muito sobre mim mesma ou sobre ele no blog, porque é de *você* que se trata, não de nós, e para que isso possa funcionar temos que ser observadores, objetivos em vez de subjetivos, mas sempre (já visitei ele umas dez vezes) pergunto: como posso ser objetiva se você era minha melhor amiga?

Não posso acreditar que estou contando a ele metade das coisas que conto, pra falar a verdade, mas você consegue se abrir para um estranho de formas que não é possível com alguém mais próximo.

Ele me lembra algum personagem dessas comédias de TV, a figura do "tio" socialmente inepto. Seus alunos devem odiá-lo, mas ele foi feito para a Radio 4, BBC. Você adoraria o escritório dele, Alice; cada centímetro das paredes é coberta de livros, há *milhares*. Na verdade, você absolutamente adoraria Jeremy porque ele é uma daquelas pessoas ultrainteligentes que estiveram em alguns lugares totalmente incríveis. Meu Deus, eu pareço uma estudante de ginásio apaixonada, não é mesmo?

Jeremy... se você estiver lendo isso, o que pode muito bem estar fazendo porque me parabenizou pelo blog, bem-vindo a um clube muito exclusivo, aliás... você é uma das cerca de seis pessoas que leem isso. Você não pode reclamar de nada disso, porque a sua "hipótese" é que a verdade precisa triunfar sobre todo o resto. ☺

Olhe para mim, Alice Palace. Fazendo piada quando você está morta e só se passaram sete semanas. Perguntei a Jeremy se isso fazia de mim uma pessoa ruim e ele disse que se a pior coisa que eu já tinha feito era rir de memórias felizes, então eu não estava tão mal.

Você gostaria do jeito que ele sempre coloca as coisas em um contexto histórico, Lissa.

— Como é que a história vai mudar o fato da minha melhor amiga estar morta? — perguntei uma vez e estava muito abalada, então ele me abraçou. Não é um homem grande, mas *parece* ser (talvez seja o que chamam de presença?), e disse que eu deveria sentir orgulho de ter você como minha BFF. Ensinei essa sigla pra ele, cheguei a fazer com que ele dissesse "de boa". Você teria achado hilário. Ele disse que ia testar a expressão com os alunos ou com o consultor dele. Mas eu estava certa, não estava? Eu era, sou, a sua BFF e sempre serei.

Ele está certamente interessado nas ameaças que você estava recebendo, e diz que uma coisa que eu com certeza fiz certo foi colocá-las no meu blog; é inevitável que houvesse pessoas rancorosas e com ressentimentos contra você, dada a natureza do seu trabalho. Ele diz que eu deveria ter cuidado ao falar com a mídia, no entanto, porque eles têm seus próprios objetivos, mas conheço bem os truques deles, e é irrelevante a forma como vou aparecer; o que importa é que os fatos sejam ouvidos.

O principal motivo pelo qual estou gostando de vê-lo é porque ele é mais uma desculpa para eu pensar em você. Faço isso o tempo todo, querida, mas é como se tivéssemos alguns momentos reservados (um tempo de dedicação, como Jeremy chama, de brincadeira) durante os quais podemos nos concentrar exclusivamente em você. Tenho uma confissão. Alguns dos nossos encontros basicamente viraram aconselhamento profissional para mim. Você costumava me dizer que eu deveria abandonar RP e voltar para o ensino superior, não é? Essas sessões (fiquei de novo na noite passada até quase meia-noite) estão me fazendo lembrar de como aprender é fantástico, ainda que a maior parte do que estamos fazendo não seja aprender, mas *recordar*.

Também estou ciente de que não deveria escrever muito, porque tudo na Internet é parte do seu CV agora. Nada some completamente; por mais que você apague, tudo continua nos feeds e caches das pessoas, e o Google ainda pode perceber tudo, mesmo que não esteja mais lá, da mesma forma como amputados ainda podem sentir seus dedos coçando mesmo depois que a perna foi perdida.

Ele me pergunta muito sobre o seu funeral, Alice — desculpe por ter me atrapalhado durante a minha leitura — e quando dei um abraço em sua mãe, ela disse:

— Meg, como vou fazer isso?

Eu respondi:

— Você vai fazer porque quer que seja uma celebração da vida dela.

E ela disse:

— Não hoje, eu quero dizer o resto da minha vida.

Jeremy disse que viu o carro fúnebre chegar: não entrou, mas queria prestar seus respeitos em silêncio, e mencionei como você costumava dizer que, quando ia a uma igreja, sentia vontade de ir embora bem depressa, e ele respondeu que, como regra geral, evitava as igrejas. Depois perdeu a linha de raciocínio e explicou sobre esses incríveis enterros celestiais no Tibete, onde eles desmembram o falecido. Isso é feito por alguém conhecido como um "rogyapa" ou quebrador de corpos. Os restos mortais são deixados para as aves de rapina. É chamado "jhator", o que significa "dar migalhas aos pássaros".

Eu não troquei uma palavra com Luke no seu funeral porque ele foi embora assim que acabou e foi muito sem noção ele aparecer fedendo a bebida... Não me importo se Luke está lendo isso, você não gostaria que eu mentisse, e a verdade, como diz Jeremy, é o que importa agora. Ele diz que não importa como eu me lembro de você, contanto que eu me lembre. "Quem vai se lembrar de mim?", ele fica dizendo, me fazendo prometer,

prometer de verdade, que não vou chegar à idade dele cheia de arrependimentos. Então, quando eu explico que muitos dos nossos amigos se comprometeram a levar uma vida melhor, mais completa, *maior* por causa do que aconteceu com você, ele diz: "Isso é lindo, este é o espírito. Vá atrás dela e a agarre, mocinha, vá e agarre a vida".

— *Carpe diem* —, falei uma vez, usando uma das suas expressões favoritas, como se isso fosse impressioná-lo, então compartilhei mais histórias sobre nós. É só começar que tudo jorra e ele mal consegue acompanhar, sentado, anotando tudo e com a luz vermelha do ditafone piscando.

— Filhas — diz ele apenas. — Filhas!

Comentários deixados no post acima:

Eu realmente leio isto, mocinha. Um personagem de comédia, hein? Mais Geoffrey Palmer do que Victor Meldrew, espero.

Jeremy "surfista prateado" Cooke

Você não pode sair acusando as pessoas desse jeito, Meg, você passou dos limites. Para sua informação, eu não estava bêbado no funeral. Tinha bebido uma cerveja. Assim como o resto das pessoas, estou só tentando segurar a barra. Além do mais, você parece estar convenientemente se esquecendo de que foi Alice quem terminou comigo, e não o contrário, e eu não estava saindo com outra pessoa!

Luke

Ninguém tá interessado nas suas anotações estúpidas de merda e nas teorias idiotas sobre uma menina que se afogou porque estava completamente BÊBADA. Você precisa ter cuidado você e aquele professor velho e arrogante.

CIDADÃO LIVRE

Mensagens trocadas entre Gavin Mockler e Alice Salmon, 16 de março de 2006

GM: E aí Alice como tá a sua noite? rs

AS: Quem é?

GM: Seu colega de apartamento favorito.

AS: Demais, obrigado, tá bem cheio aqui. Estamos no Corrigan's.

GM: É um convite?

AS: Estamos saindo agora. Tá fazendo o quê?

GM: Só de bobeira jogando Warcraft.

GM: Corrigans é uma merda, na minha humilde opinião, os donos são fascistas.

GM: Gostei de falar com você na sala de estar na noite passada me acalmou. Você é melhor do que as outras.

AS: Sem problema, só um papo, né... aliás Spam Sam diz que se você não vai sair hoje pode arrumar a casa!

AS: Para de se masturbar!

AS: Foi mal essa última msg foi o Ben. Ele roubou meu telefone.

GM: AHAHAH — não!!! Você pode conseguir coisa bem melhor do que Ben Finch.

GM: Nós, corujas, somos como criaturas da noite.

E-mail enviado por Elizabeth Salmon, 3 abril de 2012

De: Elizabeth_salmon101@hotmail.com
Para: jfhcooke@gmail.com
Assunto: Fique Longe

Como eu acho que as coisas estavam nos últimos dias e horas dela? Seu estado de espírito, seu paradeiro, suas conversas, eu repasso tudo constantemente na minha cabeça. Meu marido diz que estou andando em círculos, mas não é como se eu pudesse ficar *mais* machucada. Por que ela estava lá embaixo na água? Estava tão bêbada assim? Estava tão infeliz assim? Com quem ela estava? Esse momento perdido entre o que ela se separou dos amigos e o que acabou no rio é uma tortura para mim. Mas, por mais frustrada e furiosa que fique lendo todos aqueles disparates, mais eu me exponho a eles, porque só o que conseguem é me fazer procurar mais informações.

Eu costumava acreditar em destino, mas agora não tenho fé em nada além das possibilidades marginalmente consoladoras dos fatos. Junto os dados, porque tenho horror da ideia de que posso esquecê-la, Jem, de que posso acordar um dia e não ser capaz de me lembrar dos detalhes da minha filha. Acordar um dia e ela ter sumido novamente.

Então estou te pedindo algo que achei que nunca pediria: ajuda. Me ajude a responder as minhas perguntas, me ajude a encontrar Alice. Você me deve isso. Jem, o que *diabos* estava fazendo me *mandando e-mails*? Ela viu seu e-mail na minha caixa de entrada; ela o viu no dia em que morreu. Isso teria sido suficiente para deixar qualquer um maluco.

Às vezes eu desprezo Dave porque ele *deixou* isso acontecer, mas fui eu que não impedi. O que dei a ela que ajudou? Lições de verdade, como aquelas que aparecem com açucarada simplicidade nas séries que ela devorava, como *The O.C.* e *Dawson's Creek*, conselhos para prepará-la emocionalmente para lidar com toda a merda que jogam nas pessoas.

Não passei nada, exceto, talvez, um amor por Sylvia Plath; não posso acreditar que apresentei minha filha à obra dela quando sabia muito bem que aquilo podia prender como um gancho na sua pele. Um amor por Plath e os cabelos que uma vez descrevi pretensiosamente em um poema como semelhante a uma asa de corvo (com certeza li isso em algum lugar), além de, é claro, um desejo de periodicamente mandar o mundo se foder. Essas coisas e a nossa entonação, nossa cadência, e até mesmo a maneira como nós escrevemos; isso era o que havia de meu nela e dela em mim.

Por que eu nunca falei com ela sobre isso, Jem? Não era como se eu não soubesse que corria como um rio negro por todas nós, mulheres Mullens, a coisa que a visitava no meio da noite e fazia com que conversasse com raposas, a coisa para a qual eu nunca dei um nome, mas que ela chamou de *AQUILO*, a coisa que ela colocou em maiúsculas (AQUILO), porque as minúsculas eram insuficientes. Costumava achar que Plath estava certa, mas ela estava tão grotescamente errada que devíamos tirá-la do programa escolar, não porque devemos controlar o que as pessoas leem, como em *1984*, mas porque não existe nada bonito em relação à morte ou em convencer adolescentes de que ela existe.

Alice não tirou a própria vida. Ela não podia, não faria isso.

Estava apaixonada por você. Pelo menos por uma versão de você; se era alguma que existia ou que eu tinha construído na minha cabeça é algo digno de discussão. Seria hipócrita afirmar que não houve momentos que, em outras circunstâncias, poderiam ter se transformado em boas lembranças, mas eles estão em grande parte perdidos agora, emaranhados no nó do que veio depois que nos separamos. É o que permanece: a angustiada busca do que viria a seguir (você não faz ideia, acredite). Lembro de uma discussão em particular de forma vívida. "Você quer dizer Fliss", gritei, porque sua incapacidade de pronunciar o nome dela estava me deixando louca. "Se você pode dormir comigo, pode pelo menos dizer o nome dela".

"Ser casado é complicado. Você não entenderia".

"Não seja condescendente", cuspi. "Não sou uma adolescente apaixonada". Mas era assim que eu estava me comportando. Tinha esperado por uma hora do lado de fora do seu escritório e, quando você apareceu falando alguma palhaçada sobre uma reunião que tinha durado até tarde, explodi. "Eu não vou me tornar uma daquelas mulheres que são permanentemente *gratas*, Jem. Gratas por uma ligação telefônica, por uma saída à noite, por uma manhã em que eu acorde e você ainda esteja na cama. Não preciso fazer isso. Sou jovem, eu não sou sem atrativos".

Sua resposta? "Que tal acertarmos tudo isso com um drinque?"

Junto à distribuição de elogios, este era o seu modus operandi: me encher de gin. Deixar-me tão cheia da sua magia morna até eu esquecer ou não me importar, não fazer confusão, não gritar, porque não podíamos fazer isso, podíamos, uma cena? Espremer a última gota de diversão de mim e então rastejar de volta para sua esposa. Eu o abominava por me tornar o tipo de pessoa que eu odiava (para sua informação, eu nunca tinha estado com um homem casado antes; nem mesmo depois), mas abominava mais a mim mesma por deixar isso acontecer. Comecei a chorar. "Isso é uma piada", eu dissera.

Você veio na minha direção, roxo de raiva. "Se tudo é uma piada, por que você não está rindo, então?"

Eu estava constantemente com medo naquela época, mas naquele momento eu senti um medo visceral, físico. Podia sentir sua respiração: café velho e cebola.

"Bem", você disse, apertando meu pulso. "Vá em frente, ria então".

"Você nunca me fez rir", falei. "Você me paga jantares, me leva para hotéis não especialmente bons, me compra roupas de que não preciso e joias que são a antítese do meu gosto e, em seguida, vai para casa encontrar Fliss, e provavelmente fode ela também, porque é muito inseguro".

Você levantou a mão — e admito que eu tinha bebido e minha cabeça estava uma confusão —, mas o que eu vi foi uma garra vindo em minha direção; sério, era como a garra de um animal. "Acabou", gritei.

E aqui estamos, todos estes anos depois, novamente nos falando. Não posso acreditar que escrevi tanto. Catártico, imagino. Você é passado agora, mas tem uma responsabilidade. Você tem poder, livre-se dele com sabedoria. Confiei em você, Jem, por isso não me decepcione.

Para seus "registros", estou anexando algumas partes do diário dela, além de uma das minhas fotos favoritas. Mostra ela e Rob em uma praia, no exterior, por isso deve ter sido antes do negócio de Dave naufragar. Veja só ela: olhando para o mar, como se pudesse nadar por todo aquele azul com algumas boas braçadas, percorrê-lo, caminhar sobre ele. Não há uma nuvem no céu. É o tipo de dia que você se lembra da infância, mas nunca sabe se realmente aconteceu ou se é um truque da sua memória: sorvetes e castelos de areia e cochiladas em carros e ser levada para a cama. O tipo de dia que todos deveriam ser capazes de lembrar, mas que um monte de crianças nunca teve. Nós realmente tentamos dar aos nossos filhos dias em que tudo era mar e céu.

Você está certo, palavras tão frequentemente não comportam tudo. Lamento ouvir que você está doente. Não posso dizer que vou rezar, mas desejo o melhor a você. Quando eu o visualizo, é em um escritório revestido de hera, tomando Earl Grey e ouvindo críquete. É assim?

Você está certo; nós somos de fato um bom par com os nossos segredos.

Gostaria de ver você novamente.

Sua,
Liz

Transcrição de mensagem de voz recebida pelo Professor Jeremy Cooke, 24 de maio de 2012, 01:22

Eu sei onde você mora, Sr. Professor Maioral... Poderia encontrá-lo tão facilmente quanto pedir uma pizza... É melhor você a deixar sozinha... não é da sua conta... Não teria tanta vontade de escavar o passado, teria, Sr. Antroporólogo? [Sic] ... Ela morreu... [palavra indistinguíveis] ... morta... se foi... Que parte disso você não entende? Ela [palavras indistinguíveis] ponte. [palavras indistinguíveis]. Devia ter vergonha, vergonha... Não abra mais velhas feridas, chega... [palavras indistinguíveis] amava Alice. Tome cuidado, velho, porque coisas ruins acontecem, acidentes acontecem.

Parte III

A VIDA É COMO PALAVRAS CRUZADAS

Mensagens trocadas, 13 de maio de 2010

Entre Luke Addison e Alice Salmon
10:06

L: Valeu por uma noite genial, Alice, mas tô fritando agora! Como vc tá?

A: Quem é???

L: Mto engraçada! É o cara que vc deixou bêbado.

A: Foi vc que *me* deixou bêbada — e numa noite de aula. Você é um homem mau, Sr. Addison!

L: Normalmente não bebo, foi uma exceção pra você!

A: Exceção heroica!

L: Sou assim, um herói! Desculpa pelo Crown, aliás. Não sabia que tinha virado o pior pub de Balham.

A: Então *foi* um primeiro encontro?

L: Sem comentários ☺

15:42

A: Como tá sua ressaca?

L: Firme e forte! E a sua?

A: Me medicando com chá, bebendo aos baldes. Como foi o resto do seu dia?

L: Tava na reunião mais chata do mundo. Pensou um pouco sobre sábado?

A: Cinema?

L: Temporada de retrospectivas suecas no Picturehouse...

A: Pensando bem, vou lavar meu cabelo...

L: A Estrada?

A: Só tava tentando te impressionar quando mencionei esse. Prefiro ver Shrek Para Sempre.

L: Também. A gente pode comer antes no novo lugar de tapas na Clapham High Street. Tequila não conta como bebida se vem com tapas!

A: Adoro encontros baratos com tequila. ☺

L: Vou lembrar dessa ☺

20:02

A: Colega de apartamento abriu uma garrafa de vinho, então tô bebendo uma taça. Onde você tá?

L: Fui pra academia mais cedo para malhar e me livrar dessa ressaca, agora tô de volta no pub.

A: É quinta-feira!

L: Quinta é a nova sexta!

A: Seus amigos não tão chateados com você por estar ignorando eles?

L: Tô do lado de fora fumando. Além do mais, não são amigos amigos. Prefiro conversar com você.

23:41

L: Tá acordada?

A: Lendo na cama. Onde você tá?

L: Andando pra casa. Adorei muito a noite passada Alice.

A: Você me disse!

L: Queria dizer de novo.

A: Eu também. Ri mais do que eu ria há séculos.

L: COMIGO não DE MIM espero.

A: Os dois! Desligando o telefone agora; preciso do meu sono de beleza. Me escreve amanhã, vou ter um longo dia então preciso de distrações.

L: Disponível o dia todo para serviços de distrações!

A: Obrigada bjs

Entre Charlie Moore e Luke Addison
18:20

C: Como foi a noite passada?

L: Ridícula.

C: O quê, a menina???

L: Não, pra variar! Ela é demais.

C: Mandou ver?

L: Ela foi pra casa cara.

C: Tá brincando?

L: Não. Tô tentando não estragar dessa vez.

C: *vomitando*

L: Babaca.

C: Quem é essa afinal?

L: Conheci semana passada no Porterhouse, alta, cabelo preto, sardas, meio maluquinha, mas linda.

C: *vomitando mais*

L: Babacão!

C: Sempre me dizem isso! Vai ver ela de novo?

L: Com certeza — sábado. Rango depois filme.

C: Muita sede ao pote!

L: Mas eu tô a fim.

C: Não importa. Não deixa ela perceber. Precisamos marcar umas cervejas pra planejar Praga — vou te mandar um e-mail. Essa viagem vai ser sinistra.

L: O que acontece na turnê...

Excerto do diário de Alice Salmon, 19 de fevereiro de 2009, 22 anos

Já são 4h18 e não consigo dormir.

Uma nova cidade, um novo emprego, novos colegas de apartamento. É como a semana de calouros outra vez. Decidi que a vida é um enorme jogo de tabuleiro: quando você avança um pouco, bam, volte dez casas!

De noite eu me sinto voltando para trás. Devia estabelecer uma regra: nada de escrever no diário depois das 11 da noite.

Aquela raposa está lá fora. Ela sempre anda por aí. Uma raposa macho, acho, grande mas felpuda como uma boneca. Deve ser muito solitário lá fora, entre as lixeiras e os ônibus; será que ele gostaria, pelo menos uma vez, de sentir grama sob as patas? Espero que ele encontre uma garota. Parece que já encontrou mais de uma, o espertiiiiinho.

Como posso me sentir tão solitária quando existem sete milhões de pessoas em Londres? Eu as observo nos trens — em seus jeans apertados e óculos grandes, lendo o *Metro* e mandando mensagens de texto, pequenos trechos de Dizzee Rascal ou Kaiser Chiefs escapando dos seus fones de ouvido — e imagino suas existências se desdobrando junto da minha. Escuto suas conversas e tento juntar vidas inteiras a partir de fragmentos entreouvidos.

— Você superanalisa as coisas — disse Meg uma vez, e talvez fosse a isso que ela estivesse se referindo. Observando uma raposa no jardim; quer dizer, no quadrado de concreto do tamanho de um selo postal que dividimos com a senhora possivelmente grávida do andar de baixo, Bebê Talvez, e com a família polonesa do andar de cima que chamamos de "Cadê o Lixo?", porque foi o máximo de conversa que já trocamos...

Não sou velha demais para me sentir assim, para ainda me surpreender? Para me olhar no espelho e pensar: *Alice, que porra é essa?* Todas aquelas promessas que fiz a mim mesma quando era uma adolescente sonhadora: nunca experimente drogas, nunca fique com dívidas, nunca decepcione ninguém. A vida alcança você. Nunca imaginei que faria uma tatuagem e, OK, é discreta, mas ainda é uma tatuagem, e meus pais surtariam se vissem. Também jurei nunca me deixar enganar por um homem, mas aqui estou, ainda trocando mensagens com Ben. Ele até entrou de penetra no meu almoço de 21 anos em Corby.

— Você tá saindo com alguém? — perguntou ele desinteressadamente depois de entrar.

— Não. Você?

— Nada sério. — Aquilo tinha certa familiaridade reconfortante. — Lembra quando estávamos na Pont des Arts? — Sua pronúncia pareceu bem francesa. — Aquilo foi especial.

— Não vou passar a noite com você.

— Vamos ver.

— Falo sério.

— Você deixou eu te pagar um drinque rapidinho.

— Não estrague tudo, Ben. Vamos terminar o dia em bons termos. Vamos provar que podemos fazer isso.

Ele colocou a mão no meu joelho.

— Ainda sou louco por você.

— Não é. Você é louco pela ideia de mim. Na prática, você não consegue lidar com uma namorada. Tire a mão de mim, também.

Era como uma partida de vinte e um, na qual ele continuava a apostar: era a cara dele, manter a aposta mesmo sabendo que ia se dar mal. Uma parte de mim sentiu vergonha por ter ficado com ele; Meg sempre disse que ele era um babaca.

Ele subiu a mão para a minha coxa.

— O que temos aqui? Você gosta disso, não é?

— Tira a mão de mim.

— Gosta de fingir que não vai dar, né, Lissa, é isso que você faz.

Eu lhe dei um tapa. Um só, rápido e forte bem no meio do rosto, e foi primeira vez que esbofeteei alguém. Imediatamente tive vontade de perguntar se ele estava bem. Uma marca vermelha começou a surgir na sua bochecha esquerda.

— Ela me ama, na verdade. — Ele falou, rindo, para um homem em uma mesa próxima. — Vou dormir com você de novo — disse para mim. — Se não esta noite, um dia.

Eu o deixei no bar.

Tive um bom pressentimento sobre este lugar assim que o vi nos classificados on-line.

"O quarto pega o sol da tarde", dizia o anúncio, e três horas depois eu tomava café com Alex e Soph.

— Nós gostaríamos de alguém com quem nos déssemos bem — disse ele.

— Mas se não rolar, aceitaremos alguém que não seja um assassino em série — acrescentou ela.

Eles me mostraram o quarto, e o sol o iluminava por completo.

— Quando posso me mudar? — perguntei.

O sol não está brilhando agora.

Ele ainda está lá fora, a raposa. Rusty, vou chamá-lo assim. Pequeno Rusty. Vou torná-lo a palavra de hoje deste diário. Eu ia colocar um pouco de comida lá fora, mas Soph acha que ele pode ter pulgas e poderia me morder, então desculpe, carinha, você está por conta própria; podemos apenas nos falar por enquanto.

Eu me olho de cima a baixo no espelho. Ainda me acho tão estranha como quando era adolescente: essa coisa que levo por aí, que me leva por aí, esse *corpo*. Toco o meu cabelo, meu rosto e meus quadris. Traço a pequena linha de cicatriz no meu pulso. Ela me assusta: o que ela, aquela mulher que estou olhando, é capaz de fazer.

A questão é que não é apenas no mau sentido que surpreendo a mim mesma. Não teria imaginado nem em um milhão de anos que seria capaz de sentar no tribunal lá em Southampton e observar aquele animal que eu ajudei a levar a julgamento por agredir a velha senhora ser condenado e não vacilar nem mesmo quando ele me mandou um beijo. Em seguida, houve o curso que fiz assim que comecei a trabalhar, e quando tive que fazer uma apresentação para todos os chefes e não deixei as minhas palavras saírem enroladas ("Ative o cérebro antes da boca, fritada de salmão", papai costumava me dizer), nem precisei me guiar pelos meus cartões, e, quando terminei, todos aplaudiram; sério, todos eles aplaudiram, e não foi de zoação.

Provavelmente estou sendo a rainha do drama. Era assim que papai costumava me chamar, e mais tarde, quando eu adorava dançar, ele dizia que eu era mais a rainha da dança do que do drama, e eu adorava dançar para ele e ainda amo dançar, amo, amo, amo!

Não é grande coisa. Muitas pessoas não dormem — mamãe inclusive. Sei porque ela me disse uma vez. Falou que, quando era jovem, tinha palavras para quando tudo parecia inútil: muito pouco, muito grande, muito avassalador.

— Você vai falar comigo, se alguma vez você se sentir assim? — perguntou ela. — Prometa que vai falar comigo, Alice.

Você precisa encarar os seus monstros, ela sempre diz.

Tenho sorte. Não tenho muitos monstros. Um, talvez, que nunca ousei encarar de verdade. O Velho Cookie.

— Conheci um velho amigo seu — falei, jogando um verde, na primeira vez em que liguei para mamãe depois da festa de antropologia. — Um Professor Cooke. Como ele é?

— Ele é má pessoa, Alice, isso é o que ele é — respondeu ela.

Consegui evitá-lo quase por completo durante os três anos seguintes, apesar das tentativas periódicas e desajeitadas de fazer contato comigo. Uma vez, loucamente, zonza e atrevida após uma noite dançando no Union, peguei um atalho e passei perto do escritório dele, e a curiosidade me tomou; o desejo de saber o que aconteceu ficou cada vez mais forte do que o desespero para esquecer, um impulso de berrar umas verdades para o velho desgraçado. Ele estava em sua mesa, olhando distraidamente pela janela, do jeito que o Sr. Woof fazia na porta de trás enquanto esperava que alguém o levasse para passear. Quase bati no vidro para conferir se ele não tinha morrido. Então me lembrei das mãos dele e corri de novo...

Vinte pras seis. Acabei de ouvir a descarga do vaso sanitário. Alex vai sair para o trabalho às dez pras sete e Soph vai para a academia. Estranho como conheço as suas rotinas: estes estranhos reunidos por uma caminhada de dez minutos até a estação. Eles sabem que eu bloqueio o corredor com a minha bicicleta e gosto de comer tarde, mas não sabem que, quando o mundo está dormindo, Rusty e eu somos amigos. Alex comerá torradas, Soph tomará café preto, nossas três vidas se cruzando brevemente na cozinha. "Tenha um bom dia", vamos dizer. "Vejo você hoje à noite". Não vou mencionar que fiquei acordada metade da noite; Soph não vai mencionar que mais um dia se passou e ela mal comeu alguma coisa; Alex não vai mencionar que ainda é louco pela ex. Mas eu sei, porque os nossos Diagramas de Venn se sobrepuseram aqui: no apartamento 8 do número 25 da Bedlington Road, Balham SW12. A perspectiva de um dia perder o contato com eles me dá uma sensação de naufrágio.

Mas à noite terei bebidas e jantar com a equipe depois do trabalho. Em algum restaurante aquecido na margem sul, ouvindo o clique dos hashis, o fluxo da conversa sobre bicicletas Boris e Heath Ledger, as piadas sobre Wayne e Coleen ou Russell Brand e Jonathan Ross; naquela bolha de risos, isso será uma mera lembrança.

Um banho rápido, uma xícara de chá, uma olhada nas manchetes no meu celular — acham que a neve que nos atingiu foi a pior em vinte anos —, e ela chegará aqui, a versão de mim que estará na margem sul em doze horas, a mero meio dia de distância, rindo, a vida e a alma da festa, a minha versão de máscara.

Ser solteira é ótimo, mas vai ser uma merda nunca ter ninguém, e tenho certeza de que tenho um talento especial para dizer aos homens que querem apenas uma coisa passageira que eu preciso de mais, e aos homens que querem algo sério que devemos ir com calma (não que tenham aparecido muitos destes: basicamente apenas Josh, e nós éramos só colegiais). Pareço sempre entender os relacionamentos pelo lado do avesso, como se visse o mundo através de um espelho.

Você estava acordada às dez pras quatro esta manhã? Olhou para o jardim lá embaixo e se sentiu tonta? Sussurrou para Rusty?

Conte-me sobre estes momentos que você tem, você e somente você.

Quem é você?

Quem sou *eu?*

Carta enviada pelo Professor Jeremy Cooke, 20 de junho de 2012

Meu caro Larry,

Você nunca vai adivinhar onde estive ontem à noite. Uma delegacia! O camarada na recepção, que tinha uns 14 anos, concluiu rapidamente que as mensagens de voz eram uma pegadinha. Toda a situação era, evidentemente, uma fonte de diversão para ele.

— O que você está pedindo, senhor, proteção 24 horas?

— Isso pode ser relevante para o caso Alice Salmon — afirmei.

— Certo, sim, isso. É com isso que essa coisa tem a ver, com a sua *pesquisa?*

Tinha saído outro artigo sobre o meu trabalho em um jornal local; este de início promissor, chamando-o de um "insight interessante sobre a nossa memória coletiva moderna", mas depois perdeu o fio da meada e insinuou que fui eu quem descobri o corpo. Tirei a foto de Alice que eu levava na carteira e brandi na frente dele.

— E se algo ruim *aconteceu* com Alice? Façam mais perguntas, perguntas diferentes. Repassem os últimos momentos dela.

— Como expliquei, a equipe de investigação fez isso, senhor.

— Mas e se eles não viram alguma coisa? Eles não a conheciam.

— Melhor não se deixar exaltar, Sr. Cooke.

— É *professor.*

— Nós não temos a tendência de reabrir casos bem definidos com base em uma ou duas mensagens de voz grosseiras.

— Não foi uma ou duas, foram três, e elas não eram grosseiras, Kidson, eram ameaçadoras.

— É *Inspetor* Kidson — corrigiu-me ele. — Se eu recebesse uma libra para cada vez que alguém esteve onde você está, alegando que houve um erro criminal, eu já poderia ter me aposentado.

— Você não estaria aqui se coisas ruins nunca acontecessem.

Ele olhou o relógio.

— Coisas ruins são meu ganha-pão, amigo, mas posso te assegurar que o incidente em questão foi investigado exaustivamente.

Pareceu-me que a minha desclassificação de "senhor" para "amigo" significava o fim da sua paciência. Dois policiais conduziam um adolescente embriagado pela recepção, arrastando-o pelos ombros, seus pés esfregando no chão como um pincel. Isso costumava me horrorizar, jovens bebendo até cair, mas agora posso discernir uma qualidade elevada nisso. Coitados, estão convencidos de que inventaram essa prática, quando os antigos Macedônios já faziam isso no século IV a.C. Tão crua e visceral tal demonstração de vitalidade, a busca desavergonhada por gratificação. Nunca fui avesso a uma bebida alcoólica, mas Elizabeth realmente adorava. Ela a tomava com uma necessidade primordial, e isso a transformava, deixava-a rota, desinibida e aterrorizante. Eu tentava contextualizar para ela: explicava sobre Sileno e Dioniso ou os índios americanos que lutavam por aguardente nas planícies de Dakota, mas ela apenas bebia, ria e me mandava calar a porra da boca; eu adorava essa veia grosseira nela. Então bebia mais. Ela diz que agora parou, o que não é surpresa alguma. Aquilo só acabaria de duas maneiras.

— Faz com que eu me sinta maior — disse ela uma vez. — Me impede de sentir medo.

— Todos nós precisamos sentir um pouco de medo — respondi. Típico de mim: defendendo a inércia.

Gostaria de poder parar de sentir medo, Larry.

O policial de 14 anos trocou frases sussurradas com um colega, então disse:

— Por que não vai para casa deitar e descansar um pouco, senhor?

— Não estou doente — afirmei, percebendo a ironia daquela proclamação.

— A Srta. Salmon não estava bêbada? — perguntou Kidson.

Ela estava sentada com um estranho, ao que parece; um camarada que eu entrevistei me disse que viu os dois discutindo, um bate-boca muito alterado. Outro afirmou que eles se beijavam. Ela derrubou vários drinques. Em dado momento, caiu no chão. Abraçou a todos, chorou.

— Sim, ela estava bêbada, mas isso não é crime.

— É, se você for como ele — disse o policial, apontando para o espetáculo que se desenrolava diante de nós.

Não era um cenário implausível. Luke Addison me dissera que tinha visto Alice beber até cair em algumas ocasiões. Ele levou um baita susto no dia em que chegou em casa, vindo do trabalho, e me encontrou em sua porta.

— Estou à procura de Alice Salmon — falei.

— Ela está morta — disparou ele de volta.

— Estou bastante ciente disso, mas ainda estou interessado nela. Estou interessado em você, também.

— Se eu estivesse lá, poderia a ter protegido — disse ele.

— Você parece ter conseguido fazer sua vida voltar ao normal com uma rapidez impressionante — afirmei.

Ele me olhou longamente. *Nervoso*, presumi.

Fora do pub, diziam os boatos, o grupo de Alice tinha ido a uma lanchonete, acreditando que ela ficaria encostada na parede. Ela deve ter conseguido reunir fôlego suficiente para vaguear para longe sem ser percebida, com a velocidade e o propósito que só os bêbados conseguem obter, cambaleando, ziguezagueando para longe do centro da cidade e descendo em direção ao rio. De forma bem frustrante, ela, e as três meninas que supostamente a acompanhavam, mantiveram-se firmemente em silêncio.

— Não é hora de esquecer isso, professor? — perguntou o policial. Havia um novo olhar de pena em seu rosto, e me ocorreu que era um que eu veria com cada vez mais frequência a partir de agora.

— Há mais de uma maneira de morrer bêbado — informei a ele. — Não admira que ela tenha obtido mais sucesso em trancafiar bandidos do que vocês! — Eu lera tudo sobre suas campanhas para levar os criminosos à justiça. Aquilo sim era uma mulher com uma missão. "Se a Big Society de David Cameron significa mesmo alguma coisa", argumentou ela em um editorial, "é que a justiça já não é terreno exclusivo da nossa polícia."

— Presumo que esteja ciente de quantas pessoas a odiavam? — perguntei a Kidson.

— Você disse no jornal que ela era universalmente amada — respondeu ele, sarcasticamente.

— Eu disse muitas coisas... que eles optaram por não imprimir. — Um longo gemido soou do fim do corredor. O adolescente bêbado, provavelmente. — Meu ponto era que todos que a conheciam a amavam, mas seu trabalho a colocou em contato com muitas pessoas que não gostavam dela.

— Sei como é — disse ele, olhando para o relógio.

— Há mais — soltei. — Quando cheguei em casa ontem, alguém tinha estado na minha casa.

— Algo foi roubado?

— Não, mas as coisas estavam fora de lugar e alguém tinha ligado meu computador.

— O computador foi levado?

— Não, mas alguém o tinha usado. Pude sentir a presença.

Difícil dizer se sua expressão agora era de pena ou se ele estava a ponto de cair na gargalhada.

— Certo — disse ele —, e *alguma coisa* foi levada?

— Não, mas alguém com certeza esteve na casa. Sou muito preciso; as coisas não estavam como eu as tinha deixado. Tenho essa sensação de que estou sendo seguido, também. — Parei antes de revelar tudo; o que eu não compartilhei foi que eu definitivamente avistara o rapaz com tatuagens pelo campus, e até mesmo no estacionamento do hospital ontem. Ele continua aparecendo no meu escritório, também, levando itens da sua "coleção Alice", como um gato com uma presa recém-capturada. A última coisa da qual eu precisava era que a polícia o capturasse e o fizesse tagarelar sobre a minha carta (Deus, e se ele soubesse sobre outras coisas?), mas eu precisava injetar um pouco de urgência naquela investigação. Alice podia estar servindo como munição duradoura para os escritores de manchetes, mas a polícia parecia estar apenas cumprindo os trâmites burocráticos.

— Aquele Ben Finch, ele era um imbecil — proclamou o sujeitinho hoje. — Se achava melhor que os outros. Enchendo o saco falando sobre sua antiga escola e os mestres; por que ele não pode ter tido *professores* como todo mundo?

— Esse é um dos ex-namorados dela, não é?

— É uma forma de falar. Era um psicopata, isso sim, me deu uma surra uma vez. Não parou de me chutar nem quando eu já estava de cara no chão, agarrado à perna da mesa.

— Por quê?

— Porque ele era um desgraçado cruel. Porque essas escolas bestas deixam a pessoa má. É a sobrevivência do mais forte, matar ou ser morto.

— Elas podem de fato gerar alguns traços não muito auspiciosos, mas certamente alguém não recorreria a este tipo de violência sem motivos.

— Pergunte a Alice. Ou melhor, não! Na manhã seguinte, o desgraçado bajulador sorriu quando viu o estrago do meu rosto e disse: "Você devia dar uma olhada nisso, amigo. Parece sério." Então, quando as meninas estavam por perto, ele sacaneava ainda mais, dizendo que tinha sido obviamente uma disputa da comunidade de gamers!

Claramente ainda fumegando de raiva sobre o incidente, o rapaz bateu na mesa agitadamente e declarou:

— Vi a sua esposa em Waitrose.

— Fique longe dela — alertei-o.

— Quinhentas pratas — foi tudo o que ele respondeu.

Talvez a minha imaginação esteja me pregando peças, Larry. Não tenho dormido. Fliss tem me pedido para sossegar, voltar ao trabalho normal por um tempo. Ela aceitaria ainda menos se percebesse que a mãe da minha musa, a Elizabeth Salmon dos jornais, é a antiga Elizabeth Mullens.

— Não é melhor que algumas coisas permaneçam não ditas? — perguntou ela. — Talvez alguns segredos *devam* ir para a sepultura, Jeremy.

Não contestei, mas discordo. Não quero segredos na minha sepultura. Não quero coisas não ditas. Quando se trata de Alice (e de Fliss, também), quero replicar *nosso* relacionamento, o seu e o meu: a clareza simples dele. Lembra-se de como costumávamos testar nosso pacto de honestidade, Larry? Forçando os limites nessas cartas. Minhas pintas, o seu eczema. Meu ódio pelo meu pai, a pobreza dos seus. Minhas fantasias masturbatórias, você perdendo sua virgindade. Era como um jogo de cartas: libertador e estimulante. Só que não era com cartas que estávamos jogando, era conosco (muitas vezes literalmente na época, pequenos selvagens sujos que éramos!). Eu esperava essas cartas com muita expectativa: para lê-las *e* escrevê-las. Passei a viver momentos de maravilhamento na minha vida — resultados de exames, novas escavações, meu casamento — quase não por si mesmos, mas por como eu os compartilharia com você. Você nunca me chamou de Jeremy Cu como os outros meninos; nunca me apelidou de narigudo, atleta da lerdeza ou quatro olhos. Todas as atividades de lazer que compartilhamos, era como se tivéssemos sido separados no nascimento: filatelia e coleção de autógrafos (assinaturas são muito *passé* hoje em dia; são fotos de celebridades nos celulares que os jovens colecionam) e episódios obscuros da história, como quando os holandeses navegaram pelo Medway e saquearam nossos navios em Chatham em 1667. Lembro-me de pensar: finalmente, *outro garoto como eu*. Foi a primeira vez que não me senti completamente sozinho nesse planeta.

As câmeras de segurança mostraram Alice andando alguns metros e depois parando. Andando e parando, andando e parando. Era como um animal, disparando e cambaleando. Então, como o proprietário do último pub em que ela esteve disse à imprensa, ela "saiu do radar" (ele também foi rápido em apontar que ela estava bem acima da idade legal para consumir álcool). Possuía hematomas e arranhões nos cotovelos e joelhos — consistentes, de acordo com o legista, com "cair várias vezes no chão em um estado avançado de intoxicação". HeBNIs: era só o que deviam ser, de acordo com um dos alunos que entrevistei. Ele teve que explicar. HeBNI. *Hematomas de Bebedeiras Não Identificados.*

— Pago meus impostos, faça o seu maldito trabalho — estourei com Kidson.

— Certo, tentei ser paciente, mas essa conversa acabou. Se você acha que não está sendo levado a sério, fique à vontade para fazer uma reclamação.

— Exijo que você anote o que eu te disse — gritei, e escutei a mim mesmo da maneira como os outros devem ouvir: pomposo, paternalista e superior. Velho Cookie. — Pelo menos faça um registro disso no seu livro. — Eu me inclinei, agarrei sua mão e caneta e forcei-a sobre seu bloco de notas. Houve um pequeno estalo e ele se soltou bruscamente.

— Se você não fosse um velho triste, eu o prenderia por agredir um policial. Agora caia fora e volte pro buraco de onde saiu.

Tudo que eu quero agora é colocar minha casa em ordem, e com isso em mente eu tenho uma confissão: posso ter esquecido de te contar tudo sobre certo aspecto deste caso. Expliquei-lhe sobre a minha inclinação a caminhar à noite, não? Como isso funciona como uma distração e proporciona o exercício suave que meu médico defendeu. Bem, eu estava dando uma destas caminhadas no centro da cidade de Southampton no dia 4 de fevereiro. Vamos apenas dizer que tinha chegado ao meu conhecimento que Alice estava na cidade naquela noite.

Provavelmente Kidson e seus companheiros não tinham feito seu trabalho de forma brilhante, ou eu teria algumas explicações a dar.

Quando finalmente cheguei em casa, Fliss (já era tarde, mas ela tinha ficado acordada, fora de si de preocupação) perguntou-me sobre meu aspecto avermelhado, assustado; teve medo de que fosse algum sintoma até então invisível da minha condição.

— Se eu te der isso, você vai parar de seguir a minha esposa? — perguntei esta manhã, entregando mais um envelope para o rapaz com tatuagens. Não é o dinheiro, Larry, isso não é importante, mas eu tenho que proteger Fliss.

— Irônico, não é, Homem do Gelo, como está tão determinado a cuidar dela quando você mesmo tem feito coisas que poderiam destruí-la? Alice só teve que compartilhar a casa comigo por um ano, mas sua patroa tem que fazer isso com você desde 1976.

Aquilo me pegou de surpresa, ele mencionar o ano.

— Está escrito no verso — disse ele, piscando. — A foto de casamento na mesa de cabeceira do seu quarto.

Parece que me meti em uma fria, Larry.

Seu como sempre,
Jeremy

E-mail escrito, mas não enviado, por Alice Salmon, 10 de dezembro de 2004

Realmente consegui fazer uma grande bobagem dessa vez, mãe. Você ouve as pessoas falarem de coisas como essa, e eu me orgulhava por nunca ter deixado que algo assim acontecesse comigo, mas agora deixei, e como pude ser tão estúpida?

— O que você acha da nossa pequena reunião? — perguntou ele enquanto a gente estava ali naquele amontoado, tentando puxar assunto. — Realizamos este *soiree* no mesmo dia todos os anos; é meio que uma tradição.

— Detestaria ver vocês quando *não* estivessem se divertindo — respondi, apoiada na imprudência trazida pelo vinho.

— Conheci a sua mãe — disse ele.

— Sorte sua — respondi. A noção passou direto por mim. Eu estava na quarta taça.

— Sua mãe, como ela *está*?

O que vou fazer? Minhas memórias são fragmentadas... caixas de arquivos, um abajur com babados, ele insistindo que eu o chamasse de Jeremy em vez de Professor Cooke, música clássica.

— Tim-tim — disse ele. — Vamos virar tudo.

Nem sei ao certo o que estou alegando. Presumiram que eu tinha uma queda por ele, como algumas outras estudantes. Ele é famoso. Devo confiar em outro professor? Ou em Megan? Eu cuidei dela, ele provavelmente diria. Ela meio que bebeu demais. Outra caloura que exagerou na cerveja. Menina boba.

Por que estou me culpando? Ele é que não deveria ter deixado aquela situação surgir. Mas se eu falar, onde vai terminar? E se eu tiver que abandonar a universidade? Eles me fariam perguntas e eu não teria as respostas: uma menina estúpida que não aguenta bebida e que nunca aprende. Só o que resta é o hálito de cebola dele, sua risada rachada, a camisa engomada e a pele bronzeada seca, reptiliana.

— Olhe para mim — disse ele. — Foque.

E eu me agarrei a ele enquanto o mundo girava. Estou com medo, mãe.

Eu nem deveria ter *estado* lá. Vou agradar um pouco o velho, decidi quando ele propôs que eu me juntasse a eles para alguns drinques, porque algumas das ex-alunas dele tinham terminado em redes nacionais, e contatos como esse são valiosos. Ele desfilou comigo diante de um bando de velhos enrugados.

— Lembrem-se do nome desta aqui — disse ele. — Será famosa um dia.

Rezei para o chão se abrir e me engolir.

— Ela está planejando uma carreira na mídia.

— Ainda não me decidi, na verdade.

— Um caso de — ele fez uma pausa pretensiosa — "não saber o que você vai ser, mas saber quem você é". Shakespeare — acrescentou presunçosamente.

— Eu sei! *Hamlet*. E você falou errado. É "nós sabemos quem somos, mas não o que podemos ser".

— Touché — disse ele. — Você puxou aos seus.

Garçonetes enchiam a minha taça, e a sensação enjoativa de apreensão que normalmente me toma em situações como aquela evaporou. Era como tirar o salto alto no final da noite.

— Como é que eles dizem? — Ouvi um dos seus colegas zombando. — Uma nota A por uma noite.

Por que não fui para o Union, mãe? Lá teria sido seguro. Teria ficado apenas na cerveja, jogado sinuca, conversado com Meg, Holly e Jamie T. Teríamos voltado para os alojamentos, bebido café, os rapazes descuidadamente jogando uma bola de rugby um pro outro, Usher ou Kanye West vindo do quarto de Doncaster Will.

Seu escritório era um cruzamento entre um estúdio e um quarto.

— O mundo é um lugar perigoso quando você está bêbada desse jeito — disse ele. — Mas é seguro aqui dentro.

Ele me ajudando a tirar a saia.

— Seu cabelo é como o da sua mãe — disse.

A sala girando, uma sensação de enjoo.

— Descanse agora, pequena — disse ele.

Um cobertor em cima de mim, tira isso, muito quente, não consigo respirar, sufocando, *tira* isso de mim... Estou tão envergonhada, mas é ele quem deveria estar: ele, ele, ELE.

— Durma bem — disse ele —, não deixe a cuca te pegar.

Depois acordando em um sofá, com a minha mão na dele.

— Você estava tendo pesadelos — disse ele gentilmente. — Estava gritando durante o sono.

— Fique longe de mim — exigi, ficando de pé em um pulo.

Do lado de fora, os sons normais: o bip de um caminhão de entregas dando a ré, dois rapazes brincando de luta, uma menina rindo. As poucas horas anteriores... sombras, formas, sono agitado, ele me ajudando a beber água, como você costumava fazer com os remédios quando eu era pequena, informando que eu tinha causado uma grande rebuliço na festa, mas que não estava chateado comigo, embora eu devesse ter cuidado, nem todo mundo era como ele, meninas nessa condição "acabavam em todos os tipos de impasses desagradáveis".

Eu estava sem a blusa, minha saia estava em uma pilha amarrotada no chão. Eu me senti enjoada, empurrei-o para longe, peguei minhas roupas e corri.

Você sempre disse que eu poderia sempre confiar em você, mãe, mas não posso enviar isso...

Carta enviada pelo Professor Jeremy Cooke, 25 de junho de 2012

Larry,

Não consigo tirar Alice e Liz da cabeça. Até sonhei com elas essa noite. Quando acordei, Fliss perguntou se eu estava bem; estava resmungando durante o sono. Não disse a ela que fui consumido por uma visão do cabelo de Liz, com aquelas mechas longas e brilhantes.

— É como uma crina — lembro claramente de ter dito a ela uma tarde.

— Muito obrigada. — Ela riu. — Por me comparar a um cavalo.

Estávamos na cama de um hotel barato ao lado da A36. Apesar do nosso estado despido, não havia constrangimento ou vergonha; isso habitualmente vinha mais tarde. A voz de Margaret Thatcher saía de uma pequena TV preto e branco no canto. As Falklands. 1982. Fliss surgiu na minha mente, mas a empurrei de volta para longe e acariciei o rosto de Liz.

— Você faz com que eu me sinta incrível — falei para essa mulher que não era a pessoa com quem eu tinha me casado seis anos antes, essa adição mais recente ao corpo docente que eu tinha visto pela primeira vez há dois meses, valsando pelo campus; ela não andava, valsava como se estivesse acompanhando alguma música. Ela sorriu; os dentes manchados pelo vermelho meio vagabundo. Ocorreu-me que este era o eu que eu poderia ter sido: o tipo de homem que paga por quartos de hotel em dinheiro vivo no meio da tarde. *Eu* sou *essa pessoa*, pensei. — Nunca me senti assim antes.

— Nem eu — respondeu ela.

Larry, é como um confessionário, compartilhar isso com você de novo. Estava me vendo por um novo ângulo: não estava desconstruindo o comportamento de outra pessoa ou disputando os ossos da existência de alguém, estava vivendo no momento, no presente, não em alguma era milhares de anos atrás. Toquei no cabelo preto dela, cada fio um pacote de DNA. *Esqueça o DNA*, pensei ao acariciá-lo, isto é ela, *isto é* Liz. Parecia que tudo estava mudando: política, regras, sociedade. Talvez esta estridente filha de comerciante estivesse certo: tudo *era* possível.

— Não somos um casal estranho? — perguntou ela, brincando. — Então, meu querido artefato? — Ela não se cansava de me provocar sobre o fato de eu ser quase onze anos mais velho.

Estendi a mão, e ela fez um barulhinho que lembrava um som que Fliss fazia.

Pare de pensar, mentalizei, *pare de pensar, droga.*

— Você nunca fica com medo? — perguntou ela, depois. Liz perguntou.

— Raramente não estou com medo — respondi. Havia muitas perguntas obtusas e respostas enigmáticas, mas aquela foi a segunda ocasião em que ela me fez essa em particular. Tinha perguntado na noite da véspera também, enquanto nos vestíamos para o jantar.

Ela acendeu um cigarro, perguntou se eu queria um, o que me deu uma onda de tristeza: o fato dela não saber se eu fumava. Ela poderia estar sendo irônica, acho.

— Estou tentando parar — disse ela, exalando um rastro fino de fumaça.

Você simplesmente não tem ideia *de que não fumo*, pensei. *Você não tem ideia de que não fumo, assim como não tem ideia de que eu gostaria de construir uma estufa de orquídeas ou que não consigo suportar climas muito quentes* — a quinzena que eu e Fliss passamos em Leukaspis foi um purgatório — *ou, por falar nisso, que eu era levemente alérgico a frutos do mar.* Deitamos na cama e olhei o meu relógio: Fliss e eu iríamos a um evento da faculdade naquela noite.

— Estou falando sério — disse ela. — Você nunca acorda petrificado?

— Por qual motivo?

— Onde você pode acabar?

A luz pálida do sol era filtrada pelas cortinas fechadas.

— Provavelmente vou acabar no mesmo escritório que estou agora, só que resmungão e com artrite.

Chega um ponto em que os homens, disse uma vez meu orientador do doutorado com o que, na época, até *eu* considerei um pessimismo esmagador, conseguem apenas sair de um problema usando uma trepada. Não vai funcionar, ele me informou, mas você vai tentar mesmo assim. Era isso que eu estava tentando fazer com Liz? Não sabia se deixaria Fliss; se *poderia* deixá-la. Difícil acreditar agora, para um homem tão premeditado, que eu não tinha um plano. Tudo o que eu tinha era o medo: medo de que esta pudesse ser minha última chance de conseguir o que quer que estivesse além da minha imaginação. Tinha passado direto pelos 18, 21 e 30, alheio a esses marcos, preocupado com as minhas ambições científicas, mas, a essa altura, estava me aproximando rapidamente dos 35 e esse marco me enervava. No meio do caminho para os 70. Medo de outra coisa, também. E se aquilo fosse apenas o começo, se houvesse mais Elizabeths? Esperava que ela implicasse com a minha resposta, dizendo: Resmungão? Não quer dizer *mais* resmungão? Porque então nós riríamos e isso colocaria um fim a esta perniciosa linha de conversação. Mas, em vez disso, ela assistiu às imagens frias e distantes de argentinos mortos enfileirados em um buraco no chão e perguntou:

— Você acha que estamos fadados a ficar juntos? Destinados a voltar um para o outro, não importa com quem a gente acabe? Isso acontece. — Como não respondi, ela continuou: — Pelo menos *sei* que não conheço a minha própria mente. Você é um dos homens mais inteligentes que já conheci, mas, de alguma forma, é um dos mais... sem esperança.

— Não estou convencido de que sou adequado para a poligamia — respondi obtusamente.

— Há uma coisa chamada poliandria, também.

Isso pareceu um terreno mais seguro.

— É verdade — respondi. — Mulheres de Masai, entre muitas outras, adotam essa prática; uma adaptação perfeitamente lógica às altas taxas de mortalidade entre crianças e guerreiros.

— Você não pode culpar as mulheres por deixar suas opções em aberto — disse ela, o meio-sorriso no rosto desaparecendo —, se os homens delas forem uma porcaria como os nossos.

Ocorreu-me que aquela conversa não era teórica: era sobre nós.

Eu me perguntei se fazer sexo de novo ajudaria. Mais cedo, havia me dado conta de que era como a lei dos rendimentos decrescentes: dormir com alguém que não era a sua esposa não era tão ruim depois que você já tinha feito isso uma vez. *Mesmo agora*, pensei, nu com uma quase estranha em um hotel, *não consigo* não *ser eu mesmo*: chato, pedante e acadêmico.

Uma criança começou a chorar em outro quarto, e nos sentamos. Eu sabia, mesmo então, que nos meses e anos vindouros eu diria a mim mesmo que nós dois éramos adultos, que ninguém a tinha obrigado a fazer isso, nada disso, que quando um não quer, nada acontece. Era um princípio central de uma das minhas palestras do primeiro ano: responsabilidade individual. Ao longo do corredor, o choro da criança atingiu um crescendo e depois parou.

— Eu me pergunto se é um menino ou uma menina — falei, mas ela não escutava. *Eu mudei você*, pensei. Seja lá quem você fosse quando passou valsando pelo campus, agora é uma mulher que trepa com um homem casado em um quarto de hotel e depois coloca a mesma calcinha e vai embora, assim como transformei minha mulher em alguém que me deixa refeições no forno aquecido e não investiga muito de perto quando eu fico "até tarde no trabalho"; coisa que ela teve a impressão de eu ter feito com mais frequência naquele verão.

Liz estendeu o braço por cima de mim para pegar a taça de vinho na mesinha de cabeceira, bebeu o conteúdo, então pegou a guimba do seu cigarro e puxou um trago. Uma pluma de cinzas caiu na minha perna.

— Pelo amor de Deus, Elizabeth — explodi. — Tenha cuidado.

— Sim, seria péssimo se alguém se machucasse aqui, não é? — Ela riu: mágoa, vazio, a gênese do ódio. — *Você* não quer ter filhos um dia?

— Ah sim, isso. Eles. — Fliss e eu tínhamos praticamente desistido de uma família àquela altura, apesar de termos sido testados e sondados por um pequeno exército de médicos. Um pouco do velho rancor me tomou; me fez querer dizer a Liz como tinha sido degradante, emasculante: como a raça humana teria entrado em extinção se dependesse de casais como nós.

— Talvez simplesmente não estejamos destinados a ter um bebê — dissera Fliss. — Talvez venha a ser apenas você e eu.

Tropecei na perspectiva daquele "não".

— Não diga isso — respondi. — Vamos continuar a tentar até que aconteça.

— Talvez não esteja nos planos de Deus para nós. Além disso, não seria tão horrível, seria, se *fosse* apenas nós dois?

Liz disse:

— Porque eu quero filhos. Idealmente um de cada, mas principalmente uma menina. Isso é incomum, não é? São meninos que as mulheres costumam querer. — Ela começou de novo. Ela era assim, caindo do otimismo ao desespero no tempo que levava para fumar um cigarro.

O jornal tinha deixado as Falklands de lado e mostrava Washington e aquele ator espalhafatoso e exaltado, Reagan, em seu tema favorito, a chamada dissuasão nuclear.

Eu disse:

— Algumas pessoas podem argumentar que o mundo é tão perigoso que você estaria fazendo um favor para a próxima geração ao não trazê-la até ele.

— E se minha filha herdar todos os meus maus aspectos e nenhum dos bons? — perguntou ela.

— Você não tem maus aspectos.

Ela apenas deu uma risada sarcástica.

— Se eu tiver uma menina, quando eu tiver uma menina, vou ficar apavorada pensando em ela ser parecida demais comigo, pobrezinha.

Toquei a sua pele, macia e fina, e me ocorreu que talvez fosse com essa mulher que eu teria o filho que sempre desejei.

— Bem? — disse ela. — Você não respondeu a minha pergunta. Nunca tem medo?

— Esqueça isso, a vida acadêmica, você poderia ser jornalista — falei, estendendo a mão novamente para o cabelo dela.

— Você é insaciável — disse ela.

— Dificilmente.

— O que você é, então? — perguntou. — O que nós somos?

Deveria ter visto que aquele era o começo do fim.

Coleção "Para Ler em 2012" no Kindle de Alice Salmon

Trespass — Rose Tremain
Como ser mulher — Caitlin Moran
Cranford — Elizabeth Gaskell
A mulher do viajante no tempo — Audrey Niffenegger
A estrela mais brilhante do céu — Marian Keyes
Boneco de neve — Jo Nesbo

E o vento levou — Margaret Mitchell
Cold comfort farm — Stella Gibbons
Cinquenta tons de cinza — E. L. James
Comer, rezar, amar — Elizabeth Gilbert
A resposta — Kathryn Stockett
Casa da felicidade — Edith Wharton

Artigo no site do *Southampton Star*, 15 de março de 2012

Melhor amiga de Alice revela ameaça de morte

A melhor amiga da garota morta no rio, Alice Salmon, lançou nova controvérsia sobre o caso, revelando que Salmon recebeu uma "ameaça de morte" poucos dias antes da sua morte, em fevereiro.

Falando com exclusividade para o *Star*, Megan Parker alegou que as ameaças relatadas previamente eram "apenas a ponta do iceberg" e disse que a jovem de 25 anos vinha "temendo pela sua vida" depois que flores foram deixadas em sua porta com um bilhete "sinistro".

Esta última revelação explosiva suscita mais perguntas sobre a morte da jornalista Salmon, cujo corpo foi encontrado em um rio no centro da cidade, deixando as autoridades confusas quanto aos acontecimentos exatos que envolveram o incidente.

Parker disse: "Alice me contou que chegou em casa uma noite e encontrou um buquê de flores mortas com um bilhete preso a ele que dizia: 'Você é a próxima.'"

Uma sugestão é que a ameaça poderia ter relação com o trabalho de Salmon como jornalista anticrime, colaborando com a abertura de processos contra mais de um criminoso na costa sul.

"Ela vinha recebendo ameaças há muito tempo", acrescentou Parker, que mora em Cheltenham. "Costumava sair e dar longas caminhadas malucas por Clapham Common — eu estava sempre a alertando sobre como era perigoso fazer isso à noite —, mas ela até parou porque estava convencida de que estava sendo seguida."

"Eu queria que ela fosse à polícia, mas ela me fez jurar segredo. Achava que apenas por compartilhar isso comigo já me colocava em perigo. Era a mulher mais corajosa que conheci."

Parker, que está pensando em fechar suas contas na mídia social por medo de recriminações por suas ligações com a jornalista criminal, disse que estava vindo a público agora como um sinal de respeito à amiga.

Ela disse que a morte trágica a tinha "tirado do eixo", mas minimizou os rumores de briga entre os amigos de Salmon. "Cada um de sua maneira, todos nós sentimos alguma responsabilidade. Eu sabia muito bem que ela não estava feliz nos últimos meses e fiquei observando ela cair cada vez mais. Nunca vou me perdoar por isso."

"Há um monte de alegações malucas sendo cogitadas por aí, mas no fim das contas pode ter sido só um terrível acidente. Ela fez um monte de inimigos, mas seria apenas conjectura supor que eles tiveram alguma relação com tudo isso. Talvez tenhamos que aceitar que nunca vamos ter conhecimento da cadeia de eventos que levaram à morte de Alice."

Em um artigo para a popular revista feminina *Azure* em outubro, a própria Salmon revelou uma sensação de "observar a vida passar por trás de uma janela grossa de vidro" e detalhou como ela "simplesmente não era projetada para isso."

A polícia de Hampshire confirmou esta manhã que vem mantendo uma "mente aberta" a respeito do caso. "É uma investigação ativa com múltiplas linhas de interrogatório", disse um porta-voz. "Nesse meio tempo, associamos aos Salmon um oficial de ligação familiar e mais uma vez estendemos nossas simpatias à família e aos amigos da Srta. Salmon."

O caso continua a atrair a imaginação do público, e estas últimas revelações, seguidas pela febril cobertura da mídia, inevitavelmente o colocará novamente no centro das atenções.

"Não me surpreenderia nem um pouco se algum babaca que ela tenha ajudado a prender tenha ido atrás dela", comentou um leitor do *Star* na nossa página no Facebook. "O crime é abundante em todas as nossas cidades... Salmon ajudou na captura de alguns tipos barra pesada, e bandidos não gostam de deixar os jornalistas tomarem liberdades."

- A fotografia deste artigo foi substituída no dia 16 de março. A original mostrava Megan Parker, Alice Salmon e uma terceira mulher identificada na legenda como "a malfadada amiga de Salmon, Kirsty Blake". A Srta. Blake nos pediu para deixar claro que ela não era a pessoa na foto e nos pediu para removê-la, o que fizemos com prazer.

E-mail recebido por Alice Salmon do editor da revista *Azure*, 2 de novembro de 2010

Oi Alice,

Obrigada pela ideia, que li com interesse. Ficou dando voltas na minha cabeça no trem hoje de manhã, e isso é normalmente um bom barômetro da força em potencial de um artigo! Precisaríamos que você focasse no aspecto pessoal em termos de como manter um diário a ajudou a resolver alguns dos seus problemas durante a adolescência, mas use a sua proposta do arquivo nacional de diários como um gancho. Vamos nos falar por telefone para conversar melhor sobre isso.

Me ligue.

Olivia
bjs

PS: "Um antídoto para a vida" — *adorei* essa frase. É sua ou é uma frase de algum lugar?

Post de blog por Megan Parker, 27 de março de 2012, 19:13

"Megan Parker, melhor amiga."

Pelo menos eles me apresentaram corretamente, Alice, mas logo tudo ficou pior. Talvez eu seja ingênua, como aqueles idiotas que vão para o *Big Brother* convencidos de que serão retratados de uma forma legal.

— Melhores amigos têm uma ligação tão especial — disse a jornalista quando entrou em contato comigo pelo LinkedIn. — Fazer uma entrevista seria uma chance de explicar por que ela era tão importante para você.

Para evitar qualquer saia justa, perguntei qual seria a primeira pergunta antes das câmeras começarem a filmar.

— Isso é fácil. Vai ser: Descreva Alice.

Ela manteve a palavra quanto a isso.

— Gentil — eu disse. — Bonita. Talentosa.

A jornalista, Arabella, assentiu encorajando, e a câmera se moveu na minha visão periférica. Ela tinha insistido que a gente gravasse perto do rio.

— Isso vai ajudar a colocar seus comentários no contexto certo — dissera ela. — Vai ajudar a fazer tudo parecer mais real para os espectadores. Você pode me dar um exemplo dessas coisas, Megan?

Ela usava muito o meu nome para garantir que éramos amigas, que estávamos do mesmo lado, no time da Alice. Conheço bem todos os truques dos jornalistas; trabalhar com RP faz isso com você.

Contei de quando você viajou até o outro lado de Southampton em uma missão de misericórdia naquela vez em que fiquei de cama, gripada, e aí disse que nunca havia um momento de tédio quando você estava por perto: você era um fio desencapado. Ela assentiu entusiasmada: eu entregava o que ela queria.

— Megan, como você se sentiu quando ouviu que sua melhor amiga estava morta?

Você teria rido nesse momento. Clichê, você teria dito.

— Devastada — respondi. — Entorpecida. Ainda estou. Nunca estive sem ela antes. Éramos melhores amigas desde pequenas.

Estávamos no local onde, dependendo de quem fala, você entrou na água.

— Conte-nos sobre isso, sobre quando vocês eram pequenas.

Eu me atrapalhei um pouco nessa pergunta, conseguindo afirmar que nos conhecemos quando tínhamos 5 e, logo em seguida, 6 anos. Estupidamente, eu não tinha feito qualquer planejamento, preferindo falar de improviso.

— Alguma memória em particular de quando você tinha essa idade que gostaria de compartilhar com os telespectadores?

Contei várias coisas, mas nenhuma delas apareceu na edição final. Elas foram cortadas, provavelmente por um estagiário ou aluno de estudos de mídia, um nerd com Final Cut Pro desesperado para produzir um trabalho contundente para a sua carteira. Não havia espaço para esse tipo de cor; eles tinham um ângulo muito específico em mente.

A jornalista sorriu, uma manobra muito bem praticada.

— Qual é a sua opinião sobre o que pode ter ocorrido naquela noite?

O que eu deveria ter dito era que não cabia especular, e que estaríamos em melhor posição para responder uma vez que os fatos viessem à luz, mas por agora, em respeito à sua família, deveríamos adiar as conjecturas. Mas o que eu disse (e foi estúpido, sei disso, mas estar perto do rio me perturbou, e aquela mulher conseguiu me fazer perder o controle) foi:

— Queria que ela não tivesse bebido tanto.

— Ela estava muito bêbada?

— Eu não estava presente.

— Há uma lição nisso para outras jovens bebendo em noitadas? Para todas nós, talvez?

Eu me desmanchei e senti o calor forense da câmera. Eles deixaram essa parte na edição final, é claro. Nada como algumas lágrimas para acompanhar as refeições de micro-ondas e xícaras de chá, desde que sejam de outra pessoa.

— Alice era popular?

— Muito — eu disse. — Todo mundo a amava. Mas eu, mais.

— Você falou das ameaças que ela recebeu.

— Eu a amava muito.

— Isso deve ser devastador para os amigos dela. O namorado, especialmente; ela tinha um namorado?

Hesitei, torcendo para que ela me jogasse uma tábua de salvação. Ela poderia ter dito "imagino que ela fosse fã de *My Big Fat Gypsy Wedding*" ou "ela estava planejando uma meia maratona de caridade, não?", mas ela havia farejado algo no ar. "Ela tinha um namorado?"

Como se ela não estivesse perfeitamente consciente do fato. Ela tinha feito uma pesquisa, assistido outros vídeos, lido sobre o assunto de hoje: Alice Salmon.

— Sim, mais ou menos. — O que eu deveria ter feito era dizer um palavrão; aprendi em um curso que se uma entrevista à imprensa vai muito mal, xingue, porque então eles vão ser obrigados a cortar.

— Ouvi dizer que ela estava prestes a se casar.

— Estava? — perguntei, pasma.

Deveria ter dado essa entrevista no dia seguinte à sua morte, em vez de sete semanas depois. Eles teriam sido mais respeitosos. Era uma tragédia então, nada mais. Agora, o aspecto "não é horrível que ela esteja morta" tinha se esgotado. Eles estavam atrás de um novo gancho; em reuniões editoriais, deviam discutir como poderiam "fazer a história render" e alguém mais proativo deve ter mencionado que havia muita conversa na Internet sobre ameaças, sobre como ela estava bêbada, sobre uma briga com o namorado. Como é que eles dizem? *Se tem sangue, vende.* Este não era o tipo de jornalista que você era. "Nós não temos ouvido muito dos amigos dela; ela deve ter tido uma melhor amiga, encontre a melhor amiga", deve ter dito o editor.

Então me encontraram.

— Ouvi dizer que ela era uma pessoa bem complicada — disse a entrevistadora.

Estava a um passo de gritar "que diabos isso quer dizer?", mas estava desesperada para consertar aquilo, para deixar todos com a impressão certa de você, deixá-la orgulhosa de mim por ter me colocado diante de uma câmera mesmo odiando ser o centro das atenções. Então respondi que sim, uma mulher de muitos lados, profundezas ocultas, não sem contradições, e a cada resposta você escorregava para um pouco mais longe de mim.

— Estou interessada em saber como é o namorado dela, Luke — disse ela.

— Um bom ator — respondi e me arrependi imediatamente.

— Sério?

— Sem comentários — eu disse.

As câmeras foram desligadas, eles tiraram os microfones de mim.

— Obrigada, querida — disse Arabella. — Você foi perfeita.

— É isso? Há outras coisas que eu gostaria de compartilhar.

— Em outra oportunidade, querida.

Sabia como funcionava. Eles arrumariam as coisas, almoçariam correndo e voltariam para o estúdio. Ela faria uma anotação para revisitar o assunto quando estivessem cobrindo uma matéria sobre consumo excessivo de álcool ou se houvesse uma onda de calor neste verão e eles fizessem uma matéria sobre os perigos de nadar. Possivelmente um ano depois; sim, isso é sempre uma história fácil: o aniversário da tragédia.

— Você tem orgulho do que faz? — perguntei, e qualquer compaixão que ela pudesse ter sobre a forma como eu seria editada se dissipou.

Sua colega me informou que o segmento "provavelmente" passaria no jornal das seis, mas isso mudaria se algo "maior" acontecesse naquele meio tempo.

— Com um pouco de sorte, vai ao ar às nove também — disse ela.

Liguei para os seus pais, expliquei que haveria mais coisas no jornal daquela noite e me desculpei.

Previsivelmente, a matéria terminou com uma cena minha olhando melancolicamente para a água. No final das contas, passou às seis e às nove e então de novo às dez. Eu tinha, obviamente, chorado bastante.

**Excerto do diário de Alice Salmon,
20 de Maio de 2010, 23 anos**

— Como ele é?

— Legal.

— Isso é o melhor que você pode fazer? Legal. Você é uma jornalista, mulher!

— OK, extremamente legal.

Meg estava na cidade para uma reunião, então fomos comer pizza. Principal tema da conversa: Luke.

Tivemos papos como esse desde que começamos a nos interessar por garotos. Às vezes ela faz as perguntas, às vezes, eu. Mostrei pra ela a foto de perfil dele no Facebook.

— Parece um pouco com David Tennant, não acha? Sem a TARDIS, obviamente.

— Ele tá a fim? Manda mensagem com que frequência? Uma vez por dia ou mais?

— Mais. Cinco, seis vezes... às vezes mais.

— Ah, meu Deus, ele é um psicopata!

Como se tivéssemos combinado, uma mensagem chegou. Nós duas rimos. Expliquei que ele trabalha com software (não a parte nerd, mas a de gestão de projetos, gestão de pessoas) e como de início ele passou a impressão de ser meio playboy. Apareceu no nosso segundo encontro com um olho roxo de jogar rugby, mas era só pra impressionar.

— Ele é um ouvinte fantástico, também.

— Refresque a minha memória, quantas vezes exatamente você o viu? — perguntou Meg. — Você soa como se o conhecesse desde sempre.

— Duas vezes. Três, se contar quando nos conhecemos.

Luke acha que fui eu quem começou a conversar com ele no Porterhouse, mas foi definitivamente o contrário.

— Espero que você me dê o seu telefone — disse ele, e eu tive que falar o número três vezes, porque estava muito barulhento. Ele salvou no celular dele, apertou rediscar e viu a luz do meu telefone se acender na minha bolsa.

— Pronto — disse ele. — Tenho você agora.

No nosso primeiro encontro fomos beber em Clapham Junction e Balham, depois, na semana passada, fomos ao cinema, porque isso é lei no segundo encontro. Em dado momento, ele se referiu a viajar para esquiar e disse "nós", mas isso não necessariamente significava uma mulher, poderiam ser amigos. Então ele admitiu que estava saindo com alguém, Amy, no ano passado, e perguntou quando tinha sido meu último namoro.

— Sou praticamente uma freira — respondi.

— Meu último relacionamento não acabou de forma lá muito brilhante — disse ele.

— Eles nunca acabam — respondi, lembrando-me de como eu tinha dispensado Ben e enrubescendo de vergonha. Mas tudo que aconteceu até agora é irrelevante; é história. Sim, foi bem ruim no ano passado: eu acabei indo ao médico e, como já tinham me receitado antidepressivos antes, ele fez a pergunta obrigatória, mas vazia: "Como você se sente?" Jornalistas e apresentadores de TV a fazem o tempo todo. É preguiçosa. Então, quando eu disse "bem, na maior parte do tempo", ele sugeriu que eu marcasse outra consulta. E quando passei pela sala de espera na hora de ir embora vi jovens mães e percebi que talvez nunca me tornaria uma delas, e vovós geriátricas, e percebi que provavelmente não seria uma delas também, e tinha um cartaz explicando como os médicos estavam receitando menos antibióticos, porque eles eram ministrados tão livremente que todos nós morreríamos por falta de resistência, e eu meio que cheguei a pensar em voltar e dizer ao médico que era isso mesmo, que às vezes era como se eu tivesse uma falta de resistência ao mundo inteiro. Mas apagar o passado é tão fácil quanto passar o dedo por sobre a roda do mouse, selecionando trechos de e-mails e apertando a tecla delete. Sumiu. Sentada no cinema com Luke — acabamos escolhendo *Robin Hood* —, percebi que aquilo poderia ser um novo começo. Eu o verei amanhã, também. O teatro, amiga. É linda, esta sensação de antecipação, de otimismo. Estou feliz. E, por favor, note: nenhuma substância artificial foi usada na redação desta parte do diário!

Indo do Porterhouse para casa, olhei o número dele e me perguntei quanto tempo ficaria no meu celular: se seria apenas um "recente", movendo-se para baixo até sumir, ou se eu o salvaria nos contatos. Pensei se chegaria a virar um daqueles que eu sei de cor. *Pare com isso, Alice*, falei para mim mesma. *Não crie expectativas. Você está preparando a sua queda.*

Porque praticamente a única coisa sobre a qual estive certa até agora é que ser eu mesma não é o bastante. Tipo, sempre quis correr uma maratona, mas na semana passada, do lado de fora do Balham Bowls Club, pensei: *é assim que eu quero ser*, aquela que acabou de pegar sua terceira taça de vinho enquanto fuma um Marlboro Light. *Dane-se treinar para uma maratona*, pensei, *só se é jovem uma vez, a vida é como um jogo de Scrabble, você não deve guardar as suas letras boas, deve usá-las assim que encontrar.* Mas no trem, indo de Covent Garden para casa, achei que era o bastante.

Talvez você tenha chegado bem a tempo, Luke.

Tudo está mudando. Vou ser promovida no trabalho. Serei nada menos que uma repórter sênior. Gosto do meu trabalho. Gosto da pessoa que sou lá e, sim, posso ter que entrevistar malucos e ouvir psicopatas alegarem inocência, mas também encontro crianças incríveis que têm paralisia cerebral e continuam determinadas a ir para a universidade ou senhoras adoráveis que reencontraram parentes perdidos depois de meio século. Levo jeito para essa carreira, assim como levava jeito para ser estudante, as sutilezas e nuances da minha profissão: as introduções e parágrafos e aberturas, os informes, editoriais e páginas duplas. Nossa língua.

Todo mundo está mudando. Meg está determinada a desistir de RP e pensa em voltar a estudar em tempo integral, Alex tem uma nova namorada, Soph tem um novo namorado, Robbie conseguiu uma parceria. Até Rusty sumiu. Eu me iludo ao pensar que ele seguiu em frente, mas deve estar morto. Ele se divertiu enquanto pôde. Colheu seus botões de rosa. Onde foi que ouvi essa expressão antes? Isso vai ficar me perturbando agora, como uma palavra na ponta da língua.

Termino meu chá de camomila. A tal menina que Luke mencionou, com quem estava ficando no ano passado... me pergunto se ele quis dizer que esteve com ela durante o ano passado ou se estiveram juntos por mais tempo e tudo apenas terminou no ano passado. A primeira opção, espero.

Encontro, essa pode ser a palavra de hoje para este diário. Sim, soa bem. *Encontro.*

Há uma certa verdade no que Meg disse. Parece que sempre conheci Luke.

Notas de Luke Addison em seu notebook, 26 de fevereiro de 2012

Não estava nos meus planos discutir com você perto do rio.

Fiquei tentando encontrar você sozinha a noite toda, observei você em cada pub que entrava, mas você nunca *não* estava com alguém. Quase tive uma oportunidade quando você foi no banheiro em um deles, mas você começou um papo furado com um cara mais velho. Sei lá quem era. Ele parecia um polegar machucado vestindo um casaco de tweed; talvez fosse o dono do lugar.

A princípio fiquei procurando por toda parte, então me dei conta. Facebook e Twitter. "Comecei a trabalhar na ressaca de amanhã", você twittou às 4h12 da tarde. "No Nando, então", às 5h20. "Soton é o máximo" às 6h12. Dei uma olhada nos tweets anteriores. 1h41: "Será que a gente realmente chega a conhecer as pessoas?" 1h51: "Vou ficar bem louca."

Você olhou duas vezes quando finalmente me viu. Era como se não confiasse nos próprios olhos.

— Luke — você disse. — *Luke.*

— Ei, Al. Surpresa! Vim ver você.

— Não quero ser vista.

Estávamos à beira do rio e você estava em um banco.

— Você é como um ônibus — você disse e riu, mas não foi uma risada feliz.

— Você está bêbada.

— Quem é você, meu pai?

Estava escuro, e alguns flocos de neve começaram a cair.

— Olha, neve — você disse, soando como "olhanev". — É um longo caminho quando se cai, não é? — você disse, tomando um gole de uma lata de gim tônica. Você começou a chorar, e achei que podiam ter colocado alguma coisa na sua bebida, e a ideia de que você, minha linda Al, estava por aí embriagada com homens dispostos a fazer isso, tudo por minha causa, me deixou furioso. Bastaria apenas você ter ficado alguns metros mais ao fundo no bar em Porterhouse, um atraso de 30 segundos na linha do metrô de Victoria, minha reunião das quatro e meia se estender por mais alguns minutos: um colega fazendo mais uma pergunta sobre gerenciamento de negócios. Qualquer uma dessas coisas e você não teria terminado comigo.

— Tentei ligar pra você o dia todo — falei.

Você começou a apalpar freneticamente os bolsos da calça jeans.

— Perdi meu telefone.

— Não perdeu, não, querida, ele está aqui. — Recolhi-o do chão e o entreguei a você. Deve ter batido em alguma tecla quando caiu no chão, porque uma música estava tocando; uma das suas bandas favoritas, The XX. — Você parece com frio.

— Mãos frias, coração quente.

Seu rosto estava vermelho, o cabelo, todo bagunçado: me lembrou de você depois do sexo. Talvez dormir com você resolvesse isso; nos desintegrar até viramos partes aleatórias, então, quando nos reagrupássemos, tudo poderia ser diferente e eu poderia não ser tão babaca. Estendi o braço para pegar a sua mão, mas você me empurrou para longe.

— Quem teria imaginado, hein, minha mãe!

— Do que você está falando, Al?

Visualizei a mãe dela, servindo café e perguntando sobre o meu trabalho. "Aposto que ela era linda alguns anos atrás", falara depois de ter sido apresentado, "pegável com certeza". E você respondeu: "Ei, chega disso", então disse que ela ainda era. Linda, quero dizer, não pegável!

— E sobre os lemingues? — perguntou. — Você não respondeu o e-mail dos lemingues.

É claro que não, eu não o tinha visto ainda naquele momento. Até onde sabia, você estava falando coisas sem sentido, e senti uma grande frustração.

— Eu e você, Al — afirmei. — Ia ser eu você contra o resto do mundo.

— Eu, você e uma menina em Praga!

A menção daquele lugar foi como uma explosão de ar frio.

— Por que não consigo parar de me sentir assim? — você disse.

— Assim como?

— Como *eu*. — Só que soou um pouco como "uêêu".

Havia manchas molhadas nos seus ombros, e eu teria te dado o meu casaco se tivesse um.

— Não há nada de errado com você. Você é perfeita.

— Pessoas perfeitas não acabam aqui.

Eu vi uma barraca de sorvete, a escada até a água, a ponte. *Nós dois estamos vendo as mesmas coisas*, pensei, *mas não adianta.*

— Estar sozinho é uma merda.

— Estar com alguém merda é mais merda. Você não pode escolher de quais partes de mim você gosta e de quais não gosta. Não é assim que funciona. Não sou um prato de restaurante rodízio. Você deveria se importar comigo não importa o que acontecesse; você disse que *faria isso.*

— Eu me importo.

— Quando te convém, quando é fácil, mas e quando é difícil? Porque isso é o que conta. Pedi pra você me dar mais tempo, por que ignorou isso?

Eu me perguntava como nos lembraríamos daquilo. Montar juntos o quebra-cabeças de noites passadas era uma ocupação regular nossa no dia seguinte, e eu amava aquelas noites, mas recentemente as das quais eu mais gostava eram as quietas, quando estávamos sóbrios, quando era apenas a gente. Eu me lembrei de ver você se despindo uma noite, pouco depois que nos conhecemos, ver você tirando a maquiagem, e como aquilo me afetou como se fosse uma revelação: eu não *tinha que* ser um namorado merda.

— Eu te amo — falei.

— Você nunca quer nadar pra longe de tudo, Luke? Porque eu quero. Não sei mais quem eu sou.

— Você é Alice.

— Essa é boa — respondeu você, como se eu tivesse contado uma piada. Então: — Quem é essa? Quem é Alice?

Um carro da polícia passou, e foi como se o barulho da sirene tivesse aberto um rombo na bolha à nossa volta e outra onda de embriaguez caísse sobre você.

— Quero meus amigos — você disse. — Quero ir para casa. Onde é a casa?

— Balham — respondi. — Você vive em Balham.

— Não lá — você disse. Tremeu e abraçou o próprio corpo, esfregando-se. Braços pequenos, ossos com uma fina cobertura de carne. — Nada de dormir. Ventos na neve.

— Do que você está falando, Al?

— Tô errada — afirmou você. — É diamante na neve. Tem que ser certo.

Uma ambulância passou, as luzes e sirene ligadas.

— A noite de alguém terminou mal — disse você.

Você tinha muito disso: momentos de sobriedade na embriaguez, como se fosse à superfície em busca de ar. Espanou alguns flocos de neve do seu colo, e me ocorreu que você devia ter comprado aqueles jeans depois da última vez que eu te vi. O que mais tinha acontecido naquelas oito semanas? É assim que acontece, como casais se separam; eles simplesmente *deixam* isso acontecer, e eu pensei: *foda-se, por que não, provavelmente nunca há uma ocasião perfeita; ou melhor, não totalmente errada*, e caí de joelhos.

— Você é a minha escolhida, Alice — falei.

Mas você deve ter pensado que eu tinha escorregado, porque começou a rir.

— Levante-se, homem — você disse. — Vira homem, homem!

Levantei, a raiva de repente perfurando meu corpo. Tentei controlar a respiração, fiquei olhando para a placa no banco, algo sobre uma mulher morta. *Ela costumava se sentar aqui e observar o mundo passar.* Você acendeu um cigarro, deu duas tragadas longas e soprou a fumaça na minha cara.

— Não me faça te odiar — falei, o que não era o que eu tinha planejado.

Você deu outro gole na bebida, mais uma tragada.

— Não me sacaneie — falei.

— Foi você quem ficou de sacanagem por aí.

— Uma vez, Alice, uma vez. Desde quando *uma vez* constitui ficar de sacanagem por aí?

— Uma vez a mais do que eu te traí. Estou mais cagada do que cagando — declarou você, rindo. — É Lear.

Um grupo de homens surgiu ao longe cantando.

— Por que vocês todos não podem parar de me seguir?

Eu me perguntei se você estava levando a sério aquele cara com quem você ficou flertando no primeiro bar. Você estava praticamente no colo dele. Olhei pela vidraça, do jeito que olhamos tubarões no aquário, e tive que me impedir de entrar lá. Talvez fosse coisa do passado, uma antiga paixão, você se vingando de mim por causa de Praga. Eu merecia. Ciúme é como dor: se multiplica e se espalha, destilando ódio e mágoa, mas só quero que tudo volte a ser como era. Você, indo pra minha casa assistir a *Live at the Apollo.* Até deixo você assistir a *Wallander.* Chegando e reclamando das pilhas de pratos e das caixas de pizza de três dias, correndo de volta para o meu quarto depois de uma chuveirada, tremendo e com gotas de água, então dizendo que não seria enorme e que poderia não ser a coisa mais chique, que poderia ser em Tooting, Brixton ou Elephant, mas poderíamos conseguir alugar o nosso *próprio* apartamento se dividíssemos os custos.

— Fui honesta sobre como me sinto — você disse. — Amor não é como uma torneira, você não pode apenas fechar. Não foi o suficiente pra você, eu expor meu coração e minha alma em um e-mail? Não acredito que ignorou.

— Você parece precisar de um abraço.

— Preciso, mas não de você, não agora.

Uma semente de ressentimento se formou dentro de mim. Eu estava me repetindo, destinado a ficar fazendo besteiras como uma paródia idiota do filme *Feitiço do Tempo. Tenho 27,* pensei. *Estou velho demais para isso.*

— Lembra quando fomos nadar nus? — você disse. — Vamos fazer isso agora.

— Não seja ridícula, está nevando.

— Você é o ridículo, trepando por aí.

Aquela semente de ressentimento brotou e tentei contar até dez antes de falar, ouvi a água caindo sobre o açude ao longe, mas lá pelo número seis eu me ouvi dizer:

— Olha o estado que está. Você é uma vergonha.

— Você não é melhor. Somos igualmente péssimos. Você, eu, até mesmo a minha mãe.

Fui tomado pela vontade de beber até cair. Já tinha bebido seis ou sete cervejas, mas só me sentia pela metade; meio sóbrio, meio bêbado, meio vazio, meio cheio, metade do que tinha sido. Precisava ficar doidão até não saber mais que merda estava fazendo.

— Posso beber um pouco disso? — perguntei, apontando para a lata.

— Acabou — respondeu você. — Tudo acabou.

Não era assim que deveria ser. Ia pedir você em casamento e não planejava te magoar — já tinha feito isso demais —, mas podia sentir a raiva crescendo depressa em mim, mofada, azeda e rancorosa. Uma nova sensação que não era amor: farpada e incontrolável.

— Vamos voltar para o meu hotel.

— Prefiro dormir nesse banco.

Você focalizou desanimadamente a placa da mulher morta, então olhou para as minhas calças.

— Isso são as suas chaves ou você está feliz em me ver? — perguntou, rindo.

Olhei para baixo e vi o contorno de uma pequena caixa de joias. Até o pedido de casamento eu fiz errado. Você me fez errar. Tinha me imaginado compartilhando a notícia com Charlie, fingindo que estava tudo bem. Mandando uma mensagem de texto hoje pra ele, do bar do hotel, ou amanhã, do trem. "De volta ao time, camarada. Seu braço direito está de volta. Cerveja na sexta?". Não conseguia discernir se o que eu sentia era euforia ou desespero. Peguei a caixa, joguei-a no rio e ela fez um *pling*.

— O que foi isso? — você perguntou com indiferença.

— Passado, só isso; que é o que você logo vai ser.

— Muito profundo — você disse, e talvez, se não tivesse rido, eu não teria feito o que fiz em seguida, mas naquele momento (o cabelo no rosto, o cigarro fumado até a metade caído aos seus pés) você era a única pessoa que eu odiava mais do que a mim mesmo. Eu tinha que romper, tinha que romper nossa relação de forma tão completa que não poderíamos mais nos magoar.

— Aquela menina em Praga, ela era linda — declarei, e recordei com uma clareza brilhante como eu era antes de você: por conta própria, nada a perder, ninguém com quem me preocupar, ninguém para desapontar, ninguém para me desapontar. — O sexo foi explosivo. É melhor estar morto do que na cama com você. É melhor você estar morta do que na cama comigo.

— Engraçado você dizer isso.

Você sugou em vão a lata vazia. Estendi a mão e escutei um rasgo. Vi o sutiã preto de babados, o que eu tinha comprado no Dia dos Namorados. Precisava puxá-la para muito perto e me afogar em você ou então empurrá-la para tão longe que nunca mais a veria de novo. Sim, era isso, ninguém para machucar, ninguém para me machucar. Daria para viver assim. Daria para sobreviver. Tinha que viver assim para sobreviver; acompanhando as meninas que conheci nas noites de sábado até a porta da frente nas manhãs de domingo, beijando-as no rosto e dizendo "vou, sim" quando elas perguntassem casualmente se eu telefonaria, então mandando uma mensagem de texto para Charlie, o Sr. Solteiro, dizendo: "cara, peguei uma menina supergostosa essa noite!". Só tive segurança para falar com você na noite em que nos conhecemos porque eu não tinha nada a perder, e tinha ficado tão feliz por deixar toda aquela merda, aquele eu, para trás; mas agora voltaria para aquilo e lidaria com tudo e não poderia ser pior do que isso, e precisava que você partisse antes, fosse apagada. Naquele instante, eu odiava você, Al, por me fazer pensar que havia uma alternativa. Vi a ponte com suas treliças e vigas, e me lembrei de que já tinha considerado ser arquiteto. Outro sonho abandonado.

— Volta comigo, por favor — falei. Um patético esforço final.

Você inclinou a cabeça para cima.

— Pelo menos Ben é honesto sobre como ele é um merda.

Ignorei isso, quem quer que fosse esse babaca de Ben, e por um segundo consegui lidar com aquilo tudo, com você. Como aquilo se tornaria uma lembrança; assim como Amy tinha virado, e Alex, e Pippa. Uma sensação fugaz e nebulosa de que em um, dois ou cinco anos eu olharia para trás e lembraria de você... com uma pontada de arrependimento, sim, mas como uma lembrança. Veria você como um degrau no caminho até ela; quem quer que *ela* fosse, minha próxima namorada. Talvez isso, esta noite, viesse a se tornar uma piada interna nossa, minha e dela, como certa vez eu discuti com uma mulher em um banco na beira de um rio, na neve. Como certa vez segui uma menina até Southampton como um adolescente apaixonado. Namorei uma jornalista. Daríamos risada, meio sem jeito de início, sobre isso, você, nós; assim como agora você e eu rimos, costumávamos rir, de quando eu e Amy terminamos comendo cordeiro ou de quando Alex me disse em um ponto de ônibus em Neasden que eu era emocionalmente atrofiado. Odiei perder Amy, odiei perder Alex, odiava perder você. Quando isso vai acabar?

— Eu te amo, Al — afirmei de novo, e você não era a única que estava chorando. — Não vou deixar você me abandonar.

Mas você escorregou, e quando peguei você, estava molhada por causa da neve e pequena; você sempre afirmou que era grande (como o Shrek, você dizia), mas me senti com o dobro do seu tamanho, três vezes, dez vezes, e furioso por não poder proteger algo tão frágil, tão belo.

— Por que todo mundo quer colocar as mãos em mim? Eu não suporto.

Quando você começou a gritar, coloquei a mão sobre a sua boca, porque se alguém ouvisse acharia que eu estava atacando você. Pude sentir sua respiração, seus lábios, seus dentes, suas narinas, seu pescoço. Sobre seu ombro havia o fraco brilho de cigarro ao longe, do outro lado do rio.

— Não posso respirar — reclamou você.

— Pare de gritar, então.

— Socorro, socorro, alguém me ajude.

— Shhh... estou tentando ajudar você.

— Você está me machucando.

— Pode se jogar dessa ponte, não me importo — falei, segurando com mais força.

Você inclinou a cabeça de lado, mas não soltei. Vi seu decote e tive uma visão de você na cama sem roupa, e o desejo me fisgou, como um peixe em um anzol. Estendi meu outro braço, mas você o empurrou para longe, então me agarrei em você; tinha que prender, que segurar você, para que pudesse explicar, percebendo de repente que o que eu estava agarrando era um tufo do seu cabelo.

— Me solta — gritou.

Comentários escritos no cartão de despedida de Alice Salmon do *Southampton Messenger*, 20 de novembro de 2009

Vamos sentir falta de você e da sua risada, mas não dos seus tênis chulezentos em cima do aquecedor!

Amanda

Era inevitável que alguém com o seu talento fosse fisgada* mais cedo ou mais tarde. É uma grande oportunidade, uma para a qual você não poderia dizer não. Nossa perda é a vitória de Londres. Obrigado por todo o seu trabalho duro e entusiasmo. Talvez possamos atraí-la de volta um dia?

Mark

*Salmon fisgada, entendeu?!

Já chamamos a Rentokil para desmontar sua mesa. Alertamos que podem encontrar ratos!

Barbara S.

Lembra dos sucessos como a campanha do "Assediador Noturno"? Você colocou um dos homens mais perigosos de Southampton atrás das grades e deve estar orgulhosa disso. Tudo de bom.

Bev

Próxima parada, o *New York Times*, com um curto período em Balham!

Gavin

PS: Se Cazza afirmar que seu presente de despedida foi ideia dela, ela está mentindo. Foi ideia minha.

Vai, Cara de Peixe, vai. Se você deixar o seu iPod aqui, não se preocupe, ninguém vai pegar. Felizmente o seu gosto por livros é melhor do que o musical. Obrigada pelas recomendações de leitura e obrigada pelas lembranças.

Bella

Snif! Você foi como uma irmã mais velha para mim, isso faz você parecer velha?? Aprendi tanto com você e você foi um belo de um ombro para chorar. Adorei cada minuto de trabalho com você. Mande tweets para mim, Srta. S!

Ali bjs bjs bjs

Já está virando lenda; o dia em que a nova garota encarou Sexiest Sexton e se recusou a fazer a "batida da morte".

Gavin

Esperamos que goste do Kindle. É o novo DX com a tela grande! Você não tem desculpa para não ler Kafka agora!

Cazza

PS: Gav está falando besteira!

Quem vai fazer o chá agora, ainda que você insistisse em deixar o seu tão forte que dava para apoiar a colher em cima dele? Aproveite a grande neblina. Com inveja branca! Quando podemos visitar? Dois cubos de açúcar, por favor.

Phil

As noites de sexta no Flames não serão as mesmas sem você. Não deixe de voltar e nos visitar. Minha dose é dupla :)

Juliet

Boa sorte.

De Anthony Stanhope

Você fez o que pôde para parecer distante, Srta. Salmon, mas sei de boas fontes que você é louca por mim, então me avise quando estiver pronta para aquele encontro! Um homem como eu não fica de bobeira para sempre!

Big Tom

Jornalista extraordinária, rainha dos confeiteiros, corredora, trabalhadora voluntária, campeã dos despossuídos, entusiasta da tequila, amiga genial. Há algo que você não pode fazer? Cuidado, homens de Londres.

Muito amor e grandes abraços, Michelle bjs

Carta enviada pelo Professor Jeremy Cooke, 29 de junho de 2012

Meu caro Larry,

Fui até o rio depois de ter passado na delegacia de polícia. Até o ponto por onde havia passado uma procissão de apresentadores de TV, como se a proximidade geográfica lhes desse uma perspectiva única.

"Foi aqui", diziam em voz baixa, professoral, "que uma vida jovem e promissora foi interrompida. Aqui, neste local normalmente tranquilo e pacífico, uma jovem morreu tragicamente. Aqui, onde uma noite de sábado normal, do tipo que milhares desfrutam a cada fim de semana, chegou à sua conclusão terrível". Eles se concentravam quase exclusivamente neste trecho, provocavam os espectadores com detalhes não corroborados sobre a força da corrente no dia 5 de fevereiro (de média a forte), quanto ela pesava (supostamente algo entre 59 e 66 quilos), e o que ela estava usando (jeans, uma blusa de seda roxa e botas... que iam até a altura do joelho, pretas, da Topshop; um dos apresentadores se deixou impressionar bastante por esse pequeno detalhe em particular).

A cena tinha sido inundada de flores no início: uma explosão de vermelho, rosa e amarelo. O cenário ideal para as câmeras. Agora, apenas restos murchos de um pequeno buquê. Não havia uma alma por perto; era depois de uma da manhã quando me ajoelhei perto da água, coloquei minha mão nela e senti a onda de frio. Os relatórios iniciais alegaram que foi um corredor quem viu o corpo, o que mais tarde foi consertado para um homem passeando com o cachorro. Ele ficou chocado quando entrei em contato, perguntou se era algo oficial. Sim, eu o tranquilizei. Fiz-lhe algumas perguntas como se estivesse totalmente desinformado, o que me pareceu importante para preencher todas as lacunas. Ele pensou que ela era um tronco de árvore, então levou um susto ao perceber as roupas.

— Eu não conseguia absorver — disse ele, este homem que encontrei em um restaurante em Debenhams. — Era como se meu cérebro não pudesse processar aquilo, uma mulher morta na água. — Ele não usou esta expressão, com a qual só recentemente eu consegui me acostumar, mas o que ele viu era a primeira fase dos "artefatos em imersão". A pele de Alice, empolada como em um caso extremo de calafrios (cutis anserina, o termo técnico), a suave tez inchada e enrugada como os dedos de uma lavadeira. Após pousar o café na mesa, ele disse que ela tinha um pedaço de pau na mão. Ao que parece, não é incomum que objetos permaneçam empunhados após a morte, presos por um espasmo cadavérico. Se houvesse permanecido na água por mais tempo, peixes e outras criaturas teriam mordiscado a carne de Alice, comido seus lábios e pálpebras. A palavra para isso era nova para mim: antropofagia. Após mais tempo ainda, ela teria afundado, antes de enfim voltar à superfície, içada de volta pelo gás produzido pelas bactérias do seu corpo. "Incha e flutua", como vi pavorosamente descrito em uma sala de bate-papo da Internet.

O homem de Debenhams estava petrificado de medo de a polícia prendê-lo; que pudessem somar dois mais dois e chegar a cinco.

— A Prefeitura trocou várias das cercas perto da ponte — disse ele.

Expliquei sobre a campanha de Alice no jornal quando ela trabalhava na cidade. Como ela acreditava fortemente naquilo; como sua obstinação e tenacidade tinham gerado resultados.

— A cerca estava vandalizada, mas você teria que *querer* pular para passar por ela — disse ele.

Eu tinha minhas suspeitas no início, mas simplesmente não conseguia imaginar: ela tirando sua própria vida. Não Alice. Para cada página em seu diário que ela dedicava a como se sentia mal, havia duas sobre como a vida era fantástica. Ela tinha passado por maus momentos antes. Liz, Deus a ajude, fica pulando de teoria em teoria. Imagino que ela tenha se esgueirado pela hipótese de suicídio, aproximando-se dela como quem chega perto de um precipício, mas firmemente se recusa a aceitar ou mesmo reconhecer a plausibilidade disso, e as minhas conclusões até agora confirmam: várias vezes aquela menina lutou, expulsou a escuridão, perseverou e *viveu*.

Perto do rio, coloquei minha mão de volta na água e tive a vaga lembrança de estar em um bote, reclinado na parte de trás, com a mão deixando um rastro. Caí sobre as mãos e os joelhos. "Querida, onde *está* você?" Flagrei-me chamando por ela e vi meu reflexo: os óculos de meia-lua, as sobrancelhas, as rugas, os tufos de cabelo. Então a imagem foi lavada pela água. Imaginei como seria mergulhar, segui-la e ir atrás dela. Não é a dor da doença que me assusta, Larry; isso não é tão impossível. É a perspectiva de declínio que não consigo suportar. A ideia de que Fliss precise testemunhar isso. Como se eu já não a tivesse machucado o bastante.

— Você não vai escapar tão fácil — disse ela quando fiz uma piada sobre uma última viagem de férias à Suécia. Seu rosto se enrugou e ela disse que a vida era preciosa, não era nossa para podermos dar cabo dela e, além disso, que ela valorizava cada segundo comigo.

Quando o rapaz com tatuagens mencionou "harakiri", esculhambei o merdinha descrevendo sua tradução literal. Expliquei como um samurai derrotado restaurava a sua honra estripando a si mesmo, e este ato era semelhante ao de dar aulas; se você focasse intensamente nos detalhes, não veria o que estava olhando, não sentiria nada, haveria apenas o acumular dos detalhes e fatos, a arquitetura familiar do conhecimento.

— Imagine uma vergonha tão grande que obriga o ser humano a tomar a própria vida — falei, e ele fez o que tinha feito antes: me perguntou por que menciono os seres humanos como se fossem uma espécie diferente, como se eu não fosse um deles. Pediu mais dinheiro e eu expliquei que, quanto menos barulho o samurai fizesse após ter aberto a própria barriga com a espada, sua *wakizashi*, mais valente ele era.

Olhando para aquela ponte, percebi uma coisa, Larry: o quanto todo esse conhecimento era inútil. Se eu pegasse uma faca, afundasse a ponta no lado esquerdo do meu abdômen e puxasse a lâmina para a direita e depois para cima, o conhecimento interromperia o acúmulo de sangue aos meus pés? Nada disso significa coisa alguma, assim como ter aprendido palavras como "braquiterapia" e "ácido zoledrônico" não faria a minha doença se dissipar.

— Nada como o câncer para expandir o seu vocabulário — disse a Fliss depois de uma das minhas visitas ao hospital.

— Eu te amo — disse ela, e decidi: vou contar. Quando isso acabar, quando tiver recolhido todas as informações que puder sobre Alice, vou contar o que ela significou para mim, ela e a mãe. Vou contar a você e ao mundo inteiro, porque como você vai acreditar que estou sendo honesto sobre *qualquer coisa*, como você vai acreditar o quanto te amo, se não posso ser honesto sobre as posições que elas variadamente ocuparam nos recessos do meu coração?

— É bonito como você está remontando essa menina — comentou ela uma vez, quando estávamos vendo um slideshow de fotos dela no meu notebook.

— Falando assim você faz com que ela pareça o Humpty Dumpty — brinquei, lembrando-me de como todos os cavalos e homens do rei não conseguiam montar de volta aquele pobre coitado.

— Presumo que você não pretende publicar nada disso, certo? — perguntou ela.

Pobre coitada, não fazia ideia.

Tenho pensado sobre o que é este novo sentimento que me leva a dizer para o diretor: "Farei isso com ou sem a sua aprovação", ou para o chanceler: "Não dou a mínima para o seu ponto de vista", ou para o recém-contratado do nosso departamento, um brutamontes de peito largo e queixo quadrado: "Você é tão chato no quarto quanto no laboratório?" Senti-o depois que do primeiro indício do que quer que estivesse me fazendo ir ao banheiro quatro vezes por noite. Depois de novo, quando percebi um momentâneo brilho de reconhecimento nos olhos do meu médico. Mais tarde também, quando o consultor pronunciou a palavra "terminal". Vou te dizer o que é, Larry, é uma falta de medo. Finalmente, uma completa e total falta de medo.

— Não vou te dar mais dinheiro algum — falei para o rapaz tatuado. O som fraco de música chegava até mim, vindo dos seus fones de ouvido. Talvez vá ser assim depois que eu morrer, pensei: ecos do mundo. Ele estendeu a mão até a mochila e esperei outro item de Alice, mas ele pegou uma estatueta de vidro que deveria estar no aparador da nossa sala de jantar. Tinha comprado para Fliss de aniversário, quando morávamos na antiga casa.

— Vá se foder — ouvi-me dizendo.

Ele ficou momentaneamente pasmo. Por que nunca enfrentei valentões quando era criança, Larry?

— Não me *importo* com o que você vai fazer com a carta — disse. — Estarei morto em pouco tempo. Você tem mais uns cinquenta anos de vida. Imagine só isso, mais meio século sendo você; deve ser uma tortura. Você tem mais a esconder do que eu, mais a perder. Não ganhará nem um centavo a mais de mim.

Ele sempre trancava a porta quando entrava, mas eu me perguntava como aquela cena pareceria caso alguém entrasse. Um professor e um de seus alunos? Um cientista e um dos seus assistentes? Um pai e seu filho; um mais jovem, claro, talvez de um segundo casamento, que tinha aparecido para dizer oi ou extrair algum dinheiro do velho pai?

— Você só me odeia porque somos iguais — disse ele. — Você pode disfarçar, mas é só face respeitável do que eu sou. Você sou eu em um paletó de tweed.

Gargalhei alto.

— Vá se foder, Homem do Gelo — disse ele.

Perguntei-me se, caso tivesse tido um filho, falaríamos um com o outro daquele jeito; se teríamos brigado, nos dado bem, admirado um ao outro, confiado um no outro e nos amado. Fui pegar a estatueta e ela caiu ao chão, espatifando-se.

— Vou vencer você com a verdade — eu disse. — Vou colocar tudo isso em um livro, e você, seu merdinha, pode até mesmo aparecer.

— Parece que o Sr. e a Sra. Salmon terão coisa nova pra ler em breve, então! — respondeu ele.

Todos teremos uma coisa nova para ler, no que depender de mim.

O veredicto do médico legista foi equivalente a admitir que estávamos na mesma. Espuma branca na boca e no nariz, fluido nos pulmões, detritos aquáticos no estômago; tais observações teria sugerido aos que examinassem Alice que ela havia se afogado, que estava viva quando entrou na água; mas isso não explica o que ocorreu antes. Não parece irônico que, em um mundo onde cada passo nosso é vigiado, monitorado e filmado, os seus últimos tenham sido invisíveis? Ao menos para o resto do mundo. Alguém deveria estar atrás das grades por isso? Há aqueles que, provavelmente, diriam que eu também deveria estar pelo que fiz naquela noite de dezembro em 2004, mas essa é outra história.

Quando visitei o rio depois da visita à delegacia, fiquei sentado lá até as primeiras luzes do sol, examinando os detritos e a profunda, veloz e negra água que passava. Observei Alice Salmon. Lembrei-me do meu livro do Humpty Dumpty, sua capa amarela craquelada, sua lombada desmantelada, sentindo a história, sentindo o próprio bebê ovo.

— É antropomórfico — disse meu pai. — Você lembra o que isso significa, Jeremy?

Por mais que tentasse, eu não conseguia; tudo o que queria fazer era contar a história em voz alta, ouvir a voz *dele* lendo, para variar, a maneira reconfortante e familiar das rimas.

— Nós já passamos por isso — disse ele laconicamente. — Será que uma prova disso vai ajudá-lo a se lembrar? — disse ele, desafivelando o cinto.

É uma única quadra. Mas não significa nada, estar encantado com a forma. E daí que sei que este ovo frágil e bulboso fez uma aparição em *Através do espelho*, discutindo semântica com a protagonista Alice. Pergunto-me se *nossa* Alice leu esse livro. Ela teria amado a heroína homônima. Vou remontar você, querida doce Alice, e, quando você for invocada no meu livro, quando estivermos juntos no meu livro, talvez seja o momento certo para que eu sofra uma grande queda.

A questão, meu velho, é que a vi na noite em que ela morreu. Não mencionei isso para a polícia; eles entenderiam tudo errado. Não que alguém tenha nos visto quando conversamos, quando discutimos, mas isso alimentaria ainda mais a especulação. Tracei os movimentos dela no Twitter: uma lista de pubs e bares, alfinetes em um mapa. Foi na apropriadamente chamada Above Bar Street que finalmente a alcancei e escutei risadas ribombando de um amontoado de fumantes na porta de um pub. *Reconheço esta risada*, pensei. Sua altura, seu timbre. Virei-me e engoli em seco. *Reconheço este cabelo*, pensei. *Alice.*

— *Você* — disse ela, chocada e assustada. Poucos minutos depois, um tapa no meu rosto.

Por que ela não poderia estar usando sapatos em vez de botas, Larry? Eles não teriam feito com que ela afundasse tanto. Havia marcas em seu rosto, tinha me dito o homem de Debenhams. Presumivelmente, ele disse, onde a corrente a tinha golpeado contra superfícies duras. Talvez os degraus, pensei. O ritmo da água a jogara repetidamente contra os degraus.

Na minha cabeça, refiz a cena: ela deslizando rio abaixo, apesar de, no fundo, eu saber que ela não poderia ter se parecido com Ofélia, por causa de outra coisa que aprendi. Corpos na água sempre flutuam virados para baixo.

Seu como sempre,
Jeremy

Mensagem de texto de Elizabeth Salmon, 4 de fevereiro de 2012, 13:27

> Alice, faça-me um favor, querida: não consigo abrir meu e-mail. Você pode entrar pelo seu telefone...? Estou na feira de jardinagem e preciso de um código de descontos. Está no e-mail que chegou ontem. Espero que seu fim de semana em Southampton siga bem. Seu pai diz para não beber demais. Te amo bjs

---

Carta enviada pelo Professor Jeremy Cooke, 3 de julho de 2012

Francamente, foi medonho como de costume, Larry. Conversas rasas, fúteis. Campeonato de pontuação profissional. Competição antropológica. Pelo menos havia bastante bebida, o que aliviou o sofrimento.

Estávamos em um encontro de cientistas após uma conferência. Não nos escondendo por aí em um hotel de mau gosto, não presos a compromissos de meia hora no meu escritório com as persianas fechadas, não no meu carro na beira da estrada em New Forest. Liz e eu estávamos em uma festa. Era isto o que ela queria. Nós, juntos, em público.

Toda vez que a porta da frente se abria eu não conseguia evitar olhar e verificar quem era.

— Relaxe — assegurou-me ela —, você está a milhas de casa. Não conhecemos ninguém aqui. Além disso, todo mundo está preocupado consigo mesmo; você disse isso. É da natureza humana.

Estávamos na cozinha. Algumas pessoas dançavam ao som de Abba na sala de estar. Ninguém tinha a minha idade; todos ou estavam na casa dos vinte ou eram de meia-idade. Liz usava um vestido preto e o colar que eu tinha comprado para ela; estava divina. Eu estava cativado por seu pescoço naquela noite em particular: a curva longa e branca, como um cisne ou o caule de uma orquídea ou uma peça de vidro ornamental. Senti-me como um personagem de um filme; Charlton Heston, digamos, ou Gregory Peck.

Uma procissão de homens se deteve ao redor dela.

— Vocês dois estão juntos? — um deles perguntou descaradamente.

— Bem, não sou o pai dela, sou? — rebati, o ciúme me alfinetando. Passei o braço em volta dela, sentindo seus ombros pequenos. — Você está linda — sussurrei.

Podia sentir a tensão em seu corpo. Deveria ter previsto isso: houve momentos de silêncio durante o almoço, durante os quais ela ficou encarando seu filé de cavalinha, e, quando perguntei como estava sua comida, ela apenas respondeu "seca". Mesmo tentativas de puxar a conversa para um plano mais satisfatório, falando sobre um tópico que eu sabia (ou achava) que iria fasciná-la, o içamento do *Mary Rose*, levantado do seu túmulo no oceano após 437 anos, foram infrutíferas.

— Não posso continuar com isso — disse ela.

— Este vinho não é lá grande coisa, concordo.

— Preciso sentir que estou em uma trajetória.

Esperei o momento passar. Como isso não aconteceu, falei:

— É fácil perceber que você está no departamento de Inglês. Da próxima vez você vai se referir ao nosso *plot!*

— Não deboche de mim — disse ela. — Não estou sendo pouco razoável. O que estamos fazendo... é tudo tão de má qualidade e não é justo com ninguém, muito menos com Fliss.

O nome da minha esposa passou como uma sombra pela sala. Os filhos de quem quer que estivesse dando a festa (eles ficaram aterrorizando os convidados durante toda a noite) entraram correndo na cozinha. Pobres diabos, seus pais tinham feito com que se arrumassem para a festa: gravatas e blusas apertadas. Estes acadêmicos não conseguem deixar nem mesmo seus filhos de fora das suas obsessões.

— Por que os homens sempre acham que regras diferentes se aplicam a eles? — perguntou Liz.

Esperei, torcendo para ser uma pergunta retórica.

— Não consegue ver? Se vai haver mesmo um *nós*, quero que seja algo de que eu possa me orgulhar.

Uma das crianças, um pequeno precoce (que me lembrou de mim mesmo naquela idade) veio e se apresentou. Era um dos nomes na lista que eu e Fliss fizemos, mas há muito havíamos desistido de falar sobre nomes. Há muito havíamos desistido de falar sobre filhos. Sabia que ela estaria em casa assistindo *The Two Ronnies*, rindo da parte em que eles fingem ser apresentadores de telejornal; fazendo café na parte em que Ronnie Corbett conta piadas sem graça.

— Você nunca vai deixar sua esposa, não é? — disse Liz, quando a criança se afastou.

— Calma — respondi. — Só nos conhecemos há alguns meses.

— Alguns meses, alguns anos; não faz diferença. Você nunca vai deixá-la.

— A lealdade não é um bom traço de caráter?

— Agora não é o momento para ser engraçadinho, Jem. Todos nós precisamos estar no controle dos nossos próprios destinos, e não sou mais do que uma passageira no seu.

Olhei meu relógio. Ela tomou um grande gole de gim.

— Você me ama? — perguntou ela.

— Uau, aí está uma pergunta.

— Sim, aqui *está* uma pergunta; e agora quero uma resposta.

— Nós, antropólogos, lutamos com esse conceito — falei. — É geralmente aceito que o amor, especialmente o romântico, evoluiu para concentrar a energia sexual em um só parceiro, porque este apego nos permitiu criar a prole como uma equipe. Um americano vem fazendo um trabalho fascinante neste campo. Toda essa área que aborda para que *serve* o amor é muito estimulante.

— Não me importo com isso. Só Deus sabe por quê, mas me importo com *você*. Achei que se importava comigo. — Liz acendeu outro cigarro. Parecia que os únicos momentos em que ela não fumava era quando estava *no ato* ou comendo. Lembrei-me de como minha esposa e eu paramos juntos pouco depois de nos conhecermos.

— Posso não ter feito sempre as melhores escolhas em se tratando de homens, mas não sou estúpida — disse ela.

— Não disse que você era.

— Então por que está me tratando como se eu fosse? — Ela fixou em mim o mesmo olhar que eu tinha visto direcionado ao filé de cavalinha. Olhei para o lado: um carrinho de bar, um sofá cor de caramelo, um sistema de hi-fi com discos empilhadas do lado. — Isso é bem você, Jem. Cheio de opiniões sobre todo mundo, mas é só fazer uma maldita pergunta bem simples sobre você mesmo que se atrapalha todo. Não sei dizer se mais amo ou odeio você. É fácil quando é comigo: ódio, é, sem dúvida, ódio o tempo todo.

— Pelo amor de Deus, não me odeie — eu disse. — Não odeie a si mesma.

— Vou te dizer para que serve o amor. Sem ele nós somos apenas corpos se batendo uns contra os outros. Ter um caso já é bem ruim, mas fica ainda pior se é só sexo. É mais desrespeitoso.

— Desrespeitoso com quem?

— Não banque o inocente. Sua esposa, pra começar, ou você convenientemente se esqueceu dela de novo? — Ela pousou o cigarro sobre o cinzeiro. — Poderia até aceitar o que isso faria com Fliss se fôssemos viver felizes para sempre. Mas se não vamos, então você está apenas me tratando como... como um *pedaço de carne*. Se não vamos, então eu estou agindo como um.

— Li um artigo interessante hoje sobre DNA mitocondrial — falei.

Ela começou a chorar, e me ocorreu o quão diferente Fliss parecia quando chorava: mais silenciosa, mais velha e mais composta. Esse momento, comparando a dor dessas duas mulheres, foi a primeira vez que soube o que era me odiar. Estendi a mão, tracei a linha de sua coluna vertebral com o dedo indicador.

— Liz, querida, não fique assim, não chore.

— Você nunca me tratou como se eu fosse preciosa. Você se preocupa mais com gente que viveu há milhares de anos do que comigo. Eu não importo?

— Claro que sim, você sabe que sim.

— Não sei, como saberia? Você nunca me diz. Me sinto tão terrivelmente *perdida*.

Por que todos temos que ser tão frágeis, pensei, mas devo ter dito isso em voz alta porque ouvi uma resposta fraca:

— Frágil? Frágil? Estou bastante robusta em comparação à forma como eu costumava ser.

Liz ficou bêbada muito rápido. Flertou com outros homens. Quebrou algumas taças. Quando tentei tocá-la, ela disse que não poderia ter um relacionamento pela metade.

Estávamos parados, Liz e eu, diante dos Tizianos e Caravaggios na National; ela disse que não se importava se alguém nos visse, não dava a mínima, porque a vida era muito curta. Tínhamos passado um fim de semana em Dorset, caminhado ao longo da praia de Chesil ouvindo as ondas. Dirigi até o mar em Beachy Head na minha TR7, o carro sobre o qual Fliss brincava, falando ser um sintoma de uma crise de meia-idade precoce; e bebemos champanhe com o teto recolhido na brisa salgada. Parte de mim queria correr direto para casa e *contar a* Fliss, contar a ela sobre o quão longe era possível ver e sobre o pequeno farol e a absoluta magnificência vertiginosa daquela queda branca. Despertá-la suavemente do sono — ela estaria na cama quando eu voltasse daquele "simpósio de fim de semana" em particular — e dizer, "Fliss, Fliss, você nunca vai adivinhar onde estive". Havia sido um dia tão extraordinário que parecia natural compartilhá-lo com ela. Uma parte de mim queria levá-la para o mesmo local, para que ela, *Fliss*, pudesse experimentar a mesma alegria que Liz, para que eu pudesse ver o mesmo sorriso em seu rosto — ela sorria tão raramente estes dias. *Uma vida só não é sufi-*

ciente, pensei, e a impossibilidade da situação mais uma vez me deixou sem fôlego. *Você se permitiu amar duas mulheres, seu homem estúpido e egoísta.* As palavras de um mestre, História ou Literatura Clássica, ecoaram pela sala como se admoestando um cão:

— Você foi um garoto bobo, Cooke, *bobo*.

— Jeremy Cooke, quem diria!

Virei-me. Martin Collings. Trabalhara com Fliss quando ela esteve na UCL. Eles mantiveram contato.

— Martin, que bom ver você — falei, olhando por sobre o ombro dele. Liz tinha ido ao banheiro. Tínhamos ficado parados na cozinha quase sem falar; nenhum dos dois queria acabar com a noite, ambos aterrorizados com o que poderia vir a seguir.

— Fui positivamente atroz — disse Martin. — Não falo com Fliss há séculos. Ela está aqui?

— Não — respondi. — Não está.

Corri os olhos pela sala em busca de Liz. Ela estava bêbada e tinha sumido havia um bom tempo. *Por favor*, pensei, *por favor, que ela tenha ido embora sem mim.*

— Como vai o seu trabalho? Ainda preocupado com os mortos?

Liz reapareceu e parou ao meu lado. Apoiou-se em mim. Não havia nada, nenhuma conexão, nenhuma intimidade, apenas peso.

— Eu te amo e te odeio; de qualquer forma, você estragou tudo, sua relíquia pré-histórica estúpida! — Ela me beijou na bochecha. Foi um beijo de despedida: tenro, úmido e cruel. Tentei captar o olhar Martin; quase pude acompanhar sua linha de pensamento, o motor da sua mente ativando o turbo.

Liz saiu da sala, e imitei o gesto de alguém bebendo, como se dissesse não tenho a menor ideia do que foi isso, ignore, ela está bêbada. Neil Diamond começou a tocar e ela foi, cambaleando, até a sala, como que atraída pela música, como se tivesse se lembrado de alguma coisa que deixou lá dentro.

— Que jogo é esse, Jeremy? — perguntou ele.

— Jogo?

A música parou e depois começou de novo. REO Speedwagon. Ouvi a risada de Liz e senti uma estranha calma: como se estivesse fora das minhas mãos agora. Ele vai contar a Fliss, e será melhor do que ficar carregando este enorme segredo obscuro por aí. Mas algo me fez perseverar com a mentira, o clichê. Era como um papel que eu tinha que interpretar.

— Você não está achando... Oh, que coisa mais francamente hilária. Ela é minha assistente, a caloura do departamento. Para ser franco, porém, ela tem um pouco de problema com o *velho vino*.

Visualizei Fliss colocando um pouco de comida para o cachorro, passando o ferrolho na porta dos fundos e subindo as escadas até a cama.

— Estas festas acadêmicas infernais, você sabe como são, ficam se prolongando, então devo passar a noite fora — disse à Fliss.

— Não me venha com essa merda — disse Martin. — Conheço sua esposa há muito tempo, ela merece mais do que isso.

Liz dançava com o homem para quem eu disse que não era o pai dela. *Então é isso*, pensei. *Então ter um caso era isso.*

— Você é um merda completo, Jeremy — disse o amigo da minha esposa.

Muito mais tarde — não havia essa coisa de dirigir bêbado naqueles dias, era 1982 —, esgueirei-me para dentro de casa e fiz carinho em Milly quando ela saiu da cesta para me cumprimentar. Sussurrei que havia sentido a falta dela, tomei banho e me enfiei na cama e minha esposa choramingou algo que não pude decifrar: poderia ter sido "que bom que voltou" ou "por que não ligou?" ou "tão sozinha estou". Fiquei acordado ao lado da mulher que era diferente da outra com quem eu tinha passado a noite de tantas formas, mas principalmente de uma: eu era casado com ela. Não dormi. Esperei o telefone tocar, esperei que aquele bajulador do Collings selasse o meu destino. Nunca tocou. *Talvez tenha escapado dessa*, pensei, ouvindo a respiração suave e ritmada da minha esposa.

Como ia saber o que Liz viria a fazer nove dias depois, Larry? Deveria ter previsto aquilo? Impedido? Não éramos mais problema um do outro. Quando a notícia chegou a mim, senti um choque parecido com aquele de quando ouvi que Alice tinha morrido. Uma batida hesitante na porta do meu estúdio, um colega, um dos poucos que estava ciente do que estava acontecendo entre nós dois, uma expressão a meio caminho entre a compaixão e o desprezo.

— Jeremy, você soube?

Seu como sempre,
Jeremy

Cartão-postal enviado por Alice Salmon, 17 de agosto de 2009

Caros M & P,

O tempo está um forno, o hotel é adequado e a comida é horrível. Muito tempo na piscina e vários coquetéis. Não muito sono. A ilha é bonita (tenho insistido para que a gente faça uma coisa "cultural" todos os dias!). Pareço mais uma lagosta do que um salmão! Muitos alemães, mas você vai gostar de saber que não mencionei a guerra uma só vez ainda, pai. Foi para Fuerteventura que nós fomos quando eu era criança? As meninas dizem oi.

Amo vocês de montão.

A
bjs

PS: Quem disse que ninguém envia cartões-postais hoje em dia?

E-mail enviado por Elizabeth Salmon, 22 de julho de 2012

De: Elizabeth_salmon101@hotmail.com
Para: jfhcooke@gmail.com
Assunto: Me diga

Jem,

Anexada está uma imagem escaneada de um bilhete que recebi esta manhã, junto com algumas cópias da sua caligrafia e uma instrução para "comparar as duas". Preciso que me assegure de que este bilhete não foi escrito por você, porque as caligrafias são mesmo muito semelhantes. Ela tinha 18 anos, era uma caloura, sua primeira vez longe de casa; um bilhete como esse teria aterrorizado qualquer garota dessa idade. A escrita rabiscada teria deixado ela totalmente assustada. Se não fosse por mim, Dave teria enterrado você. Não posso acreditar que deixei você me iludir e conseguir de volta as minhas afeições; meu Deus, eu te enviei fotos de Alice quando criança! Diga-me que não fui ludibriada, Jem. Diga-me que não foi você quem escreveu o bilhete. Quem quer que seja que o enviou para mim disse que o havia confrontado com ele, e que você estava "suando como um pedófilo vestido de Papai Noel". Cheguei mais perto de beber hoje do que em qualquer momento desde que parei. Comprei uma garrafa de gim no Tesco e me sentei no estacionamento com ela no colo. Só queria dormir e acordar quando tudo tivesse acabado. Nove dias depois que nos separamos, bebi uma garrafa inteira dessa coisa. Não é à toa que chamam de "ruína de mãe". Nunca vai embora, essa vontade, é como uma pressão chata na parte de trás do cérebro. Você me garantiu que a polícia acabaria por conseguir respostas sobre o que aconteceu com o meu bebê, Jem, foi o que você disse, mas eles não conseguiram... Só o que têm feito é me despistar e acabar em becos sem saída, e algumas das possibilidades que eles exploraram, francamente, me desesperam... Você certa vez se referiu ao rastro que todos nós deixamos. Pelo bem de nós dois, espero que o bilhete não seja seu. Deus, quem sou eu para vir com hipocrisia?

Elizabeth

Coluna escrita por Ali Manning para o site do *Daily Digest*, 16 de março de 2012

Meu telefone tocou na noite passada, e quando a pessoa se apresentou como Holly Dickens demorei um segundo para entender. Ela era uma das meninas que estavam com Alice Salmon na noite em que ela morreu.

Os leitores podem muito bem estar familiarizados com a história de Alice. Ela praticamente não saiu dos jornais desde que se afogou no mês passado em Southampton. Embriagada, ela se separou das amigas e depois, acreditam, caiu em um rio. O aspecto "poderia-ter-sido-comigo" do incidente fez com que virasse assunto em todo o país.

Holly entrou em contato porque estava ciente de que eu tinha trabalhado com Alice em um emprego anterior. Perguntou se poderíamos falar confidencialmente. Concordei. Conversamos por mais de uma hora, durante a qual ela chorou quase o tempo todo. Falou da sua "culpa insuperável".

Tornou-se um passatempo popular para alguns comentaristas culpar a jovem e suas duas amigas, Sarah Hoskings e Lauren Nugent, pela morte. Como se perdê-la de vista por alguns segundos fosse um crime. Como se não tivéssemos todos passado por esta situação.

— Como em um minuto você está se preparando para uma noite divertida com uma amiga e no próximo você está no seu funeral? — perguntou ela.

Eu não tinha respostas.

— Alice estava sentada em um muro do lado de fora da lanchonete — disse ela. — Um minuto ela estava lá, no outro tinha sumido. Só viramos as costas por alguns segundos. Não posso acreditar que a perdemos.

As três ligaram para o celular dela oito vezes ao todo e, em dado momento, acreditaram, não sem razão, que Alice tinha voltado para o hotel.

— Ela era safa ao andar na rua; nunca passou pela minha cabeça que estava em perigo, mas, pensando agora, lembro que ela estivera meio aérea o dia todo, e nós deveríamos ter checado, porque ela estava um pouco bêbada. Nenhuma de nós consegue se perdoar.

Terminei a conversa com Holly e me lembrei de quando eu e Alice trabalhamos juntas como revisoras no *Southampton Messenger*. Dias felizes.

Alguns segundos depois, Holly ligou de novo.

— Eu não me importaria — disse ela —, se você quisesse me citar. As pessoas precisam entender que cometemos um erro do qual vamos nos arrepender pelo resto de nossas vidas, mas que amávamos Alice.

Essas três meninas nada fizeram de errado. Como se perder uma amiga não fosse suficiente, elas também estão sendo execradas por se recusarem a se envolver em fofocas sobre Alice, mantendo estoicamente a promessa de não comentar nada além da declaração oficial. A decisão digna era eminentemente compreensível. Foi o produto de um desejo de respeitar a família de Alice e também foi, não esqueçamos, tomada a conselho da polícia, por medo de inadvertidamente prejudicar qualquer acusação posterior.

Lembrei a Holly que ela não deve culpar a si mesma, e que o que aconteceu poderia ter acontecido com qualquer um, que pessoas com telhado de vidro não deveriam atirar pedras, e que todos nós, com a graça de Deus, partiremos algum dia...

Veja também:

TEXTOS: A “orgia” do astro do futebol no hotel quatro estrelas

FOTOS: Não vale nada a bravata do MP de que ele “pararia de fumar

VÍIDEO: Gangue de rua ataca ciclista idoso

Artigo escrito por Alice Salmon para a revista *Azure*, 20 de outubro de 2011

De Anne Frank a Bridget Jones, todas fizeram isso, mas as mulheres modernas estão adotando a tradição de manter um diário. Decidida a ajudar esta prática a receber um novo sopro de vida, Alice Salmon explica como isso a ajudou a sobreviver a uma crise da adolescência.

Eu puxei do pacote uma das lâminas de barbear do papai e me joguei no chão.

Estava quente, e um cortador de grama zumbia no jardim do vizinho. Era inútil cortar aquela grama; ela apenas cresceria de novo. Eu tinha 13 anos e era assim que tudo me parecia naquele verão: sem fim, fútil, nunca mudando ou melhorando. Pousei a mão direita sobre o pulso esquerdo e dei um empurrão na gilete. Por poucos gloriosos e mágicos instantes, tudo desapareceu: o estresse pelas provas, a nota 3.4 em biologia (eu era obviamente burra, além de feia), até a briga que tive com a minha melhor amiga, Meg, tão típico de mim, acusando-a de me odiar. Tudo obscurecido pela urgente e cegante inevitabilidade da dor. Sobrepujado por uma revelação mais surpreendente: sangue.

Alice, você se cortou, pensei. *Olha o que Alice Salmon fez. Veja o que essa menina idiota acabou fazendo.*

— Papai — chamei, mas ele não estava em casa. Ninguém estava.

O rádio de Robbie estava tocando "Baby One More Time", da Britney, e, além dele — atrás dele — aquele cortador de grama. *Não desmaie*, disse para mim mesma. *NÃO. DESMAIE.* Era um corte novo, limpo, e era uma sensação nova, limpa. Ouvi o Sr. Woof latindo e o medo me tomou: e se ficar uma cicatriz? Filha do meu pai, pensei em soluções práticas: lavaria a toalha, colocaria pulseiras e usaria mangas compridas. Não poderia deixar que meus pais descobrissem porque odiaria preocupá-los. Mais sangue, mais do meu sangue, saiu. Quão superficial seria? Mantive meu pulso sob a torneira, e a água em dado momento passou a correr límpida, então coloquei dois curativos cruzados sobre a ferida. Lavei a toalha com água quente e esfreguei o banheiro até não restar o menor traço dos meus fluidos.

Quando minha mãe viu o curativo e perguntou o que diabos eu tinha feito, respondi que tinha me cortado com um prego andando de volta pra casa, vindo da escola.

— Meu Deus, é melhor mandar alguém dar uma olhada nisso. Pode precisar de antitetânica.

— Não é nada — falei.

Papai achou que era bem coisa minha, enfaixar o braço como se estivesse às portas da morte por causa de um arranhão.

— Sempre a rainha do drama — disse ele —, minha Ace. E que história é essa que me contaram sobre você lavar o banheiro, Filé de Salmão? Que diabos deu em você?

— Onde estava o prego, Alice? — perguntou mamãe quando ele saiu da sala.

— No caminho da escola para casa.

— *Onde* no caminho da escola para casa? — Era um tom que eu já tinha ouvido antes. Mas eu conseguia ser uma mentirosa convincente quando precisava.

Coloquei a data no topo da página — 13 de agosto de 1999 — e tudo veio. De início uma bobagem aleatória sobre os ricos, os padrões vívidos dos assentos dos bancos do ônibus, então coisas mais pessoais. Enquanto eu escrevia, a pressão aliviava.

Fazia um mês que tinha me sentado no chão do banheiro, e aquilo agora tinha voltado, a sensação de que eu estava observando a vida através de uma vidraça grossa e que, o que quer que estivesse lá fora, não era pra mim.

A sensação que eu tive ao escrever não foi muito diferente da que tive no banheiro, exceto que não havia sangue no chão: havia palavras em uma tela. O cursor se movia da esquerda para a direita, deixando um rastro de letras que se acumulavam em frases e parágrafos, ao mesmo tempo criação minha e algo independente de mim. 682 palavras. 1.394. 2.611. Era a minha primeira anotação no diário, e logo fiquei viciada naquilo. Escrevia quando tinha tempo livre, em trens, ônibus, assistindo *Pop Idol* e quando não conseguia dormir. Mais tarde, em salas de aula da universidade e debruçada sobre a minha mesa do trabalho, escondendo meus escritos como uma colegial protegendo a folha de uma prova. Escrevia no meu notebook, em blocos de notas, no meu celular, em pedaços de jornais, nas páginas em branco no final dos livros. Escrevia em todos os lugares e salvava meus desabafos religiosamente: cópias em papel iam para caixas e as digitais para cartões de memória. Costumava imaginar a casa ou o apartamento pegando fogo, um bombeiro gostoso me segurando e dizendo "Não, Alice, é muito perigoso", mas eu me libertava e me lançava despreocupadamente contra as chamas para recuperá-los. "Não está vendo?", eu gritava. "É o meu diário, sou *eu*".

Se o desejo de voltar para o banheiro se apoderava de mim e quando o que eu mais tarde viria a me referir como *AQUILO* me pressionava, eu abria meu notebook. Muitas vezes escrevia à noite ou na profunda vala de uma ressaca, quando a compulsão me agarrava, sem aviso. Só mais tarde aprendi a expressão "deslocamento". Aprendi, também, que o álcool e as drogas tinham o mesmo efeito atenuante, mas não eram livres de consequência. Eu via meu reflexo na tela, deixava-me ir, agarrava-me, via algum sentido na loucura, meu antídoto para a vida, meu aparelho de som, depois o meu iPod, em modo *shuffle*, pulando de Ricky Martin para Pink, de Robbie para Peppers, ou de Steps para R. Kelly.

Percebi que ninguém se interessaria por aquilo e quem o lesse ficaria convencido de que eu estava delirando, mas isso não importava. Eu podia respirar.

Quando eu tinha 16 anos, perdi minhas sobrancelhas em um incêndio.

Tive que queimar meus diários, sabe, simplesmente *tive* que. Como uma loja fazendo liquidação antes de fechar as portas, tudo tinha que ir embora.

Voltei da escola mais cedo e minha mãe estava com o diário aberto no chão do meu quarto.

— O que você está fazendo? — perguntei. — Por que está bisbilhotando minhas coisas?

— Querida, você nunca me contou.

Por três anos fiquei desesperada para contar a ela sobre as fracas linhas brancas no meu pulso esquerdo, sobre como elas não eram, na verdade, arranhões de um prego em um muro ou uma janela quebrada, uma luta perdida com algum caco de vidro, mas agora minha cabeça estava transtornada.

— Saia.

— Sou sua mãe.

— Como ousa mexer nas minhas coisas? — gritei. — Isso é particular.

— Há muito de mim em você — disse ela, e poderia ter olhado de relance para o meu pulso, mas o que eu escrevi sobre isso estava em um bloco com capa de couro que Tia Anna tinha me dado de Natal e não havia sinal algum dele por ali. — Sou sua mãe — repetiu ela.

— Sim, *infelizmente* — falei, com a velha vontade galopando através de mim. Vontade de correr e só parar quando estivesse tão longe que ninguém poderia me reconhecer, então eu seria uma pessoa diferente, intocada e nova. — Queria que você estivesse morta! Queria estar morta.

Assim que me livrei dela, liguei meu notebook e repetidamente apertei a tecla *delete*. Mais tarde, quando mamãe e papai tinham saído — ela estava relutante em me deixar sozinha, mas prometi que, se ela me deixasse em paz por uma hora, conversaríamos depois —, juntei meus diários de papel e os joguei no barril de metal que papai usava para queimar as folhas do jardim. Então derramei um monte de gasolina de uma lata que estava na garagem, e as chamas subiram fazendo *whuuuush*, com uma cor laranja enorme que queimou minhas sobrancelhas em uma onda de calor e medo.

— Queime — gritei, rasgando as páginas e as jogando nas chamas. Não senti nada pela menina que tinha escrito aquele lixo. Eu era uma nova versão de mim mesma.

Era meu aniversário de 16 anos.

No dia seguinte, fui até o jardim. Pedaços carbonizados de papel tinham voado para o gramado. Um tordo-americano tinha pousado na borda do bebedouro de pássaros. Ele bateu as asas e mergulhou. Estava se divertindo *muito*. Ocorreu-me que eu gostaria disso: estar na água. Nadar. Sempre fui péssima nisso, mas seria adorável. As correntes frias me segurando, impulsionando, como se eu pesasse menos do que eu mesma.

— Não tudo queimou, querida — disse mamãe no final daquela tarde. — Não li nada, juro, mas guardei porque você pode gostar de ter isso um dia.

Tenho 24 anos agora e ainda não contei para a minha mãe sobre a parte do diário que queimei, de quando tinha 13 anos, chamada: *Por que eu fui para o banheiro para fazer a dor passar.* Este artigo forçará uma conversa que venho adiando há quase uma década. Talvez por isso eu estivesse tão interessada em vê-lo publicado. Teremos essa conversa antes que ela leia isto. E ela *vai* ler, porque lê tudo o que escrevo, mesmo as coisas chatas sobre recursos de processos e brigas em boates; ela lê meticulosamente. Desistiu de guardar os recortes, porque seu álbum ficou grande demais. Mas nunca deixa de proclamar como eles são maravilhosos, e eu nunca deixo de sentir aquele rubor quente: minha mãe sente orgulho de mim.

Não estava tentando me matar, vou falar logo de cara; tudo o que estava tentando fazer era afastar as coisas ruins. Vou contar a ela, também, que essas sensações nunca desaparecem, mas você aprende mecanismos para lidar com elas, e, para mim, manter um diário era o melhor deles. Isso é o mais estranho: adivinha o que eu fiz depois que ela me deu a sacola contendo os fragmentos negros e queimados das coisas que escrevi entre os 13 e os 16 anos? Subi, abri meu notebook e comecei a escrever.

Alice Salmon, dezesseis anos, comecei.

Escrevi sobre como o papel carbonizado tinha deixado fuligem nas pontas dos meus dedos e sobre como eu os tinha cheirado, parecendo um bebê que instintivamente explora o mundo. Escrevi sobre o tordo-americano, sobre como o vermelho do seu pequeno peito não era exatamente vermelho — era, na verdade, meio ocre. Sobre como ele arrepiou suas penas e se sacudiu: sua existência a coisa mais importante no mundo para ele, a única coisa no mundo.

Às vezes é mais fácil esquecer, mas lembrar é o que nos torna humanos. Diários nos ajudam a fazer isso, folheando as camadas da vida com ordem e lógica. Anne Frank e Oscar Wilde reconheciam isso. Samuel Pepys também. Sylvia Plath. Até mesmo personagens fictícios como Bridget Jones. Mas a maioria dos diários é mantida por pessoas comuns como você e eu, e são nossos rabiscos que um projeto inovador pretende comemorar. O Arquivo Nacional de Diários planeja preservar nossas observações cotidianas. Posso muito bem entregar uma cópia do meu.

O que fiz não foi incomum; estatísticas sugerem que mais de uma a cada dez meninas se automutilam. Fui uma das sortudas: escapei. A pequena cicatriz é praticamente invisível agora, aparente apenas sob certos ângulos e certas luzes, e somente se você sabe para onde olhar.

Não odeio a menina que fez aquilo: aquela que costumava olhar para os bisturis nas aulas de arte ou para as lâminas de barbear do pai no armário de remédios, pensando que seria *tão fácil*, tão fácil arrastar um daqueles ao longo do braço, o pequeno pulso branco como a barriga de um peixe. Uma linha reta resolveria, como se estivesse fechando um zíper ou cortando miolo de pão para alimentar os patos. Longe disso. Ela é o meu segredo.

— Você está pronta, Alice? — chamou mamãe quando eu tinha 16 anos e um dia.

— Que estranho o T.G.I. Friday estar aberto em uma quinta-feira — disse papai no carro, sua piada de restaurante favorita.

Ri e decidi me agarrar àquilo tudo para ver o quão longe conseguiria ir, até onde essa tal de vida poderia me levar. Uma mudança de fase. Então a universidade, a perspectiva distante e intrigante: festas, debates inteligentes, liberdade. Eu, a própria Joey Potter de *Dawson's Creek*.

Cheguei a escrever até mesmo isso, como se fosse importante. Porque era. É. Era um diário, e sabia que, enquanto mantivesse um, não haveria sangue no chão do banheiro.

* Mais informações disponíveis em:
www.youngminds.org.uk
www.selfharm.co.uk
www.mind.org.uk

Mensagem de voz deixada por Alice Salmon para Megan Parker, 4 de fevereiro de 2012, 13:44

Porra, Meg, me liga com *urgência*... Não posso acreditar no e-mail que acabei de ver... Me liga, preciso falar com você antes de encontrar a mamãe... Entrei no e-mail dela só pra encontrar um cupom de desconto... Parece de verdade, mas não *pode* ser. É horrível demais para ser. Sei que você está a zilhões de quilômetros de distância, mas atende o telefone, por favor... Ainda estou no trem. Porra, caralho. Vou ficar bêbada essa noite. Jesus, não consigo lidar com isso. É demais pra mim, demais. Me liga...

Carta enviada pelo Professor Jeremy Cooke, 6 de julho de 2012

Queridíssimo Larry,

Você morreu em novembro, mas só soube em janeiro. Acontece que, apesar dos poucos obituários, evito ler os jornais: só falam de jovens malucos se revoltando, de medidas cautelares e da enorme recessão. Chamaram-no de "grande", um "divisor de águas", um "homem que redefiniu seu campo". Qualidades que nunca atribuirão a mim.

Nos conhecemos por mais de cinquenta anos. "Alguém sabe o que é um amigo por correspondência?", perguntou meu professor de inglês. "Cooke, você se corresponderá com um menino do Canadá. Especificamente, New Brunswick".

Demorei horas na minha primeira carta, tentando passar a impressão correta. Cheguei a admitir — arrogância disfarçada de humor que você confundiu com ironia — que estava desapontado por não ter sido escolhido para fazer par com um *headhunter* de Papua Nova Guiné.

Sua resposta começava com "Olá, Jeremy", uma saudação que me impressionou pela informalidade. "Sou Larry Gutenberg e tenho 11 anos e sou aluno da Adena Elementary School".

"Quero ser um grande cientista", eu te disse. Era uma questão de honra que minhas cartas fossem tão livres de erros ortográficos quanto as suas. Costumava imaginá-lo lendo, assentindo impressionado, e pensando: Ele é como eu, esse tal de Cooke.

— Estava me perguntando se poderia visitar meu amigo Larry — perguntei ao meu pai depois que estávamos nos correspondendo havia alguns meses. — Ficaria extremamente grato.

— Vocês parecem duas bichinhas — disse ele com desdém. Mais tarde fiquei sabendo que fora a minha mãe, e não ele, quem quisera ter filhos.

Nós nos escrevíamos a cada trimestre, entre o ensino fundamental e médio. Os psicodélicos anos 1960 poderiam muito bem não ter acontecido, no que me dizia respeito.

— Subirei para Warwick no outono — contei a você quando estava no pré-vestibular, imitando o dialeto de Oxbridge, coisa que você nunca mencionou, apesar de presumivelmente ter percebido meu ardil.

E haviam as suas ideias. Já então elas arqueavam para longe de mim. Você estava me deixando. Foi como uma revelação, sob certos aspectos um momento Eureka, o instante em que senti: *Aqui é até onde posso ir.* Quando cheguei aos 20 e poucos anos, percebi que nunca seria um cientista verdadeiramente fenomenal.

Enquanto minha pesquisa continuava desembocando em becos sem saída e *cul-de-sacs*, enquanto eu voltava como um animal migratório ao ponto onde tinha começado, o seu trabalho atraía cada vez mais aplausos. Testemunhei os seus sucessos com uma sensação desconhecida: uma quase inteiramente desprovida de inveja. Queria estar lá com você para comemorar, para ficar ao seu lado. Você era o cientista que sempre desejei ser: intuitivo, brilhante, sem medo e vivo. Até deram o seu nome a uma lei. Teorema de Gutenberg. Quando ouvi o termo proferido em tons reverentes, respeitosos, tive vontade de gritar: ele era meu muito antes da lei epônima. Meu, todo meu.

Então veio 2004 e *O Departamento de Genes*. O Santo Graal: um livro científico sério que vendeu como água. Enquanto virava as páginas, levado pelo seu intoxicante fluxo de teorias, enquanto era levado por aquelas elaboradas e deliciosas tangentes, senti uma crescente sensação de raiva. Fúria cega, de fato. Cada maldita página era banhada por esta luz branca. Era como se estivesse segurando a própria essência da ciência nas minhas mãos. Brilhante, bela e simples, mas nova e incrível. Cada momento do livro. Teria dado minha vida por apenas uma daquelas páginas, um daqueles momentos. A inveja, até então conspicuamente ausente, inundou-me. *Seu desgraçado*, pensei. Era como se você tivesse sido infiel a mim. A única coisa que sempre quis fazer, escrever um livro, e você me venceu.

Lembro-me claramente de quando terminei de lê-lo. Era a tarde de 9 de dezembro de 2004. Sei porque foi o dia da festa anual da antropologia, e esse rega-bofe é sempre na primeira quinta-feira de dezembro. A caminho dela, com a cabeça cheia de rancor, encontrei Alice. *Ora, ora*, pensei. *Que coincidência. Você.*

Você nunca percebeu, Larry, mas você foi parcialmente responsável pelo que aconteceu naquela noite. Você citou a estrofe de abertura do poema de Robert Herrick em seu capítulo final. *Gather ye rosebuds while ye may.* Interpretei aquilo como eu fazia com a maior parte do que você dizia: um conselho, uma instrução, um dogma.

Como se sente quanto a aparecer no meu livro sobre Alice, meu velho? Estou imensamente animado. Possíveis títulos ficam surgindo na minha mente. *A soma das partes* é o meu favorito atual. É uma fonte de imenso pesar saber que você nunca vai lê-lo.

Ao contrário da cobertura pirética da mídia, meu lema é "equilíbrio". Meu Deus, a história ainda é notícia de primeira página enquanto o público muda das teorias de acidente para o suicídio e daí para pior. Quanto maior a cobertura, mais cobertura recebe. Jornalistas fazem isso: saltam em tragédias isoladas, tratando-as como talismãs de todas as outras semelhantes que eles não têm tempo, espaço ou orçamento para cobrir. Alice Salmon: os perigos de uma noitada quando você tem 20 e poucos anos.

"Sou a esposa de Larry Gutenberg e tenho más notícias", começava o bilhete de Marlene. Ela só me contatou porque encontrou nossas cartas enquanto fazia uma triagem dos seus pertences, uma tarefa que ela adiou até depois do Natal. Posso entender por que você não compartilhou nossa correspondência com sua esposa. Um homem precisa de segredos, da sensação de que é mais do que aqueles que o cercam imaginam.

Marlene diz que você terminou o café, vestiu sua jaqueta favorita, anunciou que estava levando o cachorro para passear e nunca mais voltou. Tentei enxergar isso como um momento típico do Capitão Oates; na realidade, você tropeçou na calçada e estava morto quando a ambulância chegou. Não é uma partida adequada para um homem que batizou um teorema. Meu amigo, o grande Larry Gutenberg.

Seu sumiço me pegou de surpresa, meu velho. Que você pudesse sumir de vista, despercebido. Lembra-se de como eu costumava atormentá-lo para que escrevesse sua autobiografia? "Ora bolas", você dizia, "a ciência não é o suficiente?". Mais cedo ou mais tarde alguém seria compelido a escrever a sua biografia. Imagine o que diriam sobre nós? Eu sei o que eu diria. O que *vou* dizer. Três palavras. *Eu te amo.*

Vou tratá-lo bem no meu livro, Larry. Prometo. Combinei com Marlene de tomar posse da nossa correspondência — ela buscou a aprovação de seus filhos primeiro —, e gosto da ideia de incluir tudo no meu pequeno volume. Afinal de contas, nunca sou mais honesto do que sou com você, Larry, e todos nos beneficiaremos de um pouquinho mais de honestidade. Ninguém mais do que Alice.

Crianças não chegam a ter amigos por correspondência agora, chegam? A Internet abriu o mundo, acabando com aquela mística e intriga. Fez de todos um amigo por correspondência em potencial. Ou um perseguidor em potencial.

Com carinho,

J

E-mail recebido por Alice Salmon, 4 de fevereiro de 2012, 13:52

Assunto: Notificação de Status de Recebimento (Falha)

O e-mail intitulado "Você????" que tentou enviar às 13h51 do dia 04 de fevereiro de 2012 não chegou ao destinatário escolhido — jfhcooke@tmail.com — porque o endereço de destino não foi reconhecido.

Por favor, não responda a este e-mail, pois é uma notificação de status de recebimento gerada automaticamente.

Mensagem de voz deixada por Alice Salmon para Megan Parker, 4 de fevereiro de 2012, 18:31

Deixei umas vinte mensagens para a minha mãe, mas não posso falar com ela agora, não assim. Estive bebendo, e a Alice malvada apareceu para brincar, velha Alice. Queria estar numa colina nos Lagos com vocês, bem longe dessa merda toda... A noite chegou, e foi só falar do diabo, mas podia jurar que vi aquela aberração do Cooke mais cedo. Ou ele tem um dopplegänger ou eu imaginei. Minha cabeça está estourando depois de ver aquele e-mail... Não pode ser, Meg, com certeza não *pode*. É muito grotesco. Dá vontade de vomitar; é muito eca. "Os nossos dias." Que porra isso *significa*? Vou telefonar pra minha mãe amanhã; pode ser só uma brincadeira doentia, acho. Talvez devesse fingir que nunca vi? Adivinha quem me mandou uma mensagem de texto mais cedo também? Ben! Queria estar sóbria e poder falar com você e *ouvir* você. Tudo o que faço ultimamente é falar *para* você... Me desculpa ter ficado tão bêbada da última vez que nos vimos; meu tornozelo ainda está me matando! Vou ver o Lukey na segunda-feira, já me decidi em relação a ele. Tudo claro... como vinho branco e cerveja! Quanto tempo as mensagens de voz podem durar, Parkster? Posso falar por toda a Inglaterra, é o que você sempre diz. Me pergunto da onde tirei isso? Atende atende atende atende. Ateeeeeeeeende, Megan. Por favor. Tô em frente ao pub. Tudo mudou aqui. Não reconheço essa rua. Dá pra ouvir o rio. Nada é pra sempre, somos todos algo que passava e parou. Esse e-mail pra minha mãe...

Parte IV

TRADUZINDO O MUNDO

Post no fórum online Truth Speakers, por Lobo Solitário, 21 de junho de 2012, 23:22

Aqui está um fato sobre a perfeitinha Srta. Alice Salmon. Ela tá em todo lugar na mídia, mas ninguém menciona que ela mandou o namorado tentar me matar. Seu nome era Ben Finch e ele era um C*ZÃO. Desculpe, entendo que palavrões são contra as regras do fórum, mas é a verdade, além do mais, sou moderador, então me denuncie!

Tentei mandar um papo de que as fotos da Alice que ele tinha encontrado no meu quarto eram para um projeto do meu curso noturno, mas ele ficou maluco.

— Ela é minha — ficou gritando enquanto me chutava com a bota. — Minha minha minha.

Meu rosto, meu estômago, minhas costas, meu saco, meus rins; ensinaram bem a ele em Eton ou Harrow ou sei lá em qual instituição ele foi programado. Sim, aquele C*ZÃO sabia muito bem onde chutar!

Ela era diferente. Eu e ela, a gente tinha uma conexão. Compartilhamos uma casa detonada no segundo ano, na 2 Caledonian Road, e nos encontrávamos na sala de estar no meio da noite.

— Por que está acordado, Mocksy? — perguntava ela, e nós trocávamos confidências e eu perdoava aquele tal de Ben Finch dela.

— Precisamos ficar juntos — eu disse uma vez e ela não discordou.

— Termina com ele — implorei na manhã depois dele ter me dado a surra. — Ele vai fazer isso com você um dia. — Mostrei pra ela as contusões, todas roxas, embora ali tivesse um pouco de ajuda minha e de uma bomba de bicicleta. Bom, tinha que deixá-la sem dúvida alguma de como Ben Finch era psicopata.

— O que há de errado comigo? Sou tão idiota — disse ela, então ficou na defensiva e em negação de que tinha sido ele, mas Ben a tinha feito prometer que manteria segredo. Sim, aquele VALENTÃO tinha forçado ela a ficar caladinha porque aquilo podia destruir a reputação do bom e velho Ben Finch, a vida e a alma da festa, cheio de prêmios do clube de remo, destinado a integrar a diretoria dos negócios do papai.

— Não me importo com a dor se isso servir pra que você veja a razão — falei pra Alice. — Me dá um beijo?

— Você é uma aberração, Mocksy — disse ela.

— Vou te beijar um dia.

Então ela ficou toda esquizo.

— Estou feliz que Ben tenha feito isso — disse ela. — Você mereceu. Pedi a ele para te avisar para me deixar em paz.

Sabe, a VERDADE vai pra longe se você empurrar com força o bastante, e ela morrer é justiça, porque merdas acontecem com pessoas ruins e ela provavelmente se divertiu com aquilo, imaginando a bota tamanho 42 dele pisando em mim.

Tentei vender um artigo sobre ela para os jornais nacionais depois que ela apagou, mas eles não estavam interessados, os idiotas. Vendi falando a real: toda a fofoca do homem que a tinha conhecido melhor. Colega de quarto, sim, praticamente um ex-namorado, eu disse. Ofereci pra todos eles como matéria exclusiva, mas os idiotas não sabem reconhecer um bom texto nem se ele morder as costas das suas mãos. Mas, quando lerem o que tenho a dizer, vão vir correndo.

Depois que o pessoal da Caledonian Road saía, eu deitava na cama de Alice e imaginava ela cuidando das minhas feridas; elas doíam, mas era uma dor boa e isso me fez amá-la mais, então adicionei sua caneca com o elefante à minha coleção de coisas dela escondida no meu guarda-roupa: um lenço, uma caneta com a ponta mastigada e um sutiã. Fingia que eram presentes dela.

— Quebrou — respondi quando Alice perguntou da caneca. Não importava muito; um monte de coisas quebrava na Caledonian Road.

Saí do tópico porque comecei esse texto pra falar sobre um professor universitário DO MAL. Tenho feito minha própria pesquisa, sabe, e logo o indivíduo em questão será colocado de joelhos. A justiça está chegando.

Excerto do diário de Alice Salmon, 18 de março de 2011, 24 anos

— Qual é o segredo para um casamento longo? — perguntei. (Sim, sim, eu sei que é uma pergunta clichê, mas os leitores se interessariam.)

— Deixar a outra pessoa pensar que está no comando — disse Queenie.

— Concordar — acrescentou Alf, sorrindo.

Eles me conduziram até a sala de estar, trouxeram chá e biscoitos em uma bandeja de chita e me passaram o álbum das bodas de diamante.

— Se chegarmos ao nosso sexagésimo quinto aniversário, vamos para o parque de diversões — disse Queenie.

— Aquele caro no Thorpe Park — disse Alf, mancando até a porta para deixar o cão sair.

— Com certeza voltarei para entrevistá-los depois disso — falei a eles.

— Você terá se mudado há muito tempo, querida — disse ela. — Uma menina inteligente como você.

Acabei de ser promovida. Chefe de reportagem, nada menos. Uhul!

Eles me mostraram os desenhos dos South Downs. Os pensionistas pintores. Os dedos-verdes de oitenta e poucos anos. Os octogenários apaixonados. Esta é a forma como este trabalho condiciona o seu cérebro: manchetes.

— Tenho uma confissão para você, Alice — disse Queenie. — Raramente leio jornais. Há mais verdade em um romance decente.

Quase podia ouvir o escárnio do editor: *Como foram os velhinhos? Viveram até o final da entrevista, é?* Ele estaria atrás das citações mais suculentas. Perguntei:

— Você tem algum conselho para os jovens, Sra. Stones?

— Viva cada dia como se fosse o último — disse ela.

Não é uma frase ruim, pensei. Mas "profundidade e conflito", esse era o adágio do editor.

— Vocês devem ficar irritados um com o outro um pouquinho às vezes, certo? — perguntei, mirando aquela área além da retórica.

— Ele pode ser um bode velho rabugento, mas não saberia viver sem ele. — Observamos Alf no pátio, esperando o cão enfim se cansar. — Imagino que você tenha ido pra universidade, não? — perguntou ela. — Eu queria ter ido. Não íamos naquela época, especialmente as meninas. Se você precisa de uma frase ou duas sobre arrependimentos para o seu artigo, aí está uma.

— Eu cursei inglês — disse a ela.

— Isso é o que eu teria feito. — Ela balançou a cabeça com carinho para seu marido, que se esforçava para descer de lado um degrau do pátio. — O velhaco romântico diz que eu sempre serei sua princesa.

Sempre não dura para sempre, eu poderia ter dito. Mas aprendi a esperar esta contradição em particular: como histórias felizes podiam me deixar triste.

— Provavelmente, você está cortejando. Como é ele, o seu jovem?

— Ele se chama Luke.

— Luke, esse é o nome do meu neto. Bonito?

Peguei meu telefone, passei as fotos até encontrar a foto dele de bicicleta diante das Casas do Parlamento e, quando lhe passei o celular, ela evitou tocar na tela, como se tivesse medo de manchá-la.

— Ele tem um rosto bondoso. Bonito, sim.

A TV estava ligada sem som, *Radio Times* no braço do sofá, *Poirot* circulado em vermelho.

— Perdemos um filho — disse voluntariamente Queenie.

A vida não é isenta de tragédias, pensei. *Não, não vou fazer isso.* Baixei meu bloco de anotações e ela mostrou fotos de um adolescente, 10, 11 ou 12 anos — todas as crianças dessa idade se fundem numa só — e traçou com o dedo seu perfil em preto e branco.

— Fotografias nunca são demais, são uma ferramenta tão pouco confiável — disse ela, sacudindo a cabeça. Tinha feito o cabelo; presumivelmente para a entrevista, para *mim*. Parecia tão desrespeitoso tentar destilar suas vidas em uma só coisa; um artigo, uma boda de diamante, um artigo sobre uma boda de diamante. Porque uma vida não é uma só coisa, não pode e nem deve ser. — Chega um ponto em que você esquece o que esqueceu.

— Escrevo as coisas em um diário.

— Todos traduzimos o mundo de maneiras diferentes — disse ela. — Eu gosto de fotografias. Aliás, podemos obter uma cópia das que o homem tirar mais tarde?

Ele pediria que eles posassem sob o umbral da porta ou sentados no banco do jardim, de mãos dadas ou segurando uma foto do filho morto. Diria "sorriam" e "adorável" e "isso, perfeito" e voltaria para a redação, salvaria as fotos em um disco rígido, corrigiria as cores e as exposições e equilibraria os tons da pele e apagando detalhes feios, então receberia seu pagamento e pegaria o metrô para escapar do trânsito.

— Ele parece um rapaz bom, o seu Luke.

Quando ele perguntasse sobre o meu dia, explicaria que conheci esse casal incrivelmente doce e que eles disseram que ele era bonito e se referiram a ele como rapaz. Amanhã de manhã, às seis e quarenta, depois do alarme ter tocado duas vezes, eu o empurraria sonolenta e diria: "Vamos lá, *rapaz*, mexa-se". Então, mais tarde, quando ele me fizesse uma playlist ou comprasse flores ou deixasse pacotes surpresa na soleira da porta, chocolates ou uma bilhete romântico, eu diria: "Você é um bom rapaz".

— Você o ama, não?

— Está no início ainda.

— Não seja tímida. Você o ama, não é? Estou com 80, percebo essas coisas.

Ouvimos grunhidos da cozinha e uma tigela fazendo barulho no chão; Alf estava alimentando o cão. Tentei visualizar Lucas com aquela idade, mas só consegui imaginá-lo vestindo aquela fantasia que ele tinha usado numa festa: o cardigã com botões de couro, a bengala e o chapéu achatado. Talvez ficasse *rabugento*? Era um estado de espírito de um velho, palavra de um velho (e definitivamente a minha palavra de hoje para o diário!).

— Vocês provavelmente vão morar juntos antes de se casarem, não vão, você e seu Luke?

— Só estamos namorando há um ano — respondi.

O termo "dona de casa" veio à minha mente. Dane-se isso. Que tal as alternativas? Alice Salmon, jornalista investigativa. Editora. Crítica musical. Voluntária. Viajante. Romancista famosa. Festeira. Fracasso.

— Talvez em algum momento no futuro.

— Querida, o futuro não está assim tão distante.

— Ainda não descartei a ideia de deixar tudo de lado e viajar o mundo todo — falei como um meio-termo. — Austrália, Argentina, Tailândia. Sempre quis ver o México. Ninguém sossega até que esteja *pelo menos* em seus vinte e tantos anos hoje em dia.

Ela espalhou sua árvore genealógica sobre a mesa: um mosaico de nomes e números e linhas interligadas, serpenteando para trás, para cima, as datas cada vez mais remotas, os nomes parecidos com aqueles dos romances: Winston, Victoria, Ethel, Alfred. E ali, um pouco acima da parte inferior — abaixo deles estavam quatro filhos, sete netos e dois bisnetos — e conectados por uma única linha reta: Alfred Stones e Maud Walker.

— Maud é um nome bonito — afirmei.

— Sempre me imaginei mais como Rose. Posso te dar um conselho? Para você, não para o seu jornal. Não tente ser tudo. Sua geração tem sorte, mas você precisa escolher seu caminho. — Ela tocou em um canto da sua árvore genealógica. — Para mim, ter o meu lugar nisto é confortável.

Que trabalho peculiar eu tenho, ser paga para beber chá, intrometer-me nos corações de estranhos e capturar suas emanações em um gravador ou com a letra corrida, 100 palavras por minuto.

— Quando soube que você viria nos visitar, calculei quantos dias tem 60 anos — disse Queenie. — São 21.900; excluindo os anos bissextos. — "Onde mais podemos viver, senão nos dias?". Imagino que esteja familiarizada com o poema, não? É Larkin.

— Minha mãe gosta dele. Ou gosta de odiá-lo.

— Ele era um espécime terrível.

Uma lembrança nebulosa se agitou em mim. A escola, e Meg rabiscando na capa interna do meu caderno. Um relógio na parede, dez minutos para o final da aula. Era uma sexta-feira, como hoje. *Dias*. Me vi na minha mesa na redação, Sky News passando na TV na parede sobre a minha cabeça — a cobertura da crise de Fukushima em loop —, olhando para o relógio e correndo para terminar este artigo a fim de poder ir embora e encontrar Luke.

— Chegará o dia em que eles não nos despertarão — disse Queenie, bebendo o último gole de chá, os ossos marmóreos sob a pele dos dedos. — Os dias.

— Onde podemos viver, senão nos dias? — falei, recitando duas ou três linhas do poema automaticamente.

Alf reapareceu.

— Sinta-se livre para me retratar como um bobo amoroso — disse ele. — Só não nos coloque numa maldita jornada. Estaremos em uma delas em breve. A maior de todas.

Voltei à redação e montei a história. Depois escrevi isso. Precisava anotar os detalhes para ter algo para recordar quando tudo o que eu puder fazer for recordar, especialmente se você fica cada vez pior nisso, como Queenie afirma. Também gostaria de ter algo para mostrar para uma jovem versão de mim se ela vier bater na minha porta perguntando sobre mim e sobre a minha vida quando eu tiver 80 anos. Não achei ruim o texto final do artigo. Fazia justiça a eles, o máximo de justiça possível em 500 palavras. Guardei algumas partes, frases que presumi que eles prefeririam que eu não incluísse, que não estou compartilhando nem mesmo aqui, e aspectos meus que, obviamente, guardei para *cá*. Como o momento em que Queenie perguntou:

— Como você se sente quando não está com Luke?

— Como se algo estivesse faltando — respondi. — Como se um pedaço de *mim* estivesse faltando.

E-mail enviado pelo Professor Jeremy Cooke, 2 de fevereiro de 2012

De: jfhcooke@gmail.com
Para: Elizabeth_salmon101@hotmail.com
Assunto: Os nossos dias

Cara Elizabeth,

Há quanto tempo não nos falamos. Ou melhor, não nos "e-falamos", como preferiria a fraseologia contemporânea. Como diabos vai você? Parece uma eternidade desde os nossos dias.

Você ficará perplexa quanto a por que este velho dinossauro está fazendo contato. Bem, descobri na Internet que Alice pode voltar a esta boa cidade para alguma espécie de reunião neste fim de semana e isso me fez mergulhar de cabeça no passado, velho palhaço sentimental que sou. A vida é curta, Liz, ou certamente no meu caso é. Então por que não deveria procurá-la?

Mantenho pouca semelhança com o antigo eu. De fato, com exceção do meu uniforme regulamentar de calças de veludo e tweed, você teria dificuldade em me reconhecer. Será que eu reconheceria você? Tentei pesquisá-la no Google com sucesso limitado, ao contrário de Alice, que é praticamente onipresente online. Uma guitarrista ruim, mas boa cozinheira de comida italiana: este é o currículo que ela deu a um site. Nunca soube que ela tocava guitarra.

Não estou esperando uma visita. Nosso contato foi mínimo quando ela era estudante aqui. E, conhecendo-a, sei que vai traçar uma linha reta até um pub. Não sou totalmente repugnante para ex-alunos, contudo; mantenho contato com alguns. O motivo pode ser por me identificarem como referência em potencial, o que me permite sentir que meus esforços não são totalmente desperdiçados.

Não fui inteiramente repugnante para você, Liz, fui? Lembro-me do nosso período juntos com grande carinho. Você era bonita. Ainda é, imagino. Fiquei em pedaços depois que tomamos caminhos separados, em parte devido às circunstâncias, especialmente tendo em vista as suas ações.

Não estou esperando uma resposta a este e-mail (embora ela fosse ser muito bem-vinda), mas me senti compelido a procurá-la. Metaforicamente falando, é claro. O que, em retrospectiva, é como a maior parte da minha existência tem sido. É como estes últimos 60 anos têm sido, não tanto um ato de viver, porém mais um ato de observar. Nós não éramos metafóricos, porém, éramos? Éramos muito reais, muito literais.

Desculpe-me pela intrusão. Parecia importante dizer que não esqueci de nós. Aí está um sentimento curioso. *Nós.*

Carinhosamente,
Jem

Notas de Luke Addison em seu notebook, 7 de março de 2012

Duvido que qualquer pessoa nunca tenha sido criativa com a verdade, dadas as circunstâncias.

Eu não podia exatamente contar os fatos à polícia; que tinha gritado com você e agarrado seu cabelo, podia? Nunca teriam acreditado que parou por aí.

Há outro fator, também. Trechos enormes daquela noite desapareceram. Simplesmente não consigo me lembrar deles. Isso demonstra o quanto estava bêbado. Sim, oficial, peguei-a pelos cabelos, mas posso garantir que não a teria machucado posteriormente, ainda que não consiga realmente lembrar. Seria o mesmo que assinar meu próprio mandado de prisão.

O que não devo fazer (o que prometi a você que não faria) é esquecer as partes suas das quais consigo me lembrar. Seus olhos verdes e os pés de galinha que você uma vez alegou, em pânico, ter detectado bem ao lado deles. Coisas desse tipo desaparecem muito depressa, e o resto do mundo está bem decidido a me fazer esquecer. Não demoraria muito. Meu chefe me incentivando a supervisionar um grande projeto; pode ser exatamente do que preciso, dedicar-me a algo concreto. Os rapazes no clube de rugby insistindo para que eu vá no sábado para uma partida: vai me fazer muito bem. Deixar meus colegas me convencerem a ir até o Porterhouse para uma cervejinha rápida: vamos lá, vai ser divertido, eu mereço isso, e toda a galera vai estar lá. E três horas depois, uma outra menina poderia estar me ligando para que eu tivesse o número *dela* no meu celular e você seria uma ex-namorada, a que morreu, a que eu tinha levado para Margate, a que eu superaria. Não. Não. NÃO.

Vou para Waterstone's e folheio os livros que você amava. Escuto a sua playlist do verão de 2011, porque foi o melhor verão *de todos*. Volto para Southampton para imergir na sua cidade favorita, volto ao rio, a cena do crime, o lugar onde brigamos. Olho para fotos suas no meu celular como se você fosse se materializar por mágica se eu me concentrasse o suficiente.

No trabalho, fico sentado como um zumbi e dou de ombros quando os clientes perguntam "Are you on this one, Luke?" Planilhas nadam na minha frente. Vozes ecoam sem resposta pelas salas de reuniões. Qual é a nossa previsão para os lucros do terceiro trimestre? O que 2013 reserva para o nosso negócio? De onde podemos cortar custos?

Colegas me tranquilizam dizendo que é normal, mas no fundo eles adoram: uma história que está na Internet presente no *próprio* escritório. Uma morte, o cheiro de um crime. Passo pelas mesas e eles freneticamente fecham os navegadores ou bloqueiam seus celulares. Não é preciso ser um gênio para adivinhar os comentários. Ele está segurando as pontas muito bem, até. Está um farrapo. Está quase calmo *demais*.

E agora estou escrevendo isso, apesar da minha zona de conforto natural (como você tão frequentemente apontava) ser diagramas e números.

— Aposto que vai colocar *isso* no seu diário, não vai? — explodi durante a briga no rio. — É patética a forma como você abre seu coração para um pedaço de papel.

— É no notebook — argumentou você, e a raiva ferveu dentro de mim.

É possível esquecer praticamente qualquer coisa. É fácil, basta se concentrar, bloquear tudo ou ficar relembrando uma versão alternativa com muita frequência até ela se tornar realidade. Mas eu sabia que nunca me esqueceria de ter agarrado o seu cabelo.

— Se me tocar desse jeito de novo, vou te denunciar à polícia — disse você.

Ele começava a formar cachos na parte molhada pela neve, e senti cócegas na palma da mão quando segurei ele.

Mais tarde, andei até achar um bar aberto, bebi um monte de cidra, mexi numa jukebox e fiquei dançando sozinho. Dois caras riram e pensei *vocês não sabem nada sobre mim ou o que eu fiz*; bebi uísque e acordei às cinco no chão do meu quarto no hotel, com o braço para cima na lateral da cama como se me agarrasse a algo após um naufrágio. Vômito no carpete, flashbacks da noite anterior rompendo minha consciência como pedras quebrando vidro. Então me sentei no chão de cueca boxer e tentei juntar os pedaços das poucas horas anteriores, como tínhamos feito tantas vezes, e chorei como um bebê.

Tomei uma chuveirada escaldante, esfreguei o corpo: tinha que tirar de mim o que tinha acontecido, tinha que tirar *você* de mim, então tomei um trem de volta para Waterloo. Cruzando a plataforma, desviando de rostos sem nome, as manchetes dos jornais pularam sobre mim. A renda da classe média ameaçada, Facebook avaliado em 100 bilhões de libras, as cargas que poderiam ser encontradas após o desastre do *Costa Concordia*... e então aquilo me deixou sem fôlego. O que eu tinha feito. Fui até o pub mais próximo, comprei uma Stella, uma Coca e uma dose dupla de vodca.

— Eu não a matei — disse para Charlie alguns dias depois.

— Cara, ninguém sugeriu isso — respondeu ele.

O bizarro é que não fomos vistos perto do rio ou pegos pelas câmeras de vigilância.

Na noite passada, li que é essencial que as vítimas de um crime cooperem para produzir um retrato falado no prazo de 24 horas. Caso contrário, a impressão que fica pode divergir muito da realidade. Se a polícia não resolve um crime — principalmente um sério — em 24 horas, as chances de fazê-lo despencam, dizia o artigo.

Naquele bar em Waterloo, meu telefone tocou; um número que não reconheci.

— É Robert Salmon falando. Onde você está? — perguntou. — Está sozinho?

Foi quando comecei a mentir.

Depois disso (após duas Stellas e duas vodkas duplas) o tal homem enorme no bar, e eu pensando: *é, você serve.*

Agora estou olhando para o e-mail que você me enviou na sexta-feira, 3 de fevereiro, um dia antes de morrer, pouco antes dos nossos dois meses de separação acabarem. Eu o tinha encontrado na minha pasta de *spam* três semanas depois de você morrer, desviado para lá por causa do arquivo anexado, que aparentemente foi sinalizado como um risco de vírus, imprensado entre o *spam* de um sujeito que dizia precisar de dinheiro urgente porque estava preso nas Filipinas e outro oferecendo material de escritório a preços acessíveis.

"*US*", você tinha digitado no campo do assunto, e minha reação inicial foi: por que Al me enviou um e-mail sobre os Estados Unidos? Mas lembrei que tínhamos falado sobre passar um feriado lá; visitar o Marco Zero, o Empire State, comer bagels, ver um show na Broadway. Talvez dar uma esticada até a costa oeste. *Dawson's Creek*, *The O.C.*, *90210.* "A paisagem de segunda mão da minha infância", como você chamava.

Conto os dias desde que você morreu. Trinta e dois. 768 horas. Um retrato falado a essa altura mal teria alguma semelhança.

A polícia, sua família, seus amigos, aquele cara do pub, Megan, o cliente que encontrei na sala de reuniões hoje e que se queixou de "serviços abaixo da expectativa". Estúpidos, todos eles, ignorantes e sem noção. Somos eu e você, somos os únicos que sabem o que aconteceu. É o nosso segredo.

"Ei, Sr. L", começava o seu e-mail.

Excerto da transcrição do interrogatório com Jessica Barnes, realizado na Central de Polícia de Southampton e conduzido pelo Detetive Superintendente Simon Ranger, 5 de abril de 2012, 17:20

SR: Para reiterar, você não está presa e está livre para partir a qualquer momento, mas, por favor, pode confirmar seu nome completo, idade e endereço, e que concorda que esta entrevista seja gravada?

JB: Jessica Barnes, tenho 19 anos e moro na 74a Hartley Road. Sim.

SR: Jessica, pode explicar o que fez na noite de sábado, 4 de fevereiro?

JB: Eu e um grupo de amigas saímos naquela noite, sete ou oito de nós; você precisa de nomes?

SR: Não nesta fase, mas seria útil ouvir em quais pubs vocês foram.

JB: Começamos pelo Rock and Revs, depois fomos para o High Life e acabamos no Ruby Lounge. Fomos ao Carly's Bar, também; ah, sim, e ao New Inn.

SR: O Ruby Lounge é perto do rio, não é? Alguma razão para terem ido lá?

JB: É um bom lugar para terminar a noite, eles ficam abertos até às duas e é bastante animado.

SR: No final da noite, soube que você se separou de suas amigas. Como isso aconteceu?

JB: Tinha discutido com Mark.

SR: Mark?

JB: Meu namorado. Ele tinha saído com os amigos, então combinamos de nos encontrar no Ruby Lounge. Mas ele estava sendo um completo babaca, dando em cima da Lottie. De jeito nenhum eu ficaria ali assistindo àquilo, então saí de lá. Segui por aquela trilha ao longo do rio, a que dá na Hooper Road, e pegaria um ônibus noturno lá.

SR: A que horas isso?

JB: Não faço ideia, foi há séculos. Teria mencionado antes, mas achei que não era importante. Tipo, só ouvi sobre essa garota afogada no noticiário desta manhã, estava na casa do meu pai e a notícia passou na TV. Nunca assisto ao jornal. Por que deveria, se não me afeta? Pode ter sido por volta da meia-noite.

SR: Foi nesse momento que você viu um casal em um banco do outro lado do rio?

JB: Sim, contei isso ao policial mais cedo.

SR: Seria útil se você pudesse compartilhar sua impressão do que eles estavam fazendo.

JB: Estava bem distante e estava nevando e tudo.

SR: Qual idade você acha que eles teriam?

JB: Mais velhos do que eu, talvez 30.

SR: Mas talvez você possa ter deduzido mais ou menos o que eles estavam fazendo?

JB: Com certeza estavam discutindo, porque ouvi umas partes. Fiquei parada ali por alguns minutos fumando um cigarro enquanto me decidia se voltava para o Ruby Lounge e resolvia tudo com o Mark. É aquela menina morta da televisão? É, não é? Vou ficar arrasada se for.

SR: Até que possamos estabelecer mais detalhes, preferimos tratá-la como "a menina no banco". Você pode descrever algum deles?

JB: Ele poderia estar de camiseta preta; só fiquei ali por alguns poucos minutos. Não estava prestando atenção neles, minha cabeça estava em outro lugar e não era da minha conta, né? Não ia dar uma de emo. É ela, não é? Disseram que se afogou. Os alunos são um bando de babacas metidos, mas ela parecia legal. Vou ter problemas? Não fiz nada de errado.

SR: Ninguém está sugerindo que você fez, Jessica. Mas um incidente extremamente grave ocorreu, que pode ou não ter envolvido os indivíduos que você parece ter visto. Ajudaria a nossa investigação se você pudesse se lembrar mais da interação deles.

JB: Eles estavam a quilômetros de distância. O rio é largo ali, e é difícil entender alguma coisa, tipo quando você está no celular e o sinal está uma merda e você escuta uma parte e depois não escuta mais nada e então escuta outra parte. Acho que estavam planejando um fim de semana fora porque escutei a menina mencionar "Praga". Vi algo sobre isso na TV; todos os casais riquinhos vão lá nos feriados.

SR: Que outros trechos da conversa você pegou? Ouviu algum deles se referir ao outro pelo nome?

JB: Sim, ela o chamou de Luke.

SR: Você tem certeza disso?

JB: Sim, absoluta, porque meu irmão mais novo está assistindo a todos os filmes de *Star Wars* e tem ficado repetindo "Luke, eu sou seu pai", e foi isso que me fez reparar.

SR: Alguma outra coisa?

JB: Isso vai parecer maluquice, mas ela disse alguma coisa sobre "lemingues".

SR: OK, vamos tentar uma abordagem diferente. Como eles estavam discutindo? Diria que era uma discussão *com raiva*?

JB: Existe de algum outro tipo? O negócio é, você sabe como em algumas discussões você parece *não* parar? Bom, eles dois ficavam nervosos, depois calmos, depois nervosos, e em algumas partes não falavam nem sussurravam. Em alguns momentos ela deu um baita esporro nele e uma vez ele caiu, ficou de joelhos. Como se estivesse implorando. Pode ter escorregado na neve, acho.

SR: A garota no banco estava muito bêbada? Estava mais ou menos bêbada do que você?

JB: Menos. Não, mais. Era só uma garota bêbada. É ela, não é? Disseram que ela ajudava a prender criminosos em casos de violência contra as mulheres, não é mesmo?

SR: Outros na sua situação poderiam ter chamado a polícia?

JB: Digamos que eu tivesse chamado os canas; desculpe, *vocês*. O que eu falaria? Teria dito "tem duas pessoas do outro lado do rio" e eles teriam respondido "o que elas estão fazendo?" e eu teria dito "conversando num banco". Eles não teriam mobilizado as forças especiais, teriam?

SR: Jessica, isso não é uma piada. Alguém morreu.

JB: Desculpe, mas você está falando como se fosse culpa minha, e não é. Não vou ter problemas, vou? Não posso perder meu emprego; tenho um filho. Sinto muito. Sabia que deveria ter ligado pra polícia quando ele começou a empurrá-la. Disseram em algum lugar na Internet que ela estava grávida. Isso é verdade?

SR: Empurrá-la? Explique melhor.

JB: Depois que ele caiu, ela ficou dando gargalhadas e ele levantou bem na frente dela e passou os braços em volta dela, mas de uma boa maneira. Sinto muito, sinto muito, por favor, não me prenda. Eu tenho um bebê...

Carta enviada pelo Professor Jeremy Cooke, 9 de julho de 2012

Larry,

Lembra que eu te contei anos atrás sobre aquele psiquiatra, o sujeito arrogante com nariz romano e ombros como de um pássaro? Bem, tenho reexaminado as anotações que fiz das nossas sessões. Na verdade, ele teve a ousadia de me acusar de não gostar muito dele.

— Não leve para o lado pessoal — foi minha réplica. — Não gosto muito de *pessoas*.

— Curioso — disse ele — ouvir um antropólogo falar isso.

— Para um antropólogo, a existência *é* curiosa — informei a ele. — Curiosa e desconcertante. — Era como um jogo de tênis intelectual. — Admita — falei —, você é fundamentalmente incapaz de me consertar.

— Não se trata de consertá-lo, mas de você adquirir uma compreensão mais profunda de si mesmo. Que tal pensar em por que decidiu vir me ver, Jeremy?

O uso repetido do meu primeiro nome me incomodava. Depois de uma pausa, cuja duração ele sem dúvida aprendeu em algum politécnico de segunda classe, ele guinchou:

— Não há respostas erradas aqui.

— Não há muito mais o que fazer nas tardes de quarta-feira. Os alunos praticam esporte.

Era a segunda quarta-feira consecutiva que eu tinha marchado, como um soldado cansado de velhas batalhas, até este discreto e supostamente renomado consultório localizado em um subúrbio residencial de Winchester, apesar da minha opinião sobre psiquiatras estar longe de ser positiva. Aprendi a ter uma abordagem baseada em evidências, e eles são tão inconsistentes. Não que Fliss fosse se importar, mas estava gloriosamente alheia em relação a onde eu passava tantas tardes de quarta-feira, enquanto os estudantes praticavam esporte: trancado em hotéis de mau gosto com a mais recente caloura do curso de inglês: Elizabeth Mullens.

Ele coçou a barba horrenda, cruzou e descruzou as pernas. Claramente gay. No silêncio que se seguiu, aquilo me envolveu de novo: a raiva densa e enevoada que eu sentia da sua abordagem e também de mim, a raiva da *necessidade* de estar ali com aquele homem diminuto e forense mais ou menos cinco anos mais novo que usava pequenos óculos redondos e gastos, presumivelmente em uma tentativa de transmitir seriedade.

— Ela acha que estou jogando squash — afirmei. — Fliss acha. Minha esposa.

— Por que ela acha isso?

— Porque foi o que disse a ela.

— Ela sempre acha o que você diz a ela?

— Acredite em mim, ela quase *nunca* acha o que eu digo a ela.

— Deveria?

— Claro que não. Ela é dona da sua própria mente.

— Isso preocupa você?

— Não tanto quanto a tirania do aiatolá Khomeini, ou estes malditos sindicatos.

Mesmo assim, dei-me conta de como estava tornando aquilo tudo redundante. Foi na noite depois da festa que minha esposa me confrontou. Estava lavando louça quando cheguei em casa, e quando disse "Olá, querida, como foi seu dia?", ela não se virou, nem quando disse "Você ficou acordada até tarde" ou "Vou pra cama, estou um caco", mas quando finalmente o fez, estava chorando.

— Martin ligou — disse ela.

Gelei.

— Mencionou que encontrou você por acaso ontem à noite. Como *foi* a festa?

Eu deveria ter facilitado as coisas para mim ali mesmo, Larry, admitido tudo. Isso poderia ter contado a meu favor: mitigação. Mas eu insisti.

— Chata. Típica reunião acadêmica. Você sabe como é.

— Na verdade, não. Me explica.

— Pearce ainda está a ponto de pedir demissão, Shields continua convencido de que está prestes a receber uma carta do Nobel, Mills é clinicamente incapaz de ter uma ideia seminal.

Alguns homens cobrem seus rastros naturalmente bem, Larry, outros aprendem sozinhos. Eu não estava em nenhum dos dois grupos. Soei ridículo. Como se minha esposa tivesse perguntado: "Qual é a forma da Terra?" e eu respondesse "cuboide".

— Acadêmicos chatos puxando os sacos uns dos outros — acrescentei.

— Acadêmicos chatos do departamento de inglês?

Às minhas costas ouvi um estalar do forno Aga, o orgulho e alegria da minha esposa.

— Sim.

— Como é que a nova garota vai indo? — perguntou ela. — Aquela cujo perfil saiu no jornal interno, Liz Mullens?

— Bem, acho. — A mesa de madeira, o cão na sua cesta, uma caixa de cereal e duas tigelas ao lado, prontas para o dia seguinte. Como uma consultora ambiental, minha esposa frequentemente se referia à noção de "habitat". *Isso é meu*, pensei. *Nosso*. Sem isso, sem ela, o que seria de mim, o que eu faria?

— Você prometeu que cuidaria de mim para sempre.

Larry, aquele psiquiatra desarrumado, um típico bolchevique, foi implacável.

— Que tal se eu te fizer algumas perguntas? — perguntei para interromper o bombardeio.

— Não faremos muito progresso dessa forma.

— Por favor, uma.

— No fim das contas, é o seu dinheiro.

Poderia tê-la abraçado naquele instante, minha adversária magrela com a sequência de letras inúteis após o nome, porque desprezo não era um sentimento que costumavam demonstrar, pelo menos não na minha cara.

— O que *é* sexo?

— Neste momento, sinto que é uma área que devemos explorar.

— Explorá-la foi o que me meteu em problemas.

— Você não pode culpar o sexo. O que quer que tenha feito, fez porque quis.

Sua resposta me fez querer estender a mão e dar um tapa bem forte naquela cara de pombo, como teria feito se ela fosse uma criança malcriada, ou se tivéssemos uma.

— Você ainda não explicou por que está aqui.

— Porque é como ver uma prostituta. Não existem consequências, é inteiramente transacional.

— Lá vai você de novo, de volta para o sexo.

Eu detestava a sua implicância irrefreável. Mas ela estava certo: eu tinha 35 anos e uma parte minha estava quebrada. Silêncio, e o espectro de um dos meus maiores medos, a inarticulação, agarraram-se a mim como neblina úmida.

— Gostaria de compartilhar comigo quem ela era?

Até aquele ponto eu não tinha diretamente confessado minha infidelidade, então ela deve ter preenchido as lacunas.

— Por que, quer ligar pra ela? Vocês poderiam sair; ela não é exigente! — Ouvi a petulância e o despeito, e me encolhi.

— Vocês ainda mantêm contato?

— Ela ameaçou enfiar uma faca nas minhas omoplatas se eu chegar perto dela de novo.

Tudo voltou à minha mente: como certa vez caí de joelhos diante de Liz e ela embalou minha cabeça em suas mãos, como se eu fosse uma criança ou uma peça de argila que ela moldava, e a afiada falta dela me picou: seu gosto, seu cheiro, um acobreado na minha língua, uma dor surda na boca do estômago, nas minhas bolas. Aposto que você nunca sentiu isso, sentiu, quase cuspi.

Fliss tinha contado os detalhes da sua conversa com Martin com um desinteresse desapaixonado, como se relatasse uma cena de um romance: *Os Filhos da Meia-Noite*, de Rushdie, talvez, ou a teoria mais recente sobre um dos gêneros de flores em que se especializou.

— Depois que ele ligou, dei uma olhada nos seus casacos.

— Você fez *o quê*? — perguntei, com uma indignação totalmente sem propósito.

Ela me entregou um pedaço de papel, uma nota fiscal de um restaurante. Seu lábio tremia.

— Como você *pôde*?

— Como está se sentindo? — perguntou meu psiquiatra.

Um molhado na minha bochecha; o desgraçado me fez derramar uma lágrima.

— Muito bem, você fez por merecer o seu dinheiro hoje. Maldito comportamento desconcertante, o derramamento de lágrimas — disse eu, resvalando para a estrutura familiar de um debate —, cuja função continua a ser fonte de muita discussão nos círculos científicos.

— Me dê algo que eu possa usar aqui, Jeremy. De um profissional para outro.

— Estou cansado de sentir como se a vida me escapasse. Você pode impedir isso, Dr. Richard Carter? Pode? Por favor.

— Não — respondeu ele. — Só você pode fazer isso.

— Ninguém é fiel hoje em dia — afirmei, consciente de que não era uma observação inteiramente infundada, porque com exceção de velhos defuntos eunucos com morte cerebral como Devereux, todo o campus estava traindo. — São os anos oitenta, todo mundo está trepando com outra pessoa.

— Posso garantir que não estão.

— Você é casado? — perguntei.

— Não — respondeu.

— Nunca teve uma esposa, não é? — Escutei-me falar e senti desgosto. O homem que exaltava os benefícios da discussão e do debate, que acreditava que a espécie humana se distinguia por um punhado de atributos, sendo um dos mais importantes a nossa capacidade de comunicação, reduzido a usar esse dom da forma como uma criança faria. Ela jogou um escorredor de macarrão em mim. Fliss. Soa engraçado agora, o tipo de cena que poderia constar de uma dessas novelas horríveis, mas posso garantir que na hora não foi. Bateu na minha testa e abriu a pele, liberando um filete pegajoso de sangue.

— Claro— disse meu psiquiatra —, inteligência é a capacidade de tornar a si mesmo e aqueles à sua volta felizes. Você falhou claramente nesse aspecto.

Ele me pegou; o merdinha me pegou.

— Como é que a mulher que não é sua esposa está lidando com a situação?

— Tentou se matar.

Mensagens de Twitter para @AliceSalmon1, de @CidadãoLivre, entre 16 e 27 de janeiro de 2012

Como vai aquela caminhada no campo?

O senhor disse que a justiça é minha.

Gostou do jantar italiano ontem à noite?

Belo secador de cabelo que ganhou de Natal.

Aquela foto de flores na parede do seu quarto é nova?

Gosta de festa, menina bonita?

Tô indo te pegar.

Excerto da transcrição do interrogatório de Luke Addison, realizado na Central de Polícia de Southampton, pelo Detetive Superintendente Simon Ranger, 6 de abril de 2012, 13:25

LA: Isso é uma piada; eu era o namorado dela.

SR: Era? Porque fomos informados de que vocês dois na verdade não estavam juntos na época da morte dela.

LA: É complicado.

SR: Explique para nós por que era complicado. Entendi que você e Alice tinham se separado.

LA: Estávamos tentando revolver alguns problemas, sim.

SR: Problemas?

LA: Eu dormi com outra pessoa e Alice precisava de espaço para lidar com isso.

SR: Então ela terminou com você?

LA: Não, estávamos dando um tempo. Mas voltaríamos a ficar juntos; ela estava bem a fim disso.

SR: Estou certo em presumir que foi ela quem pediu esse tempo, e não você? Deve ter sido muito difícil.

LA: Fiquei arrasado.

SR: Como você responderia à sugestão de que é um pouco mulherengo?

LA: Eu amava Alice.

SR: Mesmo assim, você é alguém que gosta de ter as coisas do seu jeito, não é? Você se descreveria como controlador?

LA: Não, claro que não.

SR: Mas você é um homem grande fisicamente. Você tem o quê, um metro e oitenta e cinco, mais de oitenta quilos? Barulhento, difícil de lidar, um garotão, gosta de uma bebida, nunca se sabe como uma noite vai terminar quando Luke está por perto; estas são algumas das formas como descreveram você. Um de seus colegas disse que você é um valentão.

LA: Eu era louco por ela.

SR: Louco o bastante para empurrá-la em um rio?

LA: Vai se foder.

SR: Vamos manter a calma, certo, senhor?

LA: Você estaria calmo se fosse eu? Minha namorada está morta e você está me tratando como se eu a tivesse empurrado da ponte.

SR: Interessante escolha de palavras. Se não me engano, não foi provado que ela foi "empurrada da ponte", então por que escolheu colocar nestas palavras?

LA: Maneira de falar. Quero saber o que aconteceu com Alice tanto quanto qualquer um. Há uma ponte, Alice acabou na água: não é física nuclear concluir que há uma grande probabilidade dela ter caído dali.

SR: Mas você disse "empurrada", não caiu.

LA: Vocês, policiais, precisam tirar a cabeça desse buraco na areia. Fazer buscas ou interrogar as pessoas de casa em casa. Abrir mais a rede, olhar para mais longe.

SR: Seria cômodo para você, não, se nos concentrássemos em algo mais longe?

LA: Isso é ridículo, caralho.

SR: Por favor, não xingue ao falar comigo, Luke. Ou você é propenso a atacar quando provocado?

LA: Não somos todos?

SR: Não, sou um sujeito calmo. Mas também sou um sujeito perplexo porque, 24 horas após a morte de Alice, você nos levou a acreditar que estava sozinho em seu apartamento na noite em questão, e agora veio à tona que você estava em Southampton.

LA: Já expliquei. Não deveria ter mentido, mas estava com medo de que vocês não acreditassem em mim. Sabia que chegariam a conclusões erradas.

SR: A que conclusão deveríamos ter chegado, Luke? Veja, há outra inconsistência. Depois que você mudou sua versão da história e admitiu que estava em Southampton, você alegou que sua discussão com Alice perto do rio foi, entre aspas, "em bons termos". Bem, uma testemunha nos disse que você fez ameaças graves contra Alice.

LA: Testemunha... que testemunha?

SR: Uma que observou seus pequenos contratempos. Ela afirma que você segurou Alice, mais uma vez entre aspas, "pelo pescoço".

Neste ponto, o interrogado ri.

LA: Isso é um absurdo. Você nunca ouviu falar do conceito de "inocente até que se prove o contrário"?

SR: Não sabia que usei a palavra "culpado". Interessante você optar por trazer isso à baila. Se você fosse eu, como interpretaria essas contradições?

LA: Eu a amava.

SR: Prefiro que você explique essas inconsistências. Também sabemos por fontes confiáveis que você é um homem de temperamento complicado, e não é difícil imaginar como esse temperamento pode ter sido colocado sob tensão: emoções ao máximo, jogue um pouco de bebida na mistura, a mulher a quem você era devotado terminando com você. Isso até me deixaria furioso.

LA: Encontre quem fez isso, por favor.

SR: Quando falamos com você antes, 48 horas após a morte de Alice, você estava com um olho roxo, e quando perguntei como isso tinha acontecido você me informou que foi jogando squash. Deseja reconsiderar essa afirmação?

LA: Não me lembro.

SR: Vamos tentar essa resposta de novo, que tal?

LA: Um cara me bateu em um bar.

SR: Assim é melhor, estamos chegando a algum lugar agora. Esse "um cara" bateu em você antes ou depois de Alice ter morrido?

LA: Foi no dia seguinte. Estava bêbado. Tinha acabado de ser informado de que Alice estava morta.

SR: Então você *realmente* bebe muito?

LA: Gosto de sair nas noites de sexta e sábado.

SR: Bebe muito nessas ocasiões, então?

LA: Não. Como um cara normal de 27 anos.

SR: Você bebeu antes de confrontar Alice no rio?

LA: Não.

SR: Isso também me intriga, porque temos um dono de pub pronto a declarar que te serviu pelo menos dois copos de sidra.

LA: Não é da sua conta, nada disso é.

SR: No momento em que Alice morreu, passou a ser da minha conta. O sujeito que trabalha durante a noite na porta do Premier Inn, na Queen Street, afirma que você chegou lá dez para as quatro. Nas palavras dele: *trocando as pernas*. Luke, venho fazendo esse trabalho há muito tempo, e há uma maneira fácil e uma maneira difícil de fazer isso, mas chegamos à mesma conclusão das duas formas. Dei uma olhada rápida nos seus registros. Você foi preso por agressão em 2002.

LA: Quero um advogado.

SR: Agressão em um pub em Nantwich.

LA: Nenhuma queixa foi prestada.

SR: Pobre consolo para o indivíduo que apanhou de você.

LA: Eu tinha 17 anos. Se você vai tão longe assim na vida de uma pessoa, sempre encontra alguma coisa que ela preferiria manter escondida.

SR: Como Praga? Aquilo foi uma coisa que você preferiria manter escondida?

LA: Vai tomar no cu.

SR: Cuidado. Esse seu temperamento pode ser perigoso.

LA: Não tenho nada mais a dizer.

SR: Luke Addison, você está preso por suspeita pelo assassinato de Alice Salmon...

Mensagem de voz deixada por Alice Salmon para David Salmon, 4 de fevereiro de 2012, 17:09

> Pai, sou eu. Onde está a mamãe? Por que ela não está atendendo o telefone? Fala pra ela me ligar; é urgente. Como ela esteve hoje? Esteve usando o notebook? Como vai você? Estou um pouco alta. Estou em Hampton para uma reunião e fiquei me lembrando de quando você me trouxe de carro até aqui na primeira semana de aulas, seu velho sentimental! Quando é que vamos ter um daqueles nossos almoços de domingo e depois sair com o cachorro? Sinto sua falta, pai. Lamento não ter sido sempre uma filha brilhante. Você provavelmente merecia coisa melhor do que eu. De qualquer forma, você é o melhor pai que uma menina poderia ter. Como é que você costumava me chamar? Seu anjo? Eu gostava daquilo. Preciso desligar, minha bateria tá fraca. Te amo sempre.

Post no fórum online Truth Speakers, por Lobo Solitário, 6 de julho de 2012, 22.50 p.m.

> Se você só pudesse expor algo muito ruim fazendo uma coisa um pouco ruim, você faria? Se essa fosse a única maneira de expor um escândalo em uma empresa farmacêutica ou no MI5? Ou se você

tivesse que cometer um roubo ou um assalto menor para expor um crime maior, como homicídios ou estupros? A maioria de nós faria, porque pessoas poderosas não deveriam poder se safar de fazer coisas ruins.

Professor Cooke.

Ninguém pode me atacar por compartilhar o nome dele.

Professor Jeremy Frederick Harry Cooke. O HOMEM DE GELO.

Ele usa terno com calças de veludo, e eu apontar que ele é mau não é ilegal. É liberdade de expressão, e não aprendi isso em uma faculdade de estudos de mídia de merda — não, foi em Esportes, Mídia e Cultura que desperdicei três anos, bem, não exatamente três porque vi a luz e saí antes. Ele não pode encostar em mim, ninguém pode, o que é irônico porque foi isso que ele fez com outra pessoa!

Acreditem, posso ter errado em relação a outras coisas, mas estou certo quanto a isso, e ele precisa ser EXPOSTO. Quando eu empunhar a espada da verdade vocês não vão mais dizer que sou uma piada e maluco, então, não é?

Agora ele está até contando essa parada em um livro. Dizem que a história é escrita pelos vencedores. Bem, não mais, todos nós a escrevemos. Disse que ele não poderia usar nenhuma das coisas que compartilhei por causa dos direitos autorais, mas ele respondeu que nada nunca é extraoficial, então aí vai um pouco do seu próprio veneno, espertinho.

Vou ser honesto, eu tinha um "acordo" financeiro com o Homem de Gelo. Até fiz uma tatuagem nova pra comemorar, mas ele renegou o nosso trato. Não estava sendo ganancioso, só achei que seria bom não ter que me preocupar com dinheiro, como Ben Finch. Pra ele está tudo bem, só na boa vida e convencido que escapou da prisão por ter tentado me ASSASSINAR por causa das fotos que achou.

Quase mostrei a minha foto favorita de Alice para ela uma noite, quando estávamos sentados na sala de estar no segundo ano falando sobre fotografia, aquela em que ela está no parque em uma pista de corrida, alongando-se em uma árvore. Aquelas noites eram especiais, mas a gente conversava em um monte de tardes de domingo também. Ela de ressaca naquele sofá surrado com o tapete vermelho em cima, tomando chá na sua caneca de elefante. O telefone dela no braço do sofá, mensagens piscando nele, e eu perguntando se ela tivera uma boa noite, e ela respondendo como você adivinhou e eu contando que tinha a ouvido tropeçando ao chegar em casa e pedindo desculpas e ficando toda culpada e hesitante, como se estivesse esperando que eu explicasse o que ela tinha feito.

A gente tinha uma conexão até o PSICOPATA do Ben Finch voltá-la contra mim. Adoro como sou livre para dizer coisas como essa aqui. Fiz 181 posts nos últimos três meses. Duas emissoras nacionais me bloquearam, porque elas não sabem lidar com meus comentários e porque são controladas — são piores que a Coreia do Norte. Este é um mundo de jornalismo cidadão, quando o homem comum é ouvido porque a Internet é amiga de Davi, não de Golias.

A imprensa mantém pessoas como eu sem espaço e permite que outras como Ben Finch, Alice Salmon e o Homem de Gelo prosperem. Não mais, a justiça está chegando — Alice está morta, Ben Finch saiu dos trilhos e o Homem de Gelo está prestes a pagar pelo que fez.

Vocês já adivinharam a essa altura de quem ele abusou? FIQUEM ATENTOS A ESSE ESPAÇO!!!

Coluna no *Evening Echo*, 17 de março de 2012

Greg Aston: a contundente voz da razão

É um clichê dizer que antigamente você podia deixar a porta da frente aberta, mas de fato cuidávamos mais uns dos outros. Amigos, familiares, vizinhos — eles se importavam quando eu era novo. Se havia uma onda de frio, checávamos se a senhora que morava ao lado estava alimentada e bem, em vez de deixá-la congelar ou morrer de fome. Um jornal mais metido a besta do que esse poderia chamar de "bússola moral", mas é simplesmente reconhecer o que é e o que não é um comportamento aceitável.

Três mulheres que não têm isso são Holly Dickens, Sarah Hoskings e Lauren Nugent. Elas formam o trio que embarcou em uma série de bebedeiras com Alice Salmon na noite em que ela se afogou. No meio da noite, permitiram-se se separar de Alice, que acabou no rio.

Uma delas, Dickens, apelou para a empatia em um artigo ontem no qual ela sugeriu que "perdeu" Alice — como se fosse uma mala em um aeroporto. O jornalista apenas endossou sua posição ao sugerir que poderia ter acontecido com qualquer um.

Se este trio não tivesse se comportado de forma socialmente irresponsável, seria improvável que a amiga perambulasse sozinha por aí ("abandonada" é a palavra que eu usaria), e Alice Salmon ainda estaria viva.

"Um pouco alta", foi como Dickens descreveu seu nível de intoxicação.

Trocando as pernas, mais provável.

As três deveriam ser responsabilizadas pelo seu comportamento.

Seu silêncio, entretanto, só serviu para criar um vácuo no qual a desinformação tem se derramado. Muitos se voltaram para as mídias sociais a fim de obter respostas, e o tweet final de Alice simplesmente dizia: "Diga Olá, Acene Adeus", interpretado como uma referência à letra da recente regravação feita pelos The Hoosiers do clássico do Soft Cell dos anos 1980.

Se eu fosse um sujeito cínico, poderia concluir que o motivo para o silêncio se origina não só no respeito pela família Salmon, mas também no remorso pelo próprio comportamento. Não é de admirar que tenham se esquivado dos holofotes. Eu teria vergonha se fosse elas.

Estas mulheres (vi textos se referindo a elas como "meninas", mas elas não o são, minha cara metade já tinha dois filhos nessa idade) são o produto da irresponsabilidade, da busca por gratificação, da bebida em excesso da "geração eu". Na verdade, Alice foi vítima disso. Todos nós temos alguma responsabilidade.

Já tornamos o ato de dirigir bêbado algo socialmente inaceitável. Tornamos os hooligans do futebol socialmente inaceitáveis. Agora devemos tornar a bebedeira em excesso socialmente inaceitável. Vamos acabar com a cultura que faz vista grossa para os baderneiros, sejam homens ou mulheres, trombando rudemente pelas ruas, brigando, vomitando e pulando de um empório de bebidas baratas para outro.

Se algum bem pode vir desta terrível tragédia, é que podemos ficar menos dispostos a deixar nossas cidades serem usadas como playgrounds mortais de finais de semana.

Comentários deixados no artigo acima:

Verdade, cara, como se pode "perder" alguém? Ela não era um chaveiro ou um celular. O que elas fizeram foi como dar as costas para uma criança de colo — é definitivamente errado.

Monkey Blues

Esse voto de silêncio é meio esquisito. Se eu fosse elas, trataria logo de falar tudo para garantir que ninguém ficasse me acusando.

Sóeu

Que parte da palavra "luto" vocês sanguessugas não compreendem?

Feito em Bridlington

Hoosiers meu cu, a cover do David Gray para essa música é mil vezes melhor.

Poderoso Mike

Isso sim é a vida imitando a arte... Li uma matéria que o livro favorito da Alice era *A história secreta*. Bom, nele, um grupo de estudantes de uma faculdade americana de prestígio fica foragido depois de uma morte.

Hazel

Você não ficaria quieto se o seu melhor amigo tivesse empacotado? É a única maneira que elas têm de honrar a memória dela. Estaríamos as atacando com vontade se estivessem se jogando na frente das câmeras, e, além do mais, é tão fácil se comprometer sem querer. Isto não é um maldito circo!!!

Coletor de lixo

Fiquei comovido com a declaração delas. Eles foram detonadas pelo texto ser seco demais e pelo fato do advogado ter lido no lugar de uma delas, mas eu não teria sido capaz de enfrentar as câmeras apenas 24 horas depois da minha melhor amiga ter morrido.

EmF

Carta enviada pelo Professor Jeremy Cooke, 19 de julho de 2012

Caro Larry,

Para constar, eu insisti no Dr. Richard Carter.

— Você claramente aprecia a companhia das mulheres — foi como ele abriu uma sessão —, mas vamos explorar como ela, Liz, fez você se sentir.

Eu me senti sendo arrastado do estágio de somente bloquear e reagir a este sujeito — éramos como dois boxeadores peso galo míopes e fora de forma — para um que poderia ser descrito como honesto.

— Vivo — respondi. — Transcendente, primitivo, glorioso. Como um canalha. Como um homem.

— Como *elas* se sentem, Jeremy?

Em nossas primeiras conversas, eu teria respondido com um rancoroso "você nunca vai saber", mas disse:

— Como se fossem outra pessoa.

— Isso é bom?

— Richard, sou um acadêmico de classe média alta, praticamente de meia-idade, branco, anglo-saxão. Minha existência é baseada na convenção, meu trabalho exige racionalidade e diligência. "Meticuloso" era como os professores me descreviam na escola. A "outra pessoa" não têm de obedecer às regras normais; ela pode rasgar as roupas de um estranho.

Tinha perdido seis quilos depois que Fliss me deixou e já não tinha muitos quilos de sobra. Ela voltara para a casa dos pais em Lincoln. Todo mundo está fazendo isso agora, uma prática que se enraizou nos anos 2000, voltar para o ninho como filhotes de cuco, porque os empréstimos estudantis deixaram todos falidos ou porque os preços dos imóveis ficaram altos demais; mas isso trazia o inconfundível aspecto de fracasso: era uma inversão da ordem natural voltar para a casa dos pais. Inevitavelmente, sobrancelhas se ergueram no campus. Não que a ausência da minha esposa tenha ficado no topo da lista de fofocas por muito tempo: foi relegada pela revelação bem mais sísmica de que Elizabeth Mullens tentou se matar. Liguei para a casa dos meus sogros todos os dias, mas eles se recusavam a me deixar conversar com a minha esposa. Também liguei para o alojamento de Liz em uma tentativa de saber sobre a condição *dela*, mas tudo que consegui foi falar com uma senhoria de má vontade que não apreciava ligações após as nove da noite e se queixava do aluguel atrasado.

— Você é fã dos Rolling Stones? — perguntou Richard Carter.

— Conheço as músicas.

— Mick Jagger escreveu uma canção chamada "You Can't Always Get What You Want". Pode ser que ele tenha razão.

Retruquei:

— Humanos não são construídos dessa forma.

— Discordo. Somos capazes de imensas demonstrações de desprendimento, muitas vezes acompanhadas de grande sacrifício pessoal.

— Somos seletivos com nosso altruísmo. Ele tem alvos; tipicamente pessoas próximas, em uma tentativa direta de garantir reciprocidade.

— Nem sempre. Tenho um débito automático ativado para uma instituição de caridade que escava poços artesianos no leste de Uganda; como isso me beneficia?

— Pode permitir que você durma à noite, ou que ressalte esse fato para mim, potencialmente o ajudando a executar seu trabalho com mais eficiência.

— Esse é um prognóstico fenomenalmente desolador — disse ele. — Altruísmo pode ser puro. Há aranhas fêmeas que deixam seus filhos comê-las para melhorar suas chances de sobrevivência. Da mesma forma, há machos que permitem que as fêmeas os devorem depois de terem acasalado. Relações bem unilaterais, não concorda?

— Bem típico das mulheres, essas malditas. — Perguntei-me se Liz tinha ouvido sobre as aranhas; ficaria fascinada.

— Mas não estamos falando de animais ou de evolução — disse ele —, estamos falando de você.

— Então *estamos* falando precisamente de animais e evolução.

Não consigo lembrar se expus a saga completa naquela época, Larry, mas fui convocado diante de uma "banca" acadêmica; um maldito tribunal farsesco, onde me interrogaram (o curativo na minha testa, as roupas amarrotadas) e graciosamente me informaram que se eu cooperasse para prevenir que esta "questão" alcançasse a imprensa, eles considerariam tudo de modo mais favorável. Ainda tinha muito a oferecer. "Algo" em vez de "muito" pode ter sido a palavra que usaram; é difícil me lembrar de especificidades.

— A razão de ter buscado um relacionamento extraconjugal poderia ser uma consequência à falta de filhos? — perguntou Richard.

Fliss e eu não tínhamos abandonado por completo nossas ambições de paternidade antes do meu flerte com Liz vir à tona, mas cada vez mais se tornava algo hipotético: como o IRA abandonando seus ataques com bombas ou eu alcançando um grande avanço no trabalho em que estava envolvido (basicamente algo derivativo de Chomsky). Liz, entretanto, estava desesperada para se casar e ter uma família — eram os anos 1980, as mulheres ainda agiam assim. Ela poderia desfiar exemplos de animais que mantinham um só parceiro a vida inteira — um tipo de antílope, urubus-de-cabeça-preta, grous-canadenses, uma espécie de peixe chamado ciclídeo zebra —, mas continuava fazendo péssimas escolhas e, francamente, eu era a pior.

— Você se sente responsável pelo que Liz fez? — perguntou Richard.

Ela tentou se enforcar em uma viga sobre a mesa principal do refeitório. Uma sala fascinante, aquela. Teto de pé direito alto, janelas de luz plúmbea, vigas de um velho navio de guerra Tudor. Um faxineiro apareceu para buscar um tonel de lustrador de pisos e a encontrou pendurada, bêbada, com as belas pernas longas de aranha esticadas sob ela, já quase sem movimento.

— Não posso me eximir de culpa. — Desejei rastejar de volta para o meu escritório, onde conhecia todas as regras. Imaginei-me imergindo na correção de provas, como quem se deixa colapsar em uma cama macia. — Já leu Tolstoi, Richard? Sua alegação era que as famílias felizes são todas iguais enquanto as infelizes são infelizes à sua própria maneira, mas ele estava errado. A infelicidade é esmagadoramente previsível. É checar se os bolsos estão vazios antes de colocar as calças no cesto de roupa suja, é tomar banho para se livrar de um perfume desconhecido antes de se enfiar no leito conjugal, são rostos familiares contorcidos em formas desconhecidas pela dor e bebida. A felicidade é que é algo único. As minúcias de duas vidas passadas juntas: a morna e imprecisa mecânica de uma relação monogâmica.

— Mas você dormiu com outra mulher.

— Sim, porque a luxúria é uma droga; vicia nosso cérebro.

— A dor que você inevitavelmente infligiria não passou pela sua cabeça?

— Eu conseguia antecipá-la e racionalizá-la, conseguia arriscar um palpite sobre sua magnitude, mas não conseguia *senti-la*. Isso faz de mim um psicopata?

Naquela noite em que ela me confrontou na cozinha, Fliss exigiu que eu explicasse o que aquela *piranha* da Elizabeth tinha que ela não tinha, e quando respondi que não era assim, ela disse:

— Me sinto tão desapontada, tão estúpida.

— Qual é a visão da sua esposa, agora que os dois estão a par de tudo? — perguntou Richard.

— Ela está em Lincoln.

— Ah, ainda em Lincoln. Bela catedral — disse ele. — Muito subestimada.

Eu viria a me acostumar com essas mudanças de direção. Era uma artimanha que meu comentarista político favorito, Robin Day, estava acostumado a usar: um catecismo aleatório.

— Ela provavelmente ficaria contente por eu estar vindo a estas sessões — falei. — Sempre me considerou esforçado. Coitada, dizia isso como um elogio, mas o rótulo me irrita. Esforçados escavam estradas e embalam coisas nas linhas de montagem. É originalidade que procuro.

— Pessoalmente, prefiro felicidade a originalidade — declarou meu psiquiatra. — Escolheria a ausência de dor.

— Ausência de dor e felicidade não são sinônimos. A primeira é apenas isso: a realização das partes mais baixas do triângulo de Maslow.

— Não zombe — disse ele, olhando o relógio —, milhões de pessoas matariam por isso.

Excerto do diário de Alice Salmon, 3 de setembro de 2011, 25 anos

— Nós devíamos procurar um lugar — disse Luke.

Viajar muitas vezes faz a conversa adentrar territórios fora do padrão; era como se sob a superfície houvesse um ligeiro reequilíbrio da nossa relação. Foi só depois de Malta, já com seis meses de namoro, que ele revelou que raramente via seus pais.

— O que quero dizer é — acrescentou — que gostaria de viver com você, e espero que você também.

— Luke, é uma ótima ideia. Não estava esperando que você sugerisse, só isso; pelo menos não hoje.

— Precisaríamos economizar por alguns meses, mas poderíamos conseguir um lugar semidecente.

— Onde?

Ele espetou uma das batatas com o garfo e a jogou para uma gaivota.

— Se isso fosse um filme, seria agora que a música melosa entraria e eu diria: "Não importa, desde que estejamos juntos." Mas não vou morar em Stockwell!

— Ou New Cross.

— Na verdade, gostaria de sair de Londres — disse. Havia uma nova urgência nele; como se tivesse guardado aquilo e agora não pudesse mais conter. — É hora de você se estabelecer. Já está com 25, afinal!

— Com licença — falei. — Aaaarrrrgghhh!

A gaivota voou, fez um círculo no ar e pousou sobre os trilhos enferrujados na nossa frente. Luke pôs a mão no bolso, e uma ideia maluca de que ele poderia estar prestes a me pedir em casamento passou pela minha cabeça, mas ele puxou o maço de cigarros. Acendeu um e soprou a fumaça, que passeou pela luz brilhante da costa.

— Na verdade, poderíamos ir para qualquer lugar — disse ele de um jeito meio bobo, jeito de menino. — *Carpe diem* e tal.

— *Ir pescar?* — brinquei, citando uma das frases favoritas dele, da série *The Inbetweeners*. Na semana passada mesmo ele brincou dizendo que um dos seus pré-requisitos para escolher um apartamento era que tivesse espaço suficiente para a sua coleção de DVD, o que mostra que ele já devia ter essa conversa de se mudar em mente. Devia estar pensando nisso quando nos encontramos na estação de Victoria ontem, e também quando voltou do carrinho de buffet com meu latte pequeno desnatado e seu chá, e quando disse, em Faversham, depois que finalmente saquei para onde estávamos indo, "Barbados não é nada perto das areias brancas de Margate".

— É OK para você aqui, não é? — perguntou. — Quase escolhi Paris, mas aqui parecia mais a sua cara.

— Luke, é perfeito. — E era, sim. O glamour desbotado, a falta de ostentação, a diversão despretensiosa; adorei.

— De qualquer forma, não poderia levá-la a Paris porque você já teve um fim de semana safado lá antes!

Lembrei do hotel, onde um porteiro — "o babaca de chapéu", como Ben o tinha apelidado — se referira a mim como "madame" e de como brindamos sobre uma tigela de *moules marinière* e ele disse "A nós, Lissa", e eu podia ter chorado. Bela droga de visita à Cidade Luz.

— Podemos deixar Paris para depois — disse Luke.

Aquilo me deu um arrepio morno: nós, deixando coisas para mais tarde, tendo ainda coisas a fazer.

— Margate costumava ter um cais vitoriano — disse ele. — Um de Eugenius Birch. Disse o arquiteto frustrado!

Doía em mim que ele pudesse ter arrependimentos, porque 27 anos pode parecer muito, mas é cedo demais para arrependimentos. Eu não queria que esse homem tivesse arrependimentos, jamais.

— Podemos fazer qualquer coisa — disse ele. — Somos eu e você; nós contra o mundo. Seremos irrefreáveis, Al.

Eu me inclinei e beijei meu namorado.

— Por que o beijo?

— Por me trazer aqui, por ser você. — *Conte-lhe tudo sobre si mesma.* As noites nas quais você não conseguia dormir, a delícia desastrosa daquele relacionamento com Ben, como você se sentia perpetuamente *fina* (não magra, quem dera!) e insignificante, até mesmo o dia no banheiro quando você deixou a dor sair; *conte a ele.* Deixe que este homem maravilhoso escute isso de você. A maré estava baixa, mas quando ela chegasse ao topo da praia você já teria contado a ele e, quando ela se afastasse, levaria toda aquela porcaria para o mar, lavando tudo. Então vocês poderiam seguir em frente juntos.

— Qual é a coisa que você mais gostaria de mudar em si mesma? — perguntou ele.

— Nesse instante, nada; porque se o fizesse, poderíamos não estar aqui. Talvez fosse *agora* que a música melosa devesse tocar!

Ele baixou a cabeça. Estava emocionado. Luke estava realmente chorando.

— Eu te amo, Al Salmon — disse ele.

— Eu também te amo — respondi.

Ele levou alguns meses para dizer isso, mas deixei escapar após cinco semanas, provavelmente muito cedo.

— E você? — perguntei. — O que mudaria se tivesse uma varinha de condão?

— Eu *tenho* uma — disse ele, sorrindo e olhando para baixo.

Depois de ter sido sério, ele precisava relaxar; era palpável, a tensão se esvaindo dele. Estava em modo pub.

— Você não vai escapar dessa tão facilmente — insisti. — Vamos lá, o quê?

— Teria conhecido você quando era mais novo.

— Boa resposta!

— Antes de termos tantos problemas.

— Fale por você mesmo!

— Há outras coisas também.

Um garoto passou zunindo ao longo do promontório em uma *scooter*, divertindo-se *horrores*, então a conversa voltou para "o apartamento" e os respectivos méritos de Streatham ou Clerkenwell. Eu recuperaria a panela elétrica e as fotos que deixara na casa dos meus pais, desembalaria as caixas de livros no nosso sótão, talvez até tirasse a poeira do troféu de "melhor novata" que ganhara no trabalho e o colocaria sobre a lareira — imagina isso, uma *lareira*. Amigos o pegariam e o examinariam quando viessem para um jantar. Ele provocaria conversas: piadas sobre seu peso, como você poderia causar dano grave a alguém com ele, discussões sobre crime e política se desenrolando durante a salada grega ou o mousse de chocolate branco com maracujá que teria aprendido no programa da Nigella.

— Sabe o que mais gosto em você? — perguntei.

— Minha aparência irresistível? Minha personalidade encantadora? Minha inteligência argumentativa?

— É como você é um bom ouvinte. Alguém já te disse isso antes?

— Provavelmente. Mas eu não devia estar ouvindo!

Ele ficaria bêbado de noite. Dava para saber. Suas respostas, o jeito como jogava pedaços de batatas para as gaivotas, até mesmo o jeito de fumar. E seria bom — nós dois escondidos em um pub em uma cidade afastada. Havia um aspecto ilícito em estarmos aqui. Longe de Londres, das meninas, escondidos. Moraríamos juntos. Já podia ouvir a conversa que teria com Meg. Nós nos abraçaríamos e ela daria força. "Não vou perder você, vou?", ela mandou em uma mensagem de texto aleatória mais cedo, quando mencionei que Luke tinha me levado para viajar em um fim de semana surpresa. "Você é como uma irmã para mim".

Luke acendeu outro cigarro, deu-me um e disse:

— Quando você falou em parar, quis dizer depois que terminar este maço, obviamente.

Esta é a minha vida, pensei. *Aqui é onde minha vida está acontecendo*. Em uma cidade costeira, onde a cor dos seixos me faz desejar saber pintar, em trens raquíticos que partem da plataforma 2 em Victoria com condutores que ainda desejam "boa noite", com um homem chamado Luke Stuart Addison que, ao brincarmos sobre andar no carrossel, admitiu que já havia atingido a marca dos 82 quilos, o que me levou a insistir em uma proibição imediata de curry nos dias úteis. Finalmente, *finalmente*, parecia suficiente.

— Isso tudo soa muito adulto — falei. — Preciso de vinho.

— Hora da cerveja — disse Luke.

Caminhando de volta para o hotel, pensei: *Isto é* nosso *agora, também*. Margate. Até mesmo o minimercado onde compramos Fanta. Eu os adicionaria ao "nosso" que já tínhamos: como nosso restaurante favorito era o Thai House, na Balham High Street; como nossa quinta-feira ideal era um filme no Clapham Picturehouse; como nosso local de shows favorito era a Brixton Academy. Me senti mais centrada do que em muitos anos: um equilíbrio. Normalmente evitava o corolário (que é definitivamente a minha palavra para hoje) de que Luke me fazia feliz, porque nenhuma de nós precisa de um homem para isso, certo? Mas era inevitável: estava mais feliz desde que o conheci.

E agora ele saiu para comprar cigarros. Nosso último, *último* maço. Estranho pensar que uma vez esperei por outro homem em outro hotel, enquanto *ele* saía para comprar cigarros. Tive uma visão daquela velhinha querida e adorável, Queenie, na montanha-russa no Thorpe Park: agarrando-se com força com as mãos manchadas por causa dos problemas de fígado, seu rosto enrugado empurrado para trás pela força-G, sua boca sem dentes exalando gritos estridentes de terror e alegria. Espero que ela consiga chegar até lá. "Traduzo o mundo em palavras", eu disse a ela. E quanto à minha palavra para este dia? Dane-se "corolário", essa é dos velhos tempos, uma que eu teria escolhido aos 18 anos quando procurava pretensiosamente algo erudito ou com muitas sílabas. Às vezes o mais simples expressa mais coisas. Como "namorado", "confiança" ou "compromisso". Ou mesmo "amor".

Sim, essa vai servir muito bem. *Amor.*

Post de blog por Megan Parker, 7 de abril de 2012, 11:20

Ai meu Deus, acabei de ler na Internet que Luke foi detido pela polícia. Não consigo acreditar; ele foi levado para uma delegacia em Southampton. Parece que podem abrir acusação contra ele. Não há nada no site da polícia, nenhuma declaração, mas o Twitter está pegando fogo.

Sabia que tinha alguma coisa nele. Tentei dizer isso pra Alice uma vez, mas ela não quis ouvir. Era sempre tão teimosa quando se tratava de homens — ficava cega para os defeitos deles. Chegou a brigar comigo e me acusar de estar com inveja.

Sério, eu tinha pensado em postar no blog sobre minhas suspeitas de que ele podia ter feito algo bizarro, mas Jeremy disse que eu precisava ter cuidado com o que colocava aqui e achou que eu poderia ter problemas se começasse a espalhar acusações por aí, mas, puta merda, *Luke?!*

Dava pra ver, pela forma como ele agia perto da Alice. Era ciumento, e era melhor não deixá-lo irritado — o cara é grande como uma porta de celeiro. Alice me contou que ele gritou com ela uma vez, e testemunhei uma ocasião em que ficou agressivo em um pub — sim, era bobagem, mas ele tinha essa tendência. Surgira havia pouco tempo, mas tentava me colocar de lado, como se eu fosse algo periférico e tardio; ela era minha melhor amiga, não dele.

Jesus, não posso acreditar nisso. Ofereci à polícia uma segunda declaração depois que o jornal publicou a história sobre as flores mortas, mas eles não pareceram tão interessados. A policial simpática me escutou, mas quando você está mega-chateada as coisas saem errado, então você começa a duvidar de si mesma e isso te faz parecer duplamente implausível. Ela provavelmente me rotulou como "emotiva". É claro que estou emotiva, quem não estaria se sua melhor amiga tivesse morrido? É como se metade de *mim* tivesse morrido.

Digo "morrido" e não "sido morta", porque era nesse pé que estávamos. Se um dos vermes que ela ajudou a prender não foi o responsável e ela não fez isso por conta própria, então tínhamos todos chegado à conclusão de que fora um acidente terrível; mas por que eles estão agora falando com Luke? Jesus, LUKE. A polícia não detém alguém sem razão, e ele estava furioso porque Alice terminou com ele. Ela disse que ele ficou completamente arrasado e se comportou como louco. Seus olhos, ela disse, estavam selvagens. Se ele realmente a amava, como podia explicar Praga? Sabe, Alice e eu trocávamos confidências; garotas fazem isso, melhores amigas. Quanto ódio você precisa ter no seu coração para enganar alguém tão confiante quanto Alice?

Nada é tão simples quanto parece, Jeremy acha, mas muitas vezes ele fala em enigmas e responde perguntas reais com respostas teóricas. "Um homem não está morto enquanto seu nome é falado", fica dizendo, convenientemente omitindo mencionar que é uma frase do Terry Pratchett. É como se esperasse que eu pensasse que foi autoria *dele*.

Ele diz que eu deveria ter cuidado ao blogar, que posso inadvertidamente passar uma impressão distorcida, mas aquela entrevista que dei pra TV acabou sendo ruim. Nem *parecia* eu mesma. Alguém postou pedaços de frases que eu disse no mural da Alice no Facebook, e um repórter de jornal local então reciclou esses trechos (nem mesmo com precisão, mas a essa altura eu já não estava me importando, porque o clipe que saiu na televisão já não era representativo do que eu disse) e os atribuiu a Megan "Harker", o que levou mais pessoas a mergulhar de cabeça no Facebook e tagarelar sobre os comentários que eu supostamente tinha dado ao jornal.

A questão é: quando você perde alguém próximo, fica meio paranoica, desconfiada de todo mundo. Vou ser honesta, mesmo Jeremy está começando a me assustar um pouco. A maneira como ele se refere à esposa, como se ela fosse de espécie inferior. De jeito nenhum eu deixaria um homem falar de mim daquele jeito, e Alice cem por cento não deixaria; ela teria dito ao chauvinista que estamos em 2012, não na porra da Idade da Pedra.

Então outra noite ele me convidou para catalogar mais "colaborações" e conhecer sua esposa, só que ela não estava lá, então ele abriu uma garrafa de vinho, um tinto chileno que descreveu como um pouco forte, e conversamos sobre minhas opções para voltar para a faculdade. Ele prometeu me escrever uma referência, embora só tenha me conhecido há pouco tempo. Tenho uma vantagem especial, diz ele, por causa de Alice. Como fiquei um pouco bêbada, acabei passando a noite lá.

Acabei de ver no Twitter que o motivo de terem levado Luke foi porque ele estava em Southampton na noite em que Alice morreu. Puta merda, isso contradiz totalmente a história anterior dele. Um advogado no Twitter acha que eles podem mantê-lo preso por 24 horas sem prestar queixas — mas que devem seguir em frente nisso, fazer o serviço completo, dar uma busca no apartamento dele e tudo.

Onde há fumaça, há fogo, costumam dizer.

Melhor ligar pra mãe da Alice. Justo quando você pensa que não pode ficar pior...

Ela até tem sua própria hashtag. É isso o que esse caso virou, ao que minha melhor amiga foi reduzida? #alicesalmon

Comentário deixado no post acima:

Megan, só posso pedir desculpas se você já teve motivos para se sentir desconfortável na minha companhia. Fliss e eu gostaríamos muito que você aparecesse para um jantar no fim de semana — uma oportunidade perfeita para vocês duas se conhecerem. Você tem meu celular — ligue e podemos combinar.

Jeremy "Surfista Prateado" Cooke

Mensagem de voz deixada por Alice Salmon para Megan Parker, 4 de fevereiro de 2012, 20:43

Cadê você, Parker? Espero esteja com sua calça de Bridget Jones... deve estar gelaaaaado nas colinas. Tenho uma confissão boba... OK, uma baita confissão boba, mas você vai surtar, por isso só vou contar se me ligar. Meg, quando passar o mesmo período de tempo desde o final do segundo ano de novo, vamos estar com 30 anos! *Posso* ter feito algo que não fazia há milênios, o que *talvez* tenha envolvido uma leve cheirada. Só um teco, como dizem. Não me odeie, Meg, não por causa de uma noitada. Eu precisava. Preciso *tanto* ficar longe disso tudo. Estou tentando não pensar naquele e-mail da mamãe. Desça da sua colina e me ligue nesse instante, Parker Larker!

Fórum online Southampton StudentNet, 7 de abril de 2012

Assunto: Prisão

Vi que o namorado da Alice Salmon foi preso. Sempre achei que tinha alguma coisa esquisita nele.

Postado por ExtremeGamer, 13:20

Tipo, achou por quê, exatamente? Você era amigo dele, ExtremeGamer, ou isso é só mais uma das suas teorias malucas?

Postado por Su, 13:26

Fatos falam por si mesmos. Foi preso.

Postado por ExtremeGamer, 13:33

De acordo com o Bookface, ele tava na Universidade de Liverpool entre 2003 e 2006. Deve ser meio cabeção, porque se formou em primeiro lugar e foi contratado por uma empresa grande de construção em um esquema de pós-graduação.

Postado por Graeme, 13:56

Ele já fez bem em chegar à universidade — frequentou uma escola bem merda.

Postado por Lex, 14:14

Tinha um cara no meu secundário, provavelmente o garoto mais inteligente da escola, mas gostava de uma confusão nas noites de sexta, como todo mundo. Ser inteligente não significa que o cara não fale com os punhos.

Postado por Baz o piloto, 14:28

Li um "perfil" dele num jornal... Seus pais se separaram quando ele tinha 8 anos. Eles citavam algum psiquiatra que explicou que emoções reprimidas por causa dessas merdas podem se manifestar décadas mais tarde em forma de misoginia.

Postado por Fi, 14:41

Bem vinda de volta, Fi! Por que tudo se resume a misoginia na sua cabeça? Ou esse é um comentário misógino? Não poderia ser simplesmente uma pessoa que perdeu a paciência com a outra e a afogou?

Postado por Tom, 14:46

Peraí, você tá colocando o carro na frente dos bois de novo. Todo dia alguém vai preso e não é acusado. São as autoridades dizendo que tem informações suficientes para nos deixar ansiosos para descobrir mais.

Postado por Jacko, 14:54

Ainda convencida de que ela mesma pulou.

Postado por A Outra Katniss, 14:54

Sim, boa, Kat — 2012 é um ano bissexto!!!!

Postado por Smithy, 15:02

Jogador de rúgbi promissor quando era mais novo, pelo que ouvi. Fez um teste quando tava na escola para entrar para os Harlequins, mas machucou o joelho, colocando fim nessa história.

Postado por Phil, 15:20

Falando sério, vocês viram fotos dele? Bom, ALÔ!

Postado por Christi 15:31

Ele vai pagar fiança?

Postado por Jane Nada Comum, 15:49

Depende. A polícia tem 24 horas pra formalizar uma acusação ou o soltar. Eles podem obter uma extensão, mas não é fácil. Tava assistindo um programa de TV onde fizeram isso por 96 horas, mas precisaram da permissão de um magistrado.

Postado por ArtConnoisseur, 15:50

Mais uma vez me vejo obrigado a informá-los de que terei que fechar este tópico daqui em diante. Devo lembrar a todos os participantes de que se trata de uma investigação policial "em andamento", portanto, comentar sobre ela pode ser potencial e legalmente prejudicial.

Postado por Administrador do Fórum StudentNet, 16:26

Mas ninguém na verdade falou o nome dele, se você se deu ao trabalho de ler o tópico, então você tá errado.

Postado por Saco de Cevada, 16:26

E-mail enviado pelo Professor Jeremy Cooke, 23 de julho de 2012

De: jfhcooke@gmail.com
Para: Elizabeth_salmon101@hotmail.com
Assunto: Me conte

Minha cara Liz,

Ia te mandar um e-mail para que você soubesse por mim, mas tudo aconteceu muito rápido. Aquele bilhete era — é — de fato atribuível a mim. Minha escrita sempre foi garranchuda.

Você pode não acreditar, mas quando iniciei minha pesquisa sobre Alice, mal me lembrei do bilhete. Estava bem confuso em 2004. Então Alice chegou, e ela me lembrou tanto de todas as emoções que eu tinha tentado — e em grande parte conseguido — subjugar. *Você*, basicamente. Descobrir quem ela era foi como se um pedaço do meu passado — um pedaço de mim — voltasse à vida. Uma vez eu a convidei para uma festa com drinques, a festança anual de antropologia.

— Isso soa muito divertido — brincou ela. — Não vai ter só o pessoal acadêmico?

— Você tem permissão especial porque sua mãe trabalhava aqui.

Ela hesitou.

— Vai ser open bar — informei a ela e este foi o argumento decisivo.

— Vocês realmente sabem como descontrair — disse ela, observando--nos perambular por ali como cadáveres requentados. — Cadê a música? Cadê a *bebida*?

Três horas depois, estávamos no meu escritório. Ela puxou um baseado do bolso, nós fumamos, e aquilo me lembrou do que eu frequentemente achava que meus dias de universidade me lembrariam. Ela disse que se sentia tonta, sentou no meu colo, e eu disse:

— Não, não.

Mais tarde, adormeceu no sofá, e estendi meu suéter sobre ela, comecei a ajeitá-lo em sua volta, mas ela colocou os braços em volta do meu pescoço.

— Cheiro bom — disse.

Não tinha a intenção de fazer o que fiz em seguida — você precisa acreditar em mim, Liz —, mas minha mão tocou seus cabelos e foi como um choque elétrico: um choque de você correndo para dentro de mim.

Estou bêbado, Liz. Não que seja aparente. Nem isso sei fazer bem: ficar bêbado. Veja este e-mail: até a porcaria da pontuação está certa. Vou preparar mais um drinque. O professor lascivo vai ficar trocando as pernas. Um bêbado sóbrio. Isso, sim, é um oximoro. Veja só, um *oximoro*. Sou pretensioso até quando estou embriagado.

Fliss sabe tudo sobre o nosso caso. Descobrir o que fiz com Alice vai partir seu coração, mas devo a verdade a ela. Não devemos morrer com segredos e, francamente, eles estão me afogando. Gostaria de ter descoberto isso mais cedo: que eles corroem a alma.

Você muitas vezes costumava se referir ao aqui e agora, Liz — bem, o problema com isso é que é tão efêmero. Quem teria imaginado, hein? A palavra com C. Um enorme tumor desgraçado, que é suficientemente raro para que sua evolução seja impermeável às previsões. Não vai acabar comigo de imediato, mas é questionável se me tornarei um septuagenário. Desculpe se isso é desagradável, mas a doença, como a idade, faz isso: nos deixa menos empáticos e mais imunes à vergonha.

Você poderia encontrar espaço no seu coração para não me detestar completamente? A Liz com quem compartilhei parte da minha vida faria isso. Aquela com quem estive na praia de Chesil, que gritou de alegria com os Ticianos e Caravaggios na National Gallery, que — aos vinte e poucos anos, mas ainda uma menina — sorriu quando soube que o pelo nos chifres de um cervo era chamado de "veludo". Compreensão e perdão: isso é praticamente tudo o que há. E justiça.

Não devemos ter vergonha de nós; não devemos apagar a nossa história. Tivemos um relacionamento, dormimos juntos, trepamos. Nós importamos.

Está chovendo. Eu poderia dormir aqui esta noite. Não seria sem precedentes para eu acordar entre o caos da papelada, com meu telefone bipando com as chamadas não atendidas de Fliss. Já causei tantas preocupações àquela mulher. Tenho sido um homem tão egoísta, mas não deveria ser a forma como nos comportamos normalmente o que dita como somos julgados? A pessoa que somos dia após dia, a longo prazo, em vez do melhor ou pior que fizemos. Isso não seria um barômetro mais justo da vida que você levou, da pessoa que você é?

Quando acordar, tudo poderá estar melhor. Diga-me que estará. Diga-me que vou dormir. Diga-me que não ficarei olhando para as paredes durante a noite, concentrando-me em não gritar, ou abraçando meus livros, ou escrevendo no vapor condensado do vidro da janela: JFHC RIP. Diga-me que acordarei e estarei com 9 anos de novo. Nove, digamos, ou 14 ou mesmo 35. Levaria a surra de cinto do meu pai, aquele velho desgraçado e mau, as provocações no pátio da escola, a melancolia crescente das visitas de Fliss ao hospital e aquelas conversas cada vez mais hipotéticas sobre nomes, creches e escolas, ou o desespero esvaziado da meia-idade. Aceitaria tudo isso para não ser um homem que sente o negro fim pressionando-me para baixo.

Deixe-me dormir um sono bom. Deixe-me passar. Deixe-me ir suavemente.

Foi tranquilo para você quando quase seguiu noite adentro? Naquele dia no refeitório, as vigas negras dos navios de guerra de Tudor sobre sua cabeça, a mesa gasta pelo atrito de gerações de cotovelos de acadêmicos muito abaixo de seus pés. Você deve ter se sentido tão completamente só.

Vi um psiquiatra depois que nos separamos, e ele gostava de um epigrama em particular: a dor precisa ir para algum lugar. A minha agora vai para você. É injusto, mas o que se pode fazer? Para onde ela vai depois disso cabe a você. Estou cansado demais para me importar. Esta não é uma reviravolta digna de livro? O homem que guardava zelosamente seu próprio processo decisório, colocando seu destino nas mãos de outrem.

Tenha piedade de mim. Atire-me aos leões. A escolha é sua.

Ela ficará bem depois que me for, Fliss; apenas *sei* que ficará. Ela me deixará orgulhoso. Gostaria de poder dizer o mesmo de mim.

Boa noite. Durma bem. Não deixe a cuca te pegar. Isso é o que eu diria aos meus filhos se eles existissem.

Sinto muito.
Amor, Jem

Declaração feita pela Polícia de Hampshire, 7 de abril de 2012, 17:22

Um homem de 27 anos, preso sob suspeita de assassinato da ex-moradora em Southampton, foi libertado sem acusações.

A polícia confirmou que o homem foi libertado da custódia após interrogatório sobre morte de Alice Salmon no dia 5 de fevereiro.

A polícia realizou a prisão ontem depois que uma nova testemunha se apresentou em conexão com o caso, mas o homem do sul de Londres foi liberado esta tarde.

O Detetive Superintendente Simon Ranger diz: "Nossas investigações continuam focadas nas circunstâncias exatas em torno da morte de Alice. Um post-mortem concluiu que ela morreu por afogamento, mas estamos trabalhando sistematicamente para estabelecer seus últimos movimentos.

"Gostaria de agradecer à comunidade que têm ajudado até agora e reafirmar que continuamos dispostos a conversar com quem tenha visto Alice naquela noite ou testemunhado qualquer atividade perto do rio Dane."

O corpo de Alice Salmon foi descoberto às 07h15 GMT do dia 5 de fevereiro.

Se você tiver qualquer informação que possa ajudar na investigação, por favor entre em contato com a sala de incidentes ou ligue para os Disque-Denúncia anonimamente, no 0800 555111.

Excerto da transcrição do interrogatório na Central de Polícia de Southampton entre o Detetive Superintendente Simon Ranger, Detetive Julie Welbeck e Elizabeth Salmon, 5 de agosto de 2012, 17:45

ES: Você tem filhos?

SR: Sim, uma menina.

ES: De que idade?

SR: 7. Por quê?

ES: Porque eles crescem e você não pode protegê-los. Você faz o que pode para mantê-los no melhor caminho, mas tem que dar um passo para trás e vê-los partir. Não pode embrulhá-los em plástico bolha. Proteger ou as estragar; o que é que nós, pais, fazemos?

SR: Há uma razão específica para ter vindo hoje, Sra. Salmon? Não esperávamos vê-la.

ES: Vim para deixar flores na... na... perto do rio. A água devia estar tão fria.

SR: Presumo que também esteja disposta a partilhar alguma nova informação.

ES: Passaram-se seis meses. Onde estão minhas respostas?

SR: Imagino o quão doloroso isso tudo deve ser.

ES: Imagina? Duvido que imagine. Porque você vai terminar o seu turno, preencher a papelada — o que vai dizer sobre mim, que sou incoerente, instável, embriagada? — e vai colocar a sua filha na cama, e eu vou, eu vou... Não tenho a menor ideia do que vou fazer.

Entrevistada se levanta e anda em círculos pela sala... chora de novo...

ES: Não sou estúpida.

JW: Ninguém está sugerindo isso. Que tal pegarmos aquela xícara de chá para você agora?

ES: Chá, não, nada de chá. Ele a perseguia.

SR: Quem?

ES: O professor que está escrevendo o livro sobre Alice, ele a perseguia quando ela estava na universidade... Aproveitou-se dela, fez isso, um homem de meia-idade e uma caloura, 18 anos recém-completos, sua primeira vez longe de casa. Isso me deixa enjoada, a ideia dele a atraindo até seu covil, esperando até que ela estivesse bêbada e então atacando. Meu bebê, um cordeiro no matadouro. Tenho provas, recebi um e-mail de Cooke admitindo.

SR: Por favor, vá devagar, Sra. Salmon...

ES: Como um confessionário, talvez o catolicismo relapso daquela cobra tenha escapado. Foi no Natal de 2004: ele a levou para a sua choupana repugnante que chama de escritório e... *[Entrevistada balança-se para a frente e para trás em sua cadeira, chora, olha para cima]*... Você precisa prendê-lo!

SR: Não é tão simples assim.

ES: Mas tenho provas, a confissão dele, isso é *prova*.

SR: Entendo que seja doloroso...

ES: Nada é doloroso depois de ter perdido um filho. São apenas camadas de dormência.

JW: Sra. Salmon, você andou bebendo?

ES: O que é bebida? Outra camada de dormência. Água escorrendo do gelo. Não beberia, se fosse eu?

SR: Sim, sim, imagino que sim. Tem certeza de que não aceita um chá?

ES: Pare de me oferecer chá! De que adianta o chá? Alice está *morta*. O vigário disse: "Deus deve ter precisado de outro anjo", mas ela não era anjo de Deus para que ele a levasse, era minha. Vocês desistiram dela; se não fosse a mídia a mantendo no noticiário, vocês teriam parado completamente. O que dizem pode não estar sempre certo, mas pelo menos não se esqueceram dela.

SR: Deixe-me a assegurar de que nossas investigações têm sido extensas e ainda estamos mantendo a mente bem aberta.

ES: Esqueça a mente aberta — é Cooke quem você deve prender.

SR: Sua filha mencionou este suposto incidente para você — ou para qualquer um — na época?

ES: Nada de "suposto" nisso, e não, ela não mencionou, pelo menos não para mim. Reprimiu tudo. Se tivesse ficado sabendo, estaria no telefone com a polícia em milésimos de segundos... então faria eu mesma uma visita ao monstro, faria ele desejar nunca ter nascido.

Entrevistada abraça a si mesma, então chora...

ES: Tudo o que vocês fizeram foi sair numa perseguição sem sentido atrás de Luke — a coisa mais ridícula que já ouvi.

SR: Prender alguém por suspeita de assassinato não é um passo que damos sem pensar.

ES: Aquele menino amava a minha filha, e sempre vou amá-lo por isso. É Cooke quem vocês deveriam estar interrogando. *Alguém* a matou, e ele está claramente obcecado por ela — antes e agora.

SR: O que a faz ter tanta certeza?

ES: Não foi um acidente, e minha Alice certamente não teria, você sabe, feito isso com ela mesma — apareceu em um sonho, também.

JW: Este pode ser um bom momento para fazermos uma pausa por alguns minutos.

ES: Pobre menino, está arrasado e vocês o arrastam sobre as brasas.

SR: Com todo respeito, meu trabalho é revelar padrões.

ES: Padrões. *Padrões*? Toma um: a chuva na janela atrás de você. Alice teria gostado disso. Pegadas de animais na neve, bolhas na limonada, as listras no gato tigrado que ela tinha quando criança... ela o chamava de Gandalf. Adorava *O Senhor dos Anéis* muito antes de qualquer um desses filmes aparecer.

JW: Sra. Salmon, posso ver que está achando as coisas difíceis, e isso é compreensível. Tem ido ao seu médico?

ES: Fui... ele não pode ajudar.

SR: Você está tomando alguma medicação da qual devemos estar cientes, Sra. Salmon?

ES: Chama-se automedicação!

JW: Imagino que vá voltar para casa depois de sair daqui.

ES: Casa? Casa? É uma opção.

JW: Seu marido estará lá?

ES: Ele está fora...

Entrevistada chora.

ES: Esteja certo de que seus pecados vão encontrá-lo.

SR: Sra. Salmon?

ES: Fiz algo terrível. Alice viu um e-mail que Jem — quero dizer, Cooke — me enviou no dia em que ela morreu.

SR: Por que ele te enviou um e-mail?

ES: Ele está tentando colocar a casa em ordem antes de bater as botas, e nós uma vez tivemos um caso.

SR: O que o e-mail dizia? Como Alice reagiu a ele?

ES: Não nos falamos... Ela mandou um monte de mensagens de texto, sabe... disse que eu era nojenta, hipócrita, mentirosa, duas caras... Ela é tão parecida comigo, essa menina, a mil por hora. Você acredita em carma, Superintendente? Porque devo ter feito alguma coisa horrível em uma vida anterior.

JW: Você está bem? Quer fazer uma pausa?

ES: Estou tudo, menos bem. Estou tão longe de bem quanto já estive desde 1982. E se ele vier atrás de mim? Não tem nada a perder.

JW: Talvez devêssemos entrar em contato com o seu marido. Onde poderíamos encontrá-lo?

ES: Sei tanto quanto vocês. Espero que esse livro miserável o leve à falência. Cooke. O que é um livro, Superintendente? Não é nada. Papel, tinta, vaidade. Um milhão de páginas não valem a felicidade de uma só pessoa.

SR: Seu filho — Robert, não é? —, ele poderia vir buscá-la?

ES: Ele não faria isso. Sabe do que me chamou na semana passada? Bêbada! Sua própria mãe, encantador. Posso ficar aqui um pouco?

SR: Claro que pode ficar o tempo que precisar, mas haverá alguém para buscá-la mais tarde?

ES: O oficial de ligação poderá ir até minha casa? Não sei se confio em mim mesma para ficar sozinha hoje.

Post de blog por Megan Parker, 3 de agosto de 2012, 20:24

O que Cooke está fazendo é doentio. Ele me prometeu que seria um tributo, mas virou um assassinato de caráter. Não posso acreditar que cooperei com a violação de túmulos. Eu supostamente sou uma especialista em comunicação, PQP. Tinha as melhores intenções, mas a tristeza nublou a minha visão. Mas acabou; não quero ter mais nada a ver com ele e estou pedindo a todos os meus amigos e os de Alice para que façam o mesmo.

Ele é pior do que a imprensa marrom. Como se remexer no passado dela não fosse suficiente, agora está obcecado pelas suas últimas horas.

Chegou mesmo a declarar oficialmente que apoiava Luke, piedosamente afirmando que precisamos ter confiança nas autoridades, mas como você pode confiar nelas quando fica sabendo dessas falhas na justiça?

Para ser honesta, Cooke não é normal. Eu gostava dele no início, mas ele quer falar mais de mim do que de Alice, fica tagarelando sobre como eu deveria seguir meu sonho de voltar a estudar em tempo integral.

— Você com certeza teria uma vaga, especialmente se eu tiver uma palavra com alguém de influência — disse ele.

— Obrigado, mas não seria em Southampton — expliquei. — Fantasmas demais.

— Não estava me referindo necessariamente a este estabelecimento. Minha reputação pode não ser o que era, mas não sou atrozmente mal falado nos círculos acadêmicos. Não que você precise de uma referência minha. Você é inteligente, sensível, e tem experiência na indústria de forma que as instituições estariam verdadeiramente disputando entre si para colocar as mãos em você — se não fizerem isso, estarão redondamente enganadas!

Então, em uma outra noite — surpresa, surpresa, sua esposa *por acaso* estava fora —, ele atendeu um telefonema e aproveitei para dar uma bisbilhotada (Alice costumava dizer que a curiosidade era uma boa qualidade!) e, em uma de suas gavetas, havia esse arquivo de fotos. Não como as que vínhamos selecionando; eram outras, e, escondidas no meio delas — granuladas, como impressões de uma versão escaneada de velhas fotografias em papel —, era Alice ainda CRIANÇA em uma praia. Fiquei completamente perturbada, mas, como estava com medo de despertar suas suspeitas, tive que me sentar na sala de jantar com ele, com a imagem de Alice em um biquíni de bolinhas cor-de-rosa, pequenas boias nos braços, ardendo em minha mente, enquanto ele babava sobre as "fases do luto", como se recitasse um texto. É como se um pedaço daquele homem estivesse faltando. Cada fibra do meu corpo estava gritando: *Fuja*...

Ele falou sobre culpa, mas nem sei por onde começar. Culpa por não estar presente naquele fim de semana para cuidar dela, culpa por não ver suas mensagens de texto, suas mensagens de voz, culpa por não ser uma amiga melhor? E então (sempre discutíamos sobre poder começar uma frase com "e", mas ela era irredutível em afirmar que era correto... eu me lembro dela até quando uso parênteses, porque ela fazia muito isso) há a raiva. Raiva de como homens velhos guardam fotos dela quando criança em roupa de praia e de galanteadores como Luke que saem para beber de novo depois de mentirem para a polícia. Chloe e Lauren acham que eu não deveria ser tão severa com ele, mas por que não? Se deixar a raiva para lá, será como deixar Alice para lá.

Vou parar de blogar. Achei que, ao desabafar, estaria sendo fiel à memória de Alice, mas não é assim. Podemos precisar preencher as lacunas, mas alcançar uma sensação de conclusão para nós mesmos não vai trazê-la de volta. Essa preocupação lasciva com detalhes, essa compulsão em agarrar a lógica quando ela não necessariamente existe, não é assim que se demonstra respeito. As especificidades dos seus últimos momentos, isso é dela, não nosso... É o único segredo que restará a ela, pelo andar das coisas, especialmente se Cooke publicar seu livro horroroso.

A opinião pública parece se unir em torno da teoria de que

ela estava sozinha no fim, por isso acho que, além disso, os detalhes mais precisos são irrelevantes. Ignorem Cooke, ele é um depravado triste e desacreditado com fixação em intrigas e escândalos onde não existem. Aquele homem não tem emoção ou drama suficiente na própria vida, então busca isso de forma indireta. Se ela escorregou na lama ou tropeçou em uma raiz de árvore ou parou para olhar com espanto a escuridão cintilante e caiu. Mesmo que tenha decidido, em seu estado de embriaguez, que era, você sabe, hora de dormir, vamos deixá-la manter isso em privado, pelo menos. Seu mistério final. Adequado, de certa forma.

Ela tinha uma veia romântica, a nossa Alice, uma fraqueza por rosas vermelhas, heroínas condenadas, borrões de lágrimas na tinta das cartas de amor. (Alice Palace, agora minhas lágrimas estão caindo no teclado.) Por isso você, Alice, ficando alta e caindo em um rio... Se não tivesse morrido, seria hilário, uma história que contaríamos nas festas — o aniversário de Francesca é daqui a apenas quatro semanas; você vai perder, não é? Tão a *sua* cara, senhorita.

A morte é aleatória, e se você lutar contra isso, as perguntas deixam você louca.

— Haverá tantas perguntas sem respostas que poderíamos encher um livro — disse a mãe de Alice para mim durante uma das nossas muitas conversas chorosas de horas e horas no fim da noite.

Meninas bêbadas de fato caem em rios e se afogam.

Antes que deixe a melhor amiga que já tive dormir em paz, preciso deixar bem clara uma última coisa. Nosso elogiado e festejado acadêmico, que coleciona fotos de crianças em trajes de banho — vocês não devem acreditar em uma palavra do que ele diz no seu livro. Porque ele tem um objetivo; há mais nele do que parece: ele é um pervertido e me atacou. Quando dei uma desculpa e me levantei da mesa da sala de jantar, a mão dele me agarrou como um torno.

Publique e dane-se, hein, Lissa?

Comentários no post acima:

Tentei mandar e-mails e telefonar para você sem sucesso, por isso não me restou escolha a não ser deixar um comentário aqui. Posso entender que você está chateada, mas o que está fazendo são alegações extremamente sérias — e infundadas. Se não apagá-las em um prazo de 12 horas, vou procurar ajuda legal. Estou muito decepcionado com você, Megan.

Jeremy "Surfista Prateado" Cooke

"Procurar ajuda legal" — você não me assusta, Professor Cooke. Não serei intimidada por um valentão como você; Alice não iria querer isso. Tenho direito a ter uma opinião. Vou parar de postar, mas não porque seria conveniente para você, e o que já está aqui permanecerá vivo por respeito a Alice, o que, caso não tenham notado — você, Luke e o resto dos abutres —, é um privilégio que minha melhor amiga nunca teve.

Megan Parker

Megan, você está ficando completamente maluca. Não posso acreditar que tenha escrito isso sobre Jeremy. Ele é um cara de respeito, e o que você tem postado sobre mim é pura merda. Sim, fui levado para a delegacia, mas fui liberado, ou seja, não fui acusado de nada. A polícia não teria feito isso se tivesse a menor suspeita sobre mim. Alice odiaria nos ver brigando por sua memória, então não fique tão arrogante — sim, você era a melhor amiga dela, mas não a visitava fazia séculos. Uma menção em uma revista de RP de merda como "um dos trinta com menos de trinta nos quais devemos ficar de olho" e você virou as costas para seus velhos amigos. Além disso, Alice me disse que da última vez que ligou para você, foi recebida com acusações e agressões.

Luke A

Por que a polícia estava tão interessada em falar com você, então, Luke, se é inocente? Devem ter tido uma razão, ou não teriam arrastado você até Southampton, e podem ter deixado você ir, mas isso não significa que não podem acusá-lo mais tarde. Estou farta das pessoas me detonando porque, em uma entrevista estúpida, me atrevi a mencionar que ela não era perfeita. Com verdadeiros amigos você não precisa fingir que eles são perfeitos. Era a sua amiga mais antiga, não um namorado temporário! Na verdade, é desrespeitoso fingir que ela era uma freira — ela gostava de algumas taças de vinho, gostava de ficar alta; não é um crime. Você, de todas as pessoas, deveria saber disso, mas aposto que ela não compartilhou a história sobre o fim de semana que ela passou aqui em dezembro, não é? Quando ficou tão bêbada que caiu da escada e me levou junto no processo! Acho que imaginei isso, não foi?!

Megan Parker

É, e aposto que você tava tão bêbada quanto.

Luke A

Na verdade, não estava, então pronto. Para a sua informação, não estava bebendo, e foi culpa sua, se é que foi de alguém, ela estar tão chapada, porque foi um dia depois de descobrir que você tinha galinhado em Praga, e estava chateada e precisava de companhia, então não me venha com sermão!

Megan Parker

Excerto da transcrição do interrogatório de Jessica Barnes realizado na Central de Polícia de Southampton pelo Detetive Superintendente Simon Ranger,
5 de abril de 2012, 17:20

SR: Só para ficar claro, seu ponto de vista é que, depois que o homem de camisa preta, para reiterar sua frase, "colocou os braços em volta dela, mas não de um jeito legal", ela fugiu. Correto?

JB: Sim. Eu expliquei. Ela escapou. Saiu correndo.

SR: Isso é realmente importante, Jessica. Você está cem por cento certa quanto a isso?

JB: Sim, ela foi para um lado e ele, para o outro.

SR: Será que algum deles reparou em você?

Entrevistada dá de ombros.

JB: Imagino que ele possa ter voltado, mas eu fui pra casa. Isso que tá acontecendo é a pior coisa de todas.

SR: Quão bêbada ela estava?

JB: Não estava tremendamente bêbada, mas não estava sóbria. Vacilando, mas andando.

SR: "Vacilando, mas andando" em que direção?

JB: Descendo na direção daquela comporta. É horrível lá. Já ouvi histórias sobre cães sendo sugados para dentro. É bem perigoso, todo mundo sabe.

SR: Provavelmente Alice Salmon não sabia.

JB: Então era ela! Sabia que era ela.

SR: Mas você está afirmando que o homem de camisa preta, o homem ao qual ela se referiu como Luke, não estava por perto neste momento?

JB: Sim. Quero dizer, não.

SR: Qual deles vai ser?

JB: Ele tinha ido na outra direção, rumo à estrada principal.

SR: Você já deveria ter acabado seu cigarro há muito tempo a essa altura.

JB: Eu tinha, mas foi quando fiquei preocupada.

SR: Por que ficou preocupada, Jessica?

JB: Porque ela começou a subir na barragem.

SR: Por que ela fez isso?

JB: Crianças fazem isso no verão para nadar.

SR: Mas não estávamos no verão, certo? Era fevereiro.

JB: Foi por isso que achei maluquice. Como quando é difícil perceber se um vídeo no YouTube é real ou forjado.

SR: Posso garantir que não estamos tratando do YouTube, Jessica. Uma pessoa morreu.

JB: Não fiz nada de errado. Estou sendo presa?

SR: Não, você está livre para ir quando quiser, mas subir na barragem parece uma coisa curiosa de se fazer. Talvez você a tenha chamado.

JB: Chamei, sim, foi o que fiz, juro que gritei, mas ela estava a quilômetros de distância e no próprio mundo dela. Meio que congelei, também, como quando você tem um sonho e está tão travada que não consegue falar.

SR: O que aconteceu depois?

JB: Ela ficou de pé naquela grade, a água devia estar passando por baixo dela, então subiu por cima da cerca, e fiquei tipo, epaaaaa, por que ela tá fazendo isso? Era verdade? Ela tava grávida?

SR: O que ela fez então?

JB: Tem essa coisa, tipo uma plataforma, que é meio que o andar mais alto, e ela subiu nela. Devia estar uns seis metros acima do rio e eu fiquei, tipo, muito assustada. Não sei por que aquilo não é devidamente cercado; crianças conseguem chegar até ali. Isso me lembrou daquele anúncio na TV, onde o carinha escala um andaime porque está bêbado e acha que pode voar, só que ela estava meio cuidadosa.

SR: Cuidadosa?

JB: Sim, de maneira meio deliberada. Quando algumas pessoas estão muito bêbadas, elas ficam todas maníacas e saem por aí fazendo absurdos. Bem, ela era o oposto — estava toda precisa. Era como se estivesse se movimentando em câmera lenta. Nunca pensei "ela está prestes a cair". O que pensei foi "ela está fazendo algo muito deliberado". Foi quando me ocorreu pela primeira vez.

SR: O quê? O que te ocorreu, Jessica?

JB: Que ela estava prestes a pular.

Parte V

NADA DE ASSINAR COM UM BJ

Excerto do diário de Alice Salmon, 9 de dezembro de 2011, 25 anos

Fingi que não tinha escutado mais cedo, no restaurante. Se não fizesse isso, teria explodido. Sério, teria perdido o controle, irrompido em lágrimas ou gritado e jogado a comida de Luke no rosto gordo e presunçoso dele. Além de tudo — idiota que sou —, ainda estava te dando o benefício da dúvida. Mamãe sempre disse que eu perdia a cabeça com muita facilidade, então estava esperando que ele emendasse com um "Não entenda errado aquela conversa minha com o Adam" ou "Não ligue pro Adam; ele às vezes age que nem um babaca". Mas ele não fez isso, e eu não ouvi mal ou entendi errado, porque posso ser estúpida, mas não tanto.

Não admira que ele estivesse tão desesperado para vir aqui quando voltou de Praga. Caso claro de consciência pesada. Ele me ligou assim que saiu do avião em Heathrow.

— É domingo — protestei, consciente de que teria um dia cheio no trabalho no dia seguinte.

— Por favor — implorou ele.

— Tá bom, abusa — falei, e uma hora mais tarde ele apareceu com sua mochila e um buquê de flores e uma sobrancelha a menos (raspada, ou assim me disse, em alguma aposta estúpida). — Como foi lá, então? Ou eu não deveria perguntar?

— O que acontece na turnê, fica na turnê. — Ele riu.

Claro.

Ele apagou diante da TV: tinha conseguido dormir menos de quatro horas nas duas noites.

O mentiroso duas caras tinha ficado do mesmo lado da mesa que eu no restaurante — todo namoradinho. Era a galera do trabalho dele, mas eu não queria ser antissocial e deixar de ir, ainda que tivesse compras de Natal para fazer no dia seguinte. Um cara que estava no bar na parte da frente do restaurante passou pela nossa mesa no caminho para o banheiro e, ao ver Luke, bateu no seu ombro, agachou-se ao lado dele e começou a conversar. Não tive a impressão de serem muito próximos; o aperto de mão que Luke lhe deu foi igual aos que ele dava em meus colegas de trabalho. Ouvi trechos da conversa. Ele era um amigo de Charlie passando o fim de semana em Londres; eles tinham se conhecido no fim de semana em Praga.

— Você tava bebendo tequila em um bar irlandês quando te vi pela última vez — disse Luke.

— Fim de semana de primeira, né?

Os dois conversaram — Luke teria descrito como "fazendo amizade" — sobre alguma discussão em um bar e jogos de bebedeira, e senti uma ponta de inveja. Queria ser parte daquilo. *Como será que é ser um garoto?*, pensei. Seria *muito* diferente?

E, quando saímos do restaurante, depois que o jogo acabou, ele teve a ousadia de perguntar:

— Pra sua casa ou pra minha?

— Minha — respondi, sentindo a necessidade de estar em meu território quando eu o confrontasse.

Então nos sentamos juntos no metrô de Leicester Square até Balham como um casal normal. Ele teve dez estações para negar ou admitir tudo. Até mesmo reconhecer que a conversa com Adam não tinha sido fruto da minha imaginação seria um começo. Mas ficou ali, largado no seu assento com as pernas afastadas, espalhadas pelo vagão de forma que os outros passageiros tinham que desviar delas, sem dizer absolutamente nada. Sou uma idiota. Quando ele contou sobre Praga, descartou minhas perguntas sobre o fim de semana com um "bares, basicamente", e eu engoli. Por que não o faria? Mesmo quando ele acrescentou "um clube de strip ou dois, obviamente", não fiquei muito feliz, mas é o que garotos fazem, e gostei da maneira como ele *podia* compartilhar aquilo comigo.

De acordo com a versão higienizada que consegui, eles "viram" o castelo, mas não entraram. Falaram em visitar o Museu do Comunismo, mas não o fizeram. Luke tagarelou sobre a Ponte Charles e suas estátuas barrocas e me informou presunçosamente que foi onde filmaram parte de *Missão: Impossível*.

— Tomamos café na Old Town Square, também; conta como passeio cultural? — brincou ele, afofando as almofadas e se reclinando no sofá.

— Para você, sim.

— Senti sua falta — disse ele.

— Eu também — respondi.

— Estou muito velho pra essa merda — concluiu ele. — Me sinto todo quebrado.

Observei Luke e seu amigo, e aquele cara tinha o mesmo jeito descontraído dele, mas não era nem de longe tão bonito. *Meu namorado*, pensei, observando-o assentindo e rindo. Eles falaram sobre como tinha sido uma tragédia Gary Speed se enforcar, e o que a Apple iria fazer agora que Steve Jobs tinha morrido.

— Eles estão em uma encruzilhada criativa — disse Luke, e memorizei aquilo; iria usar para provocá-lo mais tarde. "Encruzilhada criativa", eu diria. "Ataque!" Depois basicamente parei de prestar atenção neles e me juntei à conversa à minha esquerda sobre uma nova exposição no Tate Britain, uma retrospectiva. Luke piscou para mim, do tipo "desculpa, podemos ir embora daqui a pouco", e isso me fez sentir um brilho morno e indulgente: estávamos namorando havia dezoito meses.

— Quanta tequila a gente bebeu naquela viagem? — ouvi meu namorado perguntar ao seu novo melhor amigo.

— Não faço ideia — respondeu ele — e duvido que você faça. Ficou enterrado até as bolas naquela garota de Dartmouth o fim de semana inteiro.

Artigo no site *Student News: Direto da Prensa*, 9 de setembro de 2012

EXCLUSIVO: Nova ligação "romântica" de Salmon com a "figura paterna" Cooke

O acadêmico atacado por demonstrar um interesse doentio por Alice Salmon esteve "romanticamente" ligado à menina morta.

Uma testemunha revoltada diz que o solitário Jeremy Cooke, que está escrevendo um livro sobre a femme fatale, demonstrou um "grau anormal de atenção" por ela quando não passava de uma estudante sob seus cuidados.

A testemunha afirma ter visto, em 2004, o homem de 65 anos, sem filhos, que vive em uma casa de 500.000 libras, levando a bela de fim trágico para o seu escritório quando ela, bêbada, era uma caloura.

Falando sob a condição do anonimato, a ex-estudante, agora uma profissional bem-sucedida morando nas Midlands, apresentou-se ontem para trazer à tona o comportamento da autoconfessa "relíquia", que anda por toda a parte na bicicleta decrépita, que se tornou sua marca registrada. Ela abordou outros meios de comunicação, mas o *Student News: Direto da Imprensa* é o único site disposto a tornar isso público.

— Topei com os dois em uma noite logo antes do Natal, e ela estava nitidamente alta — declarou. — Eu me ofereci para levá-la de volta para o quarto no alojamento, mas ele disse "não, essa aqui é toda minha" e ela estava rindo, então achei que estivesse OK. Deveria ter sido mais insistente, mas ele era bem mais velho, então não tive motivo para suspeitar.

Só recentemente, lendo relatos na imprensa sobre os dois indivíduos, foi que a delatora veio a enxergar o incidente sob uma luz diferente e concluiu que ele e Salmon podem ter tido uma "relação especial".

— Ouvi dizerem que eles andaram juntos quando ela estava fazendo as provas finais. Ela provavelmente estava lisonjeada com a atenção, como qualquer jovem teria ficado. Cooke muitas vezes se oferecia para aconselhar estudantes que nem mesmo estavam em seus cursos; ele os cobria — meninos e meninas — com níveis inadequados de gentileza e apoio. Alice poderia ter ficado apaixonada ou impressionada por ele. Talvez o visse como uma figura paterna. Sim, poderia ser uma espécie de romance.

A ex-aluna disse que o interesse de Cooke em reconstituir a vida dela se parecia mais com uma forma de obter fama e atenção do que com um verdadeiro esforço acadêmico.

— Vários professores são obcecados por reconhecimento e legado — afirmou ela.

Um formulário de uma pesquisa de opinião feita entre os estudantes do módulo de Gênero, Língua e Cultura que vazou para o público mostra a forma como o homem, que foi educado em uma escola pública da parte rica da Escócia e trabalhou em apenas uma instituição acadêmica, era encarado pelos alunos de graduação.

— Ele é como um pedaço de uma era passada. É como se estivesse no piloto automático ou não estivesse na sala com você — comentava um deles.

Outro concluía:

— Isso sim é se apegar aos destroços com as próprias unhas! Boatos dizem que os maiorais tentaram se livrar dele ainda nos anos 1980 depois de algum escândalo, mas ele se manteve firme desde então.

Em uma época em que nenhum contato físico entre docentes e alunos é tolerado, estas alegações deverão levantar questões sobre o futuro do problemático acadêmico.

Student News: Direto da Imprensa tentou contatar Cooke esta manhã, mas ele se recusou a comentar.

Carta enviada por Robert Salmon, 27 de julho de 2012

Harding, Young & Sharp
3 Bow's Yard
London EC1Y 7BZ

Sr. Cooke,

Nunca nos encontramos e tampouco iremos, por isso serei breve. Sou o irmão de Alice Salmon. Minha mãe pode ou não ter considerado adequado mencionar em sua correspondência com você que sou advogado. Parece que ela se perdeu em detalhes fantasiosos sobre tudo o mais.

Minha área é direito empresarial, mas tenho consultado colegas especializados em mercado editorial e desejo trazer à sua atenção que seu "livro sobre Alice" o está levando a adentrar território legalmente perigoso. Difamação é um negócio potencialmente caro. Casos centrados nisso são prolongados e custosos, e falências pessoais estão longe de ser incomuns entre aqueles que são sujeitos a tais acusações. Não se pode difamar os mortos, é verdade, mas há muitas vias legais a serem exploradas, seja para impedir a publicação seja buscar recurso pós-publicação em relação a este trabalho.

Presumo que minha mãe tenha se esquecido de lhe pedir que resistisse à ideia de colocar as informações que ela forneceu — ou mesmo seus próprios desabafos — em domínio público. Minha comunicação com ela é limitada no momento, mas preciso lembrá-lo de que, para além de qualquer aspecto legal, fazer isso seria altamente antiético dado seu atual estado de espírito. Ela vinha lidando com tudo muito bem, aliás. Suas trocas de mensagens claramente acionaram crises intensas de imprevisibilidade, e por isso você deve cessar toda comunicação com ela imediatamente.

No momento em que começou a busca por Alice, você abriu uma caixa de Pandora. Está passando um punhal através do que resta desta família. Por natureza, meu pai não é um homem ciumento ou violento, mas todos temos um limite. Como você reagiria se ouvisse que sua esposa já teve um relacionamento com o mesmo homem que agora está demonstrando um interesse tão priápico por sua falecida filha? Que sua esposa uma vez tentou tirar a própria vida? Que ela era (talvez deva dizer "é") alcoólatra era, suponho, um fato de que ele estava ciente; foi uma revelação apenas para mim. Parabéns, Professor, você fez o que ninguém mais conseguiu em trinta anos — fez minha mãe beber novamente.

Pode pensar que meu contato com você é inapropriado — que partilhar esta informação pode, em si só, ser algo interpretado como uma violação da confidencialidade —, mas, quando alguém não está no seu juízo perfeito, cabe àqueles mais próximos tomarem decisões em seu nome.

Você precisa entender que, se você prejudicar ainda mais o bem-estar da minha mãe, ou mesmo a relação dela com o meu pai, vou persegui-lo até que você não tenha um centavo e a última cópia do seu livro esquálido seja feita em pedaços.

Sinceramente,
Robert M. Salmon

Excerto da transcrição do interrogatório de Jessica Barnes realizado na Central de Polícia de Southampton pelo Detetive Superintendente Simon Ranger, 5 de abril de 2012, 17:20

SR: Você disse que a garota na barragem estava prestes a pular, mas e aí?

JB: Ela começou a cantar.

SR: *Cantar?*

JB: Eu estava acenando e tal e percebi que ela tinha me visto porque acenou de volta. Dava pra ver o telefone dela cortando o ar, tipo, a luz da tela.

SR: Como você respondeu?

JB: Que tipo de mundo é esse onde o meu bebê vai crescer, em que uma menina pode morrer e ninguém percebe?

SR: Como ela respondeu quando você acenou, Jessica?

JB: No Facebook, alguém postou "ela foi para um lugar melhor", mas sabe o que um psicopata escreveu? "Isso exclui Portsmouth".

SR: Jessica, por favor, você pode manter o foco? O que aconteceu depois?

JB: Ela parou de acenar e ficou parada de pé na barragem, o que me deixou mais calma, porque, pensei, se você fosse fazer uma coisa horrível, seria mais descuidado, cagaria para as coisas, não é? Pelo jeito que ela gritou com aquele cara, também, deu pra ver que ela era forte; mulheres assim não dão cabo em si mesmas. Bom pra ela, quero dizer. Sem ofensa, tipo, mas a maioria dos homens são completos babacas.

SR: Mas e o homem com quem ela estava antes — algum sinal dele nesse momento?

JB: Ele tinha ido embora havia muito tempo.

SR: Ele poderia ter retornado sem que você tomasse conhecimento?

JB: Acha que foi ele?

SR: Uma das nossas linhas de investigação é que ela não estava sozinha quando entrou na água.

JB: Meu namorado tá certo, ele diz que vocês não têm a menor ideia. Não admira que os jornais estejam detonando vocês. Acham que ela estava sendo perseguida. Estava?

SR: O que Alice fez depois que parou de acenar?

JB: Ficou andando por ali e eu pensei "Merda, o que eu faço? O que eu faço?". Então gritei "olá" e peguei meu celular. Não sabia muito bem pra quem ligar, se chamava a polícia ou o quê, mas tava sem sinal. Foi aí que entendi por que ela tava lá em cima agitando os braços. Ela subiu até lá pra conseguir sinal.

SR: Isso parece um pouco forçado.

JB: Você faz coisas bizarras quando tá bêbada; coisas malucas fazem sentido e coisas normais parecem malucas. Ela ficava colocando o telefone na frente do rosto; eu podia ver a luz da tela. Devia estar escrevendo ou recebendo uma mensagem.

SR: Jessica, vou te fazer uma pergunta muito simples, e é fundamental que você responda honestamente. O que Alice fez em seguida?

JB: Ela desceu, juro pela vida do meu filho, ela desceu.

SR: Você estaria disposta a afirmar isso sob juramento em um tribunal de justiça?

JB: Sim, com certeza. Vi alguém do lado dela do rio um pouco mais à frente quando fui embora. Algum vovô. Devia estar passeando com o cachorro. Não vi nenhum cachorro, mas por que mais alguém estaria ali fora? Tava uns 100 graus abaixo de zero.

SR: Você estava.

JB: Já expliquei. Nunca a teria deixado se soubesse que ela ia morrer, teria? Você não pode me culpar...

SR: Você não é uma suspeita.

JB: Eu lembrei, quando estava no ônibus vindo pra cá, qual era a música que ela estava cantando. Era como se estivesse fazendo karaokê para uma plateia vazia.

SR: Fale mais sobre esse "vovô" passeando com o cachorro.

JB: Não consigo tirar a música da cabeça agora. Era "Example", porque ela cantou a frase sobre o amor bater de novo. Diz na Internet que era uma de suas canções favoritas. Não sou policial, mas, se ela fosse pular, teria feito isso na barragem, e não estava tão bêbada a ponto de escorregar, então, sob o meu ponto de vista, isso só deixa uma alternativa.

SR: Qual, Jessica?

JB: Óbvio, não é? Ela foi assassinada.

Biografia de Alice Salmon no Twitter, 4 de janeiro de 2012

> Se vira bem em várias coisas. Nem peixe, nem carne. Opiniões pessoais — something borrowed, something blue (a maioria delas é assim, agora). Lembre-se, não se trata de dinheiro, dinheiro, dinheiro...

Carta enviada pelo Professor Jeremy Cooke, 25 de julho de 2012

Caro Larry,

Você terá que desculpar a minha preocupação com o passado; 1982 parece notavelmente *presente*. Continuei com o Dr. Richard Carter por todo o outono. Suas observações permaneceram desafiadoras, mas eu tinha começado a extrair delas uma nebulosa satisfação. Quando vacilava, Fliss me lembrava do nosso acordo. Ela continuaria comigo, ela disse, como se estivesse se referindo a uma velha peça de mobília ou um animal de estimação desagradável — um cão, talvez, que tivesse começado a morder — contanto que eu persistisse com as "consultas".

Estacionei na frente da garagem certa noite, após umas seis semanas ou mais de ausência dela (não se fie a mim quanto a isso, o tempo se retorce e encurva nas bordas), e a luz da sala de estar estava acesa.

— Você está de volta — eu disse.

— Não confunda isso com fraqueza — respondeu ela. — Jamais confunda isso com fraqueza.

A comunicação entre nós era desajeitada e rota no período logo após seu retorno. Ela ficou surpresa quando confidenciei para onde me esgueirava nas tardes de quarta.

— Minha profissão — informei-a com mais do que uma ponta de pretensão — não perde tempo na hora de segurar um espelho diante da humanidade, por isso achei que era apropriado fazer isso comigo mesmo.

Richard ficou adequadamente cansado quando articulei minha contrição. Meu parceiro de lutas chegou mesmo a oferecer alguns fragmentos de si mesmo: tinha uma noiva, um interesse por arboricultura e uma propensão para o gótico. Tinha visões não convencionais, porém fascinantes, sobre Jung.

— De todas as carreiras que poderia ter escolhido, por que esta? — perguntei.

— Não há muito mais o que fazer em uma tarde de quarta-feira — disse ele, e nós dois rimos; outro marco.

Na verdade, três décadas depois, chego a pensar em procurar o Dr. Richard Carter de novo; teríamos toda uma nova série de questões para, como ele chamaria, "explorar". Mas, naquela época, eu estava testemunhando um fenômeno mais implausível: progresso. Eu me sentia um novo homem. Em novembro, perguntei a Fliss se ela concordava.

— Não é um novo homem que estou esperando — respondeu —, apenas uma versão ligeiramente melhorada do antigo. Meu pai disse que, no fim das contas, você simplesmente não é uma boa pessoa, mas eu discordo. Você é um tolo, mas não é fundamentalmente mau, não no coração.

— Tenho sido tão estúpido.

— Você não me verá discordar disso. — Ela continuou a preparar a massa, uma receita da Delia provavelmente; ela estava na moda na época, como, aliás, voltou a estar trinta anos depois. — O que você viu? — perguntou Fliss, ajeitando o cabelo atrás da orelha e, inadvertidamente, deixando um pouco de farinha nele. — Quando segurou o espelho diante de si?

— Alguém que tem muita sorte. Alguém que nunca vai cometer o mesmo erro de novo.

Estendi a mão e tirei a farinha do seu cabelo. Estava feliz por ela ter me confrontado. Não conseguiria mais suportar o peso do segredo.

— A evolução deveria nos tornar melhores, mas temo que estejamos caminhando para trás — afirmei. — Estamos nos tornando menos humanos. Li ontem que bem mais de 10.000 pessoas foram mortas nesta última eclosão da guerra no Líbano. Você pode acreditar que estamos em 1982 e ainda nos matamos por causa de *terra?*

Ela fez o que pôde para me animar, chamou-me de velhote pessimista, lembrou-me de que havia uma abundância de boas notícias por aí: o homem da Universidade de Utah que tinha recebido o primeiro coração artificial do mundo; o *Columbia* chegando ao espaço; os nossos engenheiros rechaçando as forças aquosas do Tâmisa antes que engolfassem Londres; até mesmo, disse ela, apreensiva (ciente de que, apesar de minhas inclinações esquerdistas, eu era cético em relação àquele grupo desorganizado de lésbicas em Greenham Common) a reação contra a corrida armamentista.

Larry, nunca esperei uma conversão Damascena. Richard tinha me avisado que não haveria um momento de iluminação, mas fui revitalizado. Dito isto, seria uma deturpação afirmar que tive algum tipo de reengenharia da personalidade, porque estava fazendo um lobby pesado nos bastidores para conseguir que aquele traidor do Devereux fosse dispensado das suas funções, por conta da campanha solitária que aquele bastardo fez contra minha "falta de integridade moral". (Em última análise, como você deve se lembrar, meus esforços foram frustrados porque ele era íntimo demais do alto escalão.)

— Com a vantagem de enxergar em retrospectiva, como você descreveria as suas ações? — perguntou Richard em uma de nossas sessões finais, uma questão que me fez ter reminiscências da escola. Nunca criei problemas, por isso só a escutei em relatos de segunda mão, mas os meninos mais impetuosos, os únicos com coragem real (os que, mais tarde, li na revista dos alunos que haviam se tornado capitalistas de risco ou se realocado para Kuala Lumpur), contavam como o diretor, no meio da admoestação, costumava perguntar como eles descreveriam suas ações.

— Inferiores — respondi. — Ofensivas.

Então, certa tarde, claramente tendo concluído que nossa relação tinha mudado para um novo plano, Richard explodiu.

— Há muito que admiro em você, Jeremy, mas precisa perceber que é um tremendo hipócrita. Cita a nossa insignificância, mas, no fundo, acredita que é a criatura mais especial que já pôs os pés nessa terra de Deus. Você não pode aceitar as verdades autoevidentes que prega aos seus alunos. Apesar de todas as suas qualificações (e, por favor, poupe-me de mais dessa babaquice de Oxford), você não consegue se conformar com um fato. Você é mortal. Você vai morrer. Você não vai mudar o mundo. Além disso, se esta fosse uma relação de professor e aluno, eu me sentiria no dever de lembrá-lo de que nunca respondeu satisfatoriamente à minha pergunta inicial de por que você vem aqui!

— Precisava de perdão.

— Isso está além da minha jurisdição — disse ele, inclinando a cabeça para os céus.

Lembrei-me do meu lema escolar, *dulcius ex asperis*.

— Queria ser melhor — falei. — Queria parar de ferir as pessoas.

— Veja — disse ele, com o menor traço de presunção. — Altruísmo! E não parece que você está se referindo apenas aos mais próximos, também.

Larry, muitas vezes tive dificuldade para definir quem constituía os "mais próximos" no meu caso. Meus pais estavam enterrados: compareci a um funeral, boicotei o outro. Sem irmãos; um primo em Edinburgh que não encontrava havia eras. Fliss era o mais próximo que eu tinha, a mulher com quem me casei em uma pequena igreja de sílex em Wiltshire, com o sol lanceando através dos vitrais coloridos.

— Como você *amaria*, se tivesse um coração artificial? — perguntou ela uma vez, fascinada.

— Não se tem agido de forma muito eficiente com um real — respondi.

— Mesma hora, mesmo lugar na semana que vem? — disse Richard em dezembro.

— Não — respondi. — Terminamos.

— Todos me abandonam em algum momento. — Ele riu.

— Temos isso em comum. Os alunos fazem isso comigo. Obrigado por tudo. Me sinto melhor. Estou curado.

— Essa não é uma descrição que tendo a usar. Eu o veria como "em remissão".

Pulei para dentro do meu carro (o TVR que tinha comprado por um capricho no verão anterior) e botei para tocar minha nova música favorita, "You Can't Always Get What You Want".

O Doutor Richard Carter se tornou um dos meus amigos mais próximos.

Atividade no Twitter em referência a Alice Salmon, 29 de janeiro a 5 de fevereiro de 2012

De @EmmaIrons7
Chega disso de ficar longe do mundo do Twitter — aterrissei! Mal posso esperar para ver vc mês que vem. Traga seus sapatos de dança!!
20 de janeiro, 11:39

De @EmmaIrons7
Você vai AMAR o vestido que comprei ontem aliás.
29 de janeiro, 12:04

De @EmmaIrons7
Por que vc não tá respondendo aos meus esforçados tweets???
29 de janeiro, 18:31

De @AliceSalmon1
Foi mal msm, Ems. Estive trabalhando pesado pra aproveitar o finde. Festa festa bjs
30 de janeiro, 17:55

De @Carolynstocks
Boa sorte com o artigo essa semana. Arrasa
31 de janeiro, 08:50

De @AliceSalmon1
Aw valeu, Cazza. Arrasando bjs
31 de janeiro, 09:16

De @NickFonzer
Na sua área da cidade amanhã e te devo um jantar se quiser fazer uma boquinha. Aquele italiano que vc gosta?
1 de fevereiro, 15:44

De @AliceSalmon1
Seria demais ver vc, mas está difícil essa semana — semana que vem?
1 de fevereiro, 15:55

De @AliceSalmon1
Noite terminando cedo hj pra essa garota combatente do crime antes de um fim de semana daqueles no meu velho bairro. Se cuidem bjs
3 de fevereiro, 19:37

De @AliceSalmon1
Quando é que vou aprender?
4 de fevereiro, 20:07

De @GeordieLauren12
Sua peso pena, a gente nunca vai deixar vc esquecer disso, indo embora cedo da festa!
4 de fevereiro, 23:05

De @AliceSalmon1
Diga olá, acene adeus.
4 de fevereiro, 23:44

De @Carolynstocks
Atende a porcaria do telefone, Salmon...
5 de fevereiro, 11:09

De @MissMeganParker
Não consigo achar @AliceSalmon1 tb. Deve estar se curando de uma ressaca monstro em algum lugar!
5 de fevereiro, 13:34

De @Carolynstocks
Você foi raptada? Vou avisar a polícia se você não me ligar logo.
5 de fevereiro, 14:04

De @MissMeganParker
Tb tô ligando pra @AliceSalmon1 sem sucesso — o telefone dela deve estar sem bateria, ela nunca carrega!
5 de fevereiro, 14:22

Carta enviada pelo Professor Jeremy Cooke, 8 de agosto de 2012

Olá de novo, Larry,

— Vai fazer muito frio, não se atrase na volta — instruiu-me Fliss quando a informei, às 4 da tarde, que estava saindo para a minha caminhada.

Às seis, uma mensagem de texto perguntando quando eu gostaria de jantar. Às sete, um fleumático "Onde você está?".

Mas não podia deixar passar uma oportunidade como esta. Veja só, meu velho, Alice estava na cidade. Um presente dos deuses.

Não foi difícil localizá-la. Inicialmente através do seu rastro digital, em seguida, quando captei o cheiro, fui atrás dela em pessoa. Como um cão de caça. A confusão me permitiu passar despercebido com relativa facilidade; foi apenas uma questão de escolher adequadamente os pontos de vista distantes para monitorá-la — o desafio foi ficar nas proximidades. Ela logo me deixou ofegante; acabado, isso sim. Aquela seria a noite, Larry. Estava determinado a exorcizar alguns fantasmas, confessar tudo sobre a noite da festa de antropologia.

Ela estava em um grupo de quatro pessoas, uma tétrade fluida que se expandia e contraía, as três amigas sumindo de vista e então reaparecendo; outros se juntavam a elas, permaneciam, iam embora, voltavam por poucos segundos. Inevitavelmente havia uma manada de homens competindo pela atenção dela. Não que me opusesse que eles a dobrassem com álcool; isso a cingiria para a conversa que pretendia ter com ela. Rapazes da cidade, alguns deles, arruaceiros. "Em uma reunião", ouvi-a gritar para alguém por sobre o barulho. Outros, estudantes: tempestuosos e atormentando o grupo com jogos de bebedeiras. Muita frivolidade.

Como deve ter descoberto, Larry, examinei os acontecimentos daquela noite de fevereiro nos mais intricados detalhes, desconstruindo os movimentos e as conversas de Alice. Você vê — e terá que ser compreensivo comigo quanto a isso —, mas as autoridades entenderam errado. Minha suspeita é de que alguém próximo a Alice lhe queria mal. Você vai entender se eu não entrar em mais detalhes nesta fase. Tornar público um palpite pode ser um negócio perigoso para um acadêmico; reputações foram arruinadas por menos. Receio que isto terá que ser uma exceção à nossa regra: por ora, um segredo entre nós.

"Preocupada com você", Fliss me mandou uma mensagem.

Nenhum desses filisteus perceberia, mas, por trás da felicidade propagada pelo álcool, Alice usava um véu de tristeza. Era tão reminiscente de Liz que precisei me conter para não me intrometer e tirá-la daqueles locais. Ela tinha quase a mesma idade que sua mãe quando nossos caminhos se cruzaram. Vinte e poucos anos. *Madura.*

Outro sujeito em cena em dado momento. Um tipo endinheirado. Eu me aproximei; sua mão talvez estivesse no braço dela. Ela riu com tanta violência de uma das suas piadas que sua cabeça se inclinou para trás e a luz difusa deixou seu cabelo idêntico ao de sua mãe. Eu tinha ido com a intenção de explicar minha associação com Liz, também, quando tivéssemos nosso diálogo mais tarde, mas temia que pudesse ser demais para ela ouvir de uma só vez. Temia que pudesse haver uma cena.

A resposta de Alice para o homem eu não consegui decifrar, mas entendi a dele.

— Quem quer que ele seja, é um idiota por deixá-la.

— Diga isso pra ele — disse ela.

— Me dê seu telefone e eu digo.

Isso, pensei, com um redemoinho de melancolia, *deve ser "química"*.

Outra mensagem de Fliss: "Tudo bem com você?"

Cheguei a fazer um registro dos acontecimentos quando voltei para casa: me tranquei no estúdio e os anotei enquanto ainda estavam frescos. Posteriormente, anatomizei repetidas vezes as partes constituintes. O treinamento nos ensina a fazer pressão sobre um caso difícil. Céus, tem havido muitas digressões neste caso: desvios que chamam a atenção. Pistas falsas e tudo.

Em dado momento o tal menino bebeu de uma vez a cerveja restante, depositou a lata vazia sobre a mesa, levantou os dois braços para o céu e lhe desferiu um soco, e ela gostou disso, Alice gostou: uivou de tanto rir. Eu podia ver por que; se ele tivesse sido da minha escola, eu teria uma queda por ele: os ombros rígidos de fazer remo, um sorriso fácil, insolente: inteligente, mas não esforçado. Encontrei uma abundância de rapazes assim, Larry. Deixava-me levar pela presença deles, perversamente grato por seu desprezo e crueldade. Se eu tivesse que identificar, foi ali que minha misantropia foi gestada: em um cenário de botas rudes estalando sobre os pisos das variadas salas e a enunciação de declinações e conjugações do Latim. A convicção inabalável de que cada um daqueles desgraçados estava contra mim.

— Nunca experimentou um pouco da velha branquinha? — perguntou ele a Alice.

— Não. Quase nunca.

— Qual dos dois?

— O segundo, quase nunca.

— Essa noite é quase nunca — disse ele.

Outra mensagem de Fliss. "O que diabos você está armando?".

Alice se virou, e foi difícil saber se ela olhava para o seu grupo mais atrás ou para o quadro na parede preenchido com um arco-íris de letras: 8 DOSES, £7.

— Bom, só se vive uma vez.

— Boa menina — disse ele. — Boa menina.

Memorando interno entre diretores da Universidade de Southampton, 17 de agosto de 1982

De: Anthony Devereux
Para: Charles Whittaker
Status: Urgente e estritamente confidencial

Charles,

Não consigo encontrá-lo por telefone, mas precisamos nos falar com urgência. Imagino que esteja atualizado sobre a situação com a tutora de inglês Elizabeth Mullens. Você pode ter mais informações à sua disposição do que as de que estou a par atualmente, mas meu entendimento é que ela tentou cometer suicídio hoje mais cedo. Parece que um dos funcionários da limpeza alertou os serviços de emergência após a ter descoberto e, em seguida, ela foi levada às pressas para o pronto-socorro. Pelo que soube, sua condição era crítica. Claramente uma tragédia pessoal, mas, falando do ponto de vista profissional e comercial, estou ciente das implicações mais amplas. A imprensa vai se aproveitar disso — especialmente dado o fato de que há o envolvimento de um faxineiro; eles são clinicamente incapazes de discrição —, por isso precisamos trabalhar em uma declaração. Muita tristeza, choque, esse tipo de tom. Não faria mal sugerir alguns poucos "problemas" pessoais, e com sorte eles juntarão os pontos referentes à sua propensão para a bebida. Se tivesse sido fora do local não seria tão prejudicial. Desde o incidente, rumores sobre Mullens e Cooke, da antropologia, foram trazidos ao meu conhecimento. Se os dois estão/estavam em um relacionamento, isso complicará as coisas. Cooke é mais velho do que ela e casado, e nenhum desses fatos passará despercebido. A última coisa que precisamos é de um escândalo, Charles. Um professor se matou em um daqueles sombrios politécnicos provincianos do norte no ano passado e os jornais fizeram um escarcéu; terminou em demissões. Meu instinto — e escrevo isso confidencialmente, porque nossa associação tem mais de vinte anos — é que Cooke é desprovido de talento, portanto este poderia ser um ponto pertinente para reavaliarmos o futuro *dele*. Isso também pode de alguma forma ajudar a saciar a sede de sangue dos jornais. Talvez seja prudente que você envie flores para Mullens. Graças aos céus os estudantes estão de férias; pode imaginar o ambiente febril que estaríamos tentando conter caso estivéssemos em aulas?

Atenciosamente,
Anthony

PS: Mudando de assunto, será que você estará livre para se juntar a nós na noite do dia 24 para nossa mesa redonda sobre prática de negócios? Um dos convidados é um diretor da IBM cuja premissa é que os computadores domésticos em breve serão tão comuns quanto os aparelhos de TV.

"Frases favoritas" do perfil de Alice Salmon no Facebook, 14 de dezembro de 2011

"Vou eviscerá-lo na ficção. Cada espinha, cada falha de caráter. Eu fiquei nu por um dia; você ficará nu pela eternidade."

Geoffrey Chaucer

"Seja você mesmo, todos os outros já foram tomados."

Oscar Wilde

"Se você conta a verdade, não precisa se lembrar de nada."

Mark Twain

"Liquidação: um coração. Péssima condição. Aceito qualquer coisa em troca. Por favor."

Anônimo

"Em uma sociedade livre, chega um momento em que a verdade — por mais dura que seja de ouvir, por mais imprudente que seja de dizer — deve ser contada."

Al Gore

Post no fórum online Truth Speakers, por Lobo Solitário, 14 de agosto de 2012, 23:51

Não foi apenas dentro da cabeça do Homem de Gelo que eu vi; vi dentro da casa dele, e é uma mansão! Dei uma olhada no Google Earth, mas tive que esperar que ele e sua patroa, a megera esnobe, fossem a Waitrose para conseguir entrar. Não me julguem, o fim com certeza justifica os meios neste caso, e isso é jornalismo de verdade — não aquela merda que a Alice fazia, mas descobrir coisas que o *establishment* não quer que sejam descobertas. O Homem de Gelo precisa ser exposto como o PERVERTIDO que é.

Essa mina Megan, que costumava andar com Alice, tem detonado ele no blog dela. Tipo, fotos bizarras e outras coisas que ele escondeu pela casa, mas não fiquei por tempo suficiente pra dar uma vasculhada. De qualquer forma, tenho mais. Falei com outro professor para procurar dados. Ah sim, um fóssil num asilo chamado Devereux, de quem ouvi falar através de um dos caras da manutenção da universidade. Esse sujeito trabalhou com o

Homem de Gelo um tempão atrás e o despreza. Tive que mandar um caô sobre estar pesquisando para um artigo sobre os grandes professores que esta parte do mundo já produziu pra que me deixarem entrar, mas não me levem a mal. Não é como se eu tivesse grampeado o telefone de Milly Dowler!

Comecei salientando como era fantástico encontrá-lo e usei minha voz mais esnobe e ele avançou nos chocolates como se não fosse alimentado há uma semana. Tive que o enrolar um pouco, disse que esse livro do Homem de Gelo garantiria que *ele* seria o único a ser lembrado. Igual a como todo mundo idolatra Darwin, mas ninguém se lembra de Wallace, uma frase que eu tinha ensaiado... e ele logo tagarelou que nem um bebê.

— Ele estuprou uma estudante, foi isso o que ele fez — disse Devereux, com bolhas de saliva no canto da boca. — Levou-a para seu escritório e avançou sobre ela.

— Continue.

— Sempre tive minhas suspeitas, mas não podia corroborá-las. Então recentemente li um artigo citando alguém que sugeria isso, também. Ela o vira de braços dados com uma estudante bêbada. As peças do quebra-cabeças se encaixaram, então. Calculei quando a situação tinha ocorrido, e foi quando cruzei com ele na manhã seguinte enquanto saía de seu escritório, matreiro como a sodomia. Por que você passaria a noite no seu escritório se tem uma charmosa reitoria própria a apenas algumas milhas de distância, na New Forest? Hmm?

— Bem pensado.

— E também não estava no seu habitual humor espinhoso e combativo naquela manhã. Sim, parecia verdade. Acreditava no próprio *hype*. "Intocável", era como costumava se chamar.

Bingo! Ali estava eu, meio preparado para dar ao Gelado o benefício da dúvida, deixá-lo escapar apenas com a fama de *stalker*, mas ele a levou para seu escritório e trepou com ela quando ela estava em COMA alcoólico. Agora eu escalando por uma janela dos fundos não parece um grande problema, não é?!!!

Me fiz de calmo com o Devereux, fingi que já sabia disso, percebendo que tinha mais por vir. Fiz meu discurso sobre como Jeremy Frederick Harry Cooke alegaria em seu livro que tinha uma moral impecável, enquanto outros como ele estariam por aí trepando como coelhos.

— Coelhos — gritou ele. — Vou te dar *coelhos*. Cooke não conseguia manter o pinto fino dentro das calças. Era um viciado em sexo.

Então ele me contou outra coisa. Tenho muito MAIS informações do que Megan Parker e só o que vou dizer agora é que é mega e, quando vocês ouvirem isso, vão começar a levar as outras coisas que eu digo mais a sério. Minhas revelações vão VIRALIZAR e o livro estúpido dele vai apodrecer em algumas poucas bibliotecas, mas minhas coisas vão dar a volta ao mundo, com exceção de países como a China, onde você não pode nem entrar no Facebook porque o governo tem essa parada tipo um "grande firewall da China".

Eu não pretendia originalmente vir a público, mas foi ele quem voltou atrás em nosso acordo e, se ele vai jogar sujo, eu também vou. Ele fica falando de evolução, mas sou flexível, sou reativo e me adapto.

Estou chegando ao fim da caçada. É hora do lobo solitário uivar. Coitada da minha presa.

Excerto do diário de Alice Salmon, 9 de dezembro de 2011, 25 anos

Quando você ama alguém, enxerga coisas que o resto do mundo não percebe. Um piscar de olhos, uma rigidez nos ombros, uma alteração minúscula na entonação. Vi todas essas coisas no meu namorado (ex agora?) depois que Adam soltou aquela frase no restaurante. Então, frio como um pepino, Luke respondeu com: "Como é a comida aqui?" E a conversa tomou outro rumo, foi desviada, precisamente como ele pretendia.

Mas não foi minha imaginação. *Você ficou enterrado até as bolas naquela garota de Dartmouth o fim de semana inteiro.* Esse cara, obviamente, não tinha percebido que Luke e eu éramos um casal — ou achou que com certeza não éramos quando ele estava em Praga. Luke brevemente se virou para mim e sorriu, uma coisa forçada e artificial, todo o seu comportamento gritando "Será que ela ouviu?".

Sim, ouvi muito bem.

Depois ficou quieto pelo resto da refeição — até insistiu em pedir uma sobremesa — e agiu como se aquilo não tivesse acontecido. Tomou café, ainda sem dizer nada. Até mesmo um licor.

Sobre quantas outras viagens ele tinha mentido? Houvera várias delas desde que nos conhecemos — com o clube de rugby, fins de semana com os amigos, festanças de aniversário, uma ou duas despedidas de solteiro. Dublin, Newcastle, Brighton, Barcelona.

Depois, durante todo o caminho para casa, por aquelas dez estações de metrô, nada. Talvez estivesse contando com o princípio de que, se eu não tocasse no assunto, ele conseguiria se safar. Havia nele uma rigidez calma e calculada que eu nunca tinha visto antes.

Aquelas dez estações de metrô eram a sua oportunidade de negar tudo ou confessar. O homem que pensei amar não ficaria sentado por dez paradas sem tocar no assunto. Na Oval, ele até teve a coragem de sugerir que assistíssemos a *O Espião Que Sabia Demais*, porque havia um cartaz desse filme ali, mas dei de ombros, dispensando. Estava calculando exatamente quando tinha sido a viagem a Praga, e concluí que deveria ter sido uns bons dois meses depois que nos conhecemos, porque foi definitivamente após o casamento de Emily T.

Ocorreu-me que eu poderia fingir não ter ouvido. Tinha essa escolha. Na verdade, seria simples armazenar aquilo no fundo do meu cérebro e ignorar. Algumas mulheres passam as vidas inteiras assim, mantendo a verdade à distância — mas dane-se essa babaquice. Ele tinha estragado tudo, e agora precisávamos lidar com isso.

Sempre fui apreensiva em relação a apostar demais no destino, mas Luke era diferente. Meg disse que eu não deveria me deixar levar:

— Deve haver algo de errado com ele; é um homem!

— Se tiver, não encontrei ainda — eu sempre respondia. — E dei uma boa olhada! Mas meu julgamento dificilmente é à prova de erros quando se trata de homens, não é?

— Não, mas é impecável quando se trata de amigas!

Quando voltamos para o apartamento, Soph e Alex estavam na sala de estar com alguns amigos, por isso fomos para o meu quarto e falei de uma vez:

— Aquele fim de semana do rúgbi que passou em Praga... você transou com alguém?

Ele inicialmente negou, mas logo mudou de tom, empoleirando-se desajeitadamente na beirada da cama como um estudante flagrado fazendo besteira.

Não foi nada. Ele estava bêbado. Nós dois mal éramos namorados. Blá-blá-blá.

— Sou a mesma pessoa que sempre fui — afirmou ele.

— Esse é o problema. Talvez eu não tenha percebido quem era essa pessoa.

Estava bem determinada a não chorar, mas é claro que o fiz. Foi culpa da mini árvore de Natal, das luzes piscando, e me lembrei de como as coisas mais aleatórias costumavam me perturbar; uma fotografia antiga, uma criança andando com um cachorro, uma pia cheia de panelas. Desprezei Luke por fazer com que me sentisse *assim* de novo.

— Não sou estúpida, porra — gritei, e alguém no apartamento vizinho bateu na parede.

— Ninguém disse que você é.

— E não seja paternalista comigo.

Ele esfregou a testa.

Talvez simplesmente nunca tenhamos sido compatíveis. A maneira como ele tagarelou sobre aquele filme — como era estiloso, como era elegante, como era inteligente — e eu fiquei ouvindo e pensando, *sim, mas provavelmente chato*, e que tipo de homem fica falando sobre um filme de espionagem e Gary Oldman depois de ter transado com outra mulher?

Vi a foto de flores na parede, deixada pelo morador anterior. Quis voltar para cá porque precisava estar no meu próprio território, mas este apartamento não era meu; este quarto também não era. Íamos procurar um lugar para viver juntos.

— Quero que a gente fique sem se comunicar por dois meses. Sem telefonar, sem mandar mensagem de texto, sem nada — E a coisa mais estúpida veio à minha mente: isso era uma dupla negativa.

— Mas estamos procurando um lugar para nós dois — argumentou ele. — Faltam só quinze dias pro Natal.

Queria tanto um abraço, aninhar a cabeça na curva do pescoço dele, respirar aquele cheiro: álcool, tabaco e os restos de gel de banho, depois cair no sono na cama — eu à direita, ele à esquerda.

— Gosto de ficar perto da porta — disse ele na segunda noite em que dormiu aqui. — Caso eu precise fazer uma fuga rápida!

Ele me fez rir muito naquele dia.

— Não vou deixar isso acontecer. Não vou, não posso — disse ele.

Vai fundo, pensei. *Faça isso. Você está apenas cavando sua própria cova.*

Artigo no site *Seu Local, Sua Gente*,
20 de outubro de 2012

Acadêmico lutando para "manter o nome de Salmon vivo" está morrendo

O popular professor que está criando um "comovente tributo" à ex-aluna Alice Salmon está morrendo de câncer terminal, podemos revelar hoje.

O Professor Jeremy Cooke foi diagnosticado com câncer de próstata, a forma mais comum da doença entre os homens no Reino Unido.

Acredita-se que o destacado acadêmico tenha privadamente jurado continuar a levar uma vida normal, apesar da doença, que se tornou pública depois de uma postagem anônima em um fórum por alguém que referia-se a si mesmo como "Lobo Solitário".

— Estatísticas de sobrevivência ao câncer de próstata têm melhorado nos últimos trinta anos e, se diagnosticado no início, uma maioria considerável de pacientes pode viver por cinco anos ou mais — explicou um cirurgião aposentado de um hospital de Southampton. — A perspectiva é bem pior se ele se espalhar para outras partes do corpo, como os ossos.

Alunos e funcionários se uniram para apoiar o homem conhecido carinhosamente como "Velho Cookie". A ex-colega Amelia Bartlett declarou:

— Ele é um acadêmico fantástico, com um intelecto feroz. Espero que seja capaz de aplicar sua sabedoria filosófica de sempre a esta situação terrível.

O ex-aluno Carly Tinsley afirmou:

— Ele é meio que uma lenda. Gostava de jogar squash conosco ou de se juntar a nós para uma cerveja no diretório. Sempre se superava ao fornecer orientação e apoio. Até me deu comprimidos de vitaminas quando fiquei gripado. Queria que a imprensa parasse de persegui-lo.

Em um formulário de uma recente pesquisa anônima entre os alunos, um deles declarou: "Sua palestra sobre a Melanésia foi incrível. Me deixou muito determinado a visitar aquela parte do mundo — deve ser a maior honra para um antropólogo."

Outro disse: "Na escola, os professores repetiam como papagaios o que leram em outros livros, mas ele pelo menos tinha experiência de campo. Seu conhecimento sobre sociolinguística é inigualável."

Residente de longa duração de Hampshire, Cooke obteve proeminência pública primeiramente em 2000, quando apareceu no popular documentário da BBC *Como Fomos Feitos*.

Ganhador de uma série de prêmios de alto gabarito, incluindo o cobiçado Prêmio Merton Harvey por "Inspirar Jovens no Campo da Antropologia", ele é bem conhecido pelas fortes opiniões ambientais.

Educado na respeitada Glenhart School perto de Edimburgo e defensor vigoroso das várias instituições de caridade locais,

ele famosamente prometeu em uma entrevista à rádio BBC, há cinco anos, "abandonar o maldito carro e pedalar para todo diabo de lugar que eu puder".

Carta enviada pelo Professor Jeremy Cooke, 21 de agosto de 2012

Caro Larry,

Alice atirou o conteúdo do copo na minha cara e gritou:

— Seu pervertido!

Enxuguei os olhos com o meu lenço; o lugar era tão barulhento que ninguém olhou para nós uma segunda vez. Permanecemos ali, imóveis, mas um de nós tinha que falar, então ridiculamente perguntei:

— Como vai a reunião?

— Uma merda, é assim que vai, o pior dia da minha vida. Alguma outra pergunta estúpida?

— Deus.

— Na verdade, é o segundo pior dia da minha vida. Você vai se lembrar do pior, você estava lá. Você foi a causa dele ser o pior, sua *aberração!*

Você nunca vai adivinhar o que ela fez em seguida, Larry. Pelo amor de Deus, ela me esbofeteou no rosto.

— Pronto. Isso foi pelo que você fez quando eu tinha 18 anos.

A última pessoa a ter me batido era meu pai, mais de cinco décadas atrás, e o toque dela teve a mesma qualidade dura e mecânica. Curiosamente, na comoção, ninguém percebeu.

— Eu mereci — falei. — Se serve de consolo, lamento o que fiz com cada fibra do meu ser.

— Muito poético, mas não, não serve.

— Não vim para magoá-la. Estou aqui para explicar.

Seu olhar me fez lembrar de uma doninha quase morta que uma vez encontrei em uma armadilha.

— Não há necessidade de ter medo.

— Não tenho. Não tenho medo de homem algum.

— Posso pegar um pouco de água para você?

— Água? — respondeu ela, como se eu tivesse sugerido que reservássemos um restaurante. — É de álcool que preciso.

Cruzei o bar e lhe comprei uma bebida. Optei pela gim tônica, porque era a favorito da sua mãe, dose dupla. Quando voltei, ela lutava para respirar, arfando como tivesse acabado de realizar uma sessão de exercícios.

— Vá embora — disse ela. — Se você for agora, posso dizer a mim mesma que isso foi uma coincidência.

— Mas não foi. Soube que você estava aqui pelo Twitter.

— Você me seguiu?

— Pessoas com mais de 60 anos *podem* usar a Internet.

— Sim, claramente; pra mandar e-mail pra minha mãe! Que porra é essa de...

— Sobre 2004 — interrompi. — Você precisa escutar.

— Não, você precisa sair da minha frente.

Mas era bravata. Não muito diferente de quando eu repito o mantra: não tenho medo de morrer. Uma sensação de emergência me pressionava.

— Tenho uma enorme dívida com você. Por sua discrição. Minha vida poderia ter prosseguido de maneira muito diferente.

— Não fiz isso por você. É o que você acha? Seu velho estúpido de merda! Fiquei quieta porque não tenho a menor ideia do que aconteceu. Não estava confiante o suficiente para fazer qualquer coisa. Se fosse agora, teria acabado com a sua vida.

Sem mentiras, Larry, nós dissemos sem mentiras, e estou ciente de que nunca contei a você o que exatamente ocorreu naquela noite. Era 2004: a comunidade de antropologia estava em polvorosa pelas conversas sobre a descoberta de restos de hominídeos fossilizados na Indonésia, o Homo floresiensis. Isso dominava as rodas do nosso pequeno grupo: como esta espécie hobbitesca poderia ter existido tão recentemente quanto 12 mil anos atrás, com esqueletos como os do Homo erectus, mas corpos e cérebros mínimos. Eu nunca te disse como depois, seguramente abrigada em meu escritório, Alice praticamente desmaiou em cima de mim.

— Você mal podia andar — falei.

Ela estremeceu, e um olhar de horror passou pelo seu rosto.

Sim, posso ter trancado a porta, mas não por qualquer motivo maligno, mas porque ela teria feito uma cena e eu estava ansioso para evitar que outra pessoa a testemunhasse naquele estado. Mas um fato inalienável permanece: nenhum estudante, independentemente do sexo, deveria ficar sozinho com um membro do corpo docente enquanto tão intoxicado. Certamente não por uma noite inteira. Mesmo desconsiderando o componente Liz, era uma transgressão gigantesca.

— Coloquei-a na cama — falei, mas ela não ouviu, então repeti mais alto, e minha declaração teve o mesmo efeito bizarro que teria se eu tivesse proclamado: moro na lua.

Ela começou a se virar, mas claramente não pôde.

— Como?

— Tive que carregá-la, com algum esforço.

— Quando acordei, eu estava... Não estava com todas as minhas roupas.

— Sua blusa estava coberta de vinho, Alice; estava encharcada. Você não poderia dormir daquele jeito.

— Então você o tirou?

— Ajudei *você* a tirá-la.

Ela estremeceu e olhou por cima do meu ombro para a multidão de beberrões de sábado à noite. *É lá que você quer estar, não é, querida?*, pensei. *Lá fora, no meio de toda aquela vida imaculada e otimista.*

— Verifiquei se você estava confortável — falei. — Cuidei de você.

— Você poderia ter chamado uma colega mulher para fazer isso.

— É verdade e, em retrospectiva, é o que eu deveria ter feito. A relação aluno-professor é baseada em confiança, e violei isso.

Mas, Larry, não planejei que os eventos se desdobrassem da forma como fizeram. Não escolhi ver seu corpo magro e pálido ou a sombra apertada do seu umbigo ou o surpreendente roxo da sua calcinha.

Deveria ter deixado o pub nesse instante, mas seria a última oportunidade que teria de falar com ela; não pretendia deixá-la com perguntas.

— Foi o mesmo com a sua saia — contei. — Você a estava arrancando, queixando-se de que não seria capaz de dormir com ela. Eu a ajudei a tirá-la.

— Seu asqueroso, você deveria ter sido demitido.

Tinha ido para fazer as pazes, mas isso estava escapando de mim, assim como minhas frases cuidadosamente pensadas eram postas de lado pela atitude dela.

— Temos um código, e eu o violei. Agi de forma antiética.

— Eu deveria ter ido até as autoridades. Poderia ter processado você.

— Pelo que exatamente? Agi de forma irresponsável e imoral, mas legalmente minha conduta foi impecável. Transgredi um limite, mas há outros que eu nunca atravessaria.

Larry, não optei por cheirar seu hálito adocicado ou sentir suas pernas sem força se dobrarem contra mim ou ter que me afastar e olhar de forma distanciada e abstrata para a beleza não adulterada, parecida com a de Liz, da mulher prostrada no meu escritório.

— Você é nojento, é praticamente um pedófilo.

— Não, não é isso, não vou aceitar isso. — Meu olho direito tremeu, uma veia na minha têmpora direita pulsou. Raramente perco a paciência, Larry; três ou quatro vezes nas últimas duas décadas, mas, quando explodo, realmente explodo. Uma vez, depois de uma visita ao hospital, nós fomos ao parque (para "desestressar", como Fliss colocou, porque as notícias não tinham sido boas) e bati em um banco até minhas mãos sangrarem. O que é estranho é como me lembro tão pouco daquele dia agora. Foi exorcizado da minha mente. Nossa memória e nosso cérebro trabalham de maneiras surpreendentes; é um mecanismo de autodefesa astuto e autorregulador, expulsando as coisas más.

— Cuidei de você — repeti. — Cuidei de você.

Ela estava fora de combate, então a cobri com meu suéter e ela emitiu pequenos ruídos de animais: meu gatinho cego fungante, meu ratinho da colheita. Deixei-me levar, inclinei-me e dei a olhada de perto, sem interrupções, o exame que há tanto cobiçava: espirais negras de cabelo no pescoço dela, uma pequena verruga no lado da cabeça, a levíssima camada de pelo no rosto, como penugem.

— Fiquei de olho enquanto você dormia — eu disse.

Fiquei sentado ao lado dela durante toda a noite. Seu corpo minúsculo, meu cérebro minúsculo. Segurei a mão dela, e lá fora uma brisa escura fazia os galhos do olmo baterem na janela. Pensei em sexo, pensei bastante; mas em como seria completamente inadequado. Nada que compense a destruição de um casamento, não é? Um estranho colocar uma parte do seu corpo contra o seu e movê-la um pouco. Molhado sobre o molhado, isso é tudo.

— Você poderia ter feito qualquer coisa — disse ela.

— Mas, Alice, isso teria sido uma abominação.

— Está mentindo?

— Não — respondi.

Ela olhou em volta procurando suas amigas; um jorro de solidão nos conectava.

— Você não acreditaria quantas vezes *quase* confrontei você sobre aquela noite — disse ela. — Sempre amarelava.

— Sempre tive certa simpatia por você. Mesmo quando era caloura, eu me sentia protetor em relação a você por causa da sua mãe. É tão parecida com ela.

— Vi o seu e-mail; li hoje mais cedo. Ela te chamava de *Jem*? Vocês dois são nojentos!

— Meu Deus, Alice. Nós não nascemos velhos.

— Meu pai é mais homem do que você jamais vai ser.

— Disso eu não duvido. — Ela estava saindo pela tangente, mas eu tinha que ficar em paz a respeito daquilo, então insisti. — O que acontece, o que *aconteceu* foi que a preocupação que eu tinha por *você* se manifestou especiosamente. Há a noite a qual estamos nos referindo, mas além disso você deve recordar que recebeu um bilhete anônimo durante a semana de trotes. Temo que ele tenha partido de mim.

— Seu desgraçado.

Larry, eu umedecia meu lenço e periodicamente enxugava a testa dela e segurava copos d'água na sua boca e mantinha seu cabelo afastado quando ela virava de lado para vomitar. Lutava contra o sono — precisava garantir que ela não engasgaria com o próprio vômito — e um apresentador de rádio monótono conversava com uma procissão de ouvintes ao telefone sobre a política de reciclagem da cidade e a ameaça das raposas urbanas, e a luz do dia era filtrada pelas persianas enquanto eu via a saia marrom desbotada dela no chão, retorcida e embolada como uma corda, e pensava: *isso é ser um homem? Todos aqueles milhões, bilhões de anos de evolução e foi isso o que viramos?*

— Estou aqui para pedir desculpas.

— Desculpas não bastam.

— É um começo — repliquei. — E é tudo o que tenho. Estou profundamente arrependido.

Ela olhou para a mesa do pub, traçou as linhas da madeira com o dedo. Sempre fiquei maravilhado quando era menino com a maneira como você pode saber a idade de uma árvore pelos veios da madeira, uma das primeiras ocasiões em que apreciei o poder da ciência em produzir respostas. Outras revelações circulavam pela minha cabeça: as bebedeiras de Liz, a tentativa que ela fez de tirar a própria vida, mas essas não eram minhas para que eu compartilhasse.

— A verdade nunca pode ser uma coisa totalmente ruim — eu disse.

— Por que você mandou um e-mail pra ela hoje?

— Alice, saber que você estava na cidade trouxe de volta muitas emoções. Dizem que a morte de um velho nunca pode ser uma completa tragédia, mas, droga, não sou tão velho. Pelo menos não me sinto assim. — O medo deslizou por mim. — Câncer de próstata, tenho câncer de próstata.

— Isso deveria me fazer sentir pena de você?

— Não deveria fazer você sentir nada. Isso é o que é. Uma das expressões favoritas da sua mãe costumava ser "olhe para os seus monstros". Você fez isso essa noite. Estou orgulhoso de você.

Estávamos a apenas um metro de distância um do outro, mas parecia um quilômetro; era como se ela estivesse me vendo através de um lago. Senti uma curiosa sensação de desprendimento: deixar sair.

— Deixei uma mensagem pra minha mãe depois que li o seu e-mail. Uma não muito agradável.

— Por que você não liga para ela, para que ela fique tranquila? Nunca se deve deixar o sol se pôr sobre uma discussão.

— Não dá, tarde demais, vai sair errado. Vou ligar de manhã. Não que isso seja da sua conta.

— Prometa-me uma coisa — implorei a ela. — Não faça nada esta noite que faça você se arrepender para sempre.

— Foda-se o para sempre.

Ela fungou um pouco, então, à beira das lágrimas; e eu senti uma dor no estômago, nas bolas, uma pontada, memória muscular. Tempo, Larry, eu estava ficando sem essa coisa miserável. Tive 65 anos para ser uma pessoa melhor; como pude ter perdido essa oportunidade? A polícia tem estado em cima de mim, também, acredita nisso? De *mim*. Parece que Liz apareceu na estação — bêbada, pelo que pude inferir — e despejou um monte de alegações contra mim. Não era difícil despistar aquele bando de bufões incompetentes, contudo. Tenho a intenção de divulgar informações nos meus termos, em um momento de minha escolha.

— Você não vai fazer nada estúpido, vai?

— Isso é ótimo vindo de você.

Ela tinha razão. Estava pensando se deveria voltar para trás do volante do meu carro cheio de uísque. Senti-me em um espaço novo, alterado: uma calma quase zen beirando o existencial. Estava feito.

— Aquela citação que você tem na sua página do Facebook, estou meio tomado por aquilo; sobre como a verdade dói por algum tempo, mas a mentira fere para sempre.

Pela manhã, Larry, eu me levantei para sair, mas ela parecia tão indefesa que me abaixei e beijei-a levemente na testa. "Adeus, Alice", sussurrei. "Adeus, minha querida". Ela acordou em pânico, perturbada e perplexa, então saiu correndo do meu escritório e nunca mais falou daquela noite durante seu período de três anos na universidade. O destino em grande parte conspirou para nos manter afastados, permitindo-nos apenas um punhado de encontros casuais, todos dolorosos para ela.

— Isso não acaba aqui — disse ela.

Uma canção que eu não conhecia parou e outra começou.

— Aposto que você adorou ter me carregado daquele jeito, não é?

Podia sentir a ira e o antagonismo crescentes dentro de mim. É claro que não estava esperando gratidão ou agradecimento, mas o que ela teria preferido? Que a atirasse aos lobos? Decidi dar uma caminhada para arejar a cabeça. O rio seria bom: calmo, envolvente, revigorante. Enquanto partia, ela agarrou meu braço, forçando-me a dar meia-volta.

— Fiz uma pergunta, Professor Pervertido. Como você se sentiu quando estava me tocando?

— No céu, Alice. Como se estivesse no céu.

Post no fórum online Truth Speakers, por Lobo Solitário, 20 de agosto de 2012, 23:02

Pratiquei meu sotaque esnobe, aprendi algumas palavras novas e o maior bláblábla logo estava saindo do bom e velho Devereux. Ele era solitário e estava ansioso para falar. Disse a ele que Cooke estava se colocando no livro como o maior acadêmico da universidade e previsivelmente ele mordeu a isca e disse que ele era um merda.

Era a minha terceira visita. A segunda tinha sido uma bela porcaria: ele não tinha dormido na noite da véspera porque uma ambulância tinha vindo pegar um deles e ele tinha sido drogado e estava todo bonzinho, o que era inútil para mim. Hoje estava irritado e perfeito.

— Ele não está no seu nível — falei, despejando a lista de prêmios que aquele velho bosta tinha ganhado (ele até tinha sua própria página na Wikipédia, olha como era fútil). Deixei "escapar" na conversa que a palavra que Cooke usou para descrevê-lo era "limitado".

— Nós o chamávamos de Cu — revelou ele, com baba acumulada em volta da boca. — Jeremy Cu.

Tenho o dom de enxergar dentro das pessoas, e tinha mais coisa ali, eu só precisava dar corda; por isso inventei uma história sobre como Cooke tinha espalhado pela universidade que ele era medíocre.

— Ele dormiu com a mãe da menina nos anos 1980, também.

Não respondi. Alice me disse na Caledonian Road que os jornalistas usam o silêncio, porque as pessoas têm medo dele e, por isso, tendem a preencher as lacunas.

— Mullens — disse ele. — Elizabeth Mullens.

Ora, ora, então o Homem de Gelo traçou a mãe da Alice Salmon também. Gol! Me imaginei de volta ao meu quarto no terceiro andar, postando a informação, e esperei que mais silêncio fizesse seu trabalho, mas um longo gemido veio de outro quarto e alguém gritando: "Nãããão."

— Ela tentou se matar quando ele terminou com ela. Ele deveria ter perdido o emprego.

— Ele ainda pode. — Eu ri. — Ainda pode.

Estava passando *Pointless* na televisão, e disse alguma bobagem sobre como Mullens devia odiar o mundo para tentar o velho harakiri.

— Suicidas odeiam a si mesmos antes de tudo — respondeu Devereux. — Mas acelerar o fim vai contra os planos de Deus.

Ah, os planos de Deus. Outro ponto de discórdia entre o Cu e eu.

— Você é bem inteligente, não é?

— O corpo pode ser frágil, mas o espírito ainda está bem-disposto.

Eles fazem você acreditar que são melhores do que nós, estes professores, mas são como crianças. Sua rixa com o Homem de Gelo começou com uma disputa mesquinha pelos orçamentos departamentais, aparentemente, e continuou por três décadas; briguinhas sobre bolsas de pesquisa, política, escritórios, métodos de ensino... enfim, aqueles dois brigavam por qualquer coisa.

— Ele ainda continua com isso, as trepadas — falei de forma aleatória, em uma tentativa de persuadi-lo a falar mais.

Uma das enfermeiras entrou e anunciou que o jantar seria servido em breve, cordeiro assado.

— Seus crimes não se limitavam ao quarto. Plágio não é uma acusação que faço levianamente. Orçamentos também foram questionados, algum dinheiro desapareceu. Claro, isso pode ter sido inócuo.

— Sua memória é bem incrível — afirmei, amaciando-o.

Não me julguem, o que falamos sobre os fins justificarem os meios, e professores que trepam com estudantes e Homens de Gelo que matam salmões?

— Não era apenas a festa da antropologia que era uma grande tradição — disse ele. — Cu levar uma vítima bêbada para seu escritório depois também era.

— Vamos destruí-lo — sussurrei.

Ele olhou para *Pointless* e senti um cheiro parecido com o de mijo.

— A menina Mullens quase morreu e mesmo assim ele não a deixou em paz. Ficaram juntos de novo anos depois, sabe. Quando ela era casada. Estavam certos de terem conseguido manter tudo em segredo, mas eu estava de olho nele. Foi três anos após o caso deles.

Fiz a conta. Teria sido um ano antes de Alice nascer.

Texto lido por Megan Parker no funeral de Alice Salmon, 13 de fevereiro de 2012

O que é morrer?

Estou de pé diante do mar.

Uma escuna veleja à brisa da manhã e zarpa para o oceano.

Ela é um objeto, e fico ali olhando para ela.

Até enfim sumir no horizonte,

E alguém ao meu lado diz: "Ela sumiu! Sumiu para onde?"

Sumiu da minha visão, só isso;

Seus mastros, casco e vela são grandes como da primeira vez em que a vi,

E muito capazes de suportar o peso da carga viva até o seu destino.

O tamanho diminuído e seu sumiço da minha visão estão em mim, não nela;

E bem no instante em que alguém ao meu lado diz: "Ela sumiu",

Há outros que estão testemunhando sua chegada

E outras vozes dão um grito feliz,

— Lá vem ela.

E isso é morrer.

Excerto do diário de Alice Salmon, 9 de dezembro de 2011, 25 anos

Não posso parar de escrever... preciso ocupar minha mente... preciso manter os demônios afastados...

Presumo que Luke tenha ido para casa, mas ele pode estar dormindo em um banco na estação Balham; não me importo.

— Não vai ter trem — choramingou ele quando o botei pra fora. — Está tarde.

— Vá andando então, ou pegue um táxi. Não é problema meu.

Ele balbuciou algo sobre o custo de um táxi, mas ele sempre tinha dinheiro suficiente para noitadas com os amigos ou excursões por caras cidades europeias.

Liguei para Meg assim que bati a porta na cara dele.

— Liga pra mim, miga — implorei a ela pelo correio de voz. — Preciso conversar urgentemente.

Sentei na cama, e as mensagens chegaram. "Me desculpe, não posso viver sem você, eu vou mudar, nunca mais vou fazer isso, te amo mais do que qualquer um, bláblábla". "Qual parte de 'sem contatos' você *não* entendeu?", digitei, e pareceu estranho não assinar com um bjs, mas deletei antes de enviar.

O desgraçado, como ele pôde?

Deitei na cama e fui passando as fotos no meu telefone. Tantas fotos *dele*. Não havia parte alguma da minha vida onde ele não tivesse se infiltrado? Uma a uma, apertei o ícone da lixeira. Então procurei seu número e deletei também.

Noções bizarras de como eu poderia me vingar dele voavam como bumerangues pelo quarto.

Música do apartamento no andar de cima. Uma porta batendo, a descarga do banheiro, conversas abafadas nos quartos de Alex e Soph, eles e seus respectivos. *Não vão dormir*, pensei. *Não me deixem ser a única pessoa acordada.*

Tentei a Meg de novo. Caixa de mensagem. Por que ela não está respondendo? "O que aconteceu *agora*?", ela poderia perguntar, exasperada. "Nunca confie num homem, Salmonete", costumava dizer e, antes de Luke, eu sempre concordava. Agora eu o odiava por provar que ela estava certa. "Esqueça os caras, são as amizades que duram para sempre", declarou ela uma vez ao me encontrar na sua porta depois de algum drama com Ben. Ela me levou para dentro, colocou *Hollyoaks* na TV e disse, "Eles são uns desgraçados, todos e cada um deles, comandados por seus paus", então serviu um pouco de vinho, e a dor foi se afastando.

Ben tinha entrado em contato do nada algumas semanas atrás: uma mensagem de texto meio inócua perguntando: "O que está acontecendo, Cara de Peixe?". Ignorei, ciente de onde trocas como essa poderiam levar, mas agora peguei o telefone, com as mãos tremendo, e digitei uma mensagem curta para ele.

Luke, seu completo desgraçado idiota, como você *pôde?* Tínhamos guardado dinheiro suficiente para um depósito e nosso primeiro mês de aluguel. Tínhamos colocado em nossa conta bancária conjunta — Srta. A. L. Salmon e Sr. L. S. Addison —, em depósitos periódicos, sempre fazendo as contas, com o aumento da soma total servindo de trampolim para conversas sobre "o apartamento" — um conceito cada vez mais real enquanto caminhávamos por Wandsworth e Lambeth e pelos ermos de Denmark Hill e até mesmo a bonita Pimlico para ver como a outra metade vivia. Fixando-nos em Tooting Bec, chegamos à conclusão de que era acessível, mas com tendência a valorizar ("É a próxima Shoreditch", assegurou-nos um corretor otimista). Esperávamos conseguir dois quartos, mas um serviria. Com construção original, em vez de alterado depois. De preferência sem gente no andar de cima, para evitar barulho. *Maisonettes*, nem pensar. Um jardim seria um bônus, mas a ausência de um não seria um impedimento. Havia apenas um impedimento verdadeiro aqui. Luke.

Apenas um destruidor de corações.

Eu poderia ir para a Austrália; a perspectiva de uma breve luz fluorescente de positividade. *Eu* tenho *só 25 anos*. Sabia que era um erro, estabelecer-me aos 25; isso é o que as pessoas de 30 fazem! Mas a luz esmaeceu bem depressa. O quão divertido isso seria sem Luke?

Precisava de ar, espaço. Precisava caminhar. Muitas vezes, quando andava pelo campo, eu abria o Facebook ou o Twitter e procurava amigos de amigos ou seguidores de seguidores em círculos concêntricos até que eles fossem totais estranhos, então mandava uma mensagem dizendo: "E aí, como você está?", ou, caso eles pensassem que era spam, eu mandava uma personalizada, do tipo "Como foi o teatro?" ou "Gostei desse vestido na sua foto". Uma noite um desses quaisquer perguntou "Onde você está?" e eu respondi "De pé junto ao lago em Clapham Common, olhando para a água", e esse foi o fim da conversa. Meg diz que é estranho conversar com pessoas que não conheço, mas viver em uma cidade é estranho, amontoados como galinheiros, dormindo a pouco metros de estranhos, mandando e-mails para colegas quando eles estão sentados a meros centímetros de você.

Por que você não está me ligando, Megan?

— Eles nunca terão o que nós temos — disse ela uma vez quando éramos adolescentes. — Quem quer que nós encontremos, quem quer case com a gente, eles nunca terão o que nós temos.

O tráfego silenciou lá fora, e eu não liguei nem mandei mensagens de texto para ele. Me agarrei àquela migalha de controle. Abri meu notebook e me forcei a escrever. Fiz o que Luke sempre fazia, resumir situações a manchetes de tabloide.

A menina jogou a árvore de Natal em miniatura pela janela.

A menina sentiu um distanciamento antigo, familiar, quase como se estivesse flutuando.

A menina ficou acordada se perguntando para onde teria ido a raposa que era sua amiga certa época.

Não vou deixar que ele arruíne o Natal. Estava tão animada; ver meus pais, a comida da mamãe, brincar de Tia Alice. Quando tinha 18 anos, mal podia esperar para ficar longe dos subúrbios, mas agora, quando estou estressada, ele pode exercer uma atração quase magnética sobre mim: *lar.* O quarto onde eu e Meg ("É Meg e eu", não "Meg e mim", insistia mamãe) passávamos tardes preguiçosas de domingo, bicicletas ziguezagueando ao longo da rua, o cheiro de churrascos, flautas sendo mal tocadas, figuras nas telas do computador e famílias emolduradas por alcovas à noite, gatos na porta da frente e gramados orvalhados nas manhãs esperando o tilintar das chaves, crianças gritando, exigentes e amorosas: "*Mããããããe.*" O que mamãe e papai acharão disso? Eles gostam de Luke. Não vão gostar quando eu contar sobre o Luke real, sua aversão ao trabalho pesado, a indecisão sobre a carreira, a vulnerabilidade de menino e o temperamento. Bem, podemos adicionar à lista sua incapacidade patológica de ser fiel.

Como posso ter sido tão tola? Estúpida, estúpida, sua estúpida.

— Babaca — gritei. Como tinha ficado sem digitar por alguns minutos, o protetor de tela apareceu: uma foto de Luke com óculos de sol tirada de baixo. Aquilo me enfureceu, vê-lo ali. Deletar.

Em dado momento, desisti de ler as mensagens. Passava o dedo na tela até que a faixa vermelha de apagar aparecesse, e elas sumiam.

Então era isso? Dezoito meses. Um restaurante grego na Dean Street. Um amigo de um amigo dele. Uma frase mal colocada por um homem que eu nunca tinha visto e provavelmente nunca mais veria.

Não ia telefonar para ele e não ia mandar mensagens e não ia chorar e não ia deixar que *AQUILO* se esgueirasse de volta.

Consegui fazer as duas primeiras coisas.

Obriguei-me a digitar, e a seca ironia me esbofeteou. Tinha apagado todas as fotos dele do meu celular e aqui estou eu, colocando-o de volta no meu notebook. Forcei-me a seguir em frente, embora minhas mãos sejam pesos mortos: nacos de carne gordos, pálidos e manchados.

Clichês. Todos os clichês.

A menina de 25 anos odeia a si mesma, mas odeia Luke Addison ainda mais.

Em algum momento o ruído do tráfego parou e eu não liguei nem escrevi para ele.

Eu bato nas teclas com as mãos brutas e a sensação de tontura na minha cabeça se transforma em letras na página. O quarto gira. Não estou bêbada, mas já reservei tempo para isso.

Continue escrevendo, Alice... não pare.

Preciso me concentrar nas coisas boas. Natal — depois, a reunião de fevereiro no Hampton, também. É assim a infelicidade, é assim que será a segunda metade dos seus vinte anos? Agarrando-se a datas para sobreviver.

Uma mensagem de Ben. "E aííííííí? Quando a gente se vê?"

Quando eu era criança, costumava imaginar crises românticas: percebi que não poderia ser uma mulher sem experimentá-las. Escrevi poemas sobre elas, cheios de conversinha vazia e teórica. Mas isso é a realidade: não ter a menor ideia se o ódio triunfa sobre o amor e, além disso, os detalhes práticos, confusos, não saber se deixo meu telefone ligado ou desligado, e o que vou dizer se um colega perguntar do Luke no trabalho, e o que fazer com os nossos ingressos para o Globe na quinta que vem.

Luke Addison é um mentiroso.

Essa é a minha palavra para o dia de hoje. Mentiroso. Ou desgraçado. Ou Praga. Ou infiel. Ou ingênua. Muitas possibilidades.

Este será meu último texto no diário por algum tempo.

Queria que ele estivesse morto. Queria estar morta.

Meg ainda não ligou de volta.

"Na sua área, primeira semana de fev bjs", respondo a Ben, a sensação de satisfação por conseguir alguém no lugar de Luke imediatamente sendo sobrepujada por uma culpa hesitante.

Lá fora, silêncio — ou o quase silêncio que você brevemente consegue em uma cidade à noite.

— Olá, velhos amigos — ouço-me dizendo para a noite e o quase silêncio e o esgotamento nos meus olhos, porque não ouso mais escrever.

Vou escrever uma última linha aqui: *farei Luke se arrepender nem que seja a única coisa que eu faça.*

Carta enviada pelo Professor Jeremy Cooke, 7 de setembro de 2012

Larry,

Isso não veio a mim em um sonho ou numa frenética explosão de concentração de fim de noite. Não veio acompanhado por um trovão ou por um coro celestial. Não houve uma enorme moldura romântica, apenas uma caminhada pela floresta com o cachorro. Um cenário discreto para uma epifania potencialmente tão grande. Um assassinato.

Veja, eu sei o que aconteceu com Alice. Foi um daqueles insights imprevistos, mas eletrizantes. Imagino que teve semelhanças com a forma como você se sentiu quando encontrou (mas lhe faço um desserviço, senhor, o seu não foi um mero encontro, mas o produto de anos de trabalho minucioso e sistemático) o Teorema de Gutenberg. Um lampejo de — e me perdoe por usar o termo em conexão a mim mesmo — inspiração. Foi o mais próximo que cheguei de um momento eureka.

Não pode ser, disse a mim mesmo. *Simplesmente não pode.* Mas o que é o nosso trabalho como cientistas, Larry, se não pensar o impensável? Mesmo que apenas como hipótese, eu postulei: *E se*?

A questão é: uma vez que você teve um pensamento seminal, as portas da imaginação se abrem. Tudo é filtrado por aquele prisma. Tipo dominós caindo. Como, depois que o genoma humano foi mapeado, várias coisas se tornaram possíveis, até mesmo decifrar nossa predisposição para doenças. Tarde demais para mim, essa pequena maravilha da descoberta, mas que passos monumentais nossos descendentes poderão dar.

Todo mundo é detetive amador hoje em dia, mas a polícia tem abordado a investigação pelo ângulo errado. É análogo a quando alguém procura em uma sala algum item específico: os olhos não são capazes de *não* se fechar em parte para todo o resto. A maneira lógica e plausível com que eles abordam essa tarefa — construindo teorias para então tentar prová-las ou dispensá-las — é dependente de uma dessas teorias realmente ser correta. A ciência nos liberta para enxergar as situações através de ângulos obtusos.

Discutindo os méritos do meu trabalho, a mecânica do "projeto Alice", esta pessoa tinha cometido um erro; uma declaração mal colocada e, aleluia, foi como uma neblina se dissipando.

— Podemos transformar Alice em quem quisermos que ela seja — disse ele, descuidadamente. — Podemos inventar uma pessoa e nos reinventar no processo.

Larry, estava ansioso para rabiscar uma curta missiva para você de imediato, mas há trabalho a ser feito. Já fui derrubado antes por hipóteses inadequadamente preparadas. Há evidências a serem coletadas, argumentos a serem analisados. Preciso deixar tudo à prova de erros. Mas estou convencido. Tal como acontece com todos os problemas aparentemente mais obtusos e impenetráveis, a solução é óbvia.

Fliss e eu vamos sair esta noite: uma bem-recebida *A Tempestade* no Mayflower. Sempre fui bastante atraído pelo mais enigmáticos dos protagonistas, Próspero — como um deus, como uma criança, mestre do seu universo, excomungado, aleijado pelo amor e pela falta dele, imperfeito, mas capaz de perdoar. Não se preocupe, meu velho amigo, não serei influenciado por sua demonstração de benevolência. A justiça deve prevalecer.

A Quinta de Mahler, uma xícara de Earl Grey, o esboço da minha carta de demissão (que comecei em tantas ocasiões anteriores) diante de mim. Não é uma vida ruim, essa. Notas para a estrutura do meu livro, o livro da Alice, espalhadas em desordem pela minha mesa. Após a caminhada pela floresta desta tarde, chego a suspeitar que ele possa ter um final inesperado.

Mensagens de texto enviadas por Alice Salmon, 4 de fevereiro de 2012, entre 23:47 e 23:59

Para Ben Finch:

Você tá certo nós somos algo que passava e parou... você está aí? Quer me encontrar no nosso local favorito???

Para Megan Parker:

Foi mal por ser uma péssima amiga. Te amo menina bjs

Para Luke Addison:

Isso não saiu como eu planejei. Estrago a porra toda. Não me espanta que vc me odeie ☹

Para Elizabeth Salmon:

Como você pôde? Como você pôde?

Para Luke Addison:

Não acenando, mas afogando

Parte VI

AS COISAS QUE FAZEM DE VOCÊ, VOCÊ

Post de blog por Megan Parker, 26 de outubro de 2012, 17:15

Li no Twitter essa manhã que eu sou insana.

Isso me fez rir em voz alta. Sério. Tem que rir pra não chorar. Ou então essas coisas te arrastam pra baixo.

Depois que perdemos Alice, sua família foi a primeira nos holofotes da mídia. Depois foi qualquer homem com quem ela tivesse minimamente falado; dependendo da publicação, eles eram "ex", "ligações românticas", "interesses amorosos" ou "conquistas". Então os amigos se juntaram à lista de alvos legítimos e eu estava no topo da pilha. Era um alvo fácil.

Houve um período em que eu não podia sair do apartamento. Um amontoado de jornalistas estava acampado do lado de fora, sobrevivendo de Starbucks e me recebendo sempre que eu abria a porta com uma saraivada de cliques das câmeras e "Megan, Megan, como você está se sentindo hoje, Megan?".

Um adulto morto nunca provoca o tipo de cobertura que um caso envolvendo uma criança recebe, mas um editor chegou ao ponto de afirmar que nossa história tinha um "aspecto trágico Shakespeariano: duas quase-irmãs, separadas pela morte."

Engraçado como eles acham que são especialistas em mim. Nunca percebi que tinha "a clássica criação suburbana", que eu era "uma libriana típica" e que a minha tristeza estava provando ser "um fardo insuportável".

Terapeutas foram entrevistados, artigos ilustrados com desenhos coloridos e infográficos. *Como lidar com a perda. O que esperar quando sua melhor amiga morre. Celebridades que perderam suas BFFs.*

Tentei cooperar. Me forcei a olhar para as câmeras, a responder às perguntas, porque, como vespas em um vaso, eu temia antagonizá-los. Quando isso saiu pela culatra, recusei-me a participar, mas não fez diferença: eles já tinham decidido como queriam me retratar.

Quando já tinham me esgotado, um site publicou uma foto da minha mãe e do meu pai em "um intervalo do seu apoio a mim". O subtexto sarcástico era evidenciado pela legenda "os pais de Parker desfrutam de um passeio na praia em Devon", sugerindo que eles sequer podiam tirar um fim de semana para comemorar o aniversário de casamento deles. Isso estava longe de ser o único caso. Coisas sobre paternidade e amizade, como nossos centros urbanos viraram zonas proibidas nas noites de sexta e sábado — tudo era usado, desde que Alice fosse o "gancho". Percebendo uma oportunidade, um jornaleco tratou de publicar uma matéria intitulada "O caso de Salmon destaca a impotência de Leveson". Aparentemente, levantei algumas questões interessantes.

Esqueço o que disse — e o que não disse. Estou absolutamente arrasada com isso e, ainda assim, eles circundam como chacais atrás de mais um pedaço da carniça, mais uma distorção, mais um furo, uma sequência.

Tem havido interpretação, extrapolação e exagero (Alice teria dito que isso a fazia lembrar do jargão do programa de rádio *Just a Minute*); abusos da lógica e da boa fé; dois mais dois convincentemente somados de forma a dar cinco. Por que deixar os fatos atrapalharem uma boa história?

Li em algum lugar que deixei o meu emprego não por causa do meu desejo de retornar a estudar em tempo integral, mas porque me sentia incapaz de trabalhar. Colegas de trabalho — não deram os nomes — teriam testemunhado que virei "uma sombra do que eu era" e que eu "corria o risco de desabar sob a força bruta do luto". Havia um monte de fontes não identificadas.

Ainda esta semana, um blog deu o "furo", imprensado entre coisas sobre Jay-Z e Jim Davidson, que Alice e eu "regularmente" fumávamos maconha. Bem, alô. Desde quando três ou quatro vezes nos últimos dez anos constitui regularmente? A justificativa? Meia frase de um amigo em comum. (Não se preocupe, Nik, eu não guardo rancor; você foi um cordeiro no matadouro.)

Entre os anúncios pop-up de sapatos com 50% de desconto, as alegações de danos morais, as garantias de perda de três quilos em sete dias, já ganhei um sobrenome errado, a idade errada e tive a minha cidade natal transplantada para Cambridgeshire. Ao que parecia, meu pai não era um gerente de uma loja de móveis, mas de uma empresa de estofados. Cresci em uma casa geminada. As férias que passei com a família de Alice quando tinha 11 anos foram na Grécia, não na Turquia. Até as coisas boas que eles dizem são contaminadas. Não tivemos uma infância "de cartão-postal", mas uma infância típica, normal, e seria falso redesenhar isso.

Fui chamada de fanática religiosa, de festeira, de péssima profissional de RP, de garota típica de 20-e-poucos anos. O que está acontecendo comigo tem paralelos com o que aconteceu com Alice. Eu deveria ficar feliz, porém. Estou aqui para ler.

Alguns sites — presumivelmente porque perceberam que essa abordagem agradaria seus leitores — pediram ao público que me deixassem em paz. "Quanto mais essa mulher deve suportar?", perguntaram.

Posso ver porque a natureza interminável das notícias intermitentemente exauria Alice. "É algo que nunca dorme", ela me disse uma vez. "Como eu!".

Para cada indivíduo que declara que sou boa, há outro que clama o oposto; que surge quando sou tema de debate em salas de chat, da mesma forma que a recessão econômica ou a limpeza das toalhas de mesa no TripAdvisor. Sugestões de "corajosa" ganham o contraponto de "maluca", "leal" e "falsa", "normal" e "esquisita".

Vim a perceber porque celebridades e políticos empregam assessores de imprensa. Nunca foi meu tipo, essa espécie de RP, os tratos sorrateiros e furtivos que empurram nomes para a mídia — e mantêm nomes fora dela —, as negociações de bastidores pelas quais Max Clifford era tão famoso antes do animal da mídia que ele tinha domesticado se voltar contra ele. O que ele esperava? Isso é o que você ganha quando nada com tubarões.

Já devem ter se aproveitado o bastante de mim a essa altura? Com certeza logo partirão para outra, como gafanhotos atrás da próxima vítima, certo? Já não tiverem sua porção de carniça? Por favor, me deixem em paz agora.

Ingênua, acreditei que seria útil postar no meu blog, mas isso apenas atiçou as chamas, então este é definitivamente meu último post. Além disso, aqui está o que eles *deveriam* estar abordando. Como Indiana Cooke está capitalizando sobre uma calamidade. "Uma perspectiva única sobre o caso Alice Salmon", promete a publicidade antecipada do seu livro. "Um explosivo relato de alguém próximo ao caso que abalou o país".

Farejando um best-seller, a editora anunciou que deverá estar nas prateleiras já no próximo verão ou mesmo na primavera. Deveriam ter vergonha. Ele, também, e sua bizarrice indulgente e autodepreciativa: bebendo seu vinho e informando os entrevistadores que haverá mais um capítulo nesta saga lamentável.

RP ensina você a seguir o roteiro, mas, às vezes, você precisa falar com o coração. "Bota pra fora", Alice costumava dizer; e eu vou, eu vou.

Sinto muito se minha dor não é suficiente para vocês, se não é o tipo certo de tristeza. Mas, por favor, me deixem em paz agora. Ninguém sabe o quanto eu perdi.

Comentários foram desabilitados para este post.

Carta enviada por Robert Salmon, 3 de setembro de 2012

Harding, Young & Sharp
3 Bow's Yard
London EC1Y 7BZ

Sr. Cooke,

Recaiu sobre mim a tarefa de lhe escrever em nome da minha família.

Para sua informação, desejo declarar que nós, de maneira alguma, sancionamos, aprovamos ou aplaudimos o conteúdo do seu livro. Essa é uma palavra que você não poderá usar na capa: autorizado.

Minha mãe tem falado sem parar sobre uma descrição do livro: "híbrido de thriller e ciência social."

— Violação de túmulos, isso sim — diz ela. Que forma peculiar de passar a vida, ela afirma, desenterrando os mortos.

Você é um desgraçado, Cooke. Estou anexando a impressão de um e-mail escrito por Alice em 10 de dezembro de 2004, mas, ao que parece, nunca enviado. Aposto que você não vai incluí-lo no seu assim chamado "includente" livro. Sim, você se gaba de querer a verdade; bem, publique isso e então suas alegações podem soar menos vazias.

Escutei a parte final de um programa da Radio 4 recentemente no qual você estava pontificando sobre "consertar erros" e sua fé na lei — bem, a lei não nos deu respostas ainda, então, no fim das contas, talvez ela seja uma bosta.

Desempenhei meu dever filial o informando da nossa posição quanto ao livro. O que meus pais não pediram que eu informasse a você — mas farei assim mesmo — é que minha mãe não passa perto de uma bebida há algumas semanas agora e prometeu nunca mais fazê-lo novamente. Estamos incrivelmente orgulhosos dela.

Veja só, estou fazendo o que prometi não fazer — travar um diálogo, conversar e entrar em detalhes. É verdade o que dizem, você é convincente. Mas não deixe que seu famoso ego leve a melhor. Mamãe diz que você significa menos para ela do que um mero grão de poeira. Palavras dela.

Quanto ao meu pai e eu, nós reconhecemos um velho sujo quando vemos um; sentimos pena de você, na verdade. Contenha quaisquer tentações de autoengrandecimento ou qualquer senso inflado de grandeza, professor — descobrir sua associação com mamãe foi, na verdade, um golpe relativamente pequeno, dada a tragédia pela qual passamos.

Comecei a escrever com a intenção de compor uma missiva legal, mas parece ter transmutado. Alice costumava dizer que eu era um advogado contido. "Arrisque-se de vez em quando, Robster", dizia ela. "Vai te fazer bem." Então farei isso. Tenho uma confissão: deixei-lhe uma mensagem de voz no dia 24 de maio, o que não deveria ter feito. Por isso, peço desculpas.

Independentemente disso, mantenha em primeiro lugar na sua mente o nosso aviso sobre deixar esta família em paz, porque não vou elaborar aqui o que meu pai prometeu que fará se você ignorar esse pedido.

Mesmo se tentar incomodá-los, eles não estarão mais aqui. Decidiram ter um novo começo, mudar, alterar suas informações para contato, limpar tudo. Você não vai encontrá-los, professor, e mamãe diz que você pode colocar isso no seu cachimbo e fumar. Ela diz que você, como o resto do mundo, pode ir para o diabo. Diz que Alice — a *verdadeira* Alice — viverá mais tempo em seu coração do que em qualquer livro. E você pode colocá-lo em outro lugar, diz ela, um lugar onde o sol não brilha.

A propósito, nenhum de nós tem a menor intenção de lê-lo.

Atenciosamente,
Robert Salmon

E-mail enviado por Alice Salmon, 3 de fevereiro de 2012

De: Alicethefish7@gmail.com
Para: Lukea504@gmail.com
Assunto: US
Anexo: Lemmings.jpg

Ei Sr. L,

Tenho pensado em nós — não tenho pensando mais quase nada, na verdade, nos últimos dois meses, e cheguei a uma conclusão. Não vou mentir, tenho andado em círculos e jamais vou deixar de odiar o que você fez, mas não odeio você. Não consigo. Amo você. Eu amo você, e o resto é detalhe. Preciso de mais tempo antes de nos falarmos, mas é importante que você saiba agora. Isso é tudo.

Você cometeu um erro enorme e egoísta, mas não sou nenhum paradigma (procure!) da virtude e não estou disposta a deixar o meu orgulho atrapalhar o nosso futuro. Não entre em pânico, não estou pressionando — vamos tomar um calmante antes mesmo de reconsiderar morar juntos. Mas é isso que poderíamos ter juntos: um *futuro*.

Você se lembra do dia em que fomos na London Eye? Quero mais dias como aquele. Foi demais. Lá no alto, voando; Londres, *nossa* Londres, abaixo de nós. Fingi estar olhando para o rio e para o Parlamento e o South Bank, mas era em você que estava fixada, você, e eu estava consumida por um jorro de autoconsciência: *Algumas garotas passam a vida inteira esperando por isso.*

Estive em transe nos últimos dois meses — indo para o trabalho e para a academia e saindo com as meninas. Não é como se não tivesse me ocupado, mas tudo tem sido preto e branco, sem graça, nada brilha ou canta ou se destaca. Eu me sinto muito viva quando estou com você e, quando lembro disso, minha decisão parece incrivelmente simples. A questão, Sr. L, é que quero que fiquemos juntos, não porque tenho medo da alternativa — saberia lidar com ela, ficaria bem, nós dois ficaríamos, mas quem quer apenas lidar? Quem quer ficar apenas bem? Dane-se isso. Mereço mais. Nós dois merecemos.

Terei que ir daqui a pouco; o chefe quer me passar uma matéria. Vou ligar para esse cara que aparentemente chegou do trabalho na noite passada e encontrou linhas amarelas duplas pintadas na entrada da sua garagem, vou documentar as palavras que ele vai usar: palavras, imagino, como "chocado", "furioso" e "burocracia enlouquecida". E você acha que sonho alto! Acabei de digitar seu número no teclado do meu telefone — posso ter apagado da lista de contatos, mas está gravado no meu cérebro — e quase deixei tocar. É tão difícil *não* deixar. Posso ouvir como você soaria quando atendesse: o tom da sua voz, sua cadência (procura essa também!). Mas preciso de mais tempo e espaço para fazer minha cabeça aceitar o que aconteceu — não vamos pisar em ovos, o que *você fez* —, e você precisa respeitar isso. Pode fazer isso por mim, por favor? Nossos dois meses terminarão na semana que vem e existiria certo apelo para que nos encontrássemos então, uma simetria, mas você não deve me forçar, Luke. Além disso, parte de mim gosta da ideia de guardar pro futuro a conversa com você — de ter algo a aguardar ansiosamente. Isso ficará na minha cabeça o fim de semana todo quando estiver perambulando pelo Hampton (vai ser um fim de semana daqueles!); será o meu segredo, o nosso segredo. Isso me faz soar maluca? Bem, não somos todos um pouco? Especialmente quando estamos apaixonados. Já mencionei isso? EU AMO VOCÊ.

A bjs

PS: Isso tudo presumindo que você queira continuar namorando comigo, é claro, porque você pode ter encontrado alguém muito mais inteligente e muito mais bonita nas últimas oito semanas. Mas, pensando bem, você precisaria de mais de oito semanas para encontrar alguém que ature seu tagarelar interminável sobre filmes e seu TOC com a maneira de passar as camisas!

PPS: Se você fizer uma coisa dessas de novo, corto seus trecos fora!

PPPS: Amo você.

E-mail enviado por Elizabeth Salmon, 8 de outubro de 2012

De: Elizabeth_salmon101@hotmail.com
Para: jfhcooke@gmail.com
Assunto: Ela

Caro Jem,

Aposto que não esperava ouvir de mim de novo, não é? Não esperava voltar a entrar em contato. Não esperava nada disso. Bem, não se preocupe, deixarei você em paz logo. Mas, após ter conversado com Meg, senti-me na obrigação de escrever. Sei que vocês dois brigaram, mas você precisa colocar de lado seus preconceitos tolos. Ela abriu meus olhos.

— Desculpe por não manter contato recentemente — disse ela. — Às vezes é mais fácil simplesmente ignorar os lembretes. Mas, com o passar do tempo, fica mais difícil fazer isso.

— Querida, venha aqui — falei. Ela caiu nos meus braços e inspirei profundamente: um cheiro que me fez lembrar de um cheiro que me fez lembrar de Alice.

Visitei-a sob o pretexto de devolver o livro de Kazuo Ishiguro. Coitada, claramente incapaz de bater na porta, ela o tinha deixado na minha porta uma noite, mas achei que, se Alice o tinha dado a ela, significava que queria que a amiga ficasse com ele.

— Ainda sinto falta dela todos os dias, tia Liz.

Devia fazer bem mais de dez anos que ela não me chamava assim: o "tia" foi abandonado exatamente no momento em que Alice deixou de chamar a mãe desta menina de "tia Pam"

— Dizem que você não melhora, que nunca supera. Apenas aprende uma nova realidade, aprende a se adaptar.

Sobre a mesa, cigarros, um frasco marrom de comprimidos, papéis que tinham sobrado do fim de semana, manchetes sobre o debate do Presidente Obama com Mitt Romney, uma colisão de balsas em Hong Kong, uma mulher da Georgia que supostamente tinha morrido com 132 anos. Sua nova realidade.

— Ter cicatrizes não é algo de que deva se envergonhar. Elas fazem de nós o que somos.

A presença de Meg estava fazendo a ausência de Alice parecer mais real, sua vivacidade dava à morte da minha filha um foco mais nítido: dava cor e profundidade à distância. Lembrei-me das vozes delas no andar de cima, das gargalhadas agudas, dos sussurros, fazendo planos, cantando, economizando para comprar patins. Mais tarde, preparando-se para sair à noite, horas na frente do espelho: meninas animadas, destemidas.

— Alguns pais dão os nomes dos seus filhos mortos a estrelas — eu disse. — Da próxima vez que o céu estiver limpo à noite, Meg, olhe para cima. Há toda uma galáxia de nossos filhos lá em cima. — Limpamos as lágrimas do rosto uma da outra; pele que Alice tinha tocado. — Um dia, querida, você terá lindos bebês e eles vão te trazer tanta alegria quanto Alice me trouxe, quanto Alice me traz.

— Por que ela fez isso, tia Liz?

Continuei passando meu polegar pelo rosto dela, como se tentasse apagar uma mancha invisível.

— Por que ela escolheu esse caminho? Não precisava ter...

Levei alguns segundos para captar a quê ela estava se referindo; um mecanismo em mim se recalibrou sozinho.

— Querida, foi um acidente.

— Me desculpa, Tia Liz, mas não podemos nos ajudar se não formos honestas.

— Alice nunca teria feito isso.

— Mas fez.

— Não, você não deve dizer isso.

— Sinto muito por precisar ser a pessoa a dizer isso, mas não vamos conseguir seguir em frente enquanto não encararmos isso. Você não deve ter vergonha. As pessoas se matam... quero dizer, elas tiram suas próprias vidas por um milhão de razões. É muito horrível para entender, mas, no fim das contas, foi a escolha que ela fez.

— Minha filha não era assim.

— Não se trata de como ela era; não existe um molde. Qualquer um poderia chegar a esse ponto.

Um pânico ofegante se apertou ao meu redor: nunca mais verei Alice de novo.

— Ela me contou sobre o que você fez quando morava em Southampton. Como você... você sabe... como... Ela me confidenciou que o avô dela tinha deixado essa informação escapar.

— Isso foi há trinta anos.

Jem, eles acham que não há segredos na era da Internet, mas eles existem. Eu recebi uma mensagem de texto de Alice.

Geonálise do celular, foi como o oficial de ligação com a família chamou isso. Recuperação forense de dados. As mensagens de texto de Alice, suas ligações e até mesmo seu histórico de navegação na Internet chegaram ao domínio público — fornecidos pelos investigadores ou presumidos ou vazados ou compartilhados por aqueles com quem ela estava se comunicando. Tudo isso em meio a inverdades absurdas, tudo a partir do iPhone que ela tanto amava e que pescaram do rio, fatos e ficção, matéria e mito. Mas nem todas as suas mensagens de texto vieram à luz. A maioria veio, mas uma delas não. Uma que ela me enviou na sua última noite.

Viu, segredos.

O que vou fazer, Jem?

Sua,
Liz

Texto lido por Elizabeth Salmon no funeral de Alice Salmon, 13 de fevereiro de 2012

A morte não é nada.
Eu apenas escapuli para a sala ao lado.
Eu sou eu, e você é você.
O que quer que fôssemos uma para a outra,
Nós ainda somos.

Me chame pelo meu velho nome de família.
Fale comigo da maneira leve
Do jeito que você sempre falou.
Não altere o seu tom.
Não adote um ar forçado de solenidade ou de tristeza.

Ria como sempre rimos
Das pequenas piadas que apreciamos juntas.
Brinque, sorria, pense em mim. Reze por mim.
Deixe meu nome ser a palavra caseira
Que sempre foi.
Deixe-o ser dito sem afetação.
Sem o vestígio de uma sombra sobre ele.

A vida significa tudo o que sempre significou.
É a mesma que sempre foi;
Há uma total continuidade ininterrupta.
Por que eu deveria estar fora da mente
Por estar fora da vista?

Estou apenas esperando por você.
Por um intervalo.
Em algum lugar. Muito próximo.
É só virar a esquina.

Está tudo bem.

Carta enviada pelo Professor Jeremy Cooke, 10 de outubro de 2012

Larry, ela esteve aqui. Sem hora marcada, sem aviso; apenas uma batida na porta e lá estava ela.

Ainda é bonita. Vestida de qualquer jeito e um pouco distraída; um toque de Redgrave ou Hepburn. Presumo que seja politicamente incorreto comparar uma mulher a um bom vinho, mas ela amadureceu de maneira impressionante.

— Onde estão as suas respostas, então? — perguntou ela.

— Liz. Como você está?

Ela tomou uma cadeira, empoleirando-se na beirada.

— Vamos lá, Doutor Morte. Toda essa investigação que você está fazendo; onde estão as conclusões?

Nada de brincadeiras ou conversa fiada. Em termos de tom, tínhamos retomado exatamente de onde havíamos parado há três décadas.

— Se você é um intelectual tão peso-pesado, explique. O que aconteceu com a minha filha? Vai, estou *esperando*.

Havia um bafo de bebida, mas não emanava dela; era a taça de vinho tinto na minha mesa. Uma lembrança foi filtrada de volta até mim: aguada e indiscreta.

— E se for verdade, e se ela tiver se matado?

— Liz, ela não fez isso.

— Megan está convencida.

— Eu aceitaria qualquer coisa que a Srta. Parker diz com uma pulga atrás da orelha.

— Você precisa superar essa má vontade ridícula com ela. A forma como tem sido tão crítico publicamente em relação a ela, acusando-a de "ser fantasiosa", não ajuda. É infantil.

Ia contar o que Fliss tinha dito, sobre Meg claramente sentir algo por mim, mas me interrompi. Parecia errado mencionar minha esposa para ela. Como também seria mais tarde, se eu comunicasse este encontro a Fliss.

— Megan era a melhor amiga dela.

Estava em um dilema, Larry. Tivera uma briga com Alice na sua última noite, lembra, e ela ficou indignada, mas seu comportamento definitivamente não era o de alguém à beira do suicídio (não que naquele estágio eu estivesse pronto para fornecer a Liz este fragmento de informação; para ela e o mundo em geral, essa conversa nunca tinha acontecido). Além disso, quando você gasta centenas de horas revirando as minúcias de uma vida, você passa a entender a personalidade daquela pessoa. A ideia de que ela poderia ter se matado... simplesmente não cabia.

— Liz — eu disse, e quase estendi a mão.

— A única coisa que eu tinha, na qual me agarrava, era que não tinha sido *isso*; e agora parece que todo mundo está dizendo que foi.

— Não, ela era forte.

— Jem, seu idiota completo, você não precisa ser *fraco* para tirar a própria vida. Suicídio é como depressão; é uma doença dos *fortes*.

Ficamos quietos, e ela examinou meu escritório: a bandeja de papéis vazia, os arquivos, o peso de papel de pedra que me deu uma vida atrás. Lembrei-me dos hotéis, dos restaurantes de beira de estrada, das lutas, da elasticidade do seu sutiã.

— E se eu estivesse errada esse tempo todo? — disse ela. — Suicídio é o único resultado que eu não poderia suportar, simplesmente não poderia. Que a minha menina pudesse ter se sentido tão mal assim. Passei os últimos oito meses negando a possibilidade, mas talvez não seja possível possa negar o inegável.

Sombras em torno dos seus olhos; uma companheira de insônia. Nós em um show, comendo filé de cavalinha em uma sala com painéis de madeira, uma casa alugada em uma cidade litorânea de província bem antes de ser valorizada, os assentos de couro e tecido da minha TR7, cor de bronze e pegajosa. Uma lembrança levava a outra. Camadas delas, acréscimos, como estratos na rocha.

— Teve a mensagem, também.

— A mensagem?

— Ela mandou à meia-noite e vinte e um, mas só vi no domingo de manhã.

— A mensagem?

— Não fiquei perturbada com aquilo, de início. Alice sempre mandava mensagens quando ficava bêbada, mas lá pelas dez eu estava bem preocupada por ela não retornar minha ligação. Então a batida na porta. Um policial e uma policial. Eu sabia que era ruim, porque só vêm até a sua casa se for ruim. — Ela alisou uma mancha no braço da cadeira. — Ainda era uma manhã comum de domingo quando li aquela mensagem, a última manhã comum de domingo de todas.

— Liz, fale comigo. Que mensagem?

— Era Plath. Aquela *porra* daquela mulher. A frase sobre estar deitada na grama; uma frase sobre suicídio.

Ela lambeu o dedo e tentou de novo limpar a mancha na cadeira, agora mais freneticamente, lixando-a com a unha.

— Não sai — disse ela, e a compaixão tomou conta de mim, como um vício. — A imprensa tem todo o resto, mas nunca conseguiram essa. Não fui capaz de encará-la até agora, mas só *pode* significar uma coisa. Não podia suportar aquelas serem as últimas palavras dela, então nunca mencionei isso para uma alma sequer, eu não poderia, nem mesmo David.

— Mas a polícia...

— Não os que bateram na nossa porta, mas os que apareceram depois; eles estão a par, mas ninguém mais está. É uma das poucas peças de Alice que não é propriedade pública. Não é da conta de mais ninguém.

Ficamos quietos, e a atmosfera era tensa, frágil, como o momento seguinte a uma discussão que nunca realmente tivemos.

— Imaginei que ela tinha bebido porque errou a citação, e minha Alice era uma defensora das citações perfeitas. — Ela fungou, deu um meio sorriso, que logo sumiu. — Você sempre tem uma opinião. O que acha disso?

Aquilo poderia ter sido trinta anos antes, ela disparando:

— Você nunca vai deixar sua esposa, não é?

Naquela época, meu desejo por ela era febril: o apogeu inescapável daquilo, seu desenrolar. Agora, com ela desmantelada, aquele desejo foi transformado em apenas uma vontade: amenizar a dor.

— Acho que, no devido tempo, tudo será descoberto. Mas, por agora, acho que você não deveria estar aqui. Posso te dar uma carona até algum lugar? Sua casa, por exemplo?

— São quilômetros.

— Eu faria isso, você sabe que eu faria isso por você.

— E eu evitaria o meu marido, se fosse você.

Servi-me de mais um pouco de vinho, e uma imagem de Liz veio à tona: vinho tinto em seus dentes. A culpa me irritou, mas eu nada tinha feito de errado, Larry. Partiria daquele encontro em poucos minutos e iria para casa para outra mulher com cabelos similarmente grisalhos: um homem na casa dos 60 que sofre de azia e tem dificuldade de ler os avisos de partida dos trens, quando trinta anos atrás teria feito a mesma coisa, só que então eu era alguém que corria por estradas verdes em um carro esporte reluzente e jogava cinco partidas de squash antes de pular para dentro do meu Raleigh Europa e não tinha câncer.

— David sabe que você está aqui?

— O que você acha?

Como em 1982, perguntas gerando perguntas.

— Dave e Robbie estão convencidos de que ainda estou vulnerável; estão me mimando. Não sou um bebê.

— Você é forte.

— Não sou forte, Jem. Quem seria forte? — Ela cruzou os braços, esfregando-se como se sentisse frio. Sua *concha*. Ao nosso lado, o sofá onde sua filha tinha dormido bêbada oito anos atrás.

Ela disse:

— Você precisa saber, Jem, que amo muito meu marido.

— Grous-canadenses, hein?

— Grous-canadenses. Imagino que tenha ouvido a série de especulações pueris de que você seria o pai de Alice.

— Zombarias — disse eu. — Infladas por Devereux. Meu nêmeses.

— Nunca trairia um homem tão bom como David.

Alice costumava me lembrar dela, Larry, mas naquele instante foi o contrário: ela me fez lembrar de Alice.

— Você deveria ler "Atlas", de Fanthorpe — disse ela. — Resume o casamento perfeitamente.

Limpei as lentes dos meus óculos. Costumava ser prudente ter um estoque de lenços por perto para oferecer a calouros que fossem desabafar, mas ultimamente eles visitavam apenas para fazer valer seus direitos e exigir uma reavaliação. Tenho minha própria teoria, Larry. Mais do que uma teoria, um *fato*. Não envolve suicídio, também.

— Você vai ficar bem? — perguntei.

— O azul do uniforme da polícia não é como aparece na TV quando você vê de perto.

— Liz, você vai ficar bem?

O que eu estava prestes a fazer poderia significar que ela nunca mais ficaria bem de novo.

Transcrição da conversa telefônica no programa de rádio de Martin "O Homem da Manhã" Clark, na estação Dane, 2 de setembro de 2012

MC: Mais tarde vamos tratar de assunto de política e escutar seus pontos de vista sobre a abertura das nossas fronteiras, mas primeiro é o acaso e, quando você já o experimentou... Queremos saber tudo sobre os seus encontros mais esplendidamente bizarros e, para dar o pontapé inicial, temos na linha Ellie, de Southampton. Ellie, enorme boas-vindas do tamanho de um café da manhã gigante ao nosso programa, o que quer nos contar?

EE: Estou ligando pra falar dessa coisa do acaso. Tive isso com a menina que morreu e que estava em todos os noticiários.

MC: Certo, tudo bem. Que menina morta em particular foi essa?

EE: Alice Salmon. Conversei com ela no dia em que morreu.

MC: Isso é... um pouco... fora de rumo, mas vamos seguir...

EE: Estava grávida de sete meses e ela me cedeu seu lugar no ônibus. "Parece que você poderia descansar um pouco desse peso", disse ela, então perguntou se eu estava esperando gêmeos, e quando eu disse que não, ela respondeu que realmente tinha que aprender a usar o cérebro antes da boca, mas eu disse que era um erro comum de ser cometido, porque eu estava parecendo uma barca e ela disse que também estava, mas não tinha a minha desculpa. Falou que eu estava reluzente. Uma mulher que trabalha comigo vem falando sobre esse livro chamado

Atos aleatórios de gentileza, e foi exatamente isso, porque normalmente ninguém se fala nos ônibus.

MC: Você está trazendo um elemento de cultura muito necessário para este programa, Ellie — até mesmo recomendações de leitura! Ficamos todos profundamente tocados por aquele incidente, e sua participação nele soa melancólica e profunda... conte-nos os detalhes.

EE: Foi só dias mais tarde que percebi que ela era a garota em todos os jornais.

MC: Sim, estamos tristemente familiarizados com a trágica história de Alice. Tivemos convidados no estúdio na época para discutir o assunto. Seu relato é tocante, mas se eu quisesse bancar o advogado do diabo diria que é mais *triste* do que casual, não, Ellie?

EE: Ia chegar lá. Sabe, meu marido me mandou uma mensagem de texto do nada enquanto eu estava no ônibus sugerindo *Alice* como nome para o nosso bebê. "Esse é o meu nome", disse a moça quando contei a ela.

MC: Obrigado, Ellie, e venham participar, costa sul. Você tem uma história sobre acaso que talvez seja melhor do que essa? A coincidência mortal, o rolar dos dados, a mão do destino... participe de todas as formas costumeiras, detalhes no site.

EE: Ela disse que ficaria completamente bêbada e eu disse que gostaria de poder fazer o mesmo. Ela olhou para a minha barriga e disse que devia ser exaustivo carregar aquilo por toda a parte e depois disse que nós não tornamos as coisas fáceis para as mães, não é? Mas elas sempre nos apoiam e, às vezes, no final, precisamos apoiá-las.

MC: Esse é um ponto de vista adorável, Ellie, obrigado por ligar... Já ia me esquecendo de perguntar, *como* vocês chamaram seu bebê, afinal?

EE: Alice, nós a chamamos de Alice.

MC: Teremos agora um pouco de música e depois o tráfego, então estaremos de volta com mais histórias sobre acaso...

Excerto de carta enviada pelo Professor Jeremy Cooke, 6 de novembro de 2012

— Você pediu para me ver — disse ela. — Aqui estou.

— Aí está você, jovem Megan. Por favor, entre.

Ela fez como instruído, tirou sua echarpe, então declarou:

— Você está um pouco velho para sair por aí deixando bilhetes, não?

Larry, se ela tivesse respondido à minha correspondência, não teria necessidade de recorrer ao velho truque do bilhete-por-baixo-da-porta. "Gostaria de recompensá-la por minhas ações", tinha rabiscado, confiante de que aquilo a faria aparecer. "Venha; pode vir a ser a hora mais lucrativa que você já passou". Ela estava usando botas e meias pretas e tinha optado por uma saia curta, apesar do mau tempo.

— Você parece bem — menti.

Ela deixou cair o casaco e o colocou sobre o braço de uma cadeira.

— É como um calabouço aqui; não tem ar.

Passei-lhe o vinho que tinha deixado à mão para a sua chegada. Branco, gelado: como ela preferia.

— Sinta-se em casa, sente-se.

Ela o fez, então perguntou:

— E aí, essa oferta?

Eu tinha aludido na minha missiva a garantir a ela duas contas de museus para sua nova empresa de RP; a intenção de voltar ao mundo acadêmico fora aparentemente abandonada. Nosso relacionamento se degenerou, mas eu suspeitava que sua avidez por negócios superaria quaisquer dúvidas da sua parte quanto à visita. Agora, aturdido por algumas notícias não tão boas do meu advogado, adotei uma postura impetuosa, confrontativa.

— Por que você alega que toquei em você?

— Se a carapuça serve.

— Mas não é verdade.

Ela deu um grande gole desdenhoso no vinho.

— O que é isso?

— Gagnard-Delagrange. É fenomenalmente bom.

— Raramente bebo hoje em dia — disse ela. — Depois do que aconteceu com Alice, fico com medo. Quando vejo meninas bêbadas, tenho vontade de dar um sermão sobre os perigos do álcool. Devo estar ficando velha!

— Estou ficando mais impulsivo à medida em que fico mais velho — falei distraidamente. — Na próxima vida, serei completamente imprudente.

— Alice é um grande jogo para você, não é?

— Dificilmente a consideraria isso.

— Li aquela entrevista onde você afirmou ser um "observador inveterado da natureza humana", mas você só se interessa pelas pessoas quando elas estão mortas ou em alguma tribo em outro continente. É como a leitura: é evitar a vida real, porque pessoas mortas e distantes não podem feri-lo.

Tentei me lembrar daquela frase em um livro, *pessoas distantes*, mas minha memória não é o que era, Larry.

— Terminou com o assassinato de caráter?

— Não, ainda não. E quanto a nós, os vivos? Não merecemos o mesmo cuidado? E quanto ao direito à privacidade? A mídia tem montado um circo em cima desse caso. Algumas das coisas que escreveram sobre Alice e mim são pura fantasia.

— Alice e eu — corrigi. — É "Alice e eu", não "Alice e mim".

Ela estendeu o copo vazio, como uma pedinte, por isso atendi.

— Notícia hoje, embrulho de peixe amanhã. É o que fico tentando afirmar para mim mesma, mas não ajuda.

Ela usa a questão da privacidade, Larry, mas não perdeu uma oportunidade de se colocar no centro das atenções, dar aquele sorriso coquete sofrido — há algo de Diana nela —, então respirar fundo e tecer elogios à melhor amiga.

— Com você fica tudo bem — acrescentou ela —, você é revestido de Teflon. Mas isso não cansa, todo mundo ter uma opinião sobre você?

— A gente se acostuma. — Muitos dos meus associados tinham seguido esse caminho, Larry: meu pai, meus contemporâneos de escola, colegas universitários, conhecidos. A última coisa que soube de

Devereux foi que ele tinha sido entregue a algum asilo, colocado em um canto, iludido e derramando veneno. Fui direto ao ponto. — Por que tentou me incriminar?

— Às vezes as pessoas vão presas por coisas que elas não fizeram. Elas são condenadas pelo crime errado, e pode não ter sido pelo que elas fizeram, mas elas fizeram outra coisa igualmente ruim. É um erro da justiça?

— Tecnicamente — respondi.

— Foda-se o *tecnicamente*. Tudo é uma coisa só. Justiça. Decidi que você precisava dela.

— A justiça não é sua para aplicar — eu disse.

— Não é sua, também. — Ela estava bebendo o vinho como se fosse água; faria efeito em breve. — Aprendi uma coisa. O público prefere bem mais uma mentira simples a uma verdade complexa.

Vi o sol de inverno, fraco e aguado.

— A verdade viaja em linha reta, Megan. Como a luz.

— Pare de falar em enigmas. E o que é essa oferta? Ou era outra das suas mentiras? Se for o caso, vou embora.

— Você não vai conseguir nenhum carro de graça nem feriados aqui.

Ela bufou.

— Pff. Um jornal disse que caberia a mim agora escrever meu próprio futuro.

— *The magic faraway tree* — retruquei, lembrando-me da frase que havia esquecido. — Era isso. O livro de Enid Blyton.

— Você está delirando.

— Será que você está com inveja? Será que é porque *você* não está no centro das atenções?

— Essa é a coisa mais louca e bizarra que você já disse, e você já falou bastante.

— Posso te fazer elogios, se é atenção que está desejando.

O aquecedor clicou, a água entrou em movimento, veio o calor.

— Falei com Liz nas últimas semanas. Ela me informou que você agora está convencida de que foi suicídio. Estou interessado em ouvir no que você se baseia.

— Aquela ponte é como Beachy Head. As pessoas pulam dela que nem lemingues.

Larry, não sou ignorante à reputação daquela construção. Costumava caminhar ao longo dela; é um dos poucos pontos desta cidade em que se pode cortejar a solidão.

— Resposta errada. Tente outra vez.

— Eu não deveria estar aqui; você vai entrar em apuros se isso escapar.

Você não vai escapar, pensei, discretamente olhando para a chave da porta sobre a minha mesa.

— Vamos lá, por que ela se matou?

— Acham que sou uma péssima amiga, mas não tenho bola de cristal. Quando Alice ficava bêbada, podia se tornar estupendamente imprevisível. Adicione as drogas e isso a deixava tão *Alice* que doía só de ver. Ela já tinha falado em suicídio antes.

Mais uma vez anotando, Larry, uma volta ao papel no qual tão confortavelmente me encaixava: arquivista, analista, pesquisador. Coletor de evidências.

— Tinha? Quando?

— Antes. Deve ter ficado sem vontade de viver.

— Você não precisa ter vontade *para* viver, Megan. Essa é a nossa posição padrão. Você precisa é ter vontade de parar de viver, de tirar a própria vida.

— Não tenho todas as respostas. Não sou Deus. — Ela se afundou de volta na poltrona, abanou o rosto. — Erro — disse ela. — Foi um erro vir aqui. Preciso ir andando. Deveria estar de babá essa noite. Para de escrever coisas, também!

Discretamente recolhi a chave e fiquei às costas dela, fingi colocar um livro em uma estante e, temporariamente fora do seu campo de visão, tranquei a porta. Ela não iria a lugar algum, esta aqui.

— Quem é você para me julgar, para julgar as minhas opiniões, Indiana?

Larry, eu não estava desqualificado a ter uma opinião; havia me tornado bastante familiarizado com esta jovem — inúmeras noites, enquanto minha esposa jogava bridge ou estava na Universidade da Terceira Idade, ficamos lado a lado na mesa da sala de jantar para sessões do nosso "Projeto Alice". Uma dupla curiosa, claustrofóbica, peneirando resmas de material, um exercício mórbido, um tipo de exumação.

— Como é que Alice se matou, Megan?

— Nenhuma das suas perguntas pode trazê-la de volta. Ela se foi. — Ela se lançou contra uma pilha de papéis e rasgou uma folha. — Isso não é ela e não sou eu... Somos mais do que isso.

Lá fora, uma luz estava piscando; fiz uma nota mental para ligar para o setor de Consertos amanhã.

— Eu costumava ficar impressionada com você — disse ela, a voz elevada —, mas não há nada. Você é feito de palavras, vento, ar quente... você é... uma ferramenta! — E soltou uma risada de desdém, um LOL como ela me explicou certa vez.

Uma a uma, as luzes se apagaram nos escritórios adjacentes; meus colegas indo embora. Eu bombardeava Megan com perguntas, elogios, perguntas. Abri uma segunda garrafa. Ela ficou um pouco tonta; dava para ver nos olhos dela, na maneira como cruzava e descruzava desajeitadamente as pernas. Ela olhava para o relógio às vezes, agitada, mas estava perdendo o foco. Fiz com que proferisse aquelas palavras sussurradas, que anotei, porque cada vez mais os detalhes deixam de ser meu ponto forte (outro dia chamei Fliss de "Liz" — um descuido que misericordiosamente ela não ouviu).

— Descreva a última ocasião em que você viu Alice — instruí, semiformalmente.

— Neve — respondeu ela com ar sonhador. — Havia neve.

Só nevou uma vez no inverno passado: a noite de 4 de fevereiro.

— Foi na margem do rio, não foi, Megan? Você estava lá, não estava? Você estava em Southampton.

Carta enviada pelo Professor Jeremy Cooke, 20 de abril de 2013

Caro Larry,

— É normal ser tão obcecado pelas mulheres? — perguntou ele ontem à noite. — Por sexo?

— Dizem que sexo é como oxigênio — falei. — Você só sente falta quando não tem.

Sou fascinado pela sua rudeza afiada, pelas marcas no seu corpo. E, sim, antes que você me admoeste, Larry, estou bem ciente de que deveria entregar o pederasta à polícia, mas aquele que nunca tiver pecado etc.

— Alice era meu oxigênio.

Mocksy, é como ele se chama, mas seu nome real é Gavin.

— Coletar as coisas dela ajuda? — perguntei.

— Não muito. No fim das contas, eram só coisas dela, não é como se fosse *ela*.

No chão, reunidos para devolução aos Salmon: um conjunto de pulseiras, cartas de baralho, uma impressão de uma dissertação sobre Maya Angelou, cartões postais, canetas, um porta-copos de bar com um desenho de canguru, uma rosa seca, uma escova de dente, anotações para uma resenha de um show, um moletom com a frase "RIR AMAR VIVER" gravado na frente.

— A única coisa que não te passei foi o livro do cara com nome japonês, que deixei na porta da casa da mãe dela.

— Meu amigo mais próximo morreu recentemente — eu disse.

— Ainda odeio um monte de coisas em você.

— Ele era meu melhor amigo e nunca o encontrei.

— Ainda odeio Alice, também.

— Tenha cuidado com o ódio, Gavin. Ele deixa manchas em você; e você fica da cor dele se o abriga por muito tempo.

Larry, é um novo conceito brilhante: tentar não ver o pior em alguém. Uma pequena confissão é pertinente neste momento: não tenho sido completamente sincero com Fliss sobre esses "encontros". Não que haja alguma coisa desagradável para admitir, mas ela não aprovaria, o que é perfeitamente compreensível dado o que o rapaz fez, em especial arrombar nossa casa. Ele é evidentemente capaz de grande maldade, mas por baixo — e não é esse o trabalho do acadêmico, ver o que há por baixo? — não é exclusivamente ruim. Ninguém é. Ele me garante que deseja melhorar, recomeçar. Uma, como poderíamos denominar, "tabula rasa".

— Vou estar nesse seu livro? — perguntou ele.

— Você já está.

— É melhor não me detonar.

— Vou demonstrar o mesmo respeito que você me demonstrou naqueles fóruns!

— Aquilo foi só Internet, um livro é diferente. Não vão apagar as minhas postagens, se é isso que você tá querendo. É política deles não apagar.

— Já disseram coisas piores sobre mim. Além disso, estes posts são parte disso.

— Parei de usar os fóruns. Chega dessa porcaria de lobo solitário. Todas as coisas que postei, ninguém dá a mínima pra elas. Seu livro tem mais chance de me deixar famoso. Mesmo que seja uma merda.

Gosto do seu desprezo; lembra minhas conversas com aquele psiquiatra, Carter. Outra confissão: descobri onde está aquele desgraçado.

— Eu podia ler a coisa toda. Podia ser seu editor!

— Sou da opinião de que ninguém que esteja caracterizado nele deve lê-lo com antecedência.

— Você leu! Você não confia em mim pra manter a boca fechada sobre o final, não é?

O garoto levantou e ficou perto da janela. Que dupla deveríamos ser, Larry: duas criaturas de continentes incomensuráveis. Evidências A e B. Ele brincava com a orelha direita, um desses piercings que são um buraco bem no meio do lóbulo que estão na moda atualmente; senti um murro de piedade por ele ser capaz de se mutilar desta forma.

— Esse escritório, essa universidade, essa cidade; eles são os *seus* fóruns, não são? — disse ele. — Permitem que você nunca seja desafiado.

Curiosamente, ele é mais articulado em pessoa, menos intimidador. A Internet o faz perder o controle, com as palavras distanciadas, sem corpo, desprovidas de comunicação não verbal. Uma briga de bar em tempo real onde o menor denominador comum prevalece.

— Ela era forte demais pra nós dois, não era? Alice.

— Desejo — afirmei — é algo programado em nós. A escolha que temos é como responder a ele. — Brevemente, tentei visualizei a compleição isolada da luxúria (a sensação metálica e carnuda de outra língua humana, o cheiro antigo e intransigente do sexo), mas ela desapareceu, esvanecendo como quando recordamos o cenário de um feriado de muito tempo atrás, as colinas de Skye, digamos, ou as Dolomitas italianas. Um maníaco sexual, foi como ele se referiu a mim em uma das suas diatribes online; um termo dos anos 1980, saído de um *Carry On*. É assim que serei lembrado? Uma figura remotamente cômica, em sua juventude confusamente movido a testosterona e egoísmo, disfarçados de intelectualidade ou, mais provavelmente, de excentricidade.

— Gavin, aprenda com meus erros — falei. — Você neutraliza as situações fazendo com que seus segredos não sejam mais segredos.

— Acho que eu a amava — disse ele. — Alice. Meio que. Minha nova patroa, Zoe, ela é uma namorada de verdade; acho que a amo, também.

— Amo Fliss. Mais, na verdade, do que a mim mesmo.

— Eita, isso tudo! Acho que as mulheres nos deixam melhores.

— Amém. Mas piores, também. Elas têm isso em comum com a religião. Até gostaria de poder redescobrir a minha fé. Enquanto isso, aposto no potencial dos seres humanos, no nosso poder.

— Você acredita em tudo isso, Homem de Gelo? Amor e essas coisas?

Silêncio enquanto eu, inarticulado e inexpressivo, lembrava-me de uma linha de pesquisas que tinha pensado em explorar décadas atrás e luxuriava na lembrança do que seria a definição baseada em mim e na minha esposa: ela me enxotando da pia da cozinha para a sala, o clique das suas tesouras de jardim, o pinicar do avental de "melhor chef do mundo" que me deu de presente no meu aniversário de 60 anos, uma sala de chá em uma cidadezinha, um sebo de livros.

— Sim, acredito. Muito. É o que resta depois de tudo. É o que Alice distribuiu todos os dias e, agora que se foi, é o que ela deixou.

Fui para o lado dele e descansei minha mão no seu ombro; pequeno, mas surpreendentemente musculoso.

— Não sou gay, Homem de Gelo, só pra você saber.

Voltei para o meu lugar.

— Também não — repliquei. — Só para *você* saber. O problema de se afastar do rebanho, jovem, é que às vezes precisamos dele. Proteção, retiro, companhia, amor. Somos animais sociais.

Não somos tão diferentes, Larry, eu e esse rapaz: nossa compulsão por sermos ouvidos, preocupados em gravar as nossas histórias, capturando o legado das nossas vidas, ele através de um arco-íris de cores em seus braços, eu através deste livro, assim como nossos antepassados fizeram nas paredes da caverna de Lascaux.

— Realmente acha que podemos mudar? — perguntou.

— Sim, acho. É o que nos torna humanos, ter essa possibilidade. A cada dia escolhemos quem somos. Que roupa vestir, o que dizer, o que comer, como nos comportar, que imagens colocar nos nossos braços. É através desta miríade de pequenas decisões que cumulativamente nos tornamos o que somos.

— Tenho uma confissão para *você*. Aquele maluco do Devereux nunca afirmou que você estava comendo a mãe de Alice um ano antes de ela nascer. Esse foi um dos meus floreios!

É tão difícil não odiar, Larry, mas estou tentando. Mudei de posição na cadeira. A rigidez habitual, mas uma pontada atípica de dor também, o que me fez estremecer.

— Como é isso, Homem de Gelo? O câncer? Minha avó dizia que era como ser comido de dentro para fora.

Não é assim para mim, Larry. Não são os procedimentos médicos ou a desintegração fragmentada das próprias capacidades físicas, é o medo fluido que tenho do conceito de não existir e ainda assim tudo continuar muito bem. Nós, acadêmicos, gastamos bilhões de libras e investimos imensas reservas de energia intelectual em busca dos objetivos mais nebulosos quando sequer arranhamos a superfície de como nos manter vivos.

— Verei a justiça ser feita antes de partir. Por Alice.

— Espero que a mãe dela não tenha lido aquele livro que deixei na porta dela — disse ele. — É sobre pessoas criadas para ser quebradas e usadas como peças sobressalentes; cultivadas, doadoras, clones. Todas essas coisas sobre viver mais de cem anos ou morrer jovem, uma maluquice completa; teria sido bem desagradável para ela ler. Mas no fim das contas é só uma história. Tipo, inventada.

Ele coçou o braço, um hábito nervoso, e, por baixo da pintura de guerra, eczema. Eu pretendia dizer "Você não deveria ter isso, é uma criança", mas saiu como:

— Dói, fazer tatuagem?

— Um pouco. Mas vale a pena.

Sim, nos dê mais alguns milhares de anos, Larry, e vamos entender tudo isso, esse quebra-cabeça gigantesco. Nós, cientistas. Nós, antropólogos. Minha tribo.

— O lance das tatuagens — disse ele — é que elas ficam com você, elas te marcam.

— A vida também, filho. A vida também.

Excerto de carta enviada pelo Professor Jeremy Cooke, 6 de novembro de 2012

— Você estava lá, não estava? — repeti. — Em Southampton?

Larry, ela lutava contra as consequências da sua enunciação, esforçando-se na busca mental para uma resposta. O álcool definitivamente tinha começado a fazer efeito, sua expressão estava franzida, fios de cabelo caídos sobre o rosto. Bem caro, este vinho, mas vale cada centavo.

Puxei minha cadeira em direção a ela para ficarmos mais perto.

— Você estava lá, Megan, não estava? Admita.

Ela estava furiosa, aterrorizada; um composto que eu mal havia testemunhado antes. Apenas uma vez, na verdade: Liz. Ela murmurou meia frase.

— De novo — exigi. — Mais alto. — Larry, minha voz estava elevada. Para um homem impotente, eu tinha um foco selvagemente acurado. Talvez estivesse à beira da agressão física. — De novo — repeti. — Vamos ficar aqui a noite toda, se necessário.

Ela franziu o rosto, cálculos, contas, formulações, mas o Gagnard-Delagrange, aquele vinho maravilhoso, elegante, energizante e cheio de graça, tinha realizado sua magia, torcendo o maquinário de sua mente.

Eu disse:

— Será preferível se você oferecer isto de forma voluntária. Aqui. Agora. Para mim. Será melhor para você.

— Só fui porque ela estava tão bêbada.

— Então você *estava* lá?

Sua linha de visão subiu até o teto e erraticamente seguiu o desenho da sala.

— Sim, mas não com ela, não perto dela.

— Por quê?

— Suicídio — disse ela.

— Não.

— Sim.

— Não.

— Sim. — Sua atenção mudou do berrante vaso de rosas vitoriano para a mancha de mofo que recentemente tinha crescido do tamanho de uma bola de tênis e seguiu para um prato de jantar. — Ela falou sobre isso antes. Que outras provas você precisa?

— Alguma, eu gostaria de alguma.

— Tem várias.

— Não tem nenhuma.

Ela soluçou, contorceu-se na cadeira. Servi o restante da garrafa. Não era a primeira menina a estar neste escritório nesta condição. Houve Alice e outras. Sim, outras.

— Estamos fazendo progresso agora, Megan. — Segurei o abridor de cartas, uma delgada e antiquada faca de aço inoxidável. Bati com ele de leve na palma da minha mão esquerda. — Não foi suicídio, foi?

— Pare de negar. Há provas.

— Não há um pingo.

— A mensagem — gritou ela —, aquilo é prova.

Encaramo-nos, e eu tremi.

— Que mensagem, Megan?

Ela hesitou, então cometeu a tolice:

— A mensagem suicida.

— Mensagem suicida?

— Aquela citação de Plath que ela enviou para Liz pouco antes de se matar. Você não pode ter prova mais conclusiva do que essa. Uma mensagem suicida!

O segredo de Liz voltou à minha mente: *eles têm todo o resto, mas nunca conseguiram essa.*

— Onde você ouviu falar disso?

— Li a respeito.

— Não tem como você ter lido.

— Li, estava no jornal.

— Qual jornal?

— *Um* jornal. Não sou obrigada a aguentar isso — disse ela, apoiando-se para ficar de pé.

Coloquei minha mão em seu ombro, aplicando pressão.

— Certamente você pode elucidar qual jornal, porque com certeza não tinha referência a uma mensagem suicida em coisa alguma que eu vi, e Alice é o único assunto sobre o qual posso confiantemente reivindicar ser mais versado do que ninguém.

— Sim, seu bizarro.

— Exatamente. Tenho arquivos cheios de recortes. Podemos procurar neles, se quiser. Vamos lá, vamos fazer isso juntos.

— Na verdade, Sr. Cleptomaníaco, foi em um site; sim, é isso, em um site.

— Sente aqui, então, e abrirei cada texto online sobre ela que já foi escrito; salvei todos, é só você apontar.

— Não tenho memória fotográfica, né? Só lembro que foi na internet: ela enviou uma mensagem de texto sobre a morte ser bonita e sobre ficar deitada na terra marrom macia.

— Para alguém que afirma ter uma memória imperfeita, você parece muito bem familiarizada com esse trecho.

— Parece peculiar — disse ela.

— Está na hora, Megan. Sem mais mentiras.

Ela fez um movimento irregular com a mão, em ziguezague.

— Nem sempre viaja em linhas retas — disse ela, então perdeu a linha de pensamento.

Nunca mencionei a mensagem para uma alma sequer... nem mesmo David, foi o que Liz disse.

— Isso termina essa noite.

— Ela caiu.

— Então você viu o que aconteceu?

— Sim. Não.

— Sim ou não?

— Aquela barragem é tão alta.

— Por que mencionar a barragem, Megan?

— Estava muito longe.

— Mas você a viu entrar na água?

— Ela pulou.

— Como você pode ter certeza se estava muito longe?

Ela colocou a cabeça entre as mãos; rezei para que ela não começasse a falar coisas sem sentido ou desmaiasse.

— Tentei salvá-la.

— Ah, agora você tentou salvá-la, é?

— Ao longo dos últimos 25 anos, quero dizer. Passei minha vida inteira a salvando de si mesma. Ela era um acidente prestes a acontecer.

Olhei para o mofo no teto. Nenhum sentido em mandar cuidarem daquilo a essa altura; uma tarefa para o próximo ocupante deste escritório.

— Além da força policial, só três pessoas no mundo sabem dessa mensagem: Liz, eu e a pessoa que a enviou.

— Tentei tirá-la de perto da borda, mas ela tem essa loucura. Herdou da mãe, não podia evitar.

Ela ia ficar de pé, mas forcei-a para baixo. Seu olhar disparou para a porta. Trancada.

— Ela fugiu de mim. Escorregou.

— Mas você disse que ela pulou.

— Você não pode simplesmente me deixar em paz? Por favor. Não consigo fazer isso.

— Como foi o barulho, Megan? Quando ela entrou na água?

— Por que está fazendo isso comigo?

— Porque ninguém sabe que estamos aqui. Porque eu posso. Como foi o barulho do mergulho da Alice?

— Tentei salvá-la depois que ela caiu; estava uivando por socorro e eu tentei, nunca tentei tanto fazer alguma coisa em toda a minha vida...

Larry, ela tinha ficado exultante quando surgiram as notícias de que Luke havia sido preso. Exultante *demais*. Então, quando foi solto, ela precisou de um novo foco, um novo alvo. Fria e calculadamente, tentou deslocar o dedo da suspeita para um novo suspeito: *eu*.

Falei:

— Ela não teria sido capaz de gritar por ajuda porque sua boca estaria cheia de água. Ela não teria sido capaz de conseguir ar *para* gritar.

— Pare com isso — disse ela.

— Ela teria tentado tossir, mas a água teria inundado seu estômago.

— Não — disse ela.

— Ela teria se esforçado, debatendo-se, lutando, chorando; teria tentado rolar para ficar de costas; teria hiperventilado.

— Odeio isso — disse ela. — Odeio você. Odeio ela.

— Teria prendido a respiração, mas você não pode prender a respiração para sempre; temos o reflexo porque precisamos nos livrar do dióxido de carbono que está dentro de nós. Em um minuto ou pouco mais, ela teria ido para baixo. Afundado, afundado como um pedaço de chumbo.

Recordei como, quando suas opções se estreitaram, Megan me acusou de mentiroso, pervertido e *monstro*. Sabia que eu estava de olho nela. Sua frase sobre reinventar Alice e nos reinventar no processo tinha sido a dica.

— Por que iríamos querer fazer isso? — eu tinha perguntado na época, e sua mão pousou sobre o meu joelho. Claro que adentramos águas turvas aqui, Larry; as da memória, interpretação e descrição (tem sido uma fonte duradoura de curiosidade para minha esposa e eu o fato de termos pontos de vista divergentes sobre o que realmente constitui "cor-de-rosa"). Mas das ações de Megan, embora o incidente em questão tenha sido algumas semanas atrás, não tenho dúvida alguma. Sua mão se contraiu e subiu mais um pouco.

— Você gostaria disso? — perguntou ela. — Nós termos um segredo? Você gostaria muito disso, não é? Eles não entenderiam, mas nós, sim. Pode ser nosso segredo, um dos nossos segredos.

— Saia da minha casa — ordenei então.

Mais tarde, evidentemente sabendo que eu estava ciente, uma série de posts fazendo todo tipo de reivindicação falaciosa.

— O cérebro de Alice não teria tido oxigênio — afirmei agora. Eu, o marionetista, Larry. Chicoteando sua dor, vergonha e fúria na direção de algum clímax inexorável. — Sem oxigênio.

— Não — gemeu ela.

Quase lá, pensei, e me voltei para ela, perfurando, empurrando, picos de energia exaurindo meu frágil corpo, viril, primitivo, imortal, agarrado ao insight luminescente como um Navajo após tomar peyote ou um Guahibo depois do ayahuasca.

— Ela teria tido uma convulsão; teria espumado pela boca.

Um longo grito fantasmagórico. Eu fiz isso, Larry; fiz Megan Parker gritar e continuei avançando, rumo à minha própria revelação ultrapura: verdade. Verdade para mim e para Alice.

— Estaria um breu. Alice teria afundado na escuridão.

Ela colocou as mãos sobre os ouvidos e bateu os pés no chão.

— O que te dá o direito de me torturar assim?

— Estar às portas da morte. Tocar a mortalidade; isso é o que me dá. Mas, principalmente, saber. — Desculpe, Larry, por não compartilhar minha teoria com você antes, mas botar a boca no trombone pode ser uma ação perigosa. — Foi você, não foi? Você a matou, não foi?

Ela piscou e soltou um miado similar ao de um gatinho; fui até ela e acariciei seu cabelo e ela inclinou a cabeça para mim, acuada e capturada, e sua boca emitiu as palavras:

— Ela matou o meu bebê.

Notas de Luke Addison em seu notebook, 30 de junho de 2013

Três semanas depois que você morreu, foi quando descobri o seu e-mail. Assunto: *US*. Isso foi há quase 18 meses, mas ainda dói. De todos os lugares que você não merecia acabar, Al; na minha pasta de spam. Foi desviado para lá por causa do anexo: um cartão que você tinha escaneado, uma imagem de dois lemingues espiando por cima de um penhasco, um dizendo "Você vai primeiro", o outro, "Não, você vai primeiro", e embaixo você tinha escrito *Às vezes na vida você precisa dar um salto de fé.*

Quando vi isso, foi como um golpe de martelo. Então era isso que você queria dizer à margem do rio, quando se referiu a lemingues: o e-mail que você me enviou um dia antes de morrer, explicando que queria que a gente voltasse a ficar juntos, mas precisava de mais tempo. O e-mail para o qual você nunca recebeu uma resposta. Não admira que tenha ficado furiosa por eu ter aparecido.

Não compartilhei o e-mail com ninguém de início, achei que só iria apoiar aquelas teorias estúpidas de suicídio que estavam aparecendo. Mas os tolos com morte cerebral que estavam sugerindo isso não estavam conosco em Margate, estavam? Eles não estavam lá enquanto planejávamos morar juntos, não ouviram você dizer que era tudo muito adulto e assustador, mas às vezes na vida você tem que dar um salto de fé. Como tantas das informações deles, essa era de segunda mão. Então Cooke entrou em contato sobre o seu projeto. Disse que entenderia se eu preferisse não compartilhar qualquer das nossas comunicações — ou que eu poderia fazê-lo de forma extraoficial, e ele usaria apenas como base para pesquisa —, mas você teria ficado completamente intrigada por essa ideia do livro. Cheguei à mesma conclusão sobre as coisas que anotei no meu notebook logo depois de ter perdido você. Minha reação instintiva foi deletar tudo — alguns eu apaguei —, mas é preciso transparência. "Não é bom sufocar as coisas", você costumava dizer, me provocando, então está aí uma lição de vida que eu *aprendi* com você.

— Fique com isso — falei a ele, entregando-lhe um cartão de memória. — Pegue. Você vai precisar se esforçar para ver qualquer sentido. É um monte de bobagem.

O fato é que somos parte da história um do outro. Ser seu namorado, Al, foi um privilégio, uma honra. Posso ouvir você me chamando de um velho sentimentaloide, mas é importante deixar isso registrado. Porque, no caso improvável de alguém realmente ler o livro dele — não é Dan Brown, não é? —, é assim que eu gostaria que eles me vissem, como seu *namorado*. Não consigo entender por que uma mulher tão maravilhosa como você namorou um cara como eu, mas mantive a cabeça aberta para ser respeitoso com quem você era ("render homenagem", como você poderia ter dito com seu jeito artístico meio Radio 4!). Tenho uma leve suspeita de que você gostaria da ideia de nós dois juntos em um livro, também. Histórias precisam de equilíbrio, você costumava dizer. Precisam de contexto. Precisam ouvir todos os lados.

Imagino que todos nós lidamos — estamos lidando — com o que aconteceu de forma diferente, e posso entender por que algumas pessoas se mantiveram afastadas. Nos condenam pelo que fazemos e pelo que não fazemos, mas abrir o jogo me pareceu certo. Tinha que tirar essas coisas do peito. Posso ser um imbecil, mas confio em Cooke.

— Não tire conclusões a meu respeito ainda — alerta ele. — Quando estiver realmente publicado, você poderá ter uma visão diferente.

Acho que ele tem um ou dois fantasmas para exorcizar, mas parece um ato de respeito, quase adoração, o cuidado e paixão que ele teve ao pesquisar sobre você e obter respostas.

— Meu livro — advertiu ele — conterá partes que você achará difíceis.

— Você já ouviu falar da minha capacidade de leitura, então! — brinquei.

Espero que você não se importe, Al, mas rio às vezes. Você não iria querer que eu nunca mais risse, não é? É ruim, mas hoje em dia posso passar dias inteiros quase sem pensar em você, e aí você surge de repente. Esta tarde, estava em uma reunião tediosa no trabalho — ainda estou nele, mas vou seguir seu conselho e estudar para ser arquiteto — e discretamente abri o seu e-mail. Você parecia muito viva quando estava comigo. Você me amava.

Cooke está certo: é um crime esquecer, e isso está acontecendo. Não entre aqueles que eram próximos a você e cuidavam de você e te amavam (embora obviamente tenhamos que reavaliar quem cai nesta categoria), mas de forma mais ampla. Alice Salmon, as pessoas vão dizer. Aquela que foi sequestrada? Não, foi aquela do Natal. Não, aquela que se afogou, atacada pelo namorado. Não, ele foi inocentado, tenho certeza de que foi. Ela não tinha uma vida amorosa complicada? Aquele professor não descobriu tudo no fim...?

Espero que não se importe, Al, mas fiquei com duas outras meninas. Nada sério e nem deu certo, então estou dando uma pausa nos namoros. Não é justo com ninguém. Talvez chegue um momento em que eu esteja pronto. Tudo bem isso? Quem quer que ela seja, vai ser difícil chegar aos seus pés.

Depois que você morreu posso ter ficado meio pancada, porque costumava responder ao e-mail dos lemingues (claro que não mostrei esses pro Cooke), mas agora eu gostaria de rir um pouco mais de novo, se for tudo bem. Sua mãe me diz — nos encontramos no Starbucks, seu pai não me deixa ir na sua casa — que não posso me torturar para sempre.

— Viva — diz ela. — Você tem que viver.

— Mas *como?* — costumava perguntar a ela, com certa frequência.

— Um dia de cada vez — respondia ela —, um dia de cada vez.

Você sabe que algumas pessoas fazem aquele sinal de aspas com os dedos quando mencionam a palavra "relacionamento". Bem, quando penso no nosso relacionamento, Al, não é entre aspas. É com milhões de pequenas lembranças. Qualquer pessoa sentada de pernas cruzadas, óculos grandes, saia skater, Margate na TV, Praga, ver alguém lendo uma mensagem de texto no trem e sorrindo, protetores de orelhas peludinhos, uma tatuagem bem pequena. É o tipo de coisa que qualquer pessoa que nunca conheceu você diria que é bobagem, mas para mim são as coisas que fazem você, você.

É música, especialmente. Costumava odiar as músicas que você adorava, mas gosto delas agora, então fiz uma playlist do que você estaria ouvindo nesse verão. Não coloquei nenhuma merda cafona ou sentimental; escolhi faixas que fariam você pular do sofá e gritar "eu *amo* essa música", ou esticar o braço e aumentar o rádio do carro, ou fazer você sair dançando para a pista de dança de Clapham Grand, olhar para trás, sorrir para mim e continuar dançando.

Vou ligar meu iPod agora, Al, aumentar o volume e caminhar; caminhar pela noite no campo como você costumava fazer, e ouvir a sua voz...

Pompeii	Bastille
Wake Me Up	Avicii
Locked Out of Heaven	Bruno Mars
Ho Hey	The Lumineers
Wrecking Ball	Miley Cyrus
Drinking from the Bottle	Calvin Harris (featuring Tinie Tempah)
I Need Your Love	Calvin Harris (featuring Ellie Goulding)
I Love It	Icona Pop
Play Hard	David Guetta
You and Me	The Wannadies
Get Lucky	Daft Punk
We Are Young	Fun (featuring Janelle Monáe)

Excerto da carta enviada pelo Professor Jeremy Cooke, 6 de novembro de 2012

— Ela matou o meu bebê — berrou Megan.

Recuei, mas ela agarrou minha cintura.

— Foi por isso que fui para Southampton. Ela tinha que saber o que tinha feito. Fui lá para dizer a ela.

Livrei-me do seu aperto e suas mãos caíram desajeitadamente sobre sua barriga e ela começou a chorar, Larry.

— Na noite em que descobriu que Luke tinha chifrado ela, Alice apareceu na minha casa e ficou muito bêbada. Não queria ir pra cama. Fiz ela subir as escadas, mas ela escorregou.

A árvore do lado de fora do meu escritório fez barulho ao vento. Mais lágrimas. Grandes golfadas de coriza.

— Se ela não tivesse se pendurado em mim, teria ficado tudo bem, mas, quando vi, a gente estava no pé da escada com ela em cima de mim e ela estava rindo; estava *rindo*, porra.

Uma sensação de pena me inundou, misturada com uma fúria rápida, reluzente. A janela era um bloco de vidro contra a escuridão.

— Pela primeira vez o assunto ia ser eu, não Alice, mas ela não podia me deixar ter isso, podia, um bebê? Foi descarga abaixo, natimorto, descarga abaixo...

— Meu Deus — falei.

— A imprensa diz que *eu* tenho um parafuso solto, mas Alice era maluca. Cortou o pulso uma vez, quando tinha 13 anos, como se estivesse abrindo uma lata de Diet Coke. Mas Alice, sua preciosa Alice, ainda conseguiu fazer com que isso soasse racional.

— Ela não é minha — afirmei. — Para seu governo, ela não é.

— Aquelas ameaças que ela recebeu — continuou ela, com uma linha de ranho pendurada no nariz —, aquelas coisas no Twitter, aquelas cartas, todas eram minhas. Eu sou o Cidadão Livre. Até as flores mortas, eu.

— Você a empurrou para dentro d'água, não foi?

— Fui lá para mostrar a ela o dano que ela tinha feito, porque eu, *eu* era o dano que ela tinha feito.

— Você a empurrou para dentro d'água, não foi?

— Não me machuque — choramingou ela. — Por favor, não me machuque. — E então: — Eles não vão acreditar em você.

— Você a empurrou e em seguida enviou aquela mensagem de texto para fazer com que parecesse que ela tinha tirado a própria vida.

— Não confiam em você. Se você fosse uma marca, seria boicotado.

— Mas não somos marcas.

— Todos somos marcas.

O vento soprava pelos galhos do olmo, *meu* olmo.

— Eu costumava adorar aquela mulher, idolatrá-la. Fingia que era irmã dela para estranhos, a irmã gêmea.

Sou ignorante em relação a muitas coisas, Larry, mas obsessão é um território com o qual estou bem familiarizado. Seu esfregar grosseiro, sua picada farpada, sua acidez mofada. A linha entre amor e ódio é fina como papel e, quando você ama alguém e esse sentimento se transforma em ódio, há uma relação inversa entre os dois. O que perguntei em seguida foi crueldade extrema dado a sua revelação, mas eu não tinha escolha.

— Menino ou menina?

— Muito cedo — disse ela. — Cedo demais. — Ela se levantou (eu deixei) e se escorou em um canto antes de desmoronar ao chão. — Tentei explicar que estava grávida quando ela estava na minha casa, mas ela estava cega, bêbada demais. Cega cega cega. Ela deveria ser minha amiga mais antiga.

Sem testemunhas, sem imagens de câmeras de vigilância. Duas meninas, uma delas em um cemitério em uma vila perto de Corby, uma inscrição de Brontë em sua lápide: *Não sou pássaro; e rede alguma me rodeia.*

— Estarei morto em breve — falei. — Pelo menos me dê o prêmio de consolação do encerramento.

— O que eu fiz?

— Mentiu.

— Depois de cruzar uma linha, você não pode voltar atrás.

— Você pode, você sempre pode. — Lembrei-me de um ditado de minha mãe: *Uma mentira já correu meio mundo antes da verdade calçar as botas.* — Ser honesto não é difícil; mentir que é difícil.

Larry, cogitei se a forçava a entrar no meu carro e a arrastava até uma delegacia de polícia ou se a coagia a repetir sua confissão para que fosse gravada.

— Você não vai se safar dessa.

— Sou boa em guardar segredos.

— Eu também. Mas sou melhor em verdades.

— RP é uma história — disse ela.

Sim, uma história. Ela deve ter levantado a gola do casaco ou passado a echarpe em volta do rosto — estava nevando, isso não teria atraído atenção — e voltado para o carro, dirigido até os Lagos, então no dia seguinte telefonado para Liz e Dave logo depois da notícia irromper e oferecido um monte de apoio. Ela fazia bem esse papel, como há anos fez o de melhor amiga.

— Não admira que você tenha se voltado contra mim de forma tão abrupta.

— Não tinha escolha. Luke estava inocentado, a teoria de suicídio estava sendo deixada de lado. Você era o melhor suspeito sobrando.

Então minha hipótese estava correta. Como um camaleão, ela tinha apoiado as premissas prevalecentes, e então, quando se tornou necessário, fixou a mira em mim.

Larry, um observador imparcial poderia decretar que eu mesmo tenha um objetivo escuso aqui. Claramente, um livro como o meu (*O que ela deixou* é o título pelo qual optamos) poderia se beneficiar de uma revelação como esta. Uma reviravolta. Mas é a verdade, e não se pode ser parcialmente verdadeiro, como não se pode ser parcialmente cego, ou parcialmente morto, ou parcialmente grávida.

Olhei para a noite. Estaria lá em breve. O fato me encarou: estou morrendo.

— Você não merece ser mãe. Se tivesse uma criança, você a destruiria.

— Eu a empurrei e a ouvi gritando e fui embora e fico feliz de ter feito isso. — Sua cabeça pendeu para o lado. — Parece doentio — disse ela. — Nem mesmo queria um bebê; sou muito jovem para ter um filho. Bem típico da minha sorte, uma noite casual com um babaca do trabalho e fico grávida! Mas uma vez que soube, parecia tão certo. — Ela abraçou os joelhos e escondeu o rosto entre as mãos. — Deveria estar falando com um pastor, não um professor acabado. Como é possível pode sentir falta de algo que nunca teve?

— Fácil. Isso se chama imaginação. Você fez a nossa correr a toda velocidade. — Ficamos quietos, e naquele desconfortável silêncio, pensei: *Depois desta noite, jamais farei alguém chorar de novo.* Nunca mais.

— Aquela mensagem é de Wilde originalmente. Plath se apropriou dela.

— Eu também. — Então, depois de uma pausa, acrescentou: — O telefone dela estava no chão. Depois que ela entrou na água, pulou, escorregou, *você escolhe*; depois que tudo ficou quieto, eu o peguei e, bingo, lá foi a mensagem pra mamãezinha. Até onde Liz sabia, eu era Alice. Era Alice dizendo adeus.

Foi fácil assim, Larry; o premir de alguns botões, dois pontos de exclamação, um emoticon ou dois. Isso é tudo o que basta para dizer adeus. Isso é tudo o que basta para morrer.

— Lágrimas de crocodilo — acusei. — Todas foram lágrimas de crocodilo.

— Olho por olho, Indiana. Dente por dente. Ela era uma assassina.

A pequena megera pode estar confiante de que escapou dessa, mas vou levá-la aos tribunais. Colocarei a boca no trombone, subirei nas muralhas e gritarei, e ela não vai escapar do longo braço da lei. Eu, também, devo "publicar e dane-se", e esta iniquidade não ficará impune. Larry, eu mesmo estava derramando uma lágrima ou duas. Foi calorosamente catártico. Eu poderia chorar, eu poderia.

— Você não pode fazer nada comigo — disse ela.

— Posso — respondi, andando rapidamente na sua direção, levantando minha mão. — E vou.

Ela olhou para cima, e havia mais do que medo em seus olhos.

E-mail enviado pelo Professor Jeremy Cooke, 25 de agosto de 2013

De: jfhcooke@gmail.com
Para: marlenegutenberg@gmail.com
Assunto: Despedida

Cara Marlene,

Tenho um pouco de tempo antes do voo de amanhã, então aproveitarei a oportunidade para escrever um pouco mais do que a minha despedida apressada e fleumática de ontem.

Minha mais recente consulta não foi bem. Três anos é o melhor palpite atual, cinco no máximo. Bela coisa quando se tem um livro para imortalizá-lo, né?

Estou razoavelmente reconciliado com o meu destino. Ironicamente, a notícia muitas vezes incita mais comoção entre aqueles com quem a compartilho. Ainda não aperfeiçoei o linguajar para tais conversas. Um criador de palavras cruzadas do *Guardian* que admiro recentemente anunciou sua doença terminal usando pistas: um dos trópicos (6) e um transportador de alimentos que gradualmente se reduz a uma efusão sem fim (7). "Câncer do esôfago", ocorreu-me enquanto preenchia os quadradinhos na sala dos professores.

Chega de esperar, como um molusco, pela obsolescência. Vou me aposentar. Preferiria sair de fininho, mas estão planejando uma festa. Ou seja, uma taça quente de vinho medíocre, alguns canapés e algumas palavras do meu líder (tire sua gravata e ele poderia se passar por estudante), inevitavelmente se referindo à minha "contribuição" e metodologia "única", e então, depois desse breve surto de bonomia, vou arrumar meu escritório, limpar a mesa, fechar a porta às minhas costas e seguir para casa a fim de encontrar Fliss e o cachorro.

Minha esposa está reagindo ao circo que está sendo construído em torno da publicação iminente com força e graça características. Dedicada, leu o esboço de uma só vez antes de se acercar de um apreensivo eu e declarar: "Ora, ora." Posso não me importar com a resposta dos críticos, mas com a da minha esposa eu definitivamente me importo. "Não estou orgulhosa do que você fez, mas estou orgulhosa de você por ter chegado à verdade" é sua frase oficial. Nos bastidores, longe das câmeras, houve lágrimas e utensílios de cozinha quebrados: a descoberta de que o nome de solteira de Liz era Mullens foi notavelmente angustiante.

Ela brinca sobre eu ter me tornado um queridinho da mídia por causa das aparições na TV e no rádio. Inescrutavelmente honesto (dificilmente estou em posição de autocensura, agora, não?), sem me deixar intimidar pela controvérsia, pronto para saltar de uma discussão sobre o uso contemporâneo da cocaína à etnografia, sou colocado em debates onde moderadores cordiais lutam para saber como me apresentar: "perseguidor incansável da justiça" ou "velho sanguessuga".

Até agora, zelosamente resisti em divulgar minha revelação final, desviando tais demandas famintas com a réplica de que meu desejo principal é trazer o culpado à justiça e que isso exige a transmissão de uma história não abreviada. É também, evidentemente, porque falar demais do livro e estragar o final prejudica as vendas.

Talvez eu devesse ter ido a público com a minha teoria assim que ela ficou clara para mim; mas aprendi os perigos de ser precipitado. Em vez disso, redobrei meus esforços, o que levou Megan a fazer o mesmo. Surreal, em retrospectiva, essas sessões de investigação que compartilhamos: um elaborado jogo de xadrez, com o passado de Alice como peças, movimentos e contramovimentos, minhas suspeitas aflorando, suas tentativas de influenciar as minhas conclusões se tornando mais aguçadas, sua oferta cada vez mais desesperada de criar a própria narrativa, uma que ela tinha escrito, o passado que ela teria desejado, o futuro que ela procurava. Já desconfiava dela muito antes da sua referência imprudente à mensagem que enviou do telefone de Alice, mas aquilo foi a comprovação definitiva. Fãs de ficção referem-se à "mentira que revela a verdade". Bem, assim foi para mim. A mentira que revelou a verdade neste caso foi uma mensagem sobre estar deitada na grama e não existir ontem ou amanhã, e estar em paz.

Não sou cego ao fato de que clamar publicamente que alguém assassinou sua melhor amiga é potencialmente difamatório. Mesmo sugerir que alguém não fez tudo o que podia nesta situação poderia ser interpretado como difamatório. Mas a verdade é uma defesa incansável contra a difamação. Além disso, há um precedente. Estudiosos da mídia estarão familiarizados com a primeira página do *Daily Mail* de 1997. Sob o título "Assassinos", o jornal publicou fotografias de cinco homens, tão convencidos estavam de que aqueles eram os responsáveis pela morte de Stephen Lawrence. "Se estivermos errados, deixem que nos processem", disseram.

Vamos lá, Megan. Se eu estiver errado, se estou mentindo, me processe.

Quanto à própria Alice, nunca clamarei que meu volume é enciclopédico. Basta lembrar da cobertura do caso Joanna Yeates (Fliss me repreendeu por ter um interesse "pouco saudável" nele). Sua página na Wikipedia profere sua universidade, sua altura, o pub em que foi vista pela última vez, até mesmo informa a última imagem dela gravada pelas câmeras de vigilância — comprando uma pizza —, mas, em última análise, com *escassez* de detalhes. Pode dar a referência no mapa do local onde o corpo foi encontrado, mas não dá as coordenadas do seu coração.

Sem dúvida, leitores atraídos por qualidade literária também me castigarão por entregar parte do final no início (nossa heroína morre no primeiro capítulo). Mas é assim a vida; não é como se no início fôssemos inconscientes do que acontecerá no final.

Fliss implica comigo falando que o livro está destinado às pilhas de sobras, mas o sucesso é uma loteria. Coincidências, sorte, suposições, mal-entendidos: estes são os principais impulsionadores do destino. Se Liz não tivesse presumido que o livro depositado na sua porta fora colocado lá por Megan, ao invés de Gavin, ela poderia nunca tê-la visitado e, por sua vez, poderia nunca ter chegado, como criança abandonada, na minha porta. Era um dos livros favoritos de Alice, *Não me abandone jamais*.

Mal posso esperar pela manhã; planejei tudo até ao enésimo detalhe. Fliss sempre sonhou em visitar a Califórnia, e amanhã farei o sonho virar realidade. Todos aqueles feriados caminhando pelo Vale dos Reis, pelo Estádio Panatenaico e pela Sinagoga Ades foram absolutamente fascinantes, mas agora serão duas semanas de desavergonhada *diversão*. Vamos aproveitar a luz do sol e comer porções indutoras de ataques cardíacos e dirigir rápido demais no nosso Chevy 1970 — tenebrosamente pouco prático, é claro, e um atroz bebedor de gasolina, mas dane-se a bicicleta por quinze dias, este é um dos itens da minha lista antes de partir. Gostaria de saber quando exatamente a ficha vai cair para Fliss. Quando eu anunciar que ela vai faltar às aulas noturnas, quando informá-la de que temos que deixar Harley no canil, quando ela vir seu passaporte? Essa é uma das coisas que mais estou ansioso para ver: um sorriso se abrir no rosto da minha esposa. Porque ela tem um sorriso lindíssimo.

Marlene, eu estaria mentindo se dissesse que não passou pela minha cabeça que eu e você viraríamos correspondentes. Mas não vou escrever de novo, por razões semelhantes aos motivos pelos quais encerrei meus *tête-à-tête* com o jovem Gavin. Odiaríamos que alguém tivesse a impressão errada agora, não? Sabe-se lá o que poderiam dizer? Ele é esquisito, aquele Velho Cookie. Você precisa tomar cuidado com ele. Vamos deixar as coisas neste pé, né? No atenciosamente.

Deixe-me, em vez disso, sonhar em visitar seu grande país. Chegar sem aviso prévio à sua porta, ver seu marido saindo para me cumprimentar. "Ora, macacos me mordam", diria ele. Tomaríamos um trago juntos, colocaríamos os assuntos em dia, lembraríamos do passado e viajaríamos juntos, dois velhos amigos, duas mentes brilhantes, dois velhos renegados, dirigindo pela Route 1 ou Route 11 e visitando Fredericton e Moncton, manchas contra as montanhas. O grande Larry Gutenberg e eu.

Agora devo continuar a fazer as malas. Primeiro, contudo, irei para a janela embaçada e, com um lampejo de déjà vu, desenharei o contorno de um coração e nele escreverei as minhas iniciais e as da minha esposa. É o bastante. Por enquanto, pelo menos, isso é mais do que suficiente.

Atenciosamente,
Jeremy Cooke

Epílogo

Carta escrita por Alice Salmon,
8 de setembro de 2011

Cara Eu,

Você deve estar se perguntando por que estou escrevendo para você. Uma jornalista de 25 anos, vivendo no sul de Londres. Não se preocupe, você não está em apuros. Também não estou prestes a fazer alguma terrível revelação para você. Não faz meu estilo.

É porque estou lendo este livro fantástico chamado *Caro eu*, cheio de cartas que pessoas escreveram oferecendo palavras de sabedoria para suas versões de 16 anos. Vou usar a ideia no trabalho e gostaria de começar com a minha. Com a *sua*.

Você precisa seguir o fluxo um pouco mais, mocinha. Ficar acordada se estressando no meio da noite não leva a lugar algum. Como um chefe que você ainda não conheceu gostará de dizer quando há um problema: no fim das contas, ninguém morreu.

Não tem problema ter medo. Está tudo bem. O importante é não deixar o medo travá-la. Às vezes, você só precisa se jogar.

Pare de se cobrar sobre sua aparência, também. Você não tem pés de camundongo ou ombros de halterofilista. Você é única. Pode levar algum tempo para descobrir quem é essa pessoa, mas vai valer a pena, porque como seu pai — meu pai, *nosso* pai — costumava dizer, só há uma de você, Ás Salmon.

Espero que ler isso não a deixe envergonhada. Se serve de consolo, o *Advertiser* (esse é o jornal onde você irá trabalhar), só tem uma circulação de cerca de 81, por isso dificilmente vai viralizar (eu, obviamente, vou editar esta frase antes do meu chefe ver, idem para os palavrões). Ou isso, ou vou publicar e dane-se. Vou publicar e estar "lá fora", mas isso por si só é parte de quem somos: produtos da geração Internet.

Duvido que você vá me ouvir, porque para você serei ultrapassada, de meia-idade, quase morta, e não posso culpá-la, porque, nesse momento, *eu* não prestaria atenção alguma ao meu eu de trinta e poucos anos se ficasse falando de planos de aposentadoria e zonas escolares. Mas posso pelo menos sugerir alguns nãos? Não use drogas, não beba tanto, não contraia dívidas, não perca tanto tempo on-line, não perca o sono por causa do que as pessoas pensam (isso está começando a soar como aquela música do filtro solar dos anos 1990), não se preocupe com os homens e, certamente, não odeie a si mesma. Pensando bem, não siga completamente estes *nãos*, porque, como um nojento professor decadente vai te informar um dia, *dito na minha voz mais metida a besta*, você tende a se arrepender das coisas que não faz, e não das que faz. Ele estava errado. Às vezes você se arrepende das coisas que você *faz*, também. Eu sei disso. Ele deveria, também. Mais do que ninguém.

Tente ser mais legal com a sua mãe, também. As coisas não foram fáceis para ela, e ela tem seus próprios segredos, segredos que ela não conseguiria admitir a você aos 16 anos e ainda não consegue admitir a mim aos 25. Um dia ela vai compartilhá-los e estarei aqui para ouvir. O fato é: ela teve uma vida antes de mim, assim como terei uma vida depois dela. Lembra como você estava convencida de que se transformar em sua mãe seria um destino pior que a morte? Bem, você vai chegar numa fase em que às vezes mal pode esperar para isso acontecer. Quando parece um privilégio.

Seja mais legal com o Robster, também. Você pode ter parado de beliscá-lo aos 16 anos, mas você não era a adolescente mais fácil de conviver e ele sempre te apoiou: a irmã mais nova que obsessivamente anotava tudo e depois ficou tão desesperada para se livrar do que viu que queimou os diários em um acesso de raiva enojada.

Parabéns, aliás, por vencer aquela competição literária *O que existe em um nome?* Acho que nunca te parabenizei. Como jornalista ascendente (Caitlin Moran, cuidado), preciso salientar que tinha muitos parênteses e pontos de exclamação (como se esse não!) e não respondeu exatamente à pergunta (o que mudou?). Além disso, você só usou 996 das 1.000 palavras permitidas. Mas o fato é que você ganhou. Ainda me parece estranho quase uma década depois. Você — eu, *nós* — ganhou.

O que, é claro, você não sabia enquanto estava escrevendo aquelas 996 palavras é que em breve viria a pensar com carinho na cidade da qual estava tão desesperada para fugir; que Southampton seria a universidade para onde você iria (jogada inteligente dispensando Oxford, aliás); e que você superaria sua paixão por Leonardo DiCaprio cerca de doze segundos depois de clicar no botão enviar. Você não sabia de nada disso, assim como não sabia que a faixa que estaria tocando no seu iPod dez anos depois, enquanto você escreve isso, "Iris", dos Goo Goo Dolls, viraria sua música favorita de *todos os tempos*, que você encontraria um homem chamado Luke em um bar em Covent Garden ou, por falar nisso, que um dia depois de saber que você tinha ganhado a competição, as Torres Gêmeas cairiam e o mundo passaria a década seguinte procurando o homem responsável, apenas para encontrá-lo poucos meses atrás no Paquistão, o primeiro indício da sua morte permeando a web, um vizinho twittando sobre o barulho de helicópteros norte-americanos logo acima.

Você gostaria de Luke. Costumava dizer a palavra "namorado" secretamente em voz alta, não é? Apreciando suas exuberantes formas redondas, a forma como pronunciá-la fazia sua boca se mover, suas possibilidades hipotéticas. Você vai aprender que é uma palavra complicada, com muitos lados e interpretações e graus de permanência. Mas Luke é meu namorado, e isso me faz sentir bem.

Algumas outras Alices ficaram famosas desde que você listou algumas, como Alice Cullen, que saltou para a fama como um personagem em *Crepúsculo*, e Alice Munro, que na verdade sempre foi famosa, mas só descobri sobre ela recentemente. Nosso nome claramente é bom para escritoras. Vim a adorar *A Cor Púrpura*, de Alice Walker, desde que eu era você, ainda que tivesse que olhar no dicionário a palavra "epistolar". Quem sabe, se minhas críticas de música decolarem, posso até me juntar à lista. Imagine. Imortalizada como uma heroína romântica. Eu. *Essa* Alice. Alice Salmon.

Por enquanto, porém, serei aquela ligeiramente alta demais que cresceu por dentro, que aprendeu a viver com o seu corpo, que sente um raio de alegria estonteante por estar com os seus amigos, que ainda adora aquela caixa de DVDs do *Dawson's Creek*, ainda que ocasionalmente se flagre ouvindo aquelas frases inteligentes daqueles adolescentes e murmurando baixinho: *é, tá bom*. Porque a vida não é só festas na praia e paisagens em tons de outono. É complicada e não necessariamente tem um final feliz. Não é todos os dias que todo mundo está do seu lado, que todo mundo está no time da Alice. Mas é como em *Procurando Nemo* (eu sou tão péssima quanto meu namorado Luke em citar filmes), quando o peixe diz que se a vida te botar pra baixo você só precisa continuar nadando. Isso é o que vou fazer: continuar nadando.

Sim, tenha paciência, porque em dez anos você vai sentir como se estivesse onde deveria estar. Terá até parado de desejar que o tempo passe logo, e você sempre foi prisioneira disso, não é? Querendo a *próxima* coisa.

No fim das contas, só o que você pode fazer é seguir em frente com essa coisa que chamamos de "vida". Ninguém passa por ela totalmente sem mácula, mas são nossas cicatrizes que mostram quem somos, onde estamos, como temos lutado, como vencemos. Quando você deslizar ladeira abaixo, suba de novo usando uma escada. Lembre-se, é como um jogo de Scrabble: use suas letras boas assim que elas aparecerem.

Mas e aquelas quatro palavras faltando? Quais teriam sido, quais *são*. Isso é fácil.

Eu sou Alice Salmon.

Agradecimentos

Gostaria de agradecer a todos da Janklow & Nesbit, especialmente Kirsty Gordon, que certa vez me deu encorajamento que jamais esquecerei, e minha sensacional agente Hellie Ogden. Sem o brilhantismo editorial, tino comercial e inabalável apoio de Hellie, este livro poderia simplesmente não ter acontecido.

Também tem sido um privilégio trabalhar com o supertalentoso Rowland White, na Michael Joseph/Penguin. O entusiasmo e visão de Rowland desde o início significaram muito para mim, e fui incrivelmente sortudo de ter me beneficiado de sua edição inspirada. Gigantescos agradecimentos também para Emad Akhtar por todos os seus conselhos astutos, além da equipe de direitos autorais.

Finalmente, também sou grato a Sarah Knight, da Simon & Schuster dos EUA, que foi uma fonte constante de ideias fabulosas enquanto este livro tomava forma.

Impresso no Brasil pelo
Sistema Cameron da Divisão Gráfica da
DISTRIBUIDORA RECORD DE SERVIÇOS DE IMPRENSA S.A.
Rua Argentina, 171 – Rio de Janeiro, RJ – 20921-380 – Tel.: (21)2585-2000